U0090362

# 民國文化與文學<sup>研究</sup>文叢

十五編

李 怡 主編

第 **12** 冊

魯迅小說細讀

管冠生 著

國家圖書館出版品預行編目資料

魯迅小說細讀／管冠生 著 -- 初版 -- 新北市：花木蘭文化事業有限公司，2022〔民111〕

序 6+ 目 2+256 面；19×26 公分

（民國文化與文學研究文叢 十五編：第 12 冊）

ISBN 978-986-518-970-9（精裝）

1.CST：周樹人 2.CST：小說 3.CST：文學評論

820.9　　　　　　　　　　　　　　111009886

**特邀編委**（以姓氏筆畫為序）：

ISBN-978-986-518-970-9

9 789865 189709

| | | |
|---|---|---|
| 丁 帆 | 王德威 | 宋如珊 |
| 岩佐昌暲 | 奚 密 | 張中良 |
| 張堂錡 | 張福貴 | 須文蔚 |
| 馮 鐵 | 劉秀美 | |

民國文化與文學研究文叢
十五編　第十二冊　　　　　　ISBN：978-986-518-970-9

## 魯迅小說細讀

| | | |
|---|---|---|
| 作　　者 | 管冠生 | |
| 主　　編 | 李 怡 | |
| 企　　劃 | 四川大學中國詩歌研究院 | |
| 總 編 輯 | 杜潔祥 | |
| 副總編輯 | 楊嘉樂 | |
| 編輯主任 | 許郁翎 | |
| 編　　輯 | 張雅淋、潘玟靜、劉子瑄　美術編輯　陳逸婷 | |
| 出　　版 | 花木蘭文化事業有限公司 | |
| 發 行 人 | 高小娟 | |
| 聯絡地址 | 235 新北市中和區中安街七二號十三樓 | |
| | 電話：02-2923-1455／傳真：02-2923-1452 | |
| 網　　址 | http://www.huamulan.tw 信箱 service@huamulans.com | |
| 印　　刷 | 普羅文化出版廣告事業 | |
| 初　　版 | 2022 年 9 月 | |
| 定　　價 | 十五編 21 冊（精裝）新台幣 55,000 元 | |

版權所有・請勿翻印

# 魯迅小說細讀

管冠生　著

## 作者簡介

管冠生，山東諸城人，現任職於泰山學院文學與傳媒學院。近年來致力於現代文學文本細讀的工作，主要圍繞魯迅作品、《圍城》以及新詩經典進行，已在《東嶽論叢》、《魯迅研究月刊》、《太原學院學報》、《上海魯迅研究》、《紹興魯迅研究》等刊物發表論文近六十篇，出版學術專著《1933年的文學遊戲研究》（花木蘭文化事業有限公司，2018年）。

## 提　　要

　　魯迅《吶喊》、《彷徨》、《故事新編》共收錄三十三篇小說，本書對其中十九篇作文本細讀的研究工作。文本細讀以問題為中心、以文本為依據，在重建文本的過程中自然地形成觀點與論斷。儘管魯迅小說研究已有百年的深厚歷史，但不能由此認為它們的意蘊已被前人說盡淘空，因為熟知常非真知，更重要的是，學界普遍缺乏對文本細讀的自覺意識和實踐能力。魯迅小說研究的生長點、創新點、突破點都繫於紮實而細緻的文本解讀。

　　通過文本細讀，或發現提出了新的問題（如《風波》七斤為什麼要罵趙七爺「賤胎」），或對舊問題提供了新答案（如《故鄉》誰藏了十多個碗碟），或對學術前見進行了批判性的反思（如《故事新編》研究中流行的「消解論」），或對某些文本話語進行獨創性的闡釋挖掘（如《藥》關鍵的一句話「這大清的天下是我們大家的」），由此刷新了人們對魯迅十九篇小說的認知。每一篇解讀可謂新意迭出，並且立論皆有紮實的文本依據和整體全面的分析，非為標新立異而標新立異。

　　學界一向重視魯迅思想深刻、作為精神界之戰士的一面，但文本細讀告訴我們：魯迅首先是熟悉人性心理的文學大師。解讀魯迅作品，不要急於、甚至不必要談論文本所反映出的魯迅思想，不能也不應該急於或慣於給人物扣上各種思想類型的帽子或標籤，而要緊緊抓住文本所呈現的人性人情的生活世界來設身處地的思考和理解。

# 從地方文學、區域文學到地方路徑
## ——《民國文化與文學研究文叢·十五編》引言

李 怡

　　2020 年，我在《成都與中國現代文學發生的地方路徑問題》中，以內陸腹地的成都為例，考察了李劼人、郭沫若等「與京滬主流有異」的知識分子的個人趣味、思維特點，提出這裡存在另外一種近現代嬗變的地方特色。這一走向現代的「地方路徑」值得剖析，它與多姿多彩的「上海路徑」「北平路徑」一起，繪製出中國文學走向現代的豐富性。沿著這一方向，我們有望打開現代文學研究的新的可能。〔註1〕同年1月，《當代文壇》開始推出我主持的「地方路徑與文學中國」的學術專欄，邀請國內名家對這一問題展開多方位的討論，到 2021 年年中，共發表論文 33 篇，涉及四川、貴州、昆明、武漢、安徽、內蒙古、青海、江南、華南、晉察冀、京津冀、綏遠、粵港澳大灣區等各種不同的「地方」觀察，也有對作為方法論的「地方路徑」的探討。2020 年 9 月，中國作協創研部、四川省作協、中國人民大學書報資料中心、《當代文壇》雜誌社還聯合舉行了「地方路徑與文學中國」學術研討會，國內知名學者與專家濟濟一堂，就這一主題的問題深入切磋，到會學者包括阿來、白燁、程光煒、吳俊、孟繁華、張清華、賀仲明、洪治綱、張永清、張潔宇、謝有順等等。〔註2〕2021 年 10 月，中國現代文學理事會在成都召開，會

---

〔註1〕 李怡：《成都與中國現代文學發生的地方路徑問題》，《文學評論》2020 年 4 期。

〔註2〕 研討會情況參見劉小波：《地方路徑與文學中國——「2020 中國文藝理論前沿峰會暨四川青年作家研討會」會議綜述》，《當代文壇》2021 年 1 期。

議主題也確定為「地方路徑與中國現代文學」，線上線下與會學者 100 餘人繼續就「地方路徑」作為學術方法的諸多話題廣泛研討，值得一提的是，這一主題會議還得到了第一次設立的國家社科基金「學術社團主題學術活動資助」。

經過了連續兩年的醞釀和傳播，「地方路徑」的命題無論是作為理論方法還是文學闡述的實踐都已經產生了重要的影響，在這個時候，需要我們繼續推進的工作恰恰可能是更加冷靜和理性的反思，以及在更大範圍內開展的文學批評嘗試。就像任何一種理論範式的使用都不得不經受「有限性」的警戒一樣，「地方路徑」作為新的文學研究方式究竟緣何而來，又當保持怎樣的審慎，需要我們進一步辨析；同時，這種重審「地方」的思維還可以推及什麼領域，帶給我們什麼啟發，我們也可以在更多的方向上加以嘗試。

一

「名不正，則言不順」，這是《論語》的古訓，20 世紀 50 年代以來，西方史學發現了「概念」之於歷史事實的重要意義，開啟了「概念史」（conceptual history）的研究。這是我們進一步推進學術思考的基礎。

在這裡，其實存在著一系列相互聯繫卻又頗具差異的概念。地方文學、地域文學、區域文學、文學地理學以及我所強調的地方路徑，它們絕不是同一問題的隨機性表達，而是我們對相近的文學與文化現象的不同的關注和提問方式。

雖然「地方」這一名詞因為「地方性知識」的出現而變得內涵豐富起來，但是在我們的實際使用當中，「地方文學」卻首先是一個出版界的現象而非嚴格的概念，就是說它本身一直缺乏認真的界定。地方文學的編撰出版在 1990 年代以後逐漸升溫，但凡人們感到大中國的文學描述無法涵蓋某一個局部的文學或文化現象之時，就會自然而然地將它放置在「地方」的範疇之中，因為這樣一來，那些分量不足以列入「中國文學」代表的作家作品就有了鄭重出場、載入史冊的理由。近年來，在大中國文學史著撰寫相對平靜的時代，各地大量湧現了以各自省市為單位的地方文學史，不過，這種編撰和出版的行為常常都與當地政府倡導的「文化工程」有關，所以其內在的「地方認同」或「地方邏輯」往往不甚清晰，不時給人留下了質疑的理由。

這種質疑很容易讓我們聯想到「區域文學」與「地域文學」的分歧。學

界一般認為，「地域文學」就是在語言、民俗、宗教等方面的相互認同的基礎上形成的文學共同體形態，這種地區內的文學共同體一般說來歷史較為久遠、淵源較為深厚，例如江左文學、江南文學、江西詩派等等；「區域文學」也是一種地區性的文學概念，不過這樣的地區卻主要是特定時期行政規劃或文化政治的設計結果，如內蒙古文學、粵港澳大灣區文學、京津冀文學等等，其內在的精神認同感明顯少於地域文學。「『地域』內部的文化特徵是相對一致的，這種相對一致性是不同的文化特徵長期交流、碰撞、融合、沉澱的結果，不是行政或其他外部作用所能短期奏效的。而『區域』內部的文化特徵往往是異質的，尤其是那種由於行政或者其他原因而經常變動、很難維持長期穩定的區域，其文化特徵的異質性更明顯。」〔註3〕在這個意義上，值得縱深挖掘的區域文學必須以區域內的歷史久遠的地域認同為核心，否則，所謂的區域文學史就很可能淪為各種不同的作家作品的無機堆砌，被一些評論者批評為「邏輯荒謬的省籍區域文學史」，「實際上不但割裂了而且扭曲了文化的真實存在形態」。〔註4〕1995 年，湖南教育出版社開始推出嚴家炎先生主編的《二十世紀中國文學與區域文化》叢書，涉及東北文學、三晉文學、齊魯文學、巴蜀文學、西藏雪域文學等等，歷經近二十年的沉澱，這套叢書在今天看來總體上還是成功的，因為它雖然以「區域」命名，卻實則以「地域文學」的精神流變為魂，以挖掘區域當中的地域精神的流變為主體。相反，前面所述的「地方文學」如果缺乏嚴格的精神的挖掘和融通，同樣可能抽空「地方性」的血脈，徒有行政單位的「地方」空殼，最終讓精神性的文學現象僅僅就是大雜燴式的文學「政績」的整合，從而大大地降低了原本暗含著的歷史價值。

中國傳統文化其實也一直關注和記錄著地域風俗的社會文化意義，《詩經》與《楚辭》的差異早就為人們所注目，《禹貢》早已有清晰明確的地域之論，《漢書》《隋書》更專列「地理志」，以各地山川形勝、風土人情為記敘的內容，由此開啟了中國文化綿邈深遠的「地理意識」。新時期以後，中國文學研究以古代文學為領軍，率先以「文學地理」的概念再寫歷史，顯然就是對這一傳統的自覺承襲，至新世紀以降，文學地理學的理論建構日臻自覺，似有一統江山，整合各種理論概念之勢——包括先前的地域文學、區域文學。有學者總結認為：「文學地理學是由中國本土學者提出並發展起來的一門學

---

〔註3〕曾大興：《「地域文學」的內涵及其研究方法》，《東北師大學報》2016 年 5 期。
〔註4〕方維保：《邏輯荒謬的省籍區域文學史》，《揚子江評論》2012 年 2 期。

科，也是由中國本土學者提出與發展起來的一種新的文學批評方法。」〔註5〕
這也是特別看重了這一理論建構與中國傳統文化的深刻聯繫。

當然，也正如另外有學者所考證的那樣，西方思想史其實同樣誕生了「文學地理學」的概念，並且這一概念也伴隨著晚清「西學東漸」進入中國，成為近代中國文學地理思想興起的重要來源：「文學地理學是 18 世紀中葉康德在他的《自然地理學》中提出的一個地理學概念，由於康德的自然地理學理論蘊涵著豐富的人文地理學和地域美學思想，在西方美學和文學批評中產生了深遠的影響。清末民初，在西學東漸和強國新民的歷史大潮中，梁啟超、章太炎、劉師培等人將康德的『文學地理學』和那特硌的『政治學』用於中國古代文學藝術南北差異的研究，開創了中國文學地理學的學科歷史。」〔註6〕認真勘察，我們不難發現西方淵源的文學地理學依然與我們有別：「在康德的眼裏，文學地理學是地理學的一個分支學科而不是文學的分支學科」〔註7〕，後來陸續興起的文化地理學，也將地理學思維和方法引入文學研究，改變了傳統文學研究感性主導色彩，使之走向科學、定量和系統性，而興起於後殖民時代的地理批評以「空間」意識的探究為中心，強調作品空間所體現的權力、性別、族群、階級等意識，地理空間在他們那裡常常體現為某種的隱喻之義，現代環境主義與生態批評概念中的「地方」首先是作為「感知價值的中心」而非地理景觀，用文化地理學家邁克·克朗的話來說就是：「文學作品不能被視為地理景觀的簡單描述，許多時候是文學作品幫助塑造了這些景觀。」〔註8〕較之於這些來自域外的文學地理批評，中國自己的研究可能一直保持了對地方風土的深情，並沒有簡單隨域外思潮起舞，雖然在宏觀層面上，我們還是承認，現當代中國的文學地理學是對外開放、中西會通的結果。

「地方路徑」一說是在以上這些基本概念早已經暢行於世之後才出現的，於是，我們難免會問：新的概念是不是那些舊術語的隨機性表達？或者，是不是某種標新立異的標題招牌？

這是我們今天必須回答的。

---

〔註5〕鄒建軍：《文學地理學：批評和創作的雙重空間》，《臨沂大學學報》2017 年 1 期。

〔註6〕鍾仕倫：《概念、學科與方法：文學地理學略論》，《文學評論》2014 年 4 期。

〔註7〕鍾仕倫：《概念、學科與方法：文學地理學略論》，《文學評論》2014 年 4 期。

〔註8〕【英】邁克·克朗（Mike Crang）：《文化地理學》，楊淑華、宋慧敏譯，南京大學出版社 2003 年版，第 55 頁。

## 二

在現代中國討論「地方路徑」，容易引起的聯想是，我們是不是要重提中國文學在各個地方的發展問題？也就是說，是不是要繼續「深描」各個區域的文學發展以完整中國文學的整體版圖？

我們當然關注現代中國文學的一系列共同性的問題，而不是試圖將自己侷限在大版圖的某一局部，為失落在地方的文學現象拾遺補缺，從這個意義上來說，跨出地方的有限性，進入區域整合的視野甚至民族國家的視野乃題中之義。但是，這樣的嘗試卻又在根本上有別於我們曾經的區域文學研究。

在中國，區域文學與文化研究集中出現在 1990 年代中期，本質上是 1980 年代以來「走向世界」的改革開放思潮的一種延續。嚴家炎先生主編的《二十世紀中國文學與區域文化》叢書最早在 1995 年推出，作為領命撰寫四川現代文學與巴蜀文化的首批作者，我深深地浸潤於那樣的學術氛圍，感受和表達過那種從區域文化的角度推進文學現代化進程的執著和熱誠。在急需打破思想封閉、融入現代世界的那種焦慮當中，我們以外來文化為樣本引領中國文學與文化的渴望無疑是真誠的，至今依然閃耀著歷史道義的光輝，但是，心態的焦慮也在自覺不自覺中遮蔽了某些歷史和文化的細節，讓自我改變的激情淹沒了理性的真相。例如，我們很容易就陷入了對歷史的本質主義的假想，認為歷史的意義首先是由一些巨大的統攝性的「總體性質」所決定的，先有了宏大的整體的定性才有了局部的意義，中國文化的現代化進程也是如此，先有了整個國家和民族的現代觀念，才逐步推廣到了不同區域、不同地方的思想文化活動之中，也就是說，少數先知先覺的知識分子對西方現代化文化的接受、吸收，在少數先進城市率先實踐，形成了中國現代文化的「總體藍圖」，然後又通過一代又一代的艱苦努力，傳播到更為內陸、更為偏遠的其他區域，最終完成了全中國的現代文化建設。雖然區域文學現象中理所當然地涵容著歷史文化的深刻印記，但是作為「現代文學」的歷史進程的重要環節，我們的主導性目標還是考察這一歷史如何「走向世界」、完成「現代化」的任務，所以在事實上，當時中國文學的區域研究的落腳點還是講述不同區域的地方文化如何自我改造、接受和匯入現代中國精神大潮的故事。這些故事當然並非憑空捏造，它就是中國文化在近現代與外來文化交流、溝通的基本事實，然而，在另外一方面的也許是更主要的事實卻可能被我們有所忽略，那就是文化的自我發展歸根到底並不是移植或者模仿的結果，而是自我的一

種演進和生長，也就是說，是主體基於自身內在結構的一種新的變化和調整，這裡的主體性和內源性是不可或缺的基礎。如果說現代中國文學最終表現出了一種不容迴避的「現代性」，那麼也必定是不同的「地方」都出現了適應這個時代的新的精神的變遷，而不是少數知識分子為中國先建構起了一個大的現代的文化，然後又設法將這一文化從中心輸送到了各個地方，說服地方接受了這個新創建的文化。在這個意義上，地方的發展彙集成了整體的變化，是局部的改變最後讓全局的調整成為了現實。所謂的「地方路徑」並非是偏狹、個別、特殊的代名詞，在通往「現代」的征途上，它同時就是全面、整體和普遍，因為它最後形成的輻射性效應並不偏於一隅，而是全局性的、整體性的，只不過，不同「地方」對全局改變所產生的角度與方向有所不同，帶有鮮明的具體場景的體驗和色彩。從這裡，我們可以得出結論：在現代中國文學的學術史上，我們曾經有過的區域文化研究其實還是國家民族的大視角，區域和地方不過是國家民族文學的局部表現；而地方路徑的提出則是還原「地方」作為歷史主體性的意義，名為「地方」，實則一個全局性的民族文化精神嬗變的來源和基礎，可謂是以「地方」為方法，以民族文化整體為目的。

「地方」以這種歷史主體的方式出場，在「全球化」深化的今天，已經得到了深刻的證明。

在當今，全球化依然是時代的主題。然而，越來越多的人都開始意識到一個重要的問題：全球化是不是對體現於「地方」的個性的覆蓋和取消呢？事實可能很明顯，全球化不僅沒有消融原本就存在的地方性，而且林林種種的地方色彩常常還借助「反全球化」的浪潮繼續凸顯自己，在一個相當長的時期內，全球化和地方性都會保持著一種糾纏不清的關係，有矛盾衝突，但也會彼此生發。

文學與地方的關係也是如此。現代中國的文學一方面以「走向世界」為旗幟，但走向外部世界的同時卻也不斷返回故土，反觀地方。這裡，其實存在一個經由「地方路徑」通達「現代中國」的重要問題。

何謂「現代中國」？長期以來，我們預設了一些宏大的主題——中國社會文化是什麼？中國文學有什麼歷史使命、時代特點？不同的作家如何領悟和體現這樣的歷史主題？主流作家在少數「中心城市」如何完成了文學的總體建構？然而，文學的發生歸根到底是具體的、個人的，人的文學行為與包裹著他的生存環境具有更加清晰的對話關係，也就是說，文學人首先具有切

實的地方體驗，他的文學表達是當時當地社會文化的有機組成部分，文學的存在首先是一種個人路徑，然後形成特定的地方路徑，許許多多的「地方路徑」，不斷充實和調整著作為民族生存共同體的「中國經驗」，當然，中國整體經驗的成熟也會形成一種影響，作用於地方、區域乃至個體的大傳統，但是必須看到，地方經驗始終存在並具有某種持續生成的力量，而更大的整體的「大傳統」卻不是一成不變的，「大傳統」的更新和改變顯然與地方經驗的不斷生成關係緊密。正是在這個意義上，我們認為，並不是大中國的文化經驗「向下」傳輸逐漸構成了「地方」，「地方」同樣不斷凝聚和交融，構成了跨越區域的「中國經驗」。「地方經驗」如何最終形成「中國經驗」，這與作為民族共同體的「中國」如何降落為地方性的表徵同等重要！在現代中國文學發展的過程之中，不僅有「文學中國」的新經驗沉澱到了天南地北，更有天南地北的「地方路徑」最後匯集成了「文學中國」的寬闊大道。〔註9〕

這樣，我們的思維就與曾經的區域文學研究有所不同了。

在另外一方面，地方路徑的提出也意味著我們將有意識超越「地域文學」或者「地方文學」的方式，實現我們聯結民族、溝通人類的文學理想。

如前所述，我們對區域文學研究「總體藍圖」的質疑僅僅是否定這樣一種思維：在對「地方」缺乏足夠理解和認知的前提下奢談「走向世界」，在缺乏「地方體驗」的基礎上空論「全球一體化」，但是，這卻並不意味著我們要固守在「地方」之一隅，或者專注於地方經驗的打撈來迴避民族與人類的共同問題，排斥現代前進的節奏。與「區域文學」「地方文學」的相對靜止的歷史描述不同，「地方路徑」文學研究的重心之一是「路徑」，也就是追蹤和挖掘現代中國文學如何嘗試現代之路的歷史經驗，探索中國文學介入世界進程的方式。換句話說，「路徑」意味著一種歷史過程的動態意義，昭示了自我開放的學術面相，它絕不是重新返回到固步自封的時代，而是對「走向世界」的全新的闡發和理解。

同樣，我們也與「文學地理學」的理論企圖有所不同，建構一種系統的文學研究方法並非我們的主要目的，從根本上看，我們還是為了描述和探討中國文學從傳統進入現代，建設現代文學的過程和其中所遭遇的問題，是對現代中國文學的「現象學研究」，而不是文藝學的提升和哲學性的概括。當然，包括中外文學地理學的視角、方法都可能成為我們的學術基礎和重要借鑒。

---

〔註9〕參見李怡：《「地方路徑」如何通達「現代中國」》，《當代文壇》2020 年 1 期。

# 三

現代中國文學的「地方路徑」研究當然也有自己的方法論背景，有著自己的理論基礎的檢討和追問。

「地方路徑」的提出首先是對文學與文化研究「空間意識」的深化。

傳統的文學研究，幾乎都是基於對「時間神話」的迷信和依賴。也就是說，我們大抵都相信歷史的現象是伴隨著一個時間的流逝而漸次產生的，而時間的流逝則是由一個遙遠的過去不斷滑向不可知的未來的勻速的過程，時間的這種不以人的意志為轉移的勻速前進方式成為了我們認知、觀察世界事物的某種依靠，在很多的時候，我們都是站在時間之軸上敘述空間景物的異樣。但是，二十世紀的天體物理學卻告訴我們，世界上並沒有恒定可靠的時間，時間恰恰是依憑空間的不同而變化多端。例如愛因斯坦、霍金等人的宇宙觀恰恰給予了我們更為豐富的「相對」性的啟示：沒有絕對的時間，也沒有絕對的空間，時間總是與空間聯繫在一起，不同的空間有不同的時間。「相對論迫使我們從根本上改變了我們的時間和空間觀念。我們必須接受，時間不能完全脫離開和獨立於空間，而必須和空間結合在一起形成所謂的時空的客體。」〔註 10〕二十世紀以後尤其是 1970 年代以後，西方思想包括文學研究在內出現了眾所周知的「空間轉向」，傳統觀念中的對歷史進程的依賴讓位於對空間存在的體驗和觀察，這些理念一時間獲得了廣泛的共識：「當今的時代或許應是空間的紀元……我們時代的焦慮與空間有著根本的關係，比之與時間的關係更甚。」〔註 11〕「在日常生活裏，我們的心理經驗及文化語言都已經讓空間的範疇、而非時間的範疇支配著。」〔註 12〕「一方面，我們的行為和思想塑造著我們周遭的空間，但與此同時，我們生活於其中的集體性或社會性生產出了更大的空間與場所，而人類的空間性則是人類動機和環境或語境構成的產物。」〔註 13〕有法國空間理論家列斐伏爾等人的倡導，經由福柯、

〔註10〕【英】霍金：《時間簡史》，吳忠超譯，湖南科學技術出版社 2002 年版，第 22 頁。

〔註11〕【法】福柯：《不同空間的正文與上下文》，陳志悟譯，見包亞明主編：《後現代性與地理學的政治》，上海教育出版社 2001 年版，第 18 頁、20 頁。

〔註12〕【美】詹明信：《晚期資本主義文化的邏輯：詹明信批評理論文選》，陳清僑等譯，三聯書店 1997 年版，第 450 頁。

〔註13〕愛德華·索亞語，見包亞明：《後大都市與文化研究·前言：第三空間、後大都市與文化研究》，上海教育出版社 2005 年版，第 1 頁。

詹姆遜、哈維、索雅等人的不斷開拓，文學的空間批評得到了前所未有的長足發展，文本中的空間不再只是故事發生的背景，而是作為一種象徵系統和指涉系統，直接參與到了主題與敘事之中，空間因素融入傳統的社會歷史批評、文化批評、性別批評、精神批評等，激活了這些傳統文學研究的生命力，它又對後現代性境遇下人們的精神遭際有著獨到的觀察和解讀，從而切合了時代的演變和發展。

如同地理批評遠遠超出了地方風俗的文學意義而直達感知層面的空間關係一樣，西方文學界的空間批評更側重於資本主義成熟年代的各種權力關係的挖掘和洞察，「空間」隱含的主要是現實社會中的制度、秩序和個人對社會關係的心理感受。

在中國現代文學的研究中，我們長期堅信西方「進化論」思想的傳入是驚醒國人的主要力量，從嚴復的「天演公例」到梁啟超的「新民說」、魯迅的「國民性改造」，中國文學的歷史巨變有賴於時間緊迫感的喚起，這固然道出了一些重要的事實，然而，人都是生存於具體而微的「空間」之中的，是這一特殊「地方」的人生和情感的體驗真實地催動了各自思想變化，文學的現代之變，更應該落實到中國作家「在地方」的空間意識裏。近現代中國知識分子，同樣生成了自己的「空間意識」：

> 中國近現代知識分子是在一種極為特殊的條件下形成自己的時空觀念的。不是時間觀念的變化帶來了他們空間觀念的變化，而是空間觀念的變化帶來了他們時間觀念的變化。我們知道，正是由於鴉片戰爭之後中國的知識分子發現了一個「西方世界」，發現了一個新的空間，他們的整個宇宙觀才逐漸發生了與中國古代知識分子截然不同的變化。

> 中國現代知識分子的「地理大發現」，發現的卻是一個無法統一起來的世界，一個造成了空間割裂感的事實。這種空間割裂感是由於人的不同而造成的。

> 我們既不能把西方世界完全納入到我們的世界中來，成為我們這個世界的一個有機組成部分，我們也不願把我們的世界納入到西方世界中去，成為西方世界的一個有機組成部分。二者的接近發生的不是自然的融合，而是彼此的碰撞。

> 上帝管不了中國，孔子管不了西方，兩個空間結構都變成了兩

個具有實體性的結構，二者之間的衝撞正在發生著。一個統一的沒有隙縫的空間觀念在關心著民族命運的中國近現代知識分子的意識中可悲地喪失了。這不是一個他們願意不願意的問題，而是一個不能不如此的問題；不是一個比中國古代知識分子「先進」了或「落後」了的問題，而是一個他們眼前呈現的世界到底是一個什麼樣子的問題。正是這種空間觀念的變化，帶來了他們時間觀念的變化。〔註14〕

　　近現代中國知識分子同樣在「空間」感受中體驗了現實社會中的制度與秩序，覺悟了各種不平等的權力關係，但是，與西方不同的在於，我們在「空間」中的發現主要還不是存在於普遍人類世界中的隱蔽的命運，它就是赤裸裸的國家民族的困境，主要不是個人的特異發現，而是民族群體的整體事實，它既是現實的、風俗的，又是精神的、象徵的，既在個人「地方感」之中，又直陳於自然社會之上。從總體上看，近現代中國的空間意識不會像西方的空間批評那樣公開拒絕地方風土的現實「反映」，而是融現實體驗與個人精神感受於一爐。我覺得這就為「地方路徑」的觀察留下了更為廣闊的可能。

　　「地方路徑」的提出也是對域外中國學研究動向的一種回應。

　　海外的中國學研究，尤其是美國漢學界對現代中國的觀察，深受費正清「衝擊／反應」模式的影響，自覺不自覺地站在西方中心的立場上，以西歐社會的現代化模式來觀察東方和中國，認定中國社會的現代化不可能源自本土，只能是對西方衝擊的一種回應。不過，在 1930、40 年代以後，這樣的思維開始遭受到了漢學界內部的質疑，以柯文為代表的「中國中心觀」試圖重新觀察中國社會演變的事實，在中國自己的歷史邏輯中梳理現代化的線索。伴隨著這樣一些新的學術思想的動態，西方漢學界正在發生著引人矚目的變化：從宏大的歷史概括轉為區域問題考察，從整體的國家民族定義走向對中國內部各「地方」的再發現，一種著眼於「地方」的文學現代進程的研究正越來越多地顯示著自己的價值，已經有中國學者敏銳地指出，這些以「地方」研究為重心的域外的方法革新值得我們借鑒：「從時間與空間起源上，探究這些地區如何在大時代的激蕩中形成具有現代意義的文學觀念、如何生發具有地域特色的文學文本，考察文學與非文學、本土與異域、沿海

---

〔註14〕王富仁：《時間 · 空間 · 人（一）》，《魯迅研究月刊》2000 年 1 期。

與內地、中心與邊緣之間的多元關係，便不失為中國現代文學研究的一種新路徑。」〔註15〕

當然，必須指出的是，中國學者對「地方路徑」問題的發現在根本上說還是一種自我發現或者說自我認知深化的結果，是創立中國學術主體性的積極體現。以我個人的研究為例，是探尋近現代白話文學發生的過程中，接觸到了李劼人的成都寫作，又借助李劼人的地方經驗體驗到了一種近代化的演變曾經在中國的地方發生，隨著對李劼人「周邊」的摸索和勘察，我們不斷積累著「地方」如何自我演變的豐富事實，又深深地體悟到這些事實已經不再能納入到西方—中國先進區域—偏遠內陸這樣一個傳播鏈條來加以解釋了。與「中國中心觀」的相遇也出現在這個時候，但是，卻不是「中國中心觀」的輸入改變了我們的認識，而是雙方的發現構成了有益的對話。這裡的啟示可能更應該做這樣的描述：在我們力求更有效地擺脫「西方中心」觀的壓迫性影響、從「被描寫」的尷尬中嘗試自我解放、重新獲得思想主體性的時候，是西方學者對他們學術傳統的批判加強了這一自我尋找的進程，在中國人自己表述自己的方向上，我們和某些西方漢學家不期而遇，這裡當然可以握手，可以彼此對話和交流，但是卻並不存在一種理論上的「惠賜」，也再不可能出現那種喪失自我的「拜謝」，因為，「地方路徑」的發現本身就是自我覺醒的結果。這裡的「地方」不是指那種退縮式的地方自戀，而是自我從地方出發邁向未來的堅強意志。在思考人類共同命運和現代性命題的方向上我們原本就可以而且也能夠相互平等對話，嚴肅溝通，當我們真正自覺於自我意識、自覺於地方經驗的時候，一系列精神性的話題反而在東西方之間有了認同的基礎，有了交談的同一性，或者說，在這個時候，地方才真正通達了中國，又聯通了世界。在這個時候，在學術深層對話的基礎上，主體性的完成已經不需要以「民族道路的獨特性」來炫示，它同時也成為了文學世界性，或者說屬於真正的「人類命運共同體」的有機組成部分。

上世紀20年代，詩人聞一多也陷入過時代發展與「地方性」彰顯的緊張思考，他曾經激賞郭沫若《女神》的時代精神，又對其中可能存在的「地方色彩」的缺失而深懷憂慮，他這樣表達過民族與世界、地方與時代的理想關係：「真要建設一個好的世界文學，只有各國文學充分發展其地方色彩，同時又

---

〔註15〕張鴻聲、李明剛：《美國「中國學」的「地方」取向與中國現代文學研究——以中國現代文學研究的區域問題為例》，《中國現代文學論叢》2018年13輯。

貫以一種共同的時代精神，然後並而觀之，各種色料雖互相差異，卻又互相
調和」〔註 16〕。在某種意義上，這可以被我們視作中國現代文學沿「地方路
徑」前行的主導方向，也是我們提出「地方路徑」研究的基本原則。

〔註 16〕聞一多：《〈女神〉之地方色彩》，《創造週報》第 5 號，1923 年 6 月 10 日。

# 序

魏　建

　　我對魯迅一直缺乏研究，很少發表魯迅研究的學術成果。好在我每年都給學生講魯迅，比較關注魯迅研究界的前沿成果（也包括對魯迅作品的「細讀」），並對如何講授魯迅，動過一些心思，做過一些嘗試，有一點點體會。借這個機會，我談談自己在課堂上如何講魯迅生平的幾點體會，懇請各位魯迅研究專家和教學同行賜教。

　　都知道，「備課」就是授課人準備將要講授的東西。然而，只有認真備課的老師才知道，可以講授的東西太多了，不是可以隨意選擇、取捨的。所以，每一次備課就如同一次教學的研究。那麼，這教學研究具體研究的是什麼呢？我的體會是，授課教師應主要研究並處理好三個重要問題：講什麼？對誰講？怎麼講？在這三個問題中，首先要考慮的是「對誰講」，因為「講什麼」和「怎麼講」，都取決於「對誰講」。

　　先說「對誰講」。從某種意義上說，「備課就是備學生」。「對誰講」的研究主要是對學生接受的研究。具體來說，是要鑽研以下問題：學生已經接受過什麼（已知）？應該接受的是什麼（未知）？學生能接受的有哪些？學生對講授內容誤解的有哪些？……在認真鑽研這些問題的基礎上，授課人才能選擇好「講什麼」，才能設計好「怎麼講」。我講魯迅生平，首先瞭解我所教的本科學生「已知」的有哪些，包括他們小學階段接觸的有哪些、中學階段學過的有哪些。如果我不瞭解這些，把學生們早已知道的東西在我的課堂上再重複一遍，學生不可能願意聽。在掌握了學生「已知」的基礎上，我進一步鑽研學生的「未知」。學生未知的東西有很多，應在學生未知的東西裡面挑選學生最應該接受的東西，也就是教學中應有的重點、難點和疑點內容。順便說

一句，這些內容必須是真實可靠的，不能是「八卦」的東西。據說，有的老師講魯迅生平特別愛講「兄弟失和」一段，其中某些未經證實的「逸聞軼事」，的確是學生未知而且學生感興趣，但授課教師亂講是不負責任的。

再說「講什麼」。廣義的「講什麼」是授課人講的所有內容，狹義的「講什麼」是指授課人具體講授的主要文本。我這裡說的「講什麼」，指的就是狹義的含義。考慮到學生的接受，我講魯迅生平所採用的文本，不是我自己編寫的或別人編寫的魯迅生平。我採用的是魯迅 1930 年 5 月 16 日修訂完成的《魯迅自傳》。選這個文本的好處有三：1. 學生「未知」。絕大部分本科學生沒看過《魯迅自傳》（連很多中國現當代文學專業的研究生也沒看過）。2. 學生更相信。與外人編寫的魯迅生平材料相比，多數人肯定更信任魯迅自己寫的生平傳記，青年學生尤其如此。3. 便於學生走進魯迅生平中更重要的「未知」。《魯迅自傳》中特意強調的，是傳主失敗的記錄。學生已知的是魯迅改造舊中國的吶喊，學生未知的是魯迅個人的悲哀；學生已知的是魯迅勇往直前的堅韌，學生未知的是魯迅「橫站」的無奈；學生已知的是滿頭桂冠的成功的魯迅，學生未知的是遍體鱗傷的失敗的魯迅……《魯迅自傳》中重點強調的恰恰是他個人的悲哀、無奈和一次又一次的失敗。這些對於學生來說既是未知的，又是充滿懸念的：這是真的嗎？如果是真的，魯迅何以至此？即使是真的，魯迅何必要「自黑」呢……

以下是節選我的教學課件：《魯迅自傳》：

> 其時我是十八歲，便旅行到南京，考入水師學堂了，分在機關科。大約過了半年，我又**走出**，改進礦路學堂去學開礦，畢業之後，即被派往日本去留學。但待到在東京的豫備學校畢業，我已經決意要學醫了。（「棄醫從文」部分略）再到東京，和幾個朋友立了些小計劃，但**都陸續失敗了**。我又想往德國去，**也失敗了**。終於，因為我底母親和幾個別的人很希望我有經濟上的幫助，我便回到中國來；這時我是二十九歲。

> 我一回國就在浙江杭州的兩級師範學堂做化學和生理學教員，第二年就**走出**，到紹興中學堂去做教務長，第三年**又走出，沒有地方可去**，想在一個書店去做編譯員，**到底被拒絕了**。但革命也就發生，紹興光復後，我做了師範學校的校長。革命政府在南京成立，教育部長招我去做部員，移入北京；後來又兼做北京大學，師範大

學，女子師範大學的國文系講師。到一九二六年，有幾個學者到段祺瑞政府去告密，**說我不好，要捕拿我**，我便因了朋友林語堂的幫助**逃到廈門**，去做廈門大學教授，十二月**走出**，到廣東做了中山大學教授，四月**辭職**，九月**出**廣東，一直住在上海。（以上黑體和下劃線為引者所加）

接著，再談談「怎麼講」。有了關於「對誰講」和「講什麼」的深入思考，講授文本確定後，我的「怎麼講」主要考慮兩個問題：一是如何突出重點？二是如何深度開掘？具體來說，《魯迅自傳》裏學生已知的東西，如「家道中落」、「棄醫從文」，我基本不講，只是提示一下這些經歷和體驗與魯迅失敗的關聯。我重點講的是以上《魯迅自傳》中我把文字加黑和加下劃線的地方，這些也就是有關魯迅失敗的地方。我重點講這些地方不僅是因為學生對這些缺乏瞭解，更不是貶損魯迅，恰恰是為了讓學生瞭解更真實的魯迅、更本質的魯迅。通過講魯迅的失敗，告訴學生：魯迅是一個「失敗的英雄」，而且魯迅敬重這樣的「英雄」。他說：「中國一向就少有失敗的英雄，少有韌性的反抗，少有敢單身鏖戰的武人，少有敢撫哭叛徒的弔客」〔註1〕。我告訴學生：魯迅的人生充滿失敗，這是事實；魯迅是中華民族的文化英雄也是事實。二者的聯繫就是：魯迅是失敗造就的英雄。對於普通人來說，失敗的結果往往是自暴自棄。對於許多傑出人物來說，如卡夫卡……如魯迅，失敗，是他們成功特有的資源。於是，我圍繞「沒有失敗就沒有魯迅」這一命題進行深入的闡發。

一，失敗，給了魯迅一雙尋找黑暗、洞察黑暗的眼睛。長期對失敗的體驗，使得魯迅特別容易看到黑暗的東西，看到了一般人絕對看不到的黑暗，既有中國社會的黑暗，還有中國人心靈的黑暗。他從個體的失敗體驗上升到對生命本體的黑暗體驗的積累，進而魯迅又把這些經驗性的東西上升到理性層面，形成了魯迅深刻的改造國民性的思想。他這雙尋找黑暗的眼睛，不僅看到了奴性、冷漠、虛偽、苟且、卑怯、貪婪、不醒悟、無特操等國民魂靈中不長進的根性，還看到了隱匿在人們習焉不察的習俗和價值觀念背後的文化秩序，如隱藏在禮教合法外衣下面的不平等關係。魯迅的這雙尋找黑暗的眼睛，不怕以最壞的惡意來揣測中國人，觀察中國人。由此，魯迅成為中國人

〔註1〕魯迅：《這個與那個》，《魯迅全集》第3卷，人民文學出版社，2005年，第148～149頁。

心靈黑暗的發現者和不停息的批判者。他既批判專制，也批判愚民。更可貴的是，他揭示了專制與愚民之間的相互因果關係：專制政權不斷地製造愚民，愚民又在維護專制，甚至「暴君治下的臣民，大抵比暴君更暴；暴君的暴政，時常還不能饜足暴君治下的臣民的欲望……暴君的臣民，只願暴政暴在他人的頭上，他卻看著高興，拿『殘酷』做娛樂，拿『他人的苦』做賞玩，做慰安。」〔註2〕

　　二，失敗，塑造了魯迅悲觀主義的思維方式和認知方式。失敗，導致魯迅更接近悲觀主義。他曾經信奉進化論，可實際上他更相信循環論。與消極悲觀的循環論相比，後者更符合他的認知路徑和思維習慣。也正是借助循環論，魯迅發現了中國歷史發展「一亂一治」的悲劇性循環，揭示了中國人在「想做奴隸而不得的時代」與「暫時做穩了奴隸的時代」〔註3〕之間反覆變換的悲劇宿命。作為傑出的啟蒙思想家，他竟然對啟蒙也不抱多大希望，絕望於改革變成了一些人實現私欲的工具：「曾經闊氣的要復古，正在闊氣的要保持現狀，未曾闊氣的要革新。」〔註4〕更有甚者，「改革一兩，反動十斤。」這形成了他觀察事物的固定視角，思考問題的特有習慣。他越來越按照自己最習慣的、最擅長的方式去認知，去表達。這種思維方式和認知方式使魯迅總有與眾不同的發現。當「談者多以為共和於中國不宜」時，魯迅反問「以前之專制，何嘗相宜？」〔註5〕面對1925年中國的混戰局面，別人看的是「稱為神的和稱為魔的戰鬥」，魯迅卻認為雙方「並非爭奪天國，而在要得地獄的統治權。所以無論誰勝，地獄至今也還是照樣的地獄。」〔註6〕當進步作家們為中國左翼作家聯盟的成立而歡心鼓舞時，魯迅卻提醒大家「『左翼』作家是很容易成為『右翼』作家的。」〔註7〕

　　三，失敗，培育了魯迅特有的藝術創造力。魯迅一生命運多舛，總是擺脫不了冷眼、碰壁、絕望、孤獨、疾病等傷害他的東西，而他偏偏又對來自失

〔註2〕魯迅：《隨感錄·六十五　暴君的臣民》，《魯迅全集》第1卷，人民文學出版社，2005年，第384頁。
〔註3〕魯迅：《燈下漫筆》，《魯迅全集》第1卷，人民文學出版社，2005年，第225頁。
〔註4〕魯迅：《小雜感》，《魯迅全集》第3卷，人民文學出版，2005年，第555頁。
〔註5〕魯迅：《致宋崇義》，《魯迅全集》第11卷，人民文學出版社，2005年，第383頁。
〔註6〕魯迅：《雜語》，《魯迅全集》第7卷，人民文學出版社，2005年，第77頁。
〔註7〕魯迅：《對於左翼作家聯盟的意見》，《魯迅全集》第4卷，人民文學出版社，2005年，第238頁。

敗和陰暗的信息異常的敏感。這些對失敗和傷害的痛苦體驗，成了魯迅的一筆寶貴的精神財富，使得魯迅特別敏感於人生的荒誕，世間的涼薄，心靈的麻木，人與人之間的欺騙、迫害和虐殺。這一切培育並不斷強化著了魯迅高於一般人的對黑暗事物的洞察力、感悟力、想像力和藝術創造力。例如，魯迅的小說，正是借助這種高超的洞察力、感悟力、想像力和藝術創造力，創造了一個人人想吃人，人人又怕被吃的「吃人」世界。《祝福》裏吃掉祥林嫂的主要不是「四大繩索」，《孔乙己》裏吃掉孔乙己的主要不是科舉制……而是眾多近乎無緣無故的吃人者。魯迅小說裏那一個個「冷漠」和「隔膜」的故事，那「魯鎮」式的荒原時空，那「異類」和「看客」組成的人物群像，那陰鬱、悲哀的情緒氛圍，以及魯迅特有的複調、反諷……共同組成了魯迅式的中國想像。

我這樣講學生很愛聽。學生愛聽又確有收穫，增加了我的成就感，以後更愛講，如此形成良性循環，課程教學質量只能是隨之不斷提高。反之，則會形成惡性循環，課程質量只能是隨之不斷下降。

以上就是我講魯迅生平的體會和講法。

管冠生把他的書稿《魯迅作品細讀》發給我，請我作序言。他明知道我給我的博士生定了規矩：只作跋不寫序，他依然堅持要我「破例寫個序」。他就這麼固執。我給他博士論文《1933年的文學遊戲研究》所作的跋中，介紹過管冠生是一個怎樣罕見的書呆子。我非常欣賞這樣的書呆子，更瞭解他的認死理，所以只好「破例」了。

先從我對魯迅生平的解讀開始，再走進管冠生對魯迅作品的細讀，但願本書讀者不會覺得多餘。

2021 年 10 月 5 日

# 目
# 次

# 導論　文本細讀與魯迅小說研究

一

　　張夢陽在 1995 年舉行的全國魯迅研究學術研討會上談到編輯《1913～1983魯迅研究學術論著資料彙編》的感受時說道：「80 餘年的魯迅研究論著，95%是套話、假話、廢話、重複的空言，頂多有 5%談出些真見」，稍後作了「自我修訂」：「後來經再三統計、衡量才發現，我所說的真見之文占 5%，並非是少說了，而是擴大了，其實占 1%就不錯，即一百篇文章有一篇道出真見就謝天謝地了。」〔註1〕

　　從 1995 年至今，二十多年又過去了。這二十多年的魯迅研究狀況（成就）又如何呢？筆者從未搞過「資料彙編」這樣的大工程，只就自己的閱讀經驗而言，真見之文仍然少之又少。據筆者意見，根本原因在於不少魯迅研究者（無論是全國知名的大學者還是初入門徑的研究生）不會、不能、也不敢進行文本細讀。

　　這並不是說魯迅研究者不熟悉魯迅作品，相反，他們理所當然地熟悉魯迅作品（就魯迅小說而言，數量並不多且沒有長篇）。熟悉，是優勢，是專長，能讓人如數家珍侃侃而談，然而它潛藏著一個自以為是、自我遮蔽的風險，因為熟悉容易變成自以為熟悉而忘記了探索新的識見、思考新的可能、發現真正的面目。熟知常非真知。

---

〔註 1〕葛濤：《創新魯迅研究要從新編〈魯迅年譜〉開始》，《太原學院學報》2020 年第 2 期。該文認為，「推動中國魯迅研究從高原走向高峰，首先要系統整理魯迅相關史料並新編《魯迅年譜》」。可是，《魯迅年譜》如何新編？這又需要創新魯迅研究。兩者構成循環論證。

　　為了獲得真知真見或獨創性的個人見解，應該具備一定的理論素養或者說不斷地提高理論素養。但，是讓文本的解讀符合既得既有的理論觀念，還是在探索文本的過程中恰當化用理論觀念？換言之，是讓文本解讀證明自己具有一定的或高深的理論素養，還是提高理論素養是為了增強文本細讀的能力？據筆者所見，某些評論者容易走偏，精心援引西方理論話語的同時卻伴隨著割裂文本、斷章取義的現象，表面上兼有理論話語與文本解讀，實則難得多少真知灼見（讀這樣的論文，除了學得一點理論話語的皮毛之外，對深入理解所解讀的作品並未有多少有益的幫助）。學界對此種解讀路徑多有反思檢討，無須筆者過多饒舌。

　　或曰要掌握大量的「外圍知識」，如作者是在什麼樣的心境之下寫作的、作品的時代背景如何，等等。例如，郜元寶認為，「解讀、欣賞和評價類似《弟兄》這樣寫法特別的小說，確實要看讀者能否知悉其創作背景（《弟兄》所涉魯迅私生活之特殊內容），能否敏悟其獨特構思（《弟兄》主副線之虛實相生），能否瞭解其潛文本（明引或暗引『舊典』）」〔註2〕。所謂寫法特別，是指《弟兄》既暗含了魯迅很多的實際生活素材、又「『手腕高妙』，將無論怎樣的原型加以改造」，這樣便能「一石二鳥，既揭示某種普遍的人性和生活規律，又向若干『實有的人』傳達他自己對『兄弟失和』的態度」。

　　但，筆者看了郜先生論文的印象則是，對作者的生活內容（尤其關於「兄弟失和」的材料）追索太多而沒有見到對文本的細緻解讀。這樣的論文雖能予人啟發，但與筆者的興趣相去甚遠。筆者探索的是：如果我們不關心作者以及所謂的「外圍知識」、也不預先設定某種理論視野，只是最純粹地面對文本、對文本本身進行分析、尋覓、思考與重構，那麼，我們的所得是更少還是更多、更有趣還是更無聊？——在筆者看來，作品一旦完成，就成為自由自有之物，成為獨立存在的文本；對文本研究而言，「外圍知識」從根本上說可有可無、可以置之不理的。

　　一個事實是：我們在解讀文本時過多地關注作者及其「外圍知識」、過分地討論作者的思想狀況而不知不覺放鬆甚至放棄了對文本本身的細讀與鑽研。

---

〔註 2〕郜元寶：《〈弟兄〉二重暗諷結構——兼論讀懂小說之條件》，《文學評論》，2019年第 6 期。同樣，段從學《〈祝福〉：「祥林嫂之問」與「魯迅思想」的發生》（《文學評論》2021 年第 2 期）對祥林嫂的三個問題並沒有仔細深入地進行探討與解釋，反而大談作者魯迅之思想困擾。筆者探索的是：如果少提甚至不提魯迅，我們只在文本之內能不能清楚地解釋祥林嫂的問題？

## 二

文本細讀並非新鮮事物。

1994 年，孫紹振在《名作欣賞》第 2 期發表《作品分析的還原法》，該文寫道：「依靠抽象能力把構成藝術形象的原生要素想像出來，作為分析的起點，我把這種方法叫做『還原法』」；「分析藝術形象的方法，是尋求差異的方法，而尋求差異極其不易，乃有方法的方法，我把它們統一為『還原』的方法，又劃分為感知還原、邏輯還原和價值還原」。此後，孫先生又作了進一步的發展與深化，構成了一個較為完備的理論和方法體系，此處不便也不需要展開詳細的論述，只是強調一點：孫先生的「還原分析法」是被視為卓有成效的文本細讀法〔註 3〕。

然而，筆者在有限的閱讀中碰到的兩個例子卻是不能令人滿意的。《作品分析的還原法》提到了《阿 Q 正傳》：「為什麼阿 Q 在押上刑場之時不大喊冤枉，反而為在供紙上的圓圈畫得不圓而遺憾？按常理來還原正是因為畫了這個圈才完成判處死刑的手續。通過這個還原，益發見得阿 Q 的麻木。阿 Q 越是麻木，在讀者心目中越是能激發起相應的焦慮和關注，這就是藝術感染力，這就是審美價值。如果阿 Q 突然叫起冤枉來，而不是叫喊『二十年後又是一條好漢』，就和邏輯的常規縮短了距離，這樣，悲劇的效果就消失了」。在筆者看來，這個還原太粗疏了：至少應該還原到阿 Q 被審問時為什麼不喊冤枉，並且要考慮即便大喊冤枉管用不管用。請閱讀《「大團圓」之細讀——紀念〈阿 Q 正傳〉發表一百週年之三》。「供紙」一詞表明孫先生並沒有全面、仔細、認真地讀文本，因為只要認真讀過文本，就不會把阿 Q 畫押的紙稱為「供紙」，那紙上寫的根本不是阿 Q 說的話，與審問毫無關係。此處的悲劇效果不在於阿 Q 的所謂麻木。還原的鏈條應該儘量周全而完整。

另一個例子與魯迅小說研究無關，但也值得說一說。孫先生在解讀《再別康橋》時寫道：「為什麼是輕輕的呢？就是因為和自己的內心、自己的回憶對話。這裡所寫的不是一般的回憶，而是一種隱藏在心頭的秘密。大聲喧嘩是

〔註 3〕可參考：（1）龔帥《論孫紹振先生的文本細讀法》，《文學教育》2015 年第 4 期；（2）肖元凱、葉成葉《文本細讀的一把利刃——孫紹振還原分析法述評》，《語文學刊》2010 年第 2 期；（3）吳勵生、葉勤《從文本細讀到理論範式——初論孫紹振》，《社會科學論壇》2005 年第 23 期。

不適宜的,只有把腳步放輕聲音放低才能進入回憶的氛圍,融入自我陶醉的境界」,這個境界就是夢的境界,「詩中說得很明白,他說是到康橋的河邊上來『尋夢』的」。最終,按照孫先生的還原解讀,這個秘密、這個夢就是林徽因:只要「把《再別康橋》作過細的分析,就不難闡釋『輕輕』『悄悄』,實際上也就是一個人偷偷地來重溫舊夢,若能如此,當不難揭示全詩的精神密碼了」。然而,如此解釋存在一個重要的紕漏:《再別康橋》第五節首行是「尋夢?撐一支長篙」,並非「尋夢,撐一支長篙」或「尋夢!撐一支長篙」〔註4〕。由此,孫先生所說「詩中說得很明白,他說是到康橋的河邊上來『尋夢』的」是置文本於不顧,篡改文本以適合己意。假如由筆者運用「還原分析法」來解讀《再別康橋》,那麼,筆者將不得不老老實實地直面並分析為什麼是「尋夢?」而不是「尋夢,」或「尋夢。」或「尋夢!」。

儘管筆者對孫先生的文本解讀工作瞭解不多,但也樂意見到「還原分析法」能推動或促進人們對文本細讀的興趣與實踐。不過,單就上面的兩個例子來看,「還原分析法」離真正的文本細讀似乎還有一段距離。

陳思和認為,「細讀文學作品的過程是一種心靈與心靈互相碰撞和交流的過程……是一種以自己的心靈為觸角去探索另一個或為熟悉或為陌生的心靈世界」,文本細讀的任務就是把作家創作背後的「完整的理想境界」(即「創作的最初或者最根本的動機」)揭示出來,把作品的藝術內涵充分顯現出來。並提供了文本細讀的四種方法:(1)直面作品,「以赤裸的心靈和情感需求來面對文學,尋找一種線索,來觸動文學名著所隱含的作家的心靈世界與讀者參與閱讀的心靈世界的應和」;(2)尋找經典;(3)尋找縫隙,即讀出作品的「破綻」,讀出「作家遺漏的或者錯誤的地方」;(4)尋找原型〔註5〕。

筆者對學界前輩和同仁的研究持開放和欣賞的態度,同時堅持獨立思考和辯論的基本學術原則。筆者要說的是:我心目中的文本細讀與陳先生的

〔註4〕此外,若是和自己的內心、自己的回憶對話,又何必向西天的雲彩招手(黃昏時西天的雲彩亦是徐志摩康橋記憶的一個重要構成),又何必撐船漫溯呢?請參考管冠生的《〈再別康橋〉的精神分析學解讀》,載《太原學院學報》2017年第5期。

〔註5〕陳思和:《文本細讀在當代的意義及其方法》,《河北學刊》2004年第2期。另外,在《文本細讀的幾個前提》(《南方文壇》2016年第2期)一文中,陳先生詳細闡釋了三個前提:(1)「要相信,文本是真實的」;(2)「處理好平時學習的文藝理論和現場發揮的文本解讀之間關係」;(3)「閱讀文學作品不能預先設置框架」,「最好腦子真空」。

很有些差異。且舉例說明。《狂人日記》日記第一節寫道：

> 今天晚上，很好的月光。
>
> 我不見他，已是三十多年；今天見了，精神分外爽快。才知道以前的三十多年，全是發昏；然而須十分小心，不然，那趙家的狗，何以看我兩眼呢？

這段文字似乎沒有什麼「線索」和「破綻」需要尋找，然而，它暗含著一個有趣的問題：「他」是什麼，或是誰？——要發現這個問題，陳先生所說的文本細讀的四種方法似乎全用不上。按此處的語境，「他」似乎很自然地是指「很好的月光」或「月亮」，但自然界「很好的月光」何以能使「我」「知道以前的三十多年，全是發昏」呢？在此，陳先生認同日本學者伊藤虎丸的研究，認為「作為發狂的契機的『月亮』，則象徵著某種超越性的東西……那麼這『超越性的東西』象徵著什麼呢？這當然是一個可以討論的問題，我想如果結合時代風氣的話，應該是暗示啟蒙主義者所獲得的來自西方的新的思想武器」〔註6〕。

侷限於日記第一節的語境，這種理解是很好的。可是日記第二節卻又寫道：「今天全沒月光，我知道不妙」，自然界的月光有時有、有時沒有，但如果把月光視為「新的思想武器」的象徵，那又怎麼會「全沒」了呢？換言之，「思想武器」既學得之後，怎會又「全沒」了呢？這就是說，把月光解釋為「新的思想武器」的象徵放在日記第一節是可以理解的，但放在第二節就無法合理解釋了。——文本細讀應顧及全篇，不應只滿足一時一地之解釋。

筆者又查考了其他各家說法。日本學者田村俊裕提出了另一種新鮮的解釋，認為，「月亮象徵著『不吃人的人』，即狂人所說的『真的人』的眼睛。狂人正是由於仰望了月亮——真的人的眼睛，被洗卻了心中的污濁，而頓然醒悟——發狂。魯迅先生其他小說出現的月亮也起著大致相同的作用，總是作為表現登場人物或發狂，或覺醒，或回憶幼年時代的甘美世界等的道具來

---

〔註6〕陳思和：中國現當代文學名篇十五講（第二版），北京大學出版社，2013年，第21頁。宋劍華有類似看法：「月亮本身卻並不是光源（啟蒙思想），它只能是去折射太陽之『光』（外在因素），況且在那茫茫長夜中的微弱『月光』，也絕不可能給黑暗帶來溫暖與光明……『狂人』突然意識到了自己所處的尷尬境地——試圖以淡淡之『月光』（啟蒙思想），去照亮漫漫之『黑暗』（傳統文化）」（宋劍華《圍城中的巨人：理解魯迅的「寂寞」與「悲哀」》，華南理工大學出版社，2017年，第147頁）。

使用的」〔註7〕，這個解釋要比「思想武器」說更有合理性，但它也在文本他處留下了問題：日記第八節寫道「天氣是好，月色也很亮了」，即「很好的月光」出現了兩次，而日記第十二節又寫道「有了四千年吃人履歷的我，當初雖然不知道，現在明白，難見真的人！」如果「月亮」象徵著「真的人」的眼睛，而它出現了兩次，那麼，似乎不宜說「真的人」難見吧？——很多所謂的文本細讀都不是真正的文本細讀，原因就在這裡：它們充其量是局部的細讀，而非整體的細讀，何況局部細讀的工作也並沒有做得充分到位。

筆者認為，如果我們不把「我不見他」中的「他」作為「月光」的指稱，那麼，問題可能更好解決。「我不見他」中的「他」就是指「真的人」，而「很好的月光」是一種讓人「精神分外爽快」的環境氛圍。這樣，我們就不必再去苦思「月光」的象徵含義。但若把「他」視為「真的人」，則會產生下面的疑問：「真的人」是怎麼出現的？狂人在日記中為什麼沒有記錄和他的談話？經過仔細閱讀與思考，這兩點都可以得到解釋：日記第八節記載了狂人和一個人（亦稱「他」）的對話，這個「他」也是「忽然」出現的，沒有任何徵兆；狂人質問他「從來如此，便對麼？」，他說「我不同你講這些大道理；總之你不該說，你說便是你錯！」，這時，「奇蹟」發生了，因為小說接著寫道：

> 我直跳起來，張開眼，這人便不見了。

那麼，狂人三十多年才見到的那個「真的人」也可以這般來，這般去。至於「真的人」和狂人之間是否發生語言交流或肢體接觸，這不必著實考慮，它不是關鍵問題甚至不是必要問題，因為狂人的覺醒本質上是一次主體自覺自明的行為。

在孫紹振、陳思和之外，王富仁關注中學語文課堂的文本分析工作。王先生認為，「文本分析實際是讀者在自己的頭腦中重建文本的過程」，為了重建文本，讀者需要把自己身處的文化時空真正轉移到作者寫作文本時的文化時空中去，而這就需要「一個角度，一個途徑，從這個角度和途徑出發不但可以更深入文本之中，並且能夠『盤活』整個文本，使文本以一種全新的姿態

---

〔註7〕轉引自曹禧修：《魯迅小說詩學結構引論》，中國社會科學出版社，2010年，第161頁。該書接著引文寫道：「事實上，從詞源上看⋯⋯法語中的 lunatique 的釋義為『受月亮影響的精神病患者』，而英語中的瘋子和傻子是同一個單詞，即都是以拉丁語中的月亮（luna）為語源的 lunatic」，這個考證頗給人啟發，但我認為必須考慮一點，即《狂人日記》中的「狂人」不是一般意義上的「精神病患者」或瘋子傻子之類。

出現在我們眼前。怎樣發現這個角度和途徑，是很難預先講清的，或因為對文本有一個突然的感悟，或因為現實生活的某種刺激，或因為一種新的思想觀點、美學理論的啟發，或因為一種新的方法論的使用，但這個角度和前提的發現卻是文本分析的首要前提」〔註8〕，筆者認同這些看法，但王先生在文末認為「文本分析在大學文學教學中也不如在中學語文教學中那麼重要，那麼關鍵」，因為大學課堂傳授的是「系統的文學史知識和文學、語言學的理論知識」，這是值得反思和商榷的。筆者的大學課堂仍然以文本細讀為關鍵環節（下文還要談到），由文本細讀之所得再推進到文學史知識和理論知識。

　　就魯迅閱讀和研究，王先生說他從初中二三年級開始讀《魯迅全集》，感受到了濃厚的閱讀樂趣，「為什麼現在的教師和學生反而感到不懂魯迅了呢？因為我那時是沒有任何先入之見的，是不抱任何確定的目的的，是根據魯迅的作品瞭解和感受魯迅作品的，而我們現在的教師和學生則往往是抱著『完成』教學任務，讓學生一定要怎麼理解、不怎麼理解……這使我們的教師和學生不再是魯迅作品的讀者，而是到魯迅作品這裡來買肉的顧客……越是急於買到肉，喂肥自己，越是感到魯迅的肉不好咬、不好嚼，囫圇吞下去又不好消化，因而也越是厭惡魯迅和魯迅作品」〔註9〕。閱讀魯迅可以不抱任何確定的目的，但若「沒有任何先入之見」，這只能是一種理想狀態，確切地說，是不可能存在的狀態（本文後面還要再談）。作為大學老師，筆者反思的是：中學的教師和學生往往抱著「完成」教學任務的心態和目的去講授魯迅，大學師生對魯迅及其作品的態度與之又有多少實質性的差別呢？換言之，他們能在多大程度上做到文本細讀呢？

　　王先生對《孔乙己》的解讀為我們提供了一個剖析反思的例子。王先生曾「相信魯鎮人所說的孔乙己因為『好喝懶做』而至於偷竊的說法」，後來卻覺得「這個問題似乎並不這麼簡單」（這個變化源於王先生感受到「我們」知識分子階層「在哪個世界裏都找不到適於自己的位置」，所能做的只是孔乙己所做的「抄書」工作）：

> 　　「他在我們的店裏，品性卻比別人都好，就是從不拖欠，雖然
> 間或沒有現錢，暫時記在粉板上，但不出一月，定然還清，從粉板

〔註8〕王富仁：《文本分析略談》，《語文建設》，2014年第3期。
〔註9〕王富仁：《〈最是魯迅應該讀〉（代序）》，見周維東、姜飛《最是魯迅應該讀》一書。

上拭去了孔乙己的名字。」為什麼他在酒店裏如此講信用，而對自己的主人卻不講信用呢？這裡恐怕是有更隱秘的心理動機的：孔乙己在那些有權有勢的人面前感到心理不平衡。〔註10〕

接下來，王先生做了以下的分析與解釋：（1）「讀書人」何大人、丁舉人已經成為有權有勢的人，實際上不需要什麼「文化」；（2）「真正需要『文化』的是孔乙己」，而「書籍紙張筆硯」是「文化」的工具，孔乙己需要依靠它們過活，但他卻沒有，就只能偷；（3）孔乙己不偷酒店掌櫃而偷何、丁，「是有更深層的心理原因的。就其實質的意義，這是向權力的宣戰，向社會權威的宣戰」；（4）何、丁痛惜的不是「書籍紙張筆硯」，他們如此殘酷和兇暴是憤慨於「孔乙己對他們權威地位的蔑視，是孔乙己內心那點說不出來的隱秘願望」；（5）短衣幫是不能理解孔乙己為什麼非要偷權力者的，因為「『偷』的原則就是要避開懲罰而獲得在正常情況下無法獲得的經濟利益，而孔乙己進行的卻是只能招來更嚴重的懲罰而無法獲得經濟利益的行動，這不是很蠢的嗎？『這一回，是自己發昏，竟偷到丁舉人家裏去了。他家的東西，偷得的麼？』」

這番分析和解釋頗有新意。但我們需要的是有文本依據、有恰當效力和說服力的創見與解釋，不是帶著先入之見（不帶任何先入之見地進入文本、分析文本是多麼困難）且硬從字裏行間挖掘以配合先入之見的所謂新意。《孔乙己》這樣寫道：

> 聽人家背地裏談論，孔乙己原來也讀過書，但終於沒有進學，又不會營生；於是愈過愈窮，弄到將要討飯了。幸而寫得一筆好字，便替人家鈔鈔書，換一碗飯吃。可惜他又有一樣壞脾氣，便是好喝懶做。坐不到幾天，便連人和書籍紙張筆硯，一齊失蹤。如是幾次，叫他抄書的人也沒有了。孔乙己沒有法，便免不了偶然做些偷竊的事。

按小說所寫，孔乙己「偶然做些偷竊的事」，但沒說偷竊的是「書籍紙張筆硯」。這些「文化」的工具是在「偶然做些偷竊的事」之前、替人家鈔書時順手帶走的，拿走之後自然是把它們賣掉換錢以維持基本的生存。孔乙己儘管是「讀書人」，但「愈過愈窮，弄到將要討飯」，這種情況下他還留下這些

---

〔註10〕王先生的觀點和論述請見《魯迅小說的敘事藝術》，收入《中國文化的守夜人——魯迅》，人民文學出版社 2002 年，第 218～220 頁。此處引文中的「品性」錯了，原文是「品行」。

「文化」的工具幹什麼呢？他還有閒情逸致要用以為自己鈔書嗎？換言之，「失蹤」玩多了之後，無人再敢叫他鈔書，這才沒法做點偷竊之事，偷竊什麼呢？別人家的一塊窩窩頭或者一棵大蔥不是比那些「文化」的工具更迫切更急需嗎？再看兩處例證：（1）酒客們取笑孔乙己，「故意地高聲嚷道，『你一定又偷了人家的東西了！』」，沒說是偷那些「文化」的工具〔註11〕；（2）酒客介紹孔乙己被丁舉人打斷腿，說「他家的東西，偷得的麼？」，沒說偷的是那些「文化」的工具。

更重要的是，「討飯一樣的人」、「一到店，所有喝酒的人便都看著他笑」、連自己也知道是被眾人「取笑」的人還有什麼心理空間與心理能量去和有權有勢的人賭氣、較勁、爭勝甚至宣戰呢？並且，通過偷「書籍紙張筆硯」的方式而向有權有勢的人宣戰是不是顯得很滑稽無聊呢？筆者認為，不必賦予「偷」如此重要的政治意義和文化意義。

此外，偷丁舉人家的東西不能得出孔乙己蠢或發昏的結論——「是自己發昏」的引文乃一個酒客所說，這些人的話不能徑直採用、完全採信，因為孔乙己在他們眼裏只是取笑的對象，他們對孔乙己沒有深刻的同情與理解——除了丁舉人這樣的人家需要他鈔鈔書之外，短衣幫人家有這個需要且雇得起嗎？換言之，孔乙己要是偷，不偷丁舉人這樣的人家能偷誰呢？因為窮苦人家沒得偷（關於筆者對孔乙己「偷竊」的整體思考，請讀《百年無聊細讀〈孔乙己〉》一文）。

上述反思意在表明：真正的文本細讀必須設身處地為人物進行方方面面地仔細考慮。文本細讀並非新鮮事物，然而，真正的文本細讀仍然是新鮮事物。

## 三

接下來，筆者將列舉其他學者的一些研究片段並對之進行反思與探討，希望能更進一步表明文本細讀的重要性，並強化文本細讀的學術自覺意識。首先說明的是，筆者反思、反駁、否定的是學者們的研究片段，而非他們的整體學術成就；實際上，筆者非常感謝他們的思考成果，並有幸與之進行對話辯駁。

---

〔註11〕待孔乙己反駁「你怎麼這樣憑空污人清白……」，他們才說「我前天親眼見你偷了何家的書」，這顯然是依據孔乙己之前的作為而臨時編的瞎話，以窘迫取笑孔乙己。

論斷和表述符合常識，但經不起文本細讀的檢驗。例如，有論者寫道：「《阿Q正傳》中的阿Q就是在被盤剝得不剩一毛，而且謀生的途徑都被堵死之後，才鋌而走險去『革命』的」，這符合「窮則思變」的一般認知邏輯，看上去沒毛病，實則有簡單化、片面化之嫌，無法對阿Q「革命」的動機與想像達成全面的理解。至少，《阿Q正傳》第八章明明寫著：「其實他的生活，倒也並不比造反之前反艱難，人見他也客氣，店鋪也不說要現錢」，這意味著阿Q造反前後的生活狀態並沒有多大變化，如何能說「謀生的途徑都被堵死」了呢？——客觀地講，這種常識化的論斷和表述比較普遍地存在著，而學術創新的一個重要指向就是對之保持警惕並進行反思。

某些論斷和表述頗有新意，卻沒有提供文本依據、未能出具考證的詳細過程。例如，趙府遭搶是《阿Q正傳》中的一個重要故事情節，有論者認為，「從文本東鱗西爪的暗示推測，這次搶案可以理解為趙太爺與人合謀而演出的一齣戲，目的無非貪占舉人老爺寄存的財物」〔註12〕，這個「推測」很新鮮，可惜未能提供那些「東鱗西爪的暗示」以建構「推測」的過程。或曰，既由「暗示」來「推測」，便不需要證明的過程；然而，這恰恰表明推測者並沒有全面細讀文本，因為《阿Q正傳》結束時說得明白清楚：「至於當時的影響，最大的倒反在舉人老爺，因為終於沒有追贓，他全家都號咷了。其次是趙府，非特秀才因為上城去報官，被不好的革命黨剪了辮子，而且又破費了二十千的賞錢，所以全家也號咷了。從這一天以來，他們便漸漸的都發生了遺老的氣味」。舉人老爺的幾箱財物肯定比「二十千的賞錢」多得多，若趙府果真偷佔了前者，又何必放聲大哭呢？若說這可能是趙府作秀賣慘，則如此心理學的推測將沒有底線。因此，筆者認為，這個頗有新意的「推測」不成立，只是因為推測者忘記了小說結束時的明白介紹。

有些解釋過於急切地跳躍「昇華」，或者說習慣於一頭扎下去尋覓和建立象徵意義或其他類型的深刻的思想意蘊，這很容易遠離人物自身的基本生存狀況，未能真正設身處地地為人物考慮和設想。例如，面對「孔乙己是站著喝酒而穿長衫的唯一的人……穿的雖然是長衫，可是又髒又破，似乎十多年也沒有補，也沒有洗」這段話，有論者說：「孔乙己不肯脫下『長衣衫』是因為那是一種『身份』的象徵……他要強調自己是『讀書人』，是有身份的人，

---

〔註12〕周維東、姜飛：《最是魯迅應該讀》，北京師範大學出版社，2011年，第24頁。

是國家、社會不可缺少的『君子』」〔註13〕；另有論者寫道：「長衫『又髒又破，似乎十多年沒有補，也沒有洗』，但他依然穿在身上，不僅僅是因為窮，而是因為那是他作為一個讀書人的最後標識。如果脫掉長衫，就泯然『短衣幫』矣，所以他一定將它穿在身上，以顯示與『短衣幫』的不同，這難道不需要勇氣嗎？」，由此反而顯示出孔乙己和其他善變的文人不同〔註14〕。學界在這件長衫上可謂做足了文章。然而，如果我們能設身處地地為孔乙己考慮一下，那麼，擺在他面前第一位的且最重要的問題不是固守讀書人的身份而是如何維持基本生存。為了生存而「免不了偶然做些偷竊的事」，生活窘迫到這個地步，我們可以合理猜測除了這件長衫，孔乙己其實沒有其他衣服可以穿出來見人，換言之，這件長衫是他唯一的社交服飾。它「又髒又破」，但凡能有任何可替換的選擇，孔乙己還能一直穿著它？讀書人高貴的身份用一件「似乎十多年沒有補，也沒有洗」的長衫來象徵，不是很有些滑稽可笑嗎？簡言之，孔乙己不是「不肯脫下」、也不是為了彰顯「勇氣」，而是「弄到將要討飯」的他沒有錢買新衣服。這是最基本的事實。短衣幫不會因為穿長衫就把他看成讀書人，因為他們問「孔乙己，你當真認識字麼？」「你怎的連半個秀才也撈不到呢？」

又如，《故鄉》中年閏土叫「我」「老爺！」，有論者便寫道：「這一聲稱呼，意味著閏土在閏土和『我』之間已經築起了一道不可逾越的鴻溝，隔上了一層堅硬厚實的障壁，這就是壁壘森嚴的封建等級制度。在中年閏土看來，這個『我』是有錢有地位的人，自己則是窮人，決不能平起平坐，喊『我』為『老爺』是天經地義、理該如此的……閏土已經把涇渭分明的階級界限看作是理應遵守的『規矩』，不敢越雷池一步了」〔註15〕。這個解讀看上去很深刻，實則很有些無趣，因為它完全忽略了閏土和「我」從小建立的感情聯繫。中年閏土叫「老爺」是服從於習慣。休謨寫道：「凡不經任何新的推理或結論而單是由過去的重複所產生的一切，我們都稱之為習慣（custom），所以我們可以把下面一種說法立為一條確定的真理，即凡由任何現前印象而來的信念，

---

〔註13〕錢理群：《魯迅作品細讀》，北京出版社，2017 年，第 10 頁。小說明明寫的是「長衫」，非「長衣衫」。

〔註14〕張全之：《背對故鄉：魯迅文學的多維闡釋》，山西人民出版社，2015 年，第 93 頁。

〔註15〕嚴家炎：《〈故鄉〉與魯迅小說的現實主義》，收入《論魯迅的複調小說》，北京大學出版社，2011 年，第 105 頁。

都只是由習慣那個根源而來」，後來又寫道：「我們從嬰兒時起就習慣了的所有那些對事物的意見和概念，都是非常根深蒂固的，我們即使用理性和經驗的全部力量，也無法把它們拔除」〔註16〕，沒有什麼東西能比習慣對我們的情感影響更大。我們再琢磨閏土叫「老爺！」時的面部表情：「臉上現出歡喜和淒涼的神情；動著嘴唇，卻沒有作聲。他的態度終於恭敬起來」，毫無疑問閏土對「我」是很有感情的，他在考慮如何稱呼，最終選擇了表達主僕關係的「老爺！」，這個表達服從和忠誠的習慣性稱呼蘊含著閏土對「我」的感情。「我」具有優勢和支配地位（曾是少爺，家裏曾雇閏土父子幫工），叫「閏土哥」顯得親密無間；假如中年閏土平起平坐喊「迅哥兒」，我們會不會覺得他不懂世事僭越無禮？綜合考慮中年閏土叫「老爺！」是習慣性的選擇，也是唯一的選擇。必須承認，兩人關係是不平等的，但這種身份不平等與「壁壘森嚴的封建等級制度」和「涇渭分明的階級界限」不是一回事。就「我」而言，也不可能認為「可悲的厚障壁」就是指「壁壘森嚴的封建等級制度」，而是指「我」和中年閏土之間再也不能像小時候那樣無間無隔地歡喜交流了。——假如研究者能真正設身處地地為人物考慮，那麼，人物的言行舉止完全可以從生存境遇、個性心理、人性變化等方面得到合理的解釋，不必上來便「上綱上線」地扯上太多。

　　某些所謂的文本細讀只是引用文本來確證自己的觀點。這就造成了一種現象：大多數論文「按它們自身的邏輯看，它們說得很有道理，可若細心讀一讀原文，就會發現它們斷章取義，不能服人」〔註17〕。文本細讀的初衷與目的不是讓某段文本或文本中的某句話來證明某個觀點，而是讓文本自身來說話。例如，有論者把祥林嫂視為奴隸，認為她「安於做奴隸，把做穩了奴隸視為人生的最大滿足和幸福」，可是，這與祥林嫂被賣給賀老六做老婆時的言行明顯不合。《祝福》這樣寫：

　　　　祥林嫂可是異乎尋常，他們說她一路只是嚎，罵，抬到賀家墺，
　　喉嚨已經全啞了……他們一不小心，一鬆手，阿呀，阿彌陀佛，她
　　就一頭撞在香案角上，頭上碰了一個大窟窿，鮮血直流，用了兩把

〔註16〕休謨：《人性論（上）》，關文運譯，商務印書館，2010年。兩處引文分別見第122、136頁。

〔註17〕管冠生：《〈邊城〉正解——談〈邊城〉解讀中的兩個問題》，《太原學院學報》，2019年第1期。

香灰，包上兩塊紅布還止不住血呢。直到七手八腳的將她和男人反

關在新房裏，還是罵，阿呀呀，這真是……

對此，該論者解釋道：「這是以自己的生命為代價的拼死反抗，因為『餓死事小，失節事大』，祥林嫂反抗的目的，只是為了做一個從一而終的好寡婦！這種反抗，難道不是越真誠、越激烈，反抗精神越強，也就越是可悲，越是證明著奴隸意識越沉重、越深刻嗎？魯迅能忍心讚賞這樣的『反抗』精神嗎？」〔註18〕。

單看引文及其解釋似乎是有道理的，但若細讀文本並進行全盤綜合考慮，就會認識到如此解釋留下了前後矛盾、難以解釋的問題：（1）既然祥林嫂「只是為了做一個從一而終的好寡婦」，那麼，此前她為什麼不老老實實在婆婆家呆著，反而逃離出來到魯四家做工呢？（2）既然為了從一而終地做個好寡婦而進行如此激烈的反抗，那麼，為什麼年底就生了孩子，跟賀老六過起日子來了呢？換言之，為什麼反抗沒有持續下去，僅僅在再嫁時表現過一回呢？難道祥林嫂「沉重」、「深刻」的奴隸意識在入洞房之後就忘了、沒了？照此程度的「奴隸意識」，祥林嫂應該千方百計找機會自殺才是；（3）引文是衛老婆子的敘述，從字裏行間（如「阿呀，阿彌陀佛」）來看，她對祥林嫂的反抗是有同情心的，作者魯迅是否「忍心讚賞」這樣的反抗，我們不得而知，但他對此舉動能「忍心」無動於衷嗎？——上述反思表明，侷限於一時一地、斷章取義的理解而得來觀點是經不起細讀推敲的。

再看下面的例子：

魯迅《肥皂》中的父親四銘對其兒子學程有這樣一段「庭訓」：

學學那個孝女罷，做了乞丐，還是一味孝順祖母，自己情願餓肚子。但是你們這些學生那裡知道這些，肆無忌憚，將來只好像那光棍……

這段話其實就是長者打著「孝」的旗號對幼者的「奴化」訓示。作為幼者的學程在父母的威嚴下，只有「恭恭敬敬」地聽從著，失去了反抗和言說的能力。〔註19〕

單看這段「庭訓」引文，如此議論倒也合適。可是，還是找到原文上下

---

〔註18〕胡尹強：《破毀鐵屋子的希望——〈吶喊〉〈彷徨〉新論》，人民文學出版社，2001年，第258～259頁。

〔註19〕吳翔宇：《魯迅小說的中國形象研究》，九州出版社，2016年，第199～200頁。

仔細瞧一瞧吧。原來，四銘教訓兒子的話是在飯桌上，在此「庭訓」之前，「招兒帶翻了飯碗了，菜湯流得小半桌。四銘儘量的睜大了細眼睛瞪著看得她要哭，這才收回眼光，伸筷自去夾那早先看中了的一個菜心去。可是菜心已經不見了，他左右一瞥，就發見學程剛剛夾著塞進他張得很大的嘴裏去，他於是只好無聊的吃了一筷黃菜葉」；於是，四銘看著學程的臉問道：「那一句查出了沒有？」學程回答得很老實「那還沒有」，便惹起了「庭訓」。事情很明白：四銘生氣兒子搶了他的菜，但聲口上不能以此生氣，而是拿「道理」發洩怒氣：「學學那個孝女罷」之前的話是「哼，你看，也沒有學問，也不懂道理，單知道吃！」「沒有學問」指的是此前四銘問學程鬼子話「惡毒婦」是什麼意思，學程的回答皆不能令他滿意；但聽到父親說「將來只好像那光棍」，學程開口了：「想倒想著了一個，但不知可是。——我想，他們說的也許是『阿爾特膚爾』」，可見學程並未「失去反抗和言說的能力」。有意思的是，「阿爾特膚爾」是英語 Old fool（老傻瓜）的音譯。兒子點明了父親的本質，只是不好意思直接說出來。全篇細讀並綜合考慮之後，我們會在論者的論述與觀點之外發現更豐富、更有趣、更合乎人性的內容。

當然，過猶不及，文本細讀若拘泥過甚、不知變通也是需要警惕的。有論者認為，《故鄉》中的「我」呈現為分裂的記憶自我與現實自我，兩者在文本中不斷穿插、衝突，「更有趣的是『我』對水生的『年齡誤判』：『我』將水生描述為『廿年前的閏土』，但依據前文，『我』認識閏土的時候『也不過十多歲，離現在將有三十年了』，而『我』離開故鄉 20 年，水生便應是『三十年前的閏土』，並非所謂的『廿年前』，這一文本裂隙足以解構從『我』的視角出發所見的可信度」〔註 20〕。這是一個前所未見的新發現，令人印象深刻。由此而細查文本，發現它有可議之處，我們可以從頭梳理一下：

小說一開始寫道：「我冒了嚴寒，回到相隔二千餘里，別了二十餘年的故鄉去」；然後寫道：「阿！這不是我二十年來時時記得的故鄉？」；後來寫十多歲的「我」認識十一二歲的少年閏土，「離現在將有三十年了」；水生出現時，則寫他「正是一個廿年前的閏土」。「年齡誤判」看上去是存在的，似乎不能寫「廿年前」，因為離開故鄉都有「二十餘年」了，何況是在離開故鄉前幾年

---

〔註20〕宋炘悅、史建國：《看者／被看者的解構與超越——以〈故鄉〉的第一人稱敘事為中心》，《上海魯迅研究》總第 88 輯，上海社會科學院出版社，2021 年，第 288 頁。

見的閏土。水生應該是「將近三十年前的閏土」。但換副腦筋想,「將近三十年前的閏土」和「廿年前的閏土」模樣上應該差不多,那麼,說水生是後者亦無不可。由於離開故鄉時間太長,「我」並不追求數字的精確性,比如開始寫「別了二十餘年」,接著則寫「二十年」,若較真,則後者也不對。因此,筆者以為這宜視為一個可以理解的誤記或筆誤,不宜說它「足以解構從『我』的視角出發所見的可信度」,這有些太過分了。

段從學對《長明燈》的解讀新意迭出,令人稱賞,但某些局部的論述和觀點也走進了深思過度的誤區。《長明燈》一開始寫吉光屯茶館裏「幾個以豁達自居的青年人」的對話。「『還是這樣麼?』三角臉的拿起茶碗,問」,段文寫道:

> 三角臉拿起茶碗時的隨口一問「還是這樣麼?」,其實是無話找話的閒聊。倘若情形真有什麼變化,三角臉這樣的閒漢肯定是整個吉光屯最早知曉,也最熱衷於講述和傳播的好漢,根本不必向別人打聽……再退一步說,就算真要瞭解和打聽自己所不知道的新情況,三角臉的發問也應該是指向他者的「怎麼樣?」,而不是本身就包含了預設答案的「還是這樣麼?」三角臉的目的,其實是要通過別人的回答,來印證自己早已經包含在問題之中的答案,藉以凸顯自己成竹在胸的高明和過人之處。〔註21〕

三角臉的問話「還是這樣麼?」確實是「無話找話的閒聊」,但如何能說它「本身就包含了預設答案」呢?因為答案至少可以有兩個:「是」或「不是」。為了使答案只有一個唯一的「是」(這樣就能夠表明段文所說的「三角臉的目的」),段文設置了一個前提條件:「三角臉這樣的閒漢肯定是整個吉光屯最早知曉,也最熱衷於講述和傳播的好漢」,但這與小說後文不符:待「他」說出「放火」之後,「方頭和闊亭在幾家的大門裏穿梭一般出入了一通之後,吉光屯全局頓然擾動了」,可見,「講述和傳播的好漢」還輪不到三角臉(和莊七光)做,不久「闊亭和方頭以守護全屯的勞績」走進了四爺的客廳,一邊喝茶一邊商量如何處置「他」,三角臉又如何算是「最早知曉」情形變化的呢?——段文進一步寫道:

> 幾個「孱頭」「敗家子」最後從茶館魚貫而出時,方頭率先「軒昂地走出門」,「闊亭和莊七光也跟著出去了」,留在最後的三角臉

---

〔註21〕段從學:《是誰得到了大房子?──〈長明燈〉的常識化解讀》,《魯迅研究月刊》,2021年第1期。簡稱「段文」。

做了冤大頭，不得不一邊罵著「入他……」，一邊讓灰五嬸把幾個人的賬都記在自己名下。灰五嬸「在牆上畫有一個小三角形和一串短短的細線的下面，劃添了兩條線」的細節，既說明了他們幾個的窮極無聊，也暗示了這傢伙不是第一次被推上冤大頭的位置。正因為經常充當冤大頭，所以三角臉故作老成，意在通過他人的肯定性答覆而印證自己的預設答案，滿足自己虛榮心的提問「還是這樣麼？」，當即引起了方頭的不滿。

問題是：如果三角臉真正是個冤大頭，那他怎麼會罵人呢？罵人表示不服不老實；況且，在罵人之前，他說的是「這回就記了我的帳！」，而非「這回又記了我的帳！」或「這回還記了我的帳！」，因此，如何能說他「經常充當冤大頭」呢？此外，若恰當地理解灰五嬸的動作細節，只能說這「幾個以豁達自居的青年人」都是欠帳不還的無賴——難道牆上只畫著表示三角臉的小三角形，而沒有方頭、闊亭、莊七光等人的記號？難道後者能像孔乙己那樣「品行卻比別人都好，就是從不拖欠」？難道三角臉的欠帳都是這樣為別人買的賬？他自己來喝茶就會主動付錢？

在筆者看來，三角臉的角色就是話題的引入者，他說的是廢話（因為他們本來就是「無話找話的閒聊」），但這些廢話又必須有人說，因為需要廢話來引起話題、帶入故事。另一個例證：在社廟前，看見了立著的「他」，小說寫道：

他們站定了，各人都互看著別個的臉。

「你幹什麼？」但三角臉終於走上一步，詰問了。

三角臉的這個問話其實又是毫無意義的廢話，明擺著的，「他」要熄滅社廟裏的長明燈。但這卻正是日常會話的一部分，不宜過分解讀，認為「經常充當冤大頭的三角臉自以為是的隨口一問，不是指向瘋子，而只是想要把自我肯定轉化為他人對自己的肯定，借他人之口來完成自我滿足」，是不符合文本整體描述的。

段文對其他人物的解釋也值得商榷。它把闊亭「猛然間出乎意料地爆發出來的慷慨和憤怒情緒」歸因於昨天牌風差、輸得慘，把今天的壞脾氣與昨天的輸錢聯繫起來，挖掘到了闊亭的一部分深層心理內容。這是頗有眼光的。但它對人物言行的解釋卻存在一些扞格僵硬之處。聽到方頭說「我們倒應該想個法子來除掉他」，闊亭說道：

「除掉他，算什麼一回事。他不過是一個……。什麼東西！造廟

的時候，他的祖宗就捐過錢，現在卻要來吹熄長明燈。這不是不肖子孫？我們上縣去，送他忤逆！」闊亭捏了拳頭，在桌上一擊，慷慨地說。一隻斜蓋著的茶碗蓋子也噎的一聲，翻了身。

對此，段文寫道：「連名詞都還沒有想好，以至於連貶斥瘋子的一句話都說不完整，中途停頓了一陣才憋出『什麼東西』四個字，把一句話湊完整的事實，並沒有妨礙闊亭的自以為是。或者說，正因為一句話也需要中途停頓，憋一陣子才能說完整，闊亭也才會那麼急切地想要後來居上，通過比三角臉、方頭更為強烈的口舌之快來表現自己，滿足自己可憐的虛榮心。『捏了拳頭，在桌上一擊』的動作，也因此和他那張口就來的『送他忤逆』一樣，既不是出於對瘋子的瞭解，也不是出於對方頭『想個法子來除掉他』的呼應，而是別有隱情，出自於另外一種之前就已經牢牢支配和控制了他的憤怒」。——在筆者看來，（1）闊亭說的第一句話（「除掉他，算什麼一回事」）顯然是與方頭唱反調，但「送他忤逆」其實就是「除掉他」的一個方法，就是對方頭「想個法子來除掉他」的呼應；（2）認為這是比方頭「更為強烈的口舌之快」顯然不對，因為方頭一上來便說「除掉他」顯見得毒辣陰險，而闊亭的「送他忤逆」中規中矩、至少是符合習俗和法律的辦法；（3）段文誤把兩句話（「他不過是一個……」和「什麼東西！」）視為一句話，如果把前一句話湊完整，那就應該是「他不過是一個不肖子孫」而非「他不過是一個什麼東西」；（4）「別有隱情」便是指昨天輸錢心裏懊喪，但不能由此全盤否定闊亭的理性和智商：他知道「他的祖宗」支持造廟，而「他」悖離祖宗意思，要熄滅長明燈，這確可稱為「不肖子孫」。這個推論可以成立。

段文後來又寫道：「再一次的慘敗，讓『闊亭生氣了』，失去了理智。闊亭的本意，不過是借著欺侮和戲弄瘋子，在比孩子還要弱小、還要無力的瘋子身上獲得一點成就感，多少轉移一下在牌桌上和茶館裏的失敗帶來的屈辱和挫折，平息一下自己的憤怒，結果卻遭到了更大的屈辱，更大的挫折。牌桌上和茶館裏的失敗，還只是少數幾個『自己人』面前經常性的失敗。社廟門前，被瘋子的回答嗆得無可奈何，則是公共空間裏的失敗，讓他在整個吉光屯，甚至是在小孩子面前丟了臉，——雖然這個『臉』事實上只存在於他自己可憐的幻想之中。可以想見的是，能夠隨口將瘋子的最新動態編入兒歌傳唱的孩子們，肯定不會錯過闊亭在瘋子面前慘遭失敗這樣的大好題材」。

注意：（1）所謂「再一次的慘敗」是指闊亭欺騙「他」而未能成功，「他」「堅定地」要「自己去熄，此刻去熄」長明燈，這讓「闊亭便立刻頹唐得酒醒之後似的無力」（說得好聽一些，這表現了闊亭的無可奈何且清醒地認識到了自己無可奈何；說得難聽一些，是表現了闊亭的黔驢技窮）。但讓闊亭「生氣」的不在於此，而是「他」的堅執與沉實：在闊亭「再一次的慘敗」之後，方頭又來「開導」，然而「他」依然故我，並且「轉過身去竭力地推廟門」，這才讓闊亭「生氣」，質問「你不是這裡的人麼？你一定要我們大家變泥鰍麼？」這如何算是「失去了理智」？段文省略了本不應該省略的內容；（2）說闊亭「經常性的失敗」是不對的，例如是他和方頭進了四爺的客廳，這是長臉面的事；再如他輕蔑地嘲笑「他」的時候，「『唏唏！』莊七光也陪著笑」，這也是長臉的氣氛；（3）若說「丟了臉」或「慘遭失敗」，那麼，這是這「幾個以豁達自居的青年人」的共同遭遇，非闊亭一人如此；（4）段文把孩子們想像得太勇敢、太美好了，他們「能夠隨口將瘋子的最新動態編入兒歌傳唱」，是因為「他」「比孩子還要弱小、還要無力」，如果孩子們要把闊亭編入兒歌，除非他也像「他」一樣被整個吉光屯所排斥、被鎖閉了起來（按小說所寫，只有「他」被鎖起來之後說的「我放火」，才被孩子們編了歌），否則，孩子們是懂事的（也就是說知道「欺軟怕硬」的硬道理），他們不想挨揍！

在筆者看來，闊亭的言行表現了他的性情傾向：易怒易衝動，咋咋呼呼，毛手毛腳，想露臉卻做不成什麼事。有此性情傾向，輸牌便可理解，在對付「公敵」這件事上如此積極表現亦可理解。當然，大概他也很想著做點「貢獻」、好好表現以便有資格進入四爺的客廳；（能）在四爺家裏喝茶，這才是在公共空間裏大長臉的大事。

對段文的不完全的反思和分析表明，先入為主、斷章取義與深思過度是密切關聯在一起的。

## 四

筆者曾認為，現代文學研究應該兩條腿——理論學創和文學考古——一起走路〔註22〕，如今則認識到現代文學研究須三足鼎立：理論學創，文學考古，文本細讀。其中，文本細讀是三者之中最基礎、最根本的工作。試想，

---

〔註22〕見管冠生《1933 年的文學遊戲研究》「結語」部分，花木蘭文化事業有限公司，2018 年，第 237〜238 頁。

即便掌握了最新、最強大的理論話語而觀照文本不周，那麼，說得越多恐怕
離文本越遠越不相干；如果搜集整理了諸多史料而不能正確有效地解讀，也
就意味著未能充分利用甚至得出錯誤結論〔註23〕。

　　就魯迅作品研究而言，其生長點與根本任務也還是文本解讀。如果沒有
紮實而細緻的文本解讀，關於魯迅及其作品的一切言說皆會是無根之談。那
麼，如何進行文本解讀呢？筆者結合自身實踐體會，提出「三個原則、一個
方法」供學界交流反思。

　　「三個原則」包括：

　　（一）忌先入為主。「不存在沒有立場的思想」〔註24〕，也不存在沒有先
入之見的閱讀，但我們拒絕先入為主，拒絕觀點與判斷在前而文本閱讀與援
引在後的做法〔註25〕，文本細讀的初衷與目的不是讓文本（段落）來證明某

〔註23〕新近一個例子：《新文學史料》2020 年第 1 期發表孔劉輝的《「殺穆時英的劊
子手」──穆時英案補記》，該文以新發現的四份材料證明「張金寶以軍統的
身份，為抗日鋤奸而狙殺穆時英，確定無疑」；然而，它對四份材料的解讀卻
存在著很多的漏洞與錯誤。為此，筆者寫成《塵埃還不能落定──再談穆時英
案》(刊《太原學院學報》2021 年第 2 期)對相同的四份材料進行了新的比照、
斟酌與解讀，得出了不同的結論。並且提及兩個注意事項：「(1) 新材料會解
決一些問題，但同時會引起更多的問題，可以說，新材料在呼喚著更多的新材
料；(2) 發現新材料不容易，材料之間的對讀、斟酌與解釋更不容易」。
〔註24〕烏多・蒂茨：《伽達默爾》，朱毅譯，中國人民大學出版社，2010 年，第 44 頁。
該書又寫道：伽達默爾認為，「前見」這個詞「並不總是包含啟蒙運動傳遞給
我們的那種否定的意味，即前見被理解為沒有根據的判斷。『實際上，前見就
是一種判斷，它是在一切對於事情具有決定性作用的要素被最後考察之前所
作的判斷』，它不一定等同於錯誤的判斷，因為我們不排除未經考察的判斷也
可能是正確的」(第 45 頁)。
〔註25〕有論者比較《莊子》與《狂人日記》的思想蘊涵(周曉平《魯迅〈狂人日記〉
與莊子哲學思想新論》，《魯迅研究月刊》2021 年第 3 期，簡稱「周文」)，硬
生生地把狂人所說的「真的人」等同於莊子所說的「真人」，這很大程度上是
受了先入為主之成見、為創新而創新之欲念的羈絆。「真的人」是指改了「野
蠻的人」的吃人的心思，「一味要好」的人，而「古之所謂真人，不知說生，
不知惡死。其出不訴，其入不距；倏然而往，倏然而來已矣。不忘其所始，
不求其所終；受而喜之，忘而復之。是之謂不以心捐道，不以人助天。是之
謂真人」，周文引用了這段話又接著寫道：「一個『真人』，肯定是沒有別心的。
『行名失己』，為了名利，為了達到自己的目的，不惜損害他人的利益，甚至
禍國殃民而把初心都拋到九霄雲外，忘了根本。所以，做人一定要『真』，做
一個本來的人，不要妄動了初心」，可是，按《狂人日記》狂人所說，「大約
當初野蠻的人，都吃過一點人」，人的「初心」是有吃的意思的，「真的人」
便是改變了這種初心的人，況且狂人也未關心「行名失己」的問題！

個觀點和判斷，而是讓文本自身來說話、在重建文本的過程中自然地形成觀點與論斷。

（二）以問題為中心、以問題為導引。沒有問題的閱讀和思考很難稱為文本細讀。要善於看出問題和提出問題。重要的問題往往埋藏在熟悉的段落和平淡的敘述中。以《孔乙己》為例，有人說孔乙己偷了何家的書，那就要考慮這樣說的證據是什麼？證據只有一個，即「我前天親眼見」，說話者似乎是一個目擊證人，然而問題是這個「證人」的話是否可信（不能別人說什麼我們就信什麼）、可信度有多大？這樣提問和思考之後，我們就會刷新對文本的認知。再以《風波》為例，只要認真細讀文本，我們就會發現這樣的因果鏈條：？→七斤酒後罵趙七爺→趙七爺借復辟來報復。那麼，「？」是什麼呢？即七斤和趙七爺之間有什麼過節使得前者罵後者是「賤胎」呢？依此尋繹下去，我們會在字裏行間發現那條航船的力量，對整個文本會形成新的認識。這也表明：文本內的問題最終要在文本內解決。

（三）置於人性人情的生活世界來理解。如筆者在《百年人話細讀〈藥〉》中所說：「我們一向重視魯迅思想深刻、作為精神界之戰士的一面，但魯迅首先是熟悉人性心理的文學大師。他不是把人物作為某種思想觀念的傳聲筒而是作為這一個活生生的人來寫」，不要急於、甚至不必要談論文本所反映出的魯迅思想，不能也不應該急於或慣於給人物扣上各種思想類型的帽子或標籤，而緊緊抓住魯迅文本所呈現的人性人情的生活世界設身處地地來思考和理解。

「一個方法」是指「教學帶動科研」。作為一名高校教師，我們不會不熟悉這樣一種說法：以項目做科研，以科研促教學。筆者的做法是把它顛倒了過來，以教學帶動科研（有沒有項目則無關緊要，最好沒有，不要讓課題項目束縛或打亂自己的研究節奏和狀態）。操作起來很簡單：師生同讀一篇魯迅作品，然後在課堂上討論交流。相比教師一個人按自己的思路唱戲，這個看上去有些簡單省事的過程實際上最能考驗教師的水平，並能給予教師最大的收穫。

有人從內心瞧不起學生，認為他們簡單幼稚，尤其是面對魯迅的時候——一位校級聽課督導曾對筆者說：上課不要提問學生，他們回答不出什麼來——這樣想不但低估了學生的智商，而且取消了「教學相長」的可能性。筆者的感受與體會則是，上課本身就是做研究，只要我們把學生作為一個需要認真對待的對話者引入課堂。對學術研究而言，我們想當然的對話者是已有的

研究成果和學術同行，但這些對話者的眼光與思維在某種程度上容易體制化與學院化，使得研究陳陳相因、突破很少。

正因為魯迅研究帶著沉重的歷史負擔，就尤其需要「外行」的學生的積極對話與參與。有時候他們提出的看似幼稚的問題實際上很有趣味，往往蘊含巨大的探究價值。舉一個例子：筆者論文《眉間尺為什麼信黑色人？》便是在學生發問的基礎上通過持續的思考與追索而形成的，發表在《上海魯迅研究》2015 年第 4 期。編輯在《編後》中寫道：該文「著重討論了『割頭復仇』歷史文本與魯迅的文本的繼承與發展，在文章中引入了《說岳全傳》這個少有人關注的文本，新文本的引入討論，使魯迅的文本獲得了進一步的豐富性」，這裡強調的是這個「豐富性」肇始於學生的一個看似簡單的問題。

有時候，學生的「謙虛」或「無助」會讓我們反省魯迅研究的得失。2014 年 12 月 6 日，與漢語國際教育專業學生討論《影的告別》和《死火》。一位女學生說「我看不懂」，又赧顏一笑，道：「我只看懂了表面意思，不明白裏面深刻的意思」。看來，她被魯迅「深刻」住了，筆者又何嘗不是如此呢？在課堂上學舌般地賣弄各種「深刻」的思想，但這些思想本身就是捉摸不定的，因為它們與文本字面意義的聯繫似是而非。於是，便給自己和學生訂了一個規矩：談魯迅作品先談甚至只談文本的字面意思，理解和思考以文本為依據與歸宿，藉此卸掉沉重的歷史包袱，直面文本形式與自己的內心。實踐證明，《野草》，至少是《影的告別》與《死火》二章本身其實具有很強的邏輯性，完全可以從字面意義上來研究與理解。這不僅沒有「降低」魯迅文本的複雜性與藝術性，而且提供了一種新的認識的可能性（相關成果以《〈野草〉二章新解》為題發表在《上海魯迅研究》總第 81 輯）。可以說，與學生的互動突破了魯迅研究自言自語的封閉性。

當然，更多的時候我們不會從學生那裡直接獲益，而是自己從對作品的反覆閱讀與講釋中「頓悟」，突然打開新的天地、產生新的認知。組織學生討論其實是增加了老師的負擔，也是對老師更大的挑戰，首先表現在每一次都得認真地閱讀作品，假如敷衍了事，就容易連細節都不及學生清楚明白，陷入支吾尷尬的境地。而只要認真閱讀作品，就會重讀重新，更加學生的碰撞與回應，自身的頓悟使得創新彷彿不請自至。舉一例：文學史敘述從來把問題小說與魯迅小說分開，可是某一次課上，筆者忽然想到冰心《超人》和

魯迅《狂人日記》都是敘述了一個不正常的人被治癒的故事，王統照《湖畔兒語》中小順的人生變化也類似於《故鄉》中的閏土，那麼，問題就是：魯迅小說何以不是問題小說？對此，學界不是沒有答案，但似乎從來沒有人進行這樣的比較研究，並能提供前人不曾發現的東西。由此問題出發，筆者完成了《為什麼說魯迅小說不同於問題小說？》（載《太原學院學報》2017年第1期）。

總之，魯迅研究通常是專家學者在書齋裏靜悄悄進行的頭腦活動，筆者則希望它在對話與碰撞中完成——不是以七嘴八舌、各說各話的學術會議形式，而是面對年輕的新面孔。實事求是地講，它達不到蘇格拉底問答法的境界，但它完全可以發現或提出一些新問題與新視野，而這往往就是魯迅研究的新的開始。

真正的文本細讀讓作品重新煥發生命。真見之文太少，依筆者之見，根本是因為學界對文本細讀的重要性認識不夠甚至根本就不會文本細讀。最終，文本細讀要求並意味著：

文本內的問題在文本之內解決。

文本內的問題最終要在文本之內解決。

文本內的問題根本上要在文本之內解決。

關於文本的真見和新知要從文本本身獲得。

# 輯　一

# 百年鐵屋細讀《狂人日記》
## ——從「狂人何以發現『吃人』?」說起

　　《狂人日記》發表於 1918 年 5 月《新青年》雜誌第 4 卷第 5 號,現今幾乎所有的現代文學史教材都將之視為第一篇現代白話小說,百年以來對這篇開山之作一直新議迭出、眾說紛紜,但在筆者看來,絕大多數評論和研究皆牽強附會、乏善可陳,需要另起爐灶進行真正的文本細讀與探究。

一

　　凡事總須研究,才會明白。古來時常吃人,我也還記得,可是不甚清楚。我翻開歷史一查,這歷史沒有年代,歪歪斜斜的每葉上都寫著「仁義道德」幾個字。我橫豎睡不著,仔細看了半夜,才從字縫裏看出字來,滿本都寫著兩個字是「吃人」!(引文一)

　　這是《狂人日記》最有名的一個段落,對它的解釋可謂見仁見智,但細究之下會發現新世紀以來的研究基本形成了兩種解釋路徑:(1)不再堅持「禮教吃人」的主題判斷,而是認為「『仁義道德』並不吃人,而是心懷叵測者帶著『仁義道德』假面具,迷惑麻醉人民,然後用陰謀詭計『吃人』」〔註1〕;(2)透過表象抓住本質,認為「『仁義道德』不過是一種假象、一種掩蔽之物,『吃人』才是掩蔽其間的真實」〔註2〕。大多數研究走第二個路徑。

---

〔註 1〕楊紅軍:《〈狂人日記〉:「禮教吃人」主題的建構過程與反思》,《魯迅研究月刊》2017 年第 5 期。另見湯晨光《是人吃人還是禮教吃人?——論魯迅〈狂人日記〉的主題》,《湖南師範大學社會科學學報》2004 年第 1 期。

〔註 2〕邵寧寧:《〈狂人日記〉與中國傳統文明》,《中國現代文學研究叢刊》2017 年

　　儘管它們皆能自圓其說，但本文認為，要全面而正確地理解引文一，就必須認識到引文一的關鍵詞不是學術界一直抓住不放的「仁義道德」與「吃人」，而是被冷落了的「研究」與「看出」。換言之，我們一直費盡心力地求索狂人的發現是什麼，而忘了思考他是如何得到這個發現的（方式是什麼），從而誤解了狂人與《狂人日記》。

　　引文一出自日記第三篇末尾。「凡事總須研究，才會明白」在第三篇開始已經出現過一次：「晚上總是睡不著。凡事須得研究，才會明白」。此時，狂人「研究」的是自己的所見所聞。遭知縣或紳士等有權有勢者侮辱摧殘，他們能安然忍受，而「我」與他們沒有什麼仇，他們卻像仇人一樣兇狠地對「我」。想起前幾天聽到的消息（狼子村「大惡人」被挖出心肝煎炒吃了），狂人感到恐懼（引文二）：

> 照我自己想，雖然不是惡人，自從踹了古家的簿子，可就難說了。他們似乎別有心思，我全猜不出。況且他們一翻臉，便說人是惡人。我還記得大哥教我做論，無論怎樣好人，翻他幾句，他便打上幾個圈；原諒壞人幾句，他便說「翻天妙手，與眾不同」。我那裡猜得到他們的心思，究竟怎樣；況且是要吃的時候。

　　狂人的「研究」其實就是「自己想」。日記前四篇是狂人三次「研究」的記錄（第四篇寫道：「我也不動，研究他們如何擺佈我」），它們都不是學理性的研究，不是在掌握了大量資料的基礎上、在科學理論的指導之下進行的學術研究，狂人無意獲得一個經得起檢驗的客觀真理，而是在主觀感受與體驗的基礎上做個人化的思考與推論〔註3〕。例如，在開始的「研究」中，我們碰到了下列表述：「最奇怪的是……」、「越教我猜不出底細」、「他們會吃人，就未必不會吃我」、「他們似乎別有心思，我全猜不出」、「我那裡猜得到他們的心思，究竟怎樣」，沒有一個是確定性的、客觀性的表述，因

---

第 11 期。另見周南《〈狂人日記〉「吃人」意象生成及相關問題》，《東嶽論叢》2014 年第 8 期；又見龍永幹《現代覺醒者「吶喊」與「彷徨」的寓言——也論〈狂人日記〉》，《百家評論》2018 年第 5 期。

〔註 3〕有學者則認為「研究」「這一明顯帶有現代性色彩的詞彙」表明了狂人的「理性自覺」，要「對這些『凡事』給出新的、理性的判斷」，最重要的就是明白了歷史「吃人」的本質以及滿紙「仁義道德」的虛偽（見張潔宇《魯迅那代人的醒和怕——重讀〈狂人日記〉》，《文藝爭鳴》2018 年第 7 期）。本文對此並不認同。

為狂人要搞清楚身邊的人有沒有吃自己的心思——這其實比弄清楚歷史的本質還要困難。

引文一的繼續「研究」終於使狂人確信「我也是人，他們想要吃我了！」（日記第三篇的最後一句話）。這關鍵的一步狂人並沒有提供任何證據支持，儘管後來提到「從易牙的兒子，一直吃到徐錫林；從徐錫林，又一直吃到狼子村捉住的人」，但我們無法得出歷史「滿本都寫著兩個字『吃人』」的結論。因為歸納推理是無效的〔註4〕。我們無法認為「吃人」能作為一個「總體的判斷」「真實地揭示了傳統社會的本質」〔註5〕。因為（1）狂人存心如此，「吃人」是其先入之見。引文一第二句話寫得清楚「古來時常吃人」，在查看歷史之前，他就對歷史有了「吃人」的認識；更重要的是（2）「吃人」是他「看出」來的。「看出」非「看見」或「看到」。小孩子們鐵青著臉、睜著怪眼睛、青面獠牙的一夥人哄笑，等等，皆是狂人看見的或看到的外在事實，而「看出」表達的則是主觀性極強的個人感受與思考。聯繫之前一次「看出」：「我看出他話中全是毒，笑中全是刀」，我們才明白從話中「看出」毒、從笑中「看出」刀、從仁義道德「看出」吃人都是狂人式「研究」的結果。這種「研究」「看出」的結果怎麼能作為歷史真理來對待呢？〔註6〕

第三次「研究」使狂人獲得了一個「大發見」（引文三）：

> 合夥吃我的人，便是我的哥哥！
>
> 吃人的是我哥哥！

〔註4〕這是英國哲學家休謨的一個洞見。「休謨認為在使我們從過去的經驗中有效地推導出將來事件的歸納推理中沒有所謂的『中項』。無論我們在過去多少次看到太陽升起，明天太陽也仍然可能不再升起。無論我們做過多少次的觀察，相應的概括觀察的普遍理論也仍然會是錯誤的……歸納推論的無效性意味著觀察僅僅能夠通過習俗與習慣提供心理的而非理性的證實」（見馬克·諾圖洛《波普》，宮睿譯，中華書局，2014年，第10頁）。

〔註5〕季劍青：《從「歷史」覺醒——〈狂人日記〉主題與形式的再解讀》，《中國現代文學研究叢刊》，2017年第7期。

〔註6〕李怡認為，「狂人，作為一個『精神病患者』，他無意也不可能對整個傳統中國文化展開理性的考察，得出『科學』的判斷，他所傳遞的就是人直覺狀態下的敏銳感受，是在純精神層面上對世界的把握。正如現代心理學家都高度重視精神病患者基於病理性直覺的『真實』一樣，我們絕沒有理由否定『狂人』在精神直覺中對世界的『偏激』認知」（《作為文學的〈狂人日記〉——紀念〈狂人日記〉誕生一百週年》，《中國現代文學研究叢刊》2018年第7期）。就狂人無意得到科學理性的歷史判斷而言，本文觀點與李怡是一致的。

我是吃人的人的兄弟！

我自己被人吃了，可仍然是吃人的人的兄弟！

狂人一口氣用了四個感歎句，雖然它們表達的意思大同小異，但它們的並置讓人直觀地感受到這個發現對狂人心理與情感的衝擊力度——沒想到吃自己的竟然就是大哥！對比來看，前者的歷史「研究」遠不及此令狂人感到震驚。甚至可以說，狂人對從字縫裏「看出」吃人來並不感到意外。這再次表明，狂人感興趣的不是研究歷史的本質而是傳達自己的感受、體驗與思考。

明乎此，狂人的十三篇日記就構成了一個互相聯繫而逐步遞進的有機整體與意義體系：見到「他」是一個極為關鍵的事件，自此以後，狂人正式誕生，即刻寫趙家的狗，表現了這個世界隱隱的吃人氛圍；第二篇寫趙貴翁、七八個人以及一夥小孩子都睜著怪眼睛想吃他；第三篇則寫了由近及遠、從現在到過去的兩個「研究」，確信吃人不僅是此時此地、一時一地之現象，而是普遍存在的一種歷史現象，人一直在吃人，狂人知道自己也要被吃了；第四篇則寫了一個最重要的「研究」發現，也是對狂人感觸最深、衝擊最大的發現，即大哥在帶頭吃他。從第五篇開始，一言以蔽之，記述了狂人和大哥他們的鬥爭史，揭示了他們是怎麼吃人的。最終，狂人被大哥關了起來，開始自我反思，才發現原以為自己是乾淨的人，卻也可能無意中吃過妹子的肉——「無意」犯下的罪惡更令人可怕，因為它不受個體控制，個體也就無力改變。至此，一個密不透風、無路可走的鐵屋子構造起來了。雖然只有第三、四篇日記明確出現了「研究」字樣，但我們可以說整個十三篇日記就是狂人對「吃人」問題的全面「研究」。

## 二

那麼，仁義道德本身與吃人到底有無關係？有什麼關係？很多人恐怕還是難以忘懷本文開始提到的兩條路徑。對此，我們首先應該感到奇怪的是，「仁義道德」不過在十三篇日記裏出現了那麼一次，為什麼卻吸引了最大程度的關注，以致於反覆糾纏於此而罔顧文本整體？如果說反封建、反禮教的時代主題需要斷章取義的片面理解，那麼今日就需要我們有理有據地展開文本細讀與文本深讀了。這十三篇日記記錄的是狂人的主觀感受與個體思考，他不是要向我們灌輸一個宏大命題或揭示一個被蒙蔽的歷史本質，他是要我

們感同身受地去理解他的處境與遭遇〔註7〕，並反省自身之作為。

　　「表象／本質」的思維模式大行其道是因其似能確保魯迅思想的深刻性，殊不知這大大簡化了狂人「研究」思考的複雜性。日記第十篇記狂人勸轉大哥，這樣說道（引文四）：

　　　　我只有幾句話，可是說不出來。大哥，大約當初野蠻的人，都吃過一點人。後來因為心思不同，有的不吃人了，一味要好，便變了人，變了真的人。有的卻還吃，——也同蟲子一樣，有的變了魚鳥猴子，一直變到人。有的不要好，至今還是蟲子。這吃人的人比不吃人的人，何等慚愧。怕比蟲子的慚愧猴子，還差得很遠很遠。

　　準此，吃人應該是人的天性，是從最初「野蠻的人」那裡遺傳下來的傾向，跟仁義道德本身沒有關係，被狂人點名的第一個吃人的實例——易牙蒸子——的確跟仁義道德本身沒什麼關係。並且，有些「野蠻的人」後來變成了「真的人」是因為「一味要好」、變了心思，這與仁義道德存在與否亦無明確的關係。否則，為什麼同一種文明教化之下有的人不吃人了而有的人還在吃人呢？狂人做了一個類比：有的蟲子一直在向上進化、遷善變好，最後成了人；有的一直做蟲子。仁義道德在此過程中發揮作用了嗎？如果它發揮了作用、施加了影響，那麼為什麼對有些人（有些蟲子）無效呢？

　　正確的理解是：仁義道德本身既沒有被狂人批判否定，也不應該被我們批判否定。因為仁義道德（文明教化）本身是好的，構建發明它的初衷與目的也許就是為了防止吃人現象的發生（甚至要根除這種野蠻現象），可是歷史事實證明、狂人的切身遭遇表明它並沒有取得成功，反而被吃人的心思抓住利用，成了吃人者豢養的仁義道德。狂人在大哥身上看出了這一點（引文五）：

　　　　我從前單聽他講道理，也胡塗過去；現在曉得他講道理的時候，不但唇邊還抹著人油，而且心裏滿裝著吃人的意思。

　　從大哥講道理看出「心裏滿裝著吃人的意思」，從仁義道德看出滿本都寫著「吃人」兩個字，狂人運用了同樣的「研究」方式。參照引文二（「他們一翻臉，便說人是惡人」），我們才明白吃人者可以隨機應變、隨心所欲地講出

〔註7〕以賽亞·柏林的看法值得我們思考：「在一般概括和具體情況之間存在著巨大的差距——前者簡單明瞭，後者極其複雜」（見其論文集《現實感》，潘榮榮譯，譯林出版社，2011年，第38頁），二者是無法匹配對應的。狂人不是在告訴我們他用「吃人」二字就概括了歷史的本質，而是在表達他「被吃」的生存境遇。

一番道理來；只要想吃人，他們就把「仁義道德」抬出來為己所用。所以，問題的根本不在「仁義道德」遮蔽美化了「吃人」，而在吃人的心思為什麼如此頑固難去，以致於「仁義道德」變成了吃人者玩弄的文字遊戲。

重複以下看法是必要的：狂人「研究」的不是仁義道德，而是吃人的心思。

但，假若仁義道德代表的文化傳統有本質可言，那麼就《狂人日記》整體來看，狂人意識到傳統的本質有兩個方面：一方面極其看重家庭倫理，有血緣關係的人應該和睦相處，一如另一篇小說《弟兄》裏說的那樣「兄弟怡怡」，狂人也一口一個「大哥」，即使看出大哥要吃他，他還是叫「大哥」；另一方面，偏是這些有血緣親情的人們之間存在著嚴重的吃人現象，老吃幼（割股療親），大吃小（大哥吃兄弟），男吃女（弟兄吃妹子）。所以，狂人說「我詛咒吃人的人，先從他起頭；要勸轉吃人的人，也先從他下手」，因為他是「我」大哥，然而勸轉的最大障礙就是大哥。

## 三

接下來解釋這個問題：「吃人」該如何理解呢？學界目前存在兩種回答，並置如下：

　　《狂人日記》的接受史表明，人們通常是把「吃人」理解為象徵意義上的行為，指的是仁義道德對人性的扼殺，而不是實際的吃人行為。但是，我們看到，在作品中狂人指控的卻是常人在歷史中實實在在的吃人行為。〔註8〕

　　在我的印象裏，中國魯迅研究界和廣大魯迅讀者，也並沒有把「食人」僅僅理解為對人肉人骨的啃嚼吞咽。在這個問題上似乎並不存在什麼爭議。如果認為魯迅是讀到《資治通鑒》中一些關於人在生物學意義上吃人的記載，才悟到「中國人尚是食人民族」，於是創作了《狂人日記》，那就把問題簡單化了。魯迅所謂的「食人」，更應該被理解為廣義的人對人的摧殘、壓迫，廣義的人對人的戕害、殺戮。〔註9〕

本文認為，對立的兩家觀點皆不圓滿，皆有不能應對之處：如果「吃人」

---

〔註 8〕靳新來：《「人」與「獸」糾葛的世界——魯迅〈狂人日記〉新論》，《文學評論》2007 年第 6 期。

〔註 9〕王彬彬：《魯迅研究中的實證問題——以李冬木論〈狂人日記〉文章為例》，《中國現代文學研究叢刊》2013 年第 4 期。

指實實在在的吃人行為，那麼引文一就難以解釋了；如果按廣義理解「吃人」，那麼易牙蒸子等又確是實實在在的吃人行為。應該說，這兩種看法都有所偏袒，有所遺漏。

　　本文認為，《狂人日記》裏的「吃人」指的是一種現象，這個現象包括指兩個層面：一是作為事實存在的吃人的行為；二是吃人的心思。二者結合在一起就構成了「吃人」的現象（引文一「滿本都寫著兩個字是『吃人』」意指歷史上普遍存在著「吃人」的現象）。當中第二個層面的意思更重要。按《狂人日記》所寫，能真正吃人、吃了人肉的人並不多，但吃人的心思卻非常普遍、非常廣泛，不僅那些吃了人的人有吃人的心思，就是那些還未吃人的人也同樣有吃人的心思。吃人的心思比吃人肉更加生活化、日常化，也就更可怕。據統計，「吃人」在《狂人日記》中出現二十八次，「心思」出現六次，雖然頻次不及前者，但仔細考察，會發現字裏行間所描寫表現的幾乎都是吃人的心思。可以說，狂人十三篇日記的重要貢獻就是把內在的吃人心思以形象可感的方式傳達出來，他苦苦「研究」的也正是身邊流動洶湧著的吃人的心思。請看下述描寫（引文六）：

　　　　那趙家的狗，何以看我兩眼呢？

　　　　早上小心出門，趙貴翁的眼色便怪：似乎怕我，似乎想害我。還有七八個人，交頭接耳的議論我，又怕我看見。一路上的人，都是如此，其中最凶的一個人，張著嘴，對我笑了一笑；

　　　　小孩子……今天也睜著怪眼睛，似乎怕我，似乎想害我；

　　　　最奇怪的是昨天街上的那個女人，打他兒子，嘴裏說道，「老子呀！我要咬你幾口才出氣！」他眼睛卻看著我；

　　　　這魚的眼睛，白而且硬，張著嘴，同那一夥想吃人的人一樣；

　　　　我大哥引了一個老頭子，慢慢走來；他滿眼凶光，怕我看出，只是低頭向著地，從眼鏡橫邊暗暗看我；

　　　　他們這群人，又想吃人，又是鬼鬼祟祟，想法子遮掩，不敢直截下手，真要令我笑死；

　　　　有一種東西，叫「海乙那」的，眼光和樣子都很難看；

　　　　他的笑也不像是真笑……他便變了臉，鐵一般青；

　　　　自己想吃人，又怕被別人吃了，都用著疑心極深的眼光，面面相覷；

當初，他還只是冷笑，隨後眼光便兇狠起來，一到說破他們的隱情，那就滿臉都變成青色了。大門外立著一夥人，趙貴翁和他的狗，也在裏面，都探頭探腦的挨進來。有的是看不出面貌，似乎用布蒙著；有的是仍舊青面獠牙，抿著嘴笑。

惡人露出兇狠的眼光，這種描寫在文學作品中並不少見，但像《狂人日記》這樣，凡出場的人物（包括狗與魚）皆永遠是青臉色（生氣憤怒所致）、怪眼睛、凶眼光、張著嘴、白牙齒、冷笑，卻很罕見。狂人就生活在這樣一個彌漫著吃人心思的世界！雖然引文二說「我那裡猜得到他們的心思，究竟怎樣」，實際上狂人猜得正確、全面而透徹。綜上所述，「吃人」作為一種現象主要指吃人的心思，這個解釋應該是比較圓滿的。

有人或許認為，如此解釋「降低」了魯迅作品的思想意義，其實不然，因為不必按廣義理解，吃人本身就是一種非人道的野蠻行徑。試比較吃人與吃蘋果的不同：吃蘋果是把蘋果作為一個物來對待，似乎它存在的目的與價值就是為人所用（如填飽肚子），但人卻不能把人作為一個工具性的物來認識與對待。身外的蘋果是一個和人不同的可用之物，身外的人卻是一個和自己具有同樣權利與尊嚴的獨立個體，不能作為自己的食物吃掉。此外，吃蘋果的時候，蘋果沒有反應（到底有無反應，我們不知道，似乎也不必知道）；吃人的時候，被吃的人則會有激烈而痛苦的反應；蘋果可以隨手拿來就吃，吃人則不可能這樣簡單容易。簡言之，吃蘋果可以只是口腔咀嚼的事情，而吃人則關聯著複雜的身心問題〔註10〕。——狂人所「研究」的其實遠遠超越了五四所謂反封建、反禮教的時代主題。

## 四

至此，我們才能真正理解狂人提供的療救方案。

---

〔註10〕吃人問題的複雜性還在於，迄今為止，人類有文字記錄的社會制度與社會秩序都不能消除不公正、不公平的現象，而只要此類現象存在，要根除吃人的心思幾乎是不可能的事情。並且，似乎僅僅是自然、生理方面的區別與不平等（如男人／女人、成人／孩子）就可以產生吃人的現象。如第二節寫到的那個女人，對兒子說：「老子呀！我要咬你幾口才出氣！」雖然狂人看出她吃人的意思是對準自己的，但我們要明白，她之所以能說出這句話是因為孩子與她相比——無論年齡，還是身高與力氣——都處於劣勢。正因為如此，狂人才最終認識到自己未必無意之中吃了妹子的肉；儘管他不想吃，但因為性別與年長的關係，他便有了吃妹子的可能性。

下述言論可能會得到大多數人的贊同：「獸性的擺脫，人性的張揚，依靠的是人類文化的提升⋯⋯一種健康向上的優秀的文化在傳統的接力過程中無疑會抑制人的獸性而完善人性」〔註11〕，但這並不是狂人所提供的途徑，或者說依靠提升文化水平、傳播優秀文化來壓抑獸性、完善人性並未進入狂人的視野。狂人想得沒這麼「深刻」，而是很「簡單」（引文七）：

> 去了這心思，放心做事走路吃飯睡覺，何等舒服。這只是一條門檻，一個關頭。
>
> 但只要轉一步，只要立刻改了，也就人人太平。雖然從來如此，我們今天也可以格外要好，說是不能！大哥，我相信你能說，前天佃戶要減租，你說過不能。
>
> 你們立刻改了，從真心改起！

成為「真的人」原來就在一轉念間！狂人的意思是：雖然一直都有吃人的現象發生，但只要我們現在說不能再吃了，把吃人的心思去掉，我們就成為「真的人」。這再次表明，狂人的「研究」並未在思想文化與吃人現象之間建立確定的因果關係；要消滅吃人現象也就不在於用健康向上的文化取代落後專制的文化。換言之，健康優秀的文化並不是狂人要提供的藥方——新的思想文化需要慢慢培育，而人的念頭和心思是可以立刻改了的。

這很容易讓我們想到冰心《超人》中何彬的轉變。溫儒敏認為，「由於作者急於亮出自己的觀點，顧不上按生活的邏輯去描寫她的主人公，結果何彬的轉變很不真實」，這看似有道理，實際上很值得商榷：「人的轉變總是依靠日積月累的改變與進步呢，還是有可能一朝頓悟所謂『放下屠刀立地成佛』？何彬轉變不真實，是因為轉變得太快，但太快是真得快，還是我們以為他快？人性的變化是否就只有我們所認可的那一種？難道我們對人性的方方面面已經全部理解了嗎？⋯⋯我們應該反思我們的認識是否就是唯一的真實」。〔註12〕

狂人是另一個「轉變很不真實」但卻實際發生了的例證：「我不見他，已是三十多年；今天見了，精神分外爽快。才知道以前的三十多年，全是發昏」，今夜「他」的出現便使狂人否定了自己的過去，重啟了新的視野、新的生命。可見，人的心思是可以「立刻改了的」（至少《狂人日記》和《超人》提供的

---

〔註11〕靳新來：《「人」與「獸」糾葛的世界——魯迅〈狂人日記〉新論》，《文學評論》2007 年第 6 期。

〔註12〕管冠生：《談五四「問題小說」話語的演變》，《太原學院學報》2017 年第 6 期。

人性圖景是如此,並且我們沒有充分的理由反駁否定它)。

　　論述至此,我們明白狂人提供的藥方就是:把吃人的心思去掉,換上另一種心思——人是不能吃的,而是要相互愛的。怎樣對待自己就應該怎樣對待他人,愛自己、珍視自己的利益,那就應該同樣愛他人、珍視他人的利益。如果說吃人是人的本能(「大約當初野蠻的人,都吃過一點人」),那麼,愛也是人的一種本能,如引文四所說「因為心思不同,有的不吃人了,一味要好,便變了人,變了真的人」,這個不同的心思就是愛的本能。「真的人」便是用愛的本能(心思)覆蓋吃人的本能(心思)。

　　因為愛的本能本就存在,只不過一時被吃人的心思所壓倒,所以狂人才對他們說「立刻改了,從真心改起」,意即喚醒蟄伏的愛的本能、壯大愛的天性,就成為不吃人的「真的人」。一個「真的人」不僅僅是沒吃過人肉的人,而且是從內心深處拒絕吃人的人。這種療救的方式與十年前魯迅提出的「性靈之光」相彷彿。在1908年發表的《文化偏至論》中,魯迅寫道:

> 　　遞夫十九世紀後葉,而其弊果益昭,諸凡事物,無不質化,靈明日以虧蝕,旨趣流於平庸,人惟客觀之物質世界是趨,而主觀之內面精神,乃捨置不之一省。重其外,放其內,取其質,遺其神,林林眾生,物慾來蔽,社會憔悴,進步以停,於是一切詐偽罪惡,蔑弗乘之而萌,使性靈之光,愈益就於黯淡。

> 　　新生一作,虛偽道消,內部之生活,其將愈深且強歟?精神生活之光耀,將愈興起而發揚歟?成然以覺,出客觀夢幻之世界,而主觀與自覺之生活,將由是而益張歟?內部之生活強,則人生之意義亦愈邃,個人尊嚴之旨趣亦愈明,二十世紀之新精神,殆將立狂風怒浪之間,恃意力以闢生路者也。

　　二十世紀之生活是「內部之生活」(「主觀與自覺之生活」),二十世紀之新精神是主觀自省之精神,把本有但遭物慾遮蔽的「性靈之光」徹底解放出來。魯迅賦予了個體自省以再造新生命、打開新世界的神奇力量,並且這種內面自省非因外力強迫所致,而是理性自覺自為的。藉此,我們可以更好地理解狂人為什麼強調「從真心改起」。有「真心」的人才是「真的人」。一方面,「真心」就是被吃人的心思所遮蔽的愛,「從真心改起」就是從「內部之生活」放出愛的輝光;另一方面,愛的本能、不吃人的心思被喚醒之後,就要真心堅持下去,如引文四所說的那樣「一味要好」,「立狂風怒浪之間,恃意力以闢生路」。

# 五

　　狂人的療救實踐是從大哥開始。如果我們只看到「『大哥』是一家之主，是封建家族制度的代言人，是封建勢力的幫兇……大哥『吃人』的行徑，實際上就是對封建家族制度摧殘個體自由之『惡』的暴露」〔註13〕，那麼，我們就無法理解狂人為什麼還要勸轉大哥（這樣的人還有什麼勸轉之必要嗎？）。本文前面談過，狂人極其看重家庭倫理，在他眼裏，（1）大哥不是「封建家族制度的代言人」，不只是一家之主，更是他的有感情的兄長；（2）大哥不是「真的人」，但也沒有完全喪失掉成為「真的人」的可能性。在這個吃人的家庭中，愛的本能還是透露出了若干消息，沒有被完全扼殺。例如，日記第十一篇寫妹子被大哥吃了，「母親哭個不住，他卻勸母親不要哭；大約因為自己吃了，哭起來不免有點過意不去。如果還能過意不去，……」此處沒說完的話會是什麼呢？——如果還能過意不去，那麼大哥其實天良未泯，還有可以改變的內面力量。母親「那天的哭法，現在想起來，實在還教人傷心」，這也是愛的本能的表達與體現。

　　可以說，狂人勸轉吃人的人先從大哥開始，是正確的選擇，同時也是最困難的開始。大哥能理解兄弟說的話（引文四和引文七），但他不願意接受，不願意去做。尤其叫他為佃戶減租的時候，他兇相畢露，斥兄弟為「瘋子」。因為減租觸犯了大哥最切身、最根本的利益。這就是改換心思的一個最大障礙：既得利益者不願意改變既有的利益格局，不願意放棄自己的統治優勢。換言之，實踐的最大問題不是引文七所說的能不能，而是願意不願意。

　　如果新的思想文化能根除（消滅）吃人的現象，那問題其實就好辦了。但，正因為吃人的心思牽涉到現實的、象徵性的各種利益，所以要改變並去掉它稱得上是最困難、最渺茫的事情。似乎只要有人存在，就存在著人與人之間的戰爭，就存在著不滿、衝突與仇恨，就會產生吃人的心思與吃人的現象。小說對此亦有提示。如日記第二篇寫道：「我想我同小孩子有什麼仇，他也這樣」，「我想：我同趙貴翁有什麼仇，同路上的人又有什麼仇」。狂人感受到了他們要吃自己的濃厚氛圍，於是反躬自問他們這麼做的動機是什麼，是自己曾得罪他們、跟他們有仇嗎？這樣想就意味著，有仇就會有吃掉仇人的念頭，並且，這種念頭（似乎）是正當的和不可避免的。但，狂人其實跟他們

---

〔註13〕趙煥亭：《〈狂人日記〉：魯迅早期「立人」思想的首次文學表達》，《魯迅研究月刊》2018 年第 9 期。

沒有什麼仇，至少沒像知縣或紳士那樣侮辱損害過他們，而他們仍然要吃自己，狂人從中細分出了兩種心思：「一種是以為從來如此，應該吃的」，這是不可救藥的忠實奴才；一種雖然認為不該吃，但面子上隨聲附和，為了跟群體保持一致也加入到了吃人的隊伍。種種構成了狂人所感受到的「鐵屋子」：「結成一夥，互相勸勉，互相牽掣，死也不肯跨過這一步」——「不肯」也就是不願意。狂人對人性的認識是全面而深刻的。

狂人勸轉大哥的失敗是否表明了啟蒙的無效？不是的，理論上所有人都可以被啟蒙，但實踐中啟蒙只能啟蒙那些願意接受啟蒙的人。例如，超人何彬認識到人與人之間有愛，小孩子祿兒的報恩只是一個外在契機，根本在於何彬本有「慈愛的母親，天上的繁星，院子裏的花」這樣的生活經驗與深刻記憶；狂人之成為狂人，「他」是一個重要的外在契機，根本則在於狂人年輕時候就有質疑反抗的性情傾向，如日記第二篇記載「廿年以前，把古久先生的陳年流水簿子，踹了一腳」。——五四啟蒙的主流是用新思想開化大眾，狂人的實踐則表明啟蒙似乎只存在於少數的內省自覺。他的候補做官未必就是徹底自認失敗而重回舊路，亦可視為一種不得已的生存策略，正如魯迅本人的人生軌跡與生命形式一樣：先是振臂一呼應者雲集的英雄幻夢，繼之以官僚生涯與十年沉默，後又在五四時代爆發……越是近距離地凝視、越是認真地推究與追溯，人性的斑斕、人的成長與發展將越來越像是一個謎。

# 百年無聊細讀《孔乙己》——
# 從「孔乙己是否偷了何家的書？」說起

## 一

　　《孔乙己》問世已百年有餘。恕我直言，沒有一人、沒有一篇文章真正讀懂了它，相反，盛行的是各種各樣的斷章取義和偏見成見。這在大學課堂上明顯地表現了出來：每當與學生討論《孔乙己》時，他們都把關注點放在孔乙己身上，認為孔乙己深受封建科舉制度毒害而變得麻木不仁、迂腐不堪。例證便是偷了書還狡辯。然而對孔乙己的「強詞奪理」，我們需要重新審思。原文如下（引文一）：

　　　　孔乙己一到店，所有喝酒的人便都看著他笑，有的叫道，「孔乙己，你臉上又添上新傷疤了！」他不回答，對櫃裏說，「溫兩碗酒，要一碟茴香豆。」便排出九文大錢。他們又故意的高聲嚷道，「你一定又偷了人家的東西了！」孔乙己睜大眼睛說，「你怎麼這樣憑空污人清白……」「什麼清白？我前天親眼見你偷了何家的書，吊著打。」孔乙己便漲紅了臉，額上的青筋條條綻出，爭辯道，「竊書不能算偷……竊書！……讀書人的事，能算偷麼？」接連便是難懂的話，什麼「君子固窮」，什麼「者乎」之類，引得眾人都哄笑起來：店內外充滿了快活的空氣。

　　讀完，人們很容易信以為真：孔乙己臉上添了新傷疤，新傷疤是因為偷何家的書被打的。可是，最好不要輕易相信某一個人說的話（「孤證不能成立」）。

我們必須認真考慮：孔乙己是否偷了何家的書？這個「我」說的話有沒有確鑿的證據、可靠不可靠？這些人跟孔乙己說話的初衷或目的是不是討論偷沒偷何家書這個事實問題？

首先必須詢問：喝酒的人如何知道孔乙己臉上的傷疤是新添的？前文僅說孔乙己「皺紋間時常夾些傷痕」；即使這些傷疤是新的，何以由此而主張孔乙己「一定又偷了人家的東西？」也有可能是孔乙己不小心磕傷的，我們無法排除這種可能性，那麼，「一定」的證據是什麼呢？沒有擺出可靠的證據，就說孔乙己偷了東西，這顯然是故意胡說八道或信口開河。

必須「無罪推論」。當然，有人接著說：「我前天親眼見你偷了何家的書，弔著打」，這似乎是有力的證據，可以坐實孔乙己的劣跡。然而，最大的問題就出在這句話上。試想：說話的這人如何能**親眼**見孔乙己偷書？何家應該是當地大戶，這個短衣幫如何能隨便進入？難道他是跟蹤孔乙己的便衣同志？充其量，他**親眼**見的是孔乙己被何家弔著打，由此猜測或聽說孔乙己是偷了書。然而，如果孔乙己「前天」真地被弔著打，估計應該是一頓胖揍（下文的丁舉人把他打折了腿），「今天」應該還得趴在床上養傷才是，何以能穿上長衫出來喝酒？這就是說，這位似乎是目擊證人的酒客所說的話恰恰是最不可信的。

以研究交往理性著稱的哈貝馬斯認為，「語言活動賴以交流的功能性的語言博弈，以隱形的共識為基礎。這種隱形的共識是在說話者相互提出的、至少是四種公認的要求的相互承認中形成的，這四種公認的要求是：語言表達的可理解性、陳述部分〔所包含的〕真理、行為部分的正確性或恰如其分、說話主體的真誠性。如果或者只要在交往中能夠達到相互理解的目的，對理解的要求就必定在實際上得到兌現」〔註1〕。那麼，相互理解的四種要求（四個必要條件）在酒客們和孔乙己的對話中實現了嗎？除了語言表達沒問題之外（這歸功於作者魯迅），其他三種要求在酒客那裡皆無法實現：陳述的內容虛假（所謂親眼見孔乙己在何家偷書），行為的正確性與真誠性讓人懷疑（孔乙己一到店，他們就都看著他笑，且故意地高聲嚷）。這就是說，酒客們和孔乙己的語言交流沒有一個隱形的共識做基礎，並不以相互理解為目的，他們的目的乃是從孔乙己身上獲取廉價的快樂，為了店內外充滿「快活的空氣」。

〔註1〕哈貝馬斯：《理論與實踐》，郭官義、李黎譯，社會科學文獻出版社，2010年，第14頁。

所以，孔乙己一到店，他們就看著他笑，然後就開始胡說八道、任意指派：先說臉上添了新傷疤，這僅關乎外表形象，孔乙己不接茬，且自行其是，要酒和茴香豆，並「排出九文大錢」——「排」之一字顯然流露著無聲的反駁與輕蔑（我孔乙己不像你們那樣賒帳喝酒或賒帳不還）〔註2〕；他們便說這是因偷被打，事關道德品質，孔乙己反駁；某人就言之鑿鑿地造謠，說親眼見偷何家的書被弔著打。可惜孔乙己沒有孔明舌戰群儒的本事，開始文縐縐起來，這就上了酒客們的套，讓他們的心思得逞：只要能逼得孔乙己難堪窘迫，開始說胡話（即他們「難懂的話」），他們取樂的目的就達到了。

這裡有一個似乎難解的疙瘩：孔乙己明明說「竊書不能算偷」，這豈不是承認了自己偷了書？以本文看，這應視為孔乙己答辯失當。首先，他確實做過偷書的事（詳見下文），這次所說何家偷書的事雖是別人臨時起意「栽贓」，但他無法做到理直氣壯地反駁，只好用字詞遊戲辯解，也就引發了笑聲；其次，面對這種存心取笑的人，該怎麼辯護才能有效呢？假如我們是孔乙己，可能會說「我沒偷」，他們會說「你偷了」，「你們胡說」，「我們都看見了，你還狡辯」……如此循環下去，孔乙己終究是「虎落平陽被犬欺」，百口莫辯，難免被弄得窘迫起來，而一旦他窘迫出醜，他們就會哄笑起來，仍然獲得了勝利。

此外，需要注意一點：引文一是「我」的回憶性敘述。敘述中用了「故意」這個詞，表明「我」並不把孔乙己偷何家的書認作事實，也不把他們的談話視為互相理解。然而，我們歷來的解讀卻都把孔乙己偷書作為共識，又在此基礎上引申出對孔乙己道德人品的負面評價。這不僅冤枉了孔乙己，而且誤解了「我」。正如魯迅的雜文篇名，「玩笑只當它玩笑」，萬不能認其為真。

可是，孔乙己沒偷過東西嗎？小說這樣說（引文二）：

> 聽人家背地裏談論，孔乙己原來也讀過書，但終於沒有進學，又不會營生；於是愈過愈窮，弄到將要討飯了。幸而寫得一筆好字，便替人家鈔鈔書，換一碗飯吃。可惜他又有一樣壞脾氣，便是好喝懶做。坐不到幾天，便連人和書籍紙張筆硯，一齊失蹤。如是

---

〔註2〕董炳月《啟蒙者的世俗化轉向——魯迅〈端午節〉索引》（《文學評論》2020年第6期）中寫道：「魯迅對金錢的描寫別致、充滿生活實感。孔乙己買酒的時候『排出九文大錢』，一個『排』字傳達出讀書人的矜持、迂腐，也傳達出每個大錢的沉重」，這種流行的看法忽略了「排」字扎根的生活場景，忘記了它是一齣無聲的戲，是孔乙己和酒客們不動聲色的較量。

幾次，叫他鈔書的人也沒有了。孔乙己沒有法，便免不了偶然做些偷竊的事〔註3〕。

據此，孔乙己做過偷竊的事，但那只是「偶然」；可是，酒客們把這偶然之事當作把柄小辮，揪住不放，只要孔乙己一到店，他們就笑著拿偷竊的事編排他、取笑他。這種法子就是「撩」。阿Q亦有這樣的遭遇：他愈是忌諱體質上的缺點——癩瘡疤，「未莊的閒人們愈喜歡玩笑他」，「撩他，於是終而至於打」（咸亨酒店的酒客們沒打孔乙己，但阿Q沒少挨打）。孔乙己受窘時大念君子固窮、之乎者也，這點可憐的文化資本、精神上的優越感，在酒客們眼中正如阿Q頭上的癩瘡疤。

## 二

如上所述，留下的疑問是：孔乙己偷何家的書是遭酒客們無端指派，那麼後來他偷丁舉人家的東西而被打折了腿，可是事實吧？對這一次偷，小說作如下敘述（引文三）：

> 一個喝酒的人說道，「他怎麼會來？……他打折了腿了。」掌櫃說，「哦！」「他總仍舊是偷〔註4〕。這一回，是自己發昏，竟偷到丁舉人家裏去了。他家的東西，偷得的麼？」「後來怎麼樣？」「怎麼樣？先寫服辯，後來是打，打了大半夜，再打折了腿。」「後來呢？」「後來打折了腿了。」「打折了怎樣呢？」「怎樣？……誰曉得？許是死了。」掌櫃也不再問，仍然慢慢的算他的賬。

> 掌櫃仍然同平常一樣，笑著對他說，「孔乙己，你又偷了東西了！」但他這回卻不十分分辯，單說了一句「不要取笑！」「取笑？要是不偷，怎麼會打折腿？」孔乙己低聲說道，「跌斷，跌，跌……」他的眼色，很像懇求掌櫃，不要再提。此時已經聚集了幾個人，便和掌櫃都笑了。

孔乙己這一次被打折了腿，這是事實，然而這件事就一定能歸罪於孔乙己偷了丁舉人家的東西嗎？有一回，阿Q說他姓趙，第二天被趙太爺找去打了嘴巴，從此阿Q不能也不敢姓趙了，這「錯在阿Q，那自然是不必說。

---

〔註3〕據引文二，孔乙己後來是沒有偷書機會的，因為再無人請他去抄書，而酒客們只會編排他偷書，實在「乏」得很。

〔註4〕「他總仍舊是偷」，與引文二「偶然做些偷竊的事」相矛盾。庸眾們成見太深。

所以者何？就因為趙太爺是不會錯的」。在未莊，趙太爺做任何事不會錯；在魯鎮，丁舉人做任何事不會錯。錯的，是那些被他們打了的、欺了的、害了的。被侮辱和被損害的，不僅遭受肉體上的痛苦，而且對事情原委失去了任何解釋與言說的權力——話語權牢牢掌握在趙太爺或丁舉人的手中，未莊或魯鎮人一致地（無意識地）跟隨著他們來認識與解釋這個世界。其中，只有一兩個狂人才能發覺其中的「巧妙」（引文四）：

> 這時候，我又懂得一件他們的巧妙了。他們豈但不肯改，而且早已布置；預備下一個瘋子的名目罩上我。將來吃了，不但太平無事，怕還會有人見情。佃戶說的大家吃了一個惡人，正是這方法。
> 這是他們的老譜！

他們要吃一個人，先說他是一個瘋子，然後再吃了他，這樣便顯得有理有據；孔乙己也是「先寫服辯」，先承認自己是個偷，再被打折腿。他們造成的世界不僅是這樣的：狂人被吃，是應該的，因為他是個「瘋子」；阿Q被打嘴，是應該的，因為他不能姓趙；孔乙己被打折了腿，是應該的，因為他寫了服辯，是個偷；而且是這樣的：狂人被吃這件事本身證明狂人是個瘋子，阿Q被打嘴證明阿Q錯了，孔乙己被打折腿證明孔乙己是個偷。正常的因果關係是：因為你是偷兒，所以你才被打折了腿；掌櫃之類的邏輯則是：因為你被打折了腿，所以這證明你是偷兒（「要是不偷，怎麼會打折腿？」）。這是一種可怕的強盜邏輯，受它統治的世界是恐怖的，無理由地讓人恐怖。

在我們看來，正是「瘋子」道出了被遮蔽的歷史真相，阿Q想姓趙或跟吳媽睏覺，這些皆是一個自然人正常的欲望與權利，那麼，孔乙己被打真的就只能歸咎於孔乙己本人「自己發昏」，偷了丁舉人家的東西？在魯鎮，丁舉人想揍你，還需要什麼正當或合法的理由嗎？他揍你的行為本身就表明了你的錯啊！誰知道這件事的真相到底是什麼？引文三僅僅是客觀記錄了掌櫃和酒客的對話以及對打折腿的孔乙己的取笑，「我」未贊一詞（對比引文一，尚置入「故意」一詞，流露出了敘述者的感情態度與主觀傾向），對酒客敘述內容的真實性未作任何評論，既不附和酒客的說法，又未提供有力的反駁，實際上是將孔乙己被打因偷的因果邏輯或酒客意見擱置了起來。「我」尚未被酒客意見牽著鼻子走，難道我們卻要認以為真？

還有一點需要注意：讓孔乙己寫服辯本身就不合法、不合正義，就是強權無理的表現。甲乙二人起糾紛、鬧矛盾，應由第三方來處理，查明事情真

相、釐清責任，甲乙皆有同等的發言的權利與機會，而不能由甲叫乙寫認罪書；換言之，甲不能既是當事人，又是審判官。如果發生此種情況，往往意味著甲以勢壓人、恃強凌弱〔註5〕。況且，即便是孔乙己偷了書，又何至於被打折腿？丁舉人之豪橫殘暴可見一斑。掌櫃之類無絲毫同情心，仍然取笑孔乙己。

孔乙己這次並未十分分辯，可知（1）這一次，他確實有些「虧」，不是理虧而是形虧——被打折腿不能站著了，矮著身子仰著臉與人爭辯只會招致更多的笑聲；（2）分辯沒有用，掌櫃與酒客的先入之見根深蒂固，他們的邏輯荒唐透頂——「要是不偷，怎麼會打折腿？」；（3）將「打折」變成「跌斷」，重複了「竊書」代「偷書」的遊戲。在此遊戲中，孔乙己展示了某種機智與才華，然而這正是酒客們所需要的笑料；（4）這最後一次現身，孔乙己直接揭穿了他們的伎倆——「不要取笑」，正如阿Q在人生最後時刻認清了生存處境而喊出「救命」一樣。「不要取笑」，這是康德意義上的定言命令，是道德實踐的法則，「假如理性完全規定了意志，那麼行動就會不可避免地按照這一規則發生」〔註6〕。掌櫃和酒客們是缺乏理性的存在，是常被學術界議論的庸眾。

### 三

如上所述，留下的疑問是：酒客意見不能認以為真，孔乙己被打折腿的真實原因不能確定，那麼《孔乙己》這篇小說還有什麼可以確定？其實，首先要確定、可以確定並且必須確定的是，孔乙己的人生故事是由酒店夥計

---

〔註5〕劉雲若《小揚州志》提供了另一個例子：符詠南入了女伶李美雲的掌握，後者不過是為了錢才委屈奉承。郭鐵梅為新太太孟韻秋祝壽，唱三天堂會，李美雲與唱花衫的黎小霞同臺演出，二人眉來眼去，調逗入港，惹得臺下的符詠南體內血液全變成了山西高醋。二人又同床共眠，符詠南來鬧氣，李美雲忽然出手抓住他的下身，疼得符詠南展轉呼號。李美雲便叫他寫張「伏辯」：「你便寫你到我家串門，偷去鑽戒一隻被我查見，本要告官，經你苦苦哀求，我才饒恕不究，所以你立這張伏辯，承認賠償，把鑽戒作價一千四百元，一個禮拜內清還」，「詠南滾著道：『憑我偷……你的？血口……噴人……不成……不寫』」，可惜熬不過李美雲下勁抓，最終就範。看來，寫伏辯往往是強勢的一方屈打成招。——其實，阿Q的戀愛被說成是「調戲」吳媽，甚至定性為「造反」，並且訂了五個條件，這也算是阿Q的「伏辯」，而在此過程中，阿Q根本沒有發言機會和發言權，即便有，他說的話或他作的解釋別人也不會相信。

〔註6〕康德：《實踐理性批判》，鄧曉芒譯，人民出版社，2003年，第22～23頁。

「我」來講述的。「我」對孔乙己的瞭解有三個來源：(1) 旁觀，如引文一和引文三，「我」的任務似乎就是客觀地把整個場景呈現出來，雖未明確表達自己的判斷，字裏行間卻也隱含著某種態度與傾向；(2) 道聽途說，如引文二；(3) 與孔乙己的實際接觸，共有三次，這些才構成了「我」對孔乙己的可靠而真實的認知。接著引文二的是（引文五）：

> 但他在我們店裏，品行卻比別人都好，就是從不拖欠；雖然間
> 或沒有現錢，暫時記在粉板上，但不出一月，定然還清，從粉板上
> 拭去了孔乙己的名字。

孔乙己雖然遭人取笑，也有偷竊的劣跡，但以「我」的瞭解，他的品行卻比別人好。「我」眼裏的孔乙己表現出了兩個獨異性特徵：(1) 穿長衫站著喝酒；(2) 不拖欠。(1) 常被視為孔乙己酸腐的標誌：他與短衣幫一樣站著喝酒，卻穿著表示「闊綽」的長衫；然而，穿著「闊綽」的長衫，卻不能要酒要菜，踱進隔壁，慢慢地坐著喝。但據引文二，孔乙己很窮，幾近乞討，除了這件十多年沒補沒洗的長衫之外，恐怕無其他衣服可穿，此乃經濟能力所限，恐非有意彰顯自身之個性。以之為酸腐，令人心寒！然而，即便窮得快要討飯了，孔乙己不賴帳，偶而沒有現錢，一月內定然還清，這是為什麼？要麼是「我」的回憶有誤，在回憶中美化了孔乙己；要麼只能解釋為這是孔乙己為獲得承認而進行的鬥爭。但「我」的美化也就是對孔乙己的承認：孔乙己不是偷賊，他的道德品質沒問題，至少他不欠錢。一個不欠錢或欠錢後按時還清的人是一個安分守己的人。如果要另舉一個例證，我想起了老舍筆下的多二爺：「他和王掌櫃的關係就越來越親密。但是，他並不因此而賒帳。每逢王掌櫃說：『先拿去吃吧，記上帳！』多二爺總是笑著搖搖頭：『不，老掌櫃！我一輩子不拉虧空！』是，他的確是個安分守己的人。」[註7]

除了不拖欠，孔乙己還進行了兩次鬥爭，這也構成了「我」與孔乙己的其他兩次接觸。一次是教「我」認識茴字的四種寫法（引文六）：

> 孔乙己自己知道不能和他們談天，便只好向孩子說話。有一回
> 對我說道，「你讀過書麼？」我略略點一點頭。他說，「讀過書，……
> 我便考你一考。茴香豆的茴字，怎樣寫的？」我想，討飯一樣的人，
> 也配考我麼？便回過臉去，不再理會。孔乙己等了許久，很懇切的

---

〔註7〕老舍：《正紅旗下》，《老舍文集》（第七卷），人民文學出版社，1993年，第262頁。

說道,「不能寫罷?⋯⋯我教給你,記著!這些字應該記著。將來做掌櫃的時候,寫賬要用。」我暗想我和掌櫃的等級還很遠呢,而且我們掌櫃也從不將茴香豆上帳;又好笑,又不耐煩,懶懶的答他道,「誰要你教,不是草頭底下一個來回的回字麼?」孔乙己顯出極高興的樣子,將兩個指頭的長指甲敲著櫃檯,點頭說,「對呀對呀!⋯⋯回字有四樣寫法,你知道麼?」我愈不耐煩了,努著嘴走遠。孔乙己剛用指甲蘸了酒,想在櫃上寫字,見我毫不熱心,便又歎一口氣,顯出極惋惜的樣子。

孔乙己希望從「我」這裡獲得某種承認,承認他「有用」。這本是他獲得承認的一個好機會,因為「我」和他一樣讀書識字,具備語言交流與相互理解的基礎與條件。然而,孔乙己從「我」那裡得到的還是消極的反應。為什麼「我」對孔乙己的施教毫不熱心?因為「我」勢利且自負——「討飯一樣的人,也配考我麼?」「誰要你教」。但這恰恰暴露了「我」之無知,「我」所知者僅是知識的一部分。不能以為茴字的四種寫法毫無用處,對短衣幫和掌櫃來說是無用的,對長衫主顧來說卻可能是一個談資。引文六一方面寫「我」之不屑與冷漠,一方面寫孔乙己的懇切與熱心,隱含了「我」在回憶這個場景時的某種反思及內疚的態度:對別人熱心的舉動報以如此冷淡的態度是不應該的。後來,「我」在「死而復活」的孔乙己(孔乙己被打折了腿,酒客們以為他「許是死了」,然而他還是出現了)身上償還了「我」的善意與承認。這發生在二人的第三次接觸中。接著引文三的笑聲:

> 我溫了酒,端出去,放在門檻上。他從破衣袋裏摸出四文大錢,放在我手裏。

「我」對孔乙己的承認就在別人的取笑中完成了:「我」端給他酒,他付給「我」錢。難道這僅僅是一次買賣交易嗎?「溫」、「端」、「放」三個動作簡單而純粹,是對別人笑聲的一次有力地突破。如果「我」要跟著別人取笑孔乙己,則可以把酒高放在櫃檯上,讓殘疾的孔乙己自己來拿,看他出洋相。但「我」沒有,「我溫了酒,端出去,放在門檻上」,這是「我」對孔乙己善意的承認:孔乙己是人,不是只供取笑的笑料。實際上,跟那些每天都要打交道的掌櫃和酒客們相比,孔乙己是「我」一生中所遇到的最好的人,越想越與他們不同。

掌櫃記得孔乙己是出於利益算計,因為孔乙己「還欠十九個錢呢!」到

了年關、第二年的端午,掌櫃仍是掛記著孔乙己欠著錢,後來就不再提及了,孔乙己連一個欠債者的資格都被取消了。酒客們並不關心孔乙己,雖然從他身上獲得了快樂,「可是沒有他,別人也便這麼過」。唯有「我」一直記得孔乙己,雖然也是因為笑聲,但不是像酒客那樣「哄笑起來」,而是「附和著笑」。笑與笑是不同的,黑格爾說:「笑的各種不同方式以一種極富特徵的樣式表達出個人的文化程度。一個沉思的人從不或非常稀罕地感到要放肆地響亮的笑……我們有理由把許多笑認作單調乏味和某種愚蠢意識的證明」〔註 8〕,「我」的笑是在眾人哄笑背景之上、之外的笑,而不是他們那種粗魯無知的笑。孔乙己帶來的笑聲於「我」和酒客有不同的意義,孔乙己的存在對別人來說無所謂,對「我」來說卻是一個重要的事件。

那麼,「我」是誰?

## 四

學術界曾經討論過「我」是個小孩子還是個成年人。本文毫不猶豫地認為,《孔乙己》文本的敘述者「我」是個成年人,儘管他的回憶是從自己十二歲在咸亨酒店當夥計開始。敘述時間跨度長達二十多年,卻僅僅記敘了孔乙己的幾個人生片段。於是,有學者認為《孔乙己》是無時間刻度的敘事,表現為小說並不敘述孔乙己「某年某月某時的一次具體行動,而是寫他『一到店』便如何如何……這些努力排除時間束縛的敘述,不是偶一為之,而是作者的刻意追求」。這種無時間刻度的敘事形式使《孔乙己》的「幾個大敘事單元,都是自圓自足,各自獨立,互不連續」,如「孔乙己同小夥計的談話,分豆給小孩們吃,都各為一事,自有起訖,互不關聯」〔註 9〕。首先,本文認為,《孔乙己》這種無時間刻度的敘事並非作者魯迅有意為之,而是受制於普通人的腦力限制:二十多年間的事情,要叫「我」具體到某年某月某日,豈非逼人太甚?(一個人可以記得幾歲上初中,記得跟誰打過架,但要他說清楚是哪年哪月哪日打的架,他會以為別人是在故意難為他)。更重要的是,孔乙己的幾個人生片段貌似各自獨立、互不關聯,實際上是有著密切關聯的意義單元:

〔註 8〕黑格爾:《精神哲學》,楊祖陶譯,人民出版社,2006 年,第 114~115 頁。
〔註 9〕李友益:《〈孔乙己〉的空間形式及其歷史性誤讀》,《魯迅研究月刊》,1994 年第 1 期。

酒客們就傷疤與竊書而取笑孔乙己——「我」認為孔乙己的品行比別人都好——酒客們就中不了秀才而取笑孔乙己——孔乙己教「我」認字，分豆與孩子們，顯得熱心而詼諧、機智（把《論語》中的話貼切地運用到日常生活境遇之中）——孔乙己被丁舉人打折了腿，在別人看來是「自己發昏」，活該如此——這一次，「我」沒有附和著笑，而是溫了酒，端出去，放在門檻上，讓孔乙己喝完了酒——孔乙己再也沒有出現，這對別人來說無所謂，然而「我」至今還記得他。

「我」與眾人之不同乃一目了然。「我」關心著孔乙己的命運——「大約孔乙己的確死了」。這個語義矛盾的句子該如何理解呢？對別人來說，孔乙己的確死了，因為無人承認他，他只是可有可無的一塊笑料；對「我」來說，孔乙己還活著，因為「我」在反思中承認了他的品行、熱心與機智，孔乙己不是一個無用的笑料。並且，借著對孔乙己命運的反思，「我」隱隱體會到了自身某種類似孔乙己的生存境遇。

小說前三節告訴我們：掌櫃說「我」「樣子太傻，怕侍候不來長衫主顧」，於是就到外面侍候短衣主顧，但「我」又不會羼水作假，便只能做溫酒一種無聊的職務了。「我」在咸亨酒店的地位一步不如一步，最終幹起了最不重要的工作。可以說，「我」是咸亨酒店的邊緣人，形如孔乙己是科舉體制下的小角色與落魄者。「我」一直活在掌櫃印象的陰影之下。但「我」真的傻嗎？「我」讀書識字，明白自己未遭辭退是「薦頭的情面大」、眾人是「故意」取笑孔乙己，自己又會察言觀色，在孔乙己教自己寫字時懶懶地對付他。當然，「我」不傻的最重要的表現是在回憶反思中不動聲色地表達了對孔乙己的承認。

如上所述，《孔乙己》「我」對自己的生活狀態不滿意，「有些單調，有些無聊」，但也並不出走謀劃新路；謹言慎語，樣子傻，但並不苟同於酒客意見；在觀察、體認世界的過程中形成了自己的認識，但也並不刻意、主動地劃清界限，做一個鶴立雞群的吶喊者；雖具有與眾不同、離經叛道的色彩，卻並不憤世嫉俗、挺身向庸眾宣戰，而是褪去了戰士的武裝，沒於芸芸眾生之間，試圖發現並建構生存的價值與意義。既非庸眾，又非狂人，「我」是魯迅文學世界裏的一個「獨異個人」。

孔乙己是魯鎮的阿Q，阿Q是未莊的孔乙己；同樣地，《阿Q正傳》「我」和《孔乙己》「我」可視為同一類型的「獨異個人」：

> 我要給阿 Q 做正傳，已經不止一兩年了。但一面要做，一面又往回想，這足見我不是一個「立言」的人，因為從來不朽之筆，須傳不朽之人，於是人以文傳，文以人傳——究竟誰靠誰傳，漸漸的不甚了然起來，而終於歸結到傳阿 Q，彷彿思想裏有鬼似的。

《阿 Q 正傳》「我」考證傳的名目，請教茂才公，引據《新青年》，廣徵博引，滔滔不絕，有自得之意，有炫耀之嫌，這幅伶牙俐齒的面孔非《孔乙己》「我」所能比。但這個「我」一口一個「茂才公」，又照「英國流行的拼法」把傳主名字寫為阿 Quei，可見其思想駁雜，出新入舊，既非頑固守舊，亦非激進叛逆。歷來傳統是不朽之筆傳不朽之人，「我」卻自認是速朽之人要做一篇速朽之文。說了那麼多，「聊以自慰的，是還有一個『阿』字非常正確」，正如孔乙己只有「孔」字非常正確一樣。孔乙己和阿 Q 皆無足輕重，隨見隨忘，不見後永被遺忘：魯鎮上的人沒有孔乙己照樣過活，未莊人在阿 Q「活著的時候，人都叫他阿 Quei，死了以後，便沒有一個人再叫阿 Quei 了」。可是，「彷彿思想裏有鬼似的」，「我」似乎偏要跟人搗鬼作對，不安分不老實，如呂緯甫所言「無聊的。——但是我們就談談罷」，偏要談孔乙己和阿 Q。在「我」的傳述中，魯鎮的孔乙己和未莊的阿 Q 皆被人撩、被人取笑；他們皆為獲得承認而鬥爭，如阿 Q 要姓趙，要跟吳媽睡覺留下子孫後代，要參加革命黨；但這些努力皆告失敗：孔乙己的文化資本遭到否定，阿 Q 的「精神勝利法」只是一種可笑的自我承認。「我」彷彿正在跟遺忘作鬥爭，要從孔乙己或阿 Q 的生存境遇中發現或找到某些生機與趣味、價值與意義。

## 五

李歐梵論析了魯迅文學世界中的兩類「獨異個人」：一類是「個人的自大」，向庸眾宣戰，清醒的個人被庸眾所疏遠所孤立，如狂人和夏瑜；一類是庸眾中的一員，但處於與其他庸眾相對立的孤獨者地位，亦造成了命運上的悲劇性，如孔乙己、阿 Q、單四嫂子和祥林嫂等〔註10〕。「我」是魯迅文學世界裏的第三類「獨異個人」。對這類「獨異個人」的獨異性的恰當描述是感到「無聊」，又「彷彿思想裏有鬼似的」，不老實亦不激進，雖具有與眾不同、離經叛道的色彩，卻並不憤世嫉俗、挺身向庸眾宣戰，而是褪去了戰士的武裝，

〔註10〕李歐梵：《來自鐵屋子的聲音》，尹慧珉譯，《魯迅研究月刊》，1990 年第 10 期。

沒於芸芸眾生之間。這類獨異個人皆有一定的文化程度,他們與遺忘作鬥爭,在咀嚼反思中對抗著無聊。

「無聊的定義和理論解釋多種多樣,但研究者們都一致認為無聊是一種不愉快的情緒體驗。因此,可以把無聊定義為由於知覺到生活無意義而產生的負性情緒體驗」,外部因素(新異刺激、任務難易等)和內部因素(自身調節能力、價值觀和信仰等)是無聊感產生的重要原因〔註 11〕。對魯迅文學世界裏的「我」來說,無聊感主要來自於現存生活方式的單調、機械、麻木,無趣甚至荒誕,一句話,生活與人生無意義。於是,「我」要發現和建構生活的價值與意義。

中國人的回憶往往傾向於與社會或歷史意義有關的時刻,把自己存在的價值與意義和重大的歷史事件結合起來〔註 12〕。然而,「我」則拋棄了「與社會或歷史意義有關的時刻」,《一件小事》說得清楚:「耳聞目睹的所謂國家大事,算起來也很不少;但在我心裏,都不留什麼痕跡,倘要我尋出這些事的影響來說,便只是增長了我的壞脾氣」,「但有一件小事,卻於我有意義」:一個無名的人力車夫不懼「多事」,勇於承擔自己的責任,「教我慚愧,催我自新,並且增長我的勇氣和希望」。意義並非來自於外部的歷史事件,而是人與人之間的相互理解與承認,以及在此基礎上的反思與變革。孔乙己和阿 Q 僅僅是個笑料嗎?人力車夫僅僅是惹是生非嗎?止於此,就無法達成理解與承認,無法認識到自身生存境遇的相似性,不能產生變革的內在需要與動力。所以,魯迅在解釋《阿 Q 正傳》的寫作方法時說:「我的方法是在使讀者摸不著在寫自己以外的誰,一下子就推諉掉,變成旁觀者,而疑心到像是寫自己,又像是寫一切人,由此開出反省的路。但我看歷來的批評家,是沒有一個注意到這一點的」。

《祝福》「我」也是一個「獨異個人」:「我」是新黨,回魯鎮過年,與講理學的四叔話不投機,十分無聊;雖「見識得多」,卻抵不住祥林嫂對靈魂與地獄的追問,匆匆逃回四叔家中。祥林嫂死於祝福前夜,被四叔罵為「謬種」:「不早不遲,偏偏要在這時候,——這就可見是一個謬種」,「我」從四叔「儼然的臉色上,又忽而疑他正以為我不早不遲,偏要在這時候來打攪他,也是一個謬種」。咀嚼著祥林嫂之死:

---

〔註 11〕周浩等:《無聊:一個久遠而又新興的研究主題》,《中國人民大學學報》,2012年第 1 期。
〔註 12〕方陵生:《自我意識之謎》,《大自然探索》,2014 年第 3 期。

我獨坐在發出黃光的菜油燈下，想，這百無聊賴的祥林嫂，被人們棄在塵芥堆中的，看得厭倦了的陳舊的玩物，先前還將形骸露在塵芥裏，從活得有趣的人們看來，恐怕要怪訝她何以還要存在，總算被無常打掃得乾乾淨淨了。魂靈的有無，我不知道；然而在現世，則無聊生者不生，即使厭見者不見，為人為己，也還都不錯。

「我」便追憶了祥林嫂的一生，可謂謬種傳謬種，「百無聊賴」的祥林嫂終於得到了某種理解與承認。

《故鄉》「我」「沒有什麼好心緒」，對楊二嫂「無話可說」，對中年閏土「也說不出話」。唯先前聽到「閏土」名字時，腦中閃出一副神異的圖畫：生活自然而自由、新鮮而有趣，與閏土結成了親密無間的夥伴關係。然而，這種詩意的生存狀態——孩子間無隔膜、無算計地相互理解與承認（根本不考慮地位與身份的差異）——在現實中化為了烏有，對此「我」只能抱著一點朦朧的希望。

《狂人日記》「余」亦應視為一「獨異個人」，和狂人是中學良友，後得到狂人發病時的日記，「語頗錯雜無倫次，又多荒唐之言」，似乎認為狂人日記無意義，但「余」卻又「撮錄」原日記「略具聯絡者」，公布於眾，「以供醫家研究」——狂人說得好：「凡事總須研究，才會明白」。「余」實際上懸置了對狂人日記的價值判斷，讓讀者去研究、理解並反思。

可以說，「我」作為「獨異個人」是一個人生意義的反思者與尋找者，「我」最關心的不是人事的社會意義與政治意義，而是人與人之間如何才能相互理解與承認，從而詩意地棲居在大地上〔註13〕。詩意的人生能否被找到或重新建構起來，是一個問題，但比這更重要的是，「我」一直在尋找著、反思著，一直走在路上。

理解魯迅的文學世界和精神肖像有兩個入口：一個是《狂人日記》，一個是《孔乙己》。應該充分重視並繼續研究《孔乙己》「我」這一類「獨異個人」。

本文曾以《〈孔乙己〉細讀及「我」之論析》刊於《上海魯迅研究》2018年第1期。此次作了大範圍的刪改，力圖使解釋更有力量。

---

〔註13〕管冠生：《為什麼說魯迅小說不同於問題小說》，《太原學院學報》，2017年第1期。

# 百年人話細讀《藥》——
## 從「康大叔是不是『黑的人』？」說起

　　魯迅研究已有百年的深厚歷史，但不能由此認為魯迅作品的意蘊已被前人說盡淘空，因為熟知常非真知，對魯迅作品仍然有一個重要的工作要做，那就是以問題為中心、有理有據地展開文本細讀與文本深讀。

## 一、康大叔是不是「黑的人」？

　　顧農先生說：「康大叔是魯迅精心設計的一個人物，在《藥》中具有舉足輕重的地位。分析《藥》無論如何不能忽略這個人物」〔註1〕，這話很對。然而，只要稍作考慮，就會發現這個人物頗為複雜。先談一個問題，他是不是那個把人血饅頭塞給華老栓的「黑的人」（劊子手）？

　　時至今日，仍有不少研究成果不假思索地把他們視同一人，但這經不起下面三點推敲：（1）康大叔是茶館裏的常客，和華老栓熟，叫得親密（「栓叔」），而「黑的人」則叫他「這老東西」，並伴隨著「搶過燈籠」、「扯下紙罩」、「抓住洋錢」等動作，「不像是同一個人」；（2）如果「黑的人」是康大叔，明明拿了華老栓的錢，怎麼在茶館當眾說「我可是這一回一點沒有得到好處」呢？〔註2〕；（3）康大叔只說自己「信息靈」，如果他就是劊子手，則知道何時何地殺人不能叫信息靈，「所以，康大叔的『信息靈』是指他瞭解劊子手何時何地處決犯人，然後告訴老栓抓住時機去買人血饅頭。康大叔實際上是起到了

---

〔註1〕顧農：《談談康大叔》，《山東師範大學學報》，1983年第6期。
〔註2〕以上兩點可參考李效欽的《「康大叔」是誰》，載《魯迅研究月刊》1995年第12期。

牽線作用」，他應該是個地痞惡霸之類的角色〔註3〕。

本文認為（3）很有說服力，加上（1）（2），足以把「黑的人」與康大叔區分開來。但此間尚有一事須細思量：夏瑜被執行死刑，看客們「轟的一聲，都向後退；一直散到老栓立著的地方，幾乎將他擠倒了」，如果「黑的人」與華老栓兩不相識，那麼他怎麼知道哪個是要買人血饅頭的華老栓，並精準地站在後者面前？我們只能合理地猜測是康大叔的指點。儘管康大叔在小說第三節才現身，但我們有理由相信他在第一節就出現了：來看殺人，這種有趣的事不能錯過；把華老栓指給劊子手，使交易順利完成，並拿到自己的「中介費」，這種事他是不會白操心、白出力的〔註4〕。

如是，（2）中所引他的話（「我可是這一回一點沒有得到好處」）就不可信了。

## 二、康大叔的話能全信嗎？

康大叔確實是個重要角色，這可以從兩方面來理解：（1）他說這回的人血饅頭「與眾不同」，乃顯示了他本人的與眾不同：只有他這樣與牢頭、劊子手認識，跟官府有關係的人才能給華老栓帶來「運氣」。故此，在茶館裏，他備受尊敬：別人都是「說」，他「只是嚷」；華老栓對他「笑嘻嘻地聽」，華大媽送來的茶水裏特意加了一個橄欖，花白鬍子問事要「低聲下氣」；（2）我們只能從康大叔的口中得知夏瑜的一些言行事蹟，換言之，夏瑜的形象是康大叔塑造與傳播的。

可以說，《藥》中康大叔說的話最多、最重要，但問題是他說的話我們能完全採信嗎？此前學界似乎沒人考慮過這個問題，這就是此前研究的一大問題。在本文看來，康大叔的話不能完全採信，有以下四種情況：

（1）事實可證偽的。如他口口聲聲說「包好」，但事實證明人血饅頭一點效果都沒有，小栓還是死了；

〔註3〕鄭子瀛；《〈藥〉：「康大叔」與「劊子手」考辨》，《宿州師專學報》，2004年第3期。

〔註4〕正因為對此事完全知情，所以他第三節一上場就問「吃了麼？好了麼？」而不是像華大媽問「得了麼？」或曰有可能是事後從「黑的人」口中得知，但，他不關心夏瑜的生死，卻不會不在意自己的好處，正如論者所說，在康大叔眼中，「利益是第一位的」（見周海波《〈藥〉：關於生存與生命的書寫》，載《魯迅研究月刊》2006年第7期）。

（2）不合人情常理的。如「我可是這一回一點沒有得到好處」，如果「得到好處」指的是從夏瑜身上直接榨取到錢物，像牢頭終於剝了夏瑜的衣服，那麼他確實沒得到，但他卻和「黑的人」合作榨光了華家的積蓄。如果這句話是實情，那麼，救苦救難的觀世音菩薩也沒他心腸好啊！他的「滿臉橫肉」又是怎麼煉成的呢？

（3）屬個人意見的。如「夏三爺真是乖角兒，要是他不先告官，連他滿門抄斬」，「要是」一句就屬於個人意見（猜測），不能把它作為推論的基礎，認為夏瑜也勸三伯造反，於是後者為自保而告官〔註5〕。本文認為，康大叔這樣說話、說這樣的話既是對夏三爺獨佔銀子的羨慕與嫉妒，又是故意渲染事情的嚴重性，因為講的事情越嚴重、越是聽來嚇人——「滿門抄斬」〔註6〕——他這個講述者就越有光彩（面子）。正如《風波》中的七斤是個「很知道些時事」的「出場人物」。康大叔亦如此，華老栓們可以聽之信之，我們作為研究者則需要三思。

（4）篡改了用語的。如「他說，這大清的天下是我們大家的」，「大清」表達的是對清王朝的承認、尊敬與服從，勸牢頭造反的夏瑜是不會用這個詞的。三個例證：陳天華《獅子吼》稱「滿人」、「滿洲」、「滿洲政府」，甚至是「逆胡」，鄙夷之意很明顯；許壽裳《章炳麟傳》所引章氏文章，皆稱「清」、「滿州政府」、「滿珠」（女真語音譯），許氏敘述時稱「清政府」，從未見「大清」字樣；錢玄同在 1924 年 8 月 11 日日記中寫道：「叔平謂王國維因研究所對於大宮的事件之宣言中有『亡清遺孽盜賣古物』之語，且直稱溥儀之名，大怒，於是致書沈、馬，大辦其國際交涉，信中有『大清世祖章皇帝』『我皇上』等語。閱之甚憤，擬迻書責之」〔註7〕，王國維身在民國心在清，

---

〔註5〕可參看下面這段論述：「夏三爺告官的事件多少有點突然，雖然『革命者』被告發不算是意外，但告發自己的侄兒還是有些出乎意料。不過，康大叔對這個事件的『講述』，讓我們看到了這個『偶然事件』背後的必然性。康大叔對夏三爺的做法並沒有感到意外，反而還極為景仰……言語當中，不難覺察對夏三爺做法的認同。為什麼夏三爺的做法能得到康大叔的認同呢？這是『計算』的結果，在親情與生存、道義與利益之間，『聰明人』總會計算出相同的答案。從文化學的角度來講，夏三爺的做法是專制時代的『生存法則』，它以『保全自我』為第一原則，任何與『自我』發生衝突的事物都會被堅決的摒棄」（見周維東《〈藥〉與「聽將令」之後的魯迅》，《魯迅研究月刊》2013 年第 12 期）。

〔註6〕康大叔說這話只是圖個口快，真要搞「滿門抄斬」，夏瑜的母親怎麼還活著呢？

〔註7〕《錢玄同日記》（中），北京大學出版社，2014 年，第 597 頁。

故尊稱「大清」、「我皇上」，而這就引起錢玄同的火來了。——最直接有力的證據還是來自魯迅，他說：「二十多年前，都說朱元璋（明太祖）是民族的革命者，其實是並不然的，他做了皇帝以後，稱蒙古朝為『大元』，殺漢人比蒙古人還利害」〔註8〕。「大元」的稱謂顯然表示尊敬，所以魯迅說朱元璋不是民族的革命者；同樣，口稱「大清」的不是夏瑜而是康大叔。

搞清楚上述四點是非常重要的。我們一向重視魯迅思想深刻、作為精神界之戰士的一面，但魯迅首先是熟悉人性心理的文學大師。他不是把人物作為某種思想觀念的傳聲筒而是作為這一個活生生的人來寫——人物的話語表達了他們自己的利益關切與心理算計。像康大叔這樣的地痞惡霸，佔了便宜還要賣乖，在眾人面前耍弄口才與見識，是要表現自己與眾不同，讓華老栓們愈加信服自己，強化對他們精神上心理上的奴役與控制，從而保證自身利益的最大化與持久性。

## 三、夏三爺為什麼告官？

有論者認為，「夏三爺的告密，不但是怕被株連，也不僅是為了那『二十五兩雪白的銀子』，而是包藏禍心，另有企圖的。他的首告發難把夏瑜推向末路，是符合其階級品性和有著『大家庭』罪惡淵源的」，解釋如下：「夏瑜能成為一名資產階級民主鬥士，必須仰賴於其家庭原來較好的經濟基礎——有錢讀書。因此其父死後財產首先成為了族內眾人覬覦已久的目標」，於是以夏三爺為首的他們「同反動政府保持一致」，除掉了四房合法的財產繼承者〔註9〕。這可算是目前對此問題最全面的一個分析。

然而，它似乎經不起進一步的推敲：（1）如前所述，說夏三爺不先告官就滿門抄斬，乃是康大叔個人的假設；（2）夏三爺事後得了賞銀，並不意味著他本人告官時的意圖與動機就是為了賞銀——沒有證據表明夏瑜是一個通緝犯，由官府貼了告示捉拿而舉報者有獎，夏三爺見了才去揭發的，因為茶館裏的人對「究竟是什麼事」幾乎不知；（3）牢頭想在夏瑜身上發點財，盤盤底細之後知道「榨不出一點油水，已經氣破肚皮了」。可見這孤兒寡母早已沒有什麼財產了。

---

〔註 8〕《上海文藝之一瞥》，《魯迅全集》（四），人民文學出版社，2005 年，第 308～309 頁。

〔註 9〕張宏亮：《圖財，求安，另有企圖？——〈藥〉中的夏三爺藝術形象賞析》，《中學語文》，2014 年第 3 期。

本文的猜測與重建如下：

（1）夏三爺在當地是一個有勢力的人物。牢頭阿義被駝背敬稱為「義哥」，但康大叔要麼直呼其名，要麼叫綽號「紅眼睛」，唯獨對夏瑜的三伯尊稱為「夏三爺」（而不是「夏老三」），值得康大叔尊稱的人物肯定不簡單，不會只是個乖角而已；

（2）夏瑜勸牢頭造反，並不意味著見了人就勸人造反。比如站在丁字街公開演講鼓動革命，如是，就不必夏三爺告官，因為這種人「人人得而誅之」；又如他勸三伯及親戚本家造反，後者告了官，致使他被處死，那這既不算「冤枉」，又不算「可憐」，只能說是「罪由自取」。

此處結合這一個問題：夏母上墳時所說「他們都冤枉了你」、「可憐他們坑了你」中的「他們」指誰？王富仁先生說：「她依然不知到底是誰、是什麼害了夏瑜，但她這時已經不為兒子的被處死而羞愧，她愛自己的兒子，相信自己的兒子是無罪的，因而也在朦朧中覺得殺害自己兒子的這個世界是不完滿、不那麼合理」〔註10〕，這個解釋值得商榷，因為當一個人說「他們冤枉了你」的時候，應該清楚自己說的「他們」是誰。就整篇小說來看，「他們」可有三個所指：（1）華老栓一家及花白鬍子、駝背等一般看客（底層百姓）；（2）牢頭、「黑的人」與康大叔等值得（1）尊敬的人物；（3）以夏三爺為首的親戚本家。本文認為，夏母所說的「他們」指的是（3）。因為夏母只是小說中的一個人物（不是全知的作者或敘述者），囿於自身的生活範圍與視野限制，連上墳見到的華大媽都不認識（華大媽也不認識她），怎麼會認識（1）和（2），又怎麼能在話語中指稱他們呢？夏母所不能釋懷的就是自己的兒子是個好孩子，三房卻把他送進了監獄，感受最深切、最直接的（或者說包圍著她的）就是親戚本家們的冷眼、勢利與壓力。

綜合考慮，本文認為，夏瑜並未勸三伯造反，後者告官另有隱情。

牢頭是看管囚犯的獄卒，是統治體系裏的最基層分子，處於統治鏈的末端，應該最能感受到清政府統治的黑暗與腐敗、有最多的牢騷與不平，所以夏瑜才勸他造反，孰料牢頭安於做奴隸，除了一點切身的利益，看不到更廣大、更重要的東西。這才是夏瑜被判處死刑的直接原因與確鑿證據。夏瑜不是個壞事的愣頭青，見了人除了說造反之外不說別的。三伯既是現行統治體制的受益者，

---

〔註10〕王富仁：《中國反封建思想革命的一面鏡子》，中國人民大學出版社，2010年，第127～128頁。

哪能勸其造反？夏瑜所做的是勸其平等待人，放棄既得利益，不要再「吃人」，正如《狂人日記》中的狂人勸大哥所做的那樣（採取實際行動，為佃戶減租）。結果，狂人被大哥罵為「瘋子」，並被關進了黑屋子，尚念及手足之情未送官府，夏三爺對付侄子也應是同樣套路：給侄子貼上「瘋子」的標籤，關起來，看看無效（狂人後來被「治好」、赴某地候補去了），就把孤侄送交官府。

當然，這裡面可能附帶一種打算，就是謀奪四房的房產。魯迅小說所寫的親戚本家之間的鬥爭幾乎都是圍繞著房產進行。如《祝福》中的祥林嫂先死了丈夫，後死了兒子，大伯就來收屋，趕她走；《孤獨者》中的魏連殳父親故去，親戚本家就要奪房子，要他在筆據上畫花押。祖母死後，他把房屋無限期地借給死時送終的女工居住，「親戚本家都說到舌敝唇焦」；《長明燈》中的「瘋子」要放火燒掉長明燈，有人出主意把他拖到自己的房裡關起來，但他四伯「忽然嚴肅而且悲哀地說」自己的孩子六順就要娶親，將來生的第二個孩子可以過繼給他以續香火，但「別人的兒子，可以白要的麼？」，這樣「理直氣壯」地佔了侄子的房產。

因此，夏三爺告官是因為侄子的存在（發聲）觸動了自己的切身利益，他告官時未必想把侄子治死（但侄子在監獄裡的作為是他不能掌控的），賞銀也是意料之外的一筆收入。

《藥》在夏三爺身上只費了兩句話，但我們要把夏三爺跟侄子的故事搞清楚卻要費許多腦筋與筆墨。直到今天，我們才明白魯迅小說好就好在以儘量短的篇幅容納了豐富而複雜的人性與沉重而細微的生活內容。很多小說費了好多筆墨和篇幅來講述與表現的，魯迅用幾句話就可以包容與涵括，直至做得比前者還要厚重複雜〔註11〕。這是魯迅小說深刻多義的物質基礎。

## 四、這大清的天下是我們大家的？

有研究者已經認識到了這句話的重要性〔註12〕，但似乎沒有研究者認識

---

〔註11〕 宋劍華在《啟蒙無效論與魯迅〈藥〉的文本釋義》（載《天津社會科學》2008年第5期）中說：「《藥》共約六千字左右，故事情節也並不複雜（『複雜』是歷史『詮釋』所積累起來的外在附加因素）」，這樣說就忽視了魯迅小說中存在的很多空白點，就忽視了魯迅小說敘事上的複雜性。

〔註12〕 例如，曹禧修在《魯迅小說詩學結構引論》（中國社會科學出版社，2010年，第257頁）寫道：「『大清的天下是我們大家的。』翻看整個小說文本，只有這句話才真正顯示出夏瑜的價值立場以及他為群眾謀取幸福的革命者身份。從某種意義上講，這句話有如阿基米德的支點。阿基米德利用這個支點可以把地球

到這句話是轉述者康大叔與表達者夏瑜的奇怪混合，是一個語義上充滿張力的表述：「這大清的天下」是轉述者的用語，意味著對現存秩序的尊重與服從；「我們大家」則是表達者的原話，傳達的是一種人人平等、人人做主的國民觀念。這樣一種觀念不是康大叔們所願意承認和擁有的，因為它在實踐上的施用會顛覆已有的利益格局，所以，他斥之為不是「人話」（「你想：這是人話麼？」）

這句不是「人話」的人話產生了兩個值得深思的現象：

（1）茶客們對這句話沒有任何反應，他們對略感遙遠和抽象的問題漠不關心，倒是對「阿義可憐」這個眼前的、具體的人物狀態很感興趣。此處重申一個看法：「魯迅文學世界裏的庸眾可以平庸，但並不傻，他們精於算計、巧於謀劃、善於用各種手段來達到自己的目的、滿足自己的欲望」〔註13〕，換言之，他們對自身及自身所能達到的生活區域知道得清清楚楚，至於超過自身的社會、民族、國家觀念似乎根本不能出現於他們的意識之中，對此無動於衷。華大媽提供了另一個例證：在兒子墳上哭過一場，「呆呆的坐在地上；彷彿等候什麼似的，但自己也說不出等候什麼」，兒子的生死問題似乎已經空洞而遙遠，但看見夏瑜的墳上有花圈而自己兒子的墳上卻只有幾點青白小花零星開著，「便覺得心裏忽然感到一種不足和空虛，不願意根究」，真地不根究嗎？當夏四奶奶叫烏鴉顯靈而烏鴉不聽話的時候，「華大媽不知怎的，似乎卸下了一挑重擔，便想到要走」，前面心生嫉妒，好在烏鴉未作反應，她就找到了心理平衡。對涉及自己的一點點小事（自家墳上沒有花圈），他們也如此敏感，心裏也要計較一番。

「假如一間鐵屋子，是絕無窗戶而萬難毀滅的」，我們通常把魯迅構想的這個鐵屋子視為令人窒息而絕望的中國社會現實的象徵性表達，本文認為還應該這樣來理解：鐵屋子中的絕大多數居民就是一個肉身的鐵屋子，他們的感覺與思考以肉身所及的區域為限度，固執於自己切身的、眼前的一點利益得失，

---

撬起來，而隱含作者也正是利用這個支點把整個文本給『撬』起來……完全可以這樣說，只有真正理解了這句話，才能真正理解華老栓的購『藥』、華小栓的吃『藥』以及眾茶客的談『藥』等故事情節中的蘊涵的悲劇意味」。由「大清的天下是我們大家的」聯想到阿基米德支點是非常有趣的，但是，這句話本身不需要思考嗎？革命者夏瑜怎麼會用「大清」這個詞呢？真正的文本細讀應該由此出發，深入下去，挖掘一些我們歷來所忽視、所忽略的事實與問題。

〔註13〕管冠生：《為什麼說魯迅小說不同於問題小說》，《太原學院學報》，2017年第1期。

無視其他更廣大、更根本的問題〔註14〕。魯迅最痛的領悟之一就是他不是一個振臂一呼、應者雲集的英雄,「叫喊於生人之中,而生人並無反應」,因為他們都沉浸於自身的鐵屋子之中。似乎不必考慮「是誰統治」這個問題,他們照樣能把小日子過下去,然而不反思這個問題,他們將永遠是某些人生存的工具。

　　（2）夏瑜的這句不是「人話」的話要通過康大叔的「人話」來傳佈。這正如《狂人日記》的結構形式:在文言序中,狂人的同學「余」說狂人的日記「語頗錯雜無倫次,又多荒唐之言」,也就是說狂人的日記說的多不是「人話」,這些不是「人話」的日記卻正是通過「余」傳佈出去的。換言之,狂人被治癒了,日記才公開出來;夏瑜被殺害了,他的話才流傳出來。在魯迅的文學世界裏,跟俗見常識相對的異端思想似乎只有在表達者被扼殺之後、以否定的形式才能獲得流傳的機會。鐵屋子當中難得的一兩句人話的傳佈是異常艱難的(否則,喚醒昏睡的人就是很容易的事了)。那麼,這表明思想啟蒙是無效的嗎?

## 五、花環是「平空添上」的嗎?

　　魯迅在《吶喊・自序》中說:「既然是吶喊,則當然須聽將令的了,所以我往往不恤用了曲筆,在《藥》的瑜兒的墳上平空添上一個花環,在《明天》裏也不敘單四嫂子竟沒有做到看見兒子的夢,因為那時的主將是不主張消極的」。「平空添上」是說不應該添上,但為了啟蒙事業壯聲色,有意添上。這個花環引發了各種各樣的解讀與爭鳴〔註15〕,以致於宋劍華先生認為這是對時間與精力的浪費,他轉而把解讀重點放在「枯草意象」上:「『微風早經停息了』,是作者在暗示夏瑜『啟蒙』的短暫性與無效性;『枯草支支直立,有如銅絲』

〔註14〕因為同時在做《圍城》解讀的工作,我發現方鴻漸的一句話用在這裡也是合適的:「世界上大事情像可以隨便應付,偏是小事倒絲毫假藉不了」,這似乎是人性最真切的一部分。它不是單純的思想啟蒙就能解決的問題。

〔註15〕舉三種說法:(1)「花環絕不是夏瑜從事的革命事業『必定要勝利的象徵』,而是對革命者英勇鬥爭精神的肯定,表明革命者是永遠殺不絕的,革命必定後繼有人」(雍容《〈藥〉的主題、人物、結構及其他》,載《西南師範大學學報》1979 年第 3 期);(2)它喻示的是「並存於現世、不為人知、不為人理解的另一種世界……花圈、烏鴉的意象是不太成功的。花圈破壞了小說結構中的悲劇意味,且同處處可見、統攝文本全篇的反諷意味殊不相諧」(謝偉民《病人吃醫生——讀〈藥〉兼及其主題與描寫對象》,載《魯迅研究月刊》1990 年第 3 期);(3)「在夏瑜墓地上一圈紅白花的出現,表達了魯迅對於革命志士的崇敬心情,也昭示著民眾被啟蒙的可能性」(楊劍龍《揭示華夏民族雙重的精神悲劇——重讀魯迅的〈藥〉》,載《西南民族大學學報》2006 年第 4 期)。

是寓意作者對於啟蒙者堅強意志與不屈精神的高度讚揚；『一絲髮抖的聲音，在空氣中愈顫愈細，細到沒有，周圍便都是死一般靜』，是意指啟蒙者悲壯淒涼的孤獨吶喊，不僅沒有引起民眾的任何反響，而且很快便被他們的冷漠稀釋掉了」〔註16〕。

本文認為，花環不是「平空添上」的，啟蒙事業不是無效的，不必對它感到悲觀與絕望。因為話語、思想力量的傳播方式與效果是施為者本人不可控的。如果非要從一時一地的現實成效來評判啟蒙事業，那這是一種要不得的激進功利主義觀念。

我們看到，「余」刊布狂人日記的目的是「供醫家研究」，康大叔的目的是表明夏瑜「真不成東西」，但只要狂人和夏瑜的話語與思想得以面世，那麼它們在傳播過程中的意義與效果就絕不是「余」和康大叔所能控制的。學界歷來強調夏瑜不怕死的鬥爭精神，但本文強調的是，夏瑜的價值就是用生命的代價傳播了那兩句人話！〔註17〕這個早逝的生命為鐵屋子創造了一個新詞——「我們大家」，創造了一個未曾有的觀念——「天下是我們大家的」，留下了一個讓人感覺陌生而瘋狂的判斷——「阿義可憐」。試想：花白鬍子們回家傳播茶館裏的新聞，這兩句人話是如此刺耳、驚心，如此不同於七斤們所傳播的時事，我們就不能斷然否認它們會激動某個年輕的心靈。只要對它們進行懷疑與反思，它們的力量就悄然在發生作用了。當然，我們不可能指望夏瑜死後的第二天就有人走上了同樣的道路，「振臂一呼、應者雲集」只是一種英雄幻想。

人話的力量要發生效果需要時機。從「現出活氣」的茶館到死一般靜的墳場，從「秋天的後半夜」到「這一年的清明」，時機已然發生了變化。作者魯迅其實也不能保證《藥》中的花環就是「平空添上」的〔註18〕。並且，

---

〔註16〕宋劍華：《啟蒙無效論與魯迅〈藥〉的文本釋義》，《天津社會科學》2008年第5期。如此解釋同樣「浪費」了不少時間與精力。

〔註17〕有人可能嫌少，但想一想吧，多少人（包括我們自己）終其一生能留下多少實在真切、振聲發聵的人話？！

〔註18〕《狂人日記》中說「去年城裏殺了犯人」，這指的就是夏瑜被殺。狂人是怎麼知道的呢？大膽推斷就是「他」告訴狂人的。日記第一節說得清楚：「我不見他，已是三十多年；今天見了，精神分外爽快。才知以前的三十多年，全是發昏」，「他」對狂人說了什麼，我們不知道，但「他」的話語效果是明顯的，那就是啟蒙、警醒了狂人。可以說，夏瑜影響了「他」，而「他」影響了狂人。這個第三人稱「他」是啟蒙話語效果的一個顯證，雖然我們無法具體知道「他」是誰，但我們不能說啟蒙無效。由此，夏瑜墳上的花環就是「他」送的。

沒有這個花環，那隻烏鴉就得聽話。

對烏鴉的解釋亦是五花八門〔註19〕，無論是某種精神思想的象徵還是某個人格的化身，都顯示了一種思維定勢的強大力量：烏鴉本是烏鴉，但人們覺得在魯迅的作品裏它不應該僅僅是烏鴉，這樣才能顯示出魯迅思想的深度和魯迅作品的高度。本文認為，解釋烏鴉是什麼的時候，我們不應該僅僅盯住這隻烏鴉，而是應該語境整體化閱讀與思考。如果是這樣，我們就會看到，沒有花環的存在就沒有烏鴉的出現。

看到兒子墳頭上有別人所沒有的花環，夏母以為是兒子「傷心不過」，特意顯靈，更進一步叫兒子對烏鴉發號施令，叫它落在墳頭，作為「他們將來總有報應」的一個見證。毫無疑問，夏母愛自己的孩子，正如華老栓愛著華小栓一樣。這份血緣小愛使二人同樣盲目而無知：一個寄希望於人血饅頭；一個寄希望於顯靈與報應。夏瑜體現的則是一種革命精神與為了「我們大家」的愛，如果說他有「傷心」之事，那也是傷心於人們不明事理大義，這種「傷心」無須超自然力量的安慰〔註20〕。

花環的出現表明他的那兩句人話已經在人間有了知音，雖然出人意料但細思便可理解，因為主體之間畢竟存在達成理解與承認的可能性與現實性，對此我們無法否認；但要讓一隻烏鴉聽話，讓無情的客觀現實就地符合某個人的主觀意願，即便以愛的名義也無法實現。試想：如果這隻烏鴉下來了，

〔註19〕舉三種說法：（1）烏鴉是革命的象徵，它最後的飛起「既象徵著革命事業將奔向海闊天空的遠大前程；又揭示了革命事業騰飛必將引起尚無革命覺悟的麻木不仁者大為悚然吃驚一種社會心態」（習岫《重提魯迅〈藥〉中的「烏鴉」問題》，載《渤海學刊》1993年第1期）；（2）烏鴉既寄託了夏瑜的革命精神，「又是從辛亥革命前後到五四期間魯迅精神的體現，它是一個欲與黑暗抗爭到底、寧死不屈衝向光明的精神界戰士形象」（謝昭新《烏鴉 棗樹 黑色人——魯迅作品中的色彩象徵》，載《貴州社會科學》1994年第3期）；（3）烏鴉是魯迅的自我寫照，它最後的高飛象徵著魯迅在文學世界裏掙脫了母愛的情感羈絆，贏得了精神的自由（靳新來《舊世界的「放火者」與魯迅的「白日夢」》，載《魯迅研究月刊》2009年第7期）。

〔註20〕曾華鵬、范伯群在《論〈藥〉——魯迅小說研究之一》（載《文學評論》1978年第4期）中也認為：「他（指夏瑜——引者注）的革命理想和革命活動，並沒有被貧苦的母親所理解，因而她上墳時還會在『慘白的臉上，現出些羞愧的顏色』」。近三十年後，翟業軍在《惡魔的哀怒——論〈藥〉》（載《魯迅研究月刊》2007年第10期）中寫道：「夏四奶奶和華老栓、康大叔一樣，根本不懂兒子死亡的意義，看不見兒子所屬的陽間的灼目光芒」。雖然本文對夏母的認識與上述觀點相同，但本文的問題意識與解釋方式卻與它們不同。

夏母的心願雖然實現了，但整個文本就坍塌了——夏瑜說的就真地不是人話，因為他成了我們無法理解的鬼神或上帝。

其實，魯迅本人雖然「聽將令」，但他並未放棄自己的前見。在把《藥》與《明天》並論之前，《吶喊·自序》介紹了與金心異的對話，話題是破毀鐵屋子的希望，魯迅認為不可能有，金心異則說「你不能說決沒有」，魯迅遂認為「決不能以我之必無的證明，來折服了他之所謂可有」，乃以一種懸置了有無問題的存疑狀態加入到啟蒙文學的創作中來。於是，花環既然不可控制、不可預料地出現了，烏鴉就必須飛走了。

## 六、藥是什麼？

有論者認為，小說既寫了華小栓肉體上的癆病，又寫了存在於夏瑜身上的某種病態，「那是與民眾疏離的狀態，他的革命思想與舉動並不為眾人所理解」〔註21〕。對此，我們需要仔細分析一下。

就小說所寫來看，癆病既是華小栓的病，又不是他的病。說是他的病，因為是他表現出了癆病的生理性症狀（不斷的咳嗽）；說不是他的病，是因為這病怎麼治、能不能治好與他毫無關係。他所有的只是咳嗽，此外的一切與他無關——他說不上一句話，事實上也沒說過一句話〔註22〕。

可以這麼說：病是華小栓的，治病的事是華老栓的，能不能治好則是康大叔的事。康大叔就倆字「包好」：「包好，包好！這樣的趁熱吃下。這樣的人血饅頭，什麼癆病都包好！」統計一下，「包好」在他口中一共出現了八次，並不是表達對小栓的關心與祝福，更像是順嘴亂說的口頭禪。最後，他拍著小栓的肩膀說：「包好！小栓——你不要這麼咳。包好！」似乎他的人血饅頭不是為小栓治病的，而小栓應該止住咳嗽為它的神奇療效作證明，否則就像是對不起神奇療效似的。

為什麼人血饅頭這副藥「包好」呢？（1）不是因為人血饅頭本身具有療效，而是因為它得來不易，像康大叔說的，全靠「運氣」。「運氣」使得這副藥「與眾不同」，像「一個十世單傳的嬰兒」。療效並非來自藥物本身而是得藥的方式。說到底，治療華小栓癆病的是捉摸不定、恰巧碰上的「運氣」。得到

---

〔註21〕楊劍龍：《揭示華夏民族雙重的精神悲劇——重讀魯迅的〈藥〉》，《西南民族大學學報（人文社科版）》，2006年第4期。

〔註22〕他所能說的應該跟他父母說的一樣，識見上並沒有區別。對比之下，夏瑜的誕生與存在（包括那兩句不是「人話」的人話）就更加出人意料、與眾不同了。

人血饅頭，是華老栓運氣好；吃了人血饅頭，華小栓死了，是運氣不好。所以，華大媽上墳時沒有對康大叔的怨言與憤怒，沒有對自身求購人血饅頭的反思與懊悔，只有「等候什麼」出現的運氣與呆氣；（2）說「包好」的人是康大叔，他雖然不是一個以言行事的上帝，說要有光於是就有了光，但他作為一個和官府有勾連的地痞惡霸，在當地群眾心理上發揮著重要影響，至少華老栓們要陪著笑臉領受他的話語轟炸。

由此看來，華小栓癆病所引發的不是生理問題，所需要的也不是現代醫藥，因為起決定作用的是傳承已久的心理積習與被動馴服的思維方式。只要這種「心理病態」（姑且名之）不除，即便置身於醫學發達的現代社會，仍然會有人做出像華老栓那樣愚昧無知的事情。換言之，魯迅寫《藥》並非意在提醒注意農村衛生健康問題，而是藉以思考「立人」的問題。這也和革命者與民眾疏離隔膜的所謂「病」有關。

在本文看來，革命者與民眾之間的隔膜其實是一種常態，因為主體間的日常交流也大量存在隔膜、誤會與不理解的現象（比如《傷逝》涓生和子君之間的「真的隔膜」），只不過革命者／民眾的對立更加尖銳醒目罷了。因此，革命者與民眾的疏離隔膜不宜視為一種病，而應作為一個根深蒂固的難題來處理。當五四時期的作家們大聲疾呼民眾啟蒙與救亡圖存的時候，魯迅悄悄地、令人印象深刻地向著這個難題掘進。筆者曾把《狂人日記》和冰心的《超人》、把《故鄉》和王統照的《湖畔兒語》做比較分析，發現《超人》何彬與祿兒之間、《湖畔兒語》「我」與小順之間的交流沒有任何問題，而狂人「我」和《故鄉》「我」卻遇到了言說與理解的難題：「我」要建立一種新的生存遊戲及其遊戲規則、一套新的語言及其話語表達方式，如《故鄉》「我」使用「角雞，跳魚兒，貝殼，猹」、「閏土哥」等未被吃人遊戲污染的語言和形象，但這些已無法和中年閏土交流，後者視之為「不懂事」。夏瑜所遭遇的也正是這樣的難題，他的兩句人話所構造的世界圖景令華老栓們感到陌生反常而難以接受，儘管是為了他們好。

這個難題難就難在不同的說話者具有不同的成長經歷與生活經驗、不同的心思與意願、不同甚至相互衝突的利益關切，即使雙方能彼此理解卻不願意去理解，正如狂人的大哥能理解狂人的意思，但他不願意理解，通過賦予狂人一個「瘋子」的名號，把狂人話語的顛覆力量化為烏有，以便繼續佔有他在吃人遊戲中作為吃人者的各種既得利益。《藥》中的康大叔和紅眼睛阿義

聽不進（不是聽不懂）夏瑜的人話，因為按照夏瑜的人話去做，他們的既得利益就不存在了。

因此，本文願意相信用暴力革命推翻既有的利益格局是難以避免的開始一步，也願意相信持續的啟蒙工作與發展建設（更新與豐富人們的獲得感）會帶來巨大的改觀，但負面消極的精神與心理能量、人性中惡的因子是否能根除，對此卻抱著深深的懷疑。最終，人性是否能變得更美好甚至完美無缺，和魯迅對待希望之有無一樣，我們且把它懸置起來吧。

本文以《魯迅〈藥〉之細讀》為題發表於《紹興魯迅研究·2020》，限於篇幅，刪除了大量注釋，今按原貌收入，並略作改動。

# 百年古風細讀《明天》
## ——單四嫂子有性慾，還是壓抑性慾？

在山東師範大學讀碩伊始，導師魏建先生就推薦閱讀《夢的解析》，自此接觸精神分析學說，漸受其「蠱惑」，近幾年來且試著借它來解讀現代文學作品，形成的論文成果已有十餘篇〔註1〕。這些觀點是否經得起檢驗與推敲，我本人不敢斷定，但每篇分析與思考的整個過程是有趣的，能讓人享受到新鮮的快感體驗。正是這種智力上的快感體驗召喚我從事對魯迅《明天》的精神分析學解讀，而這將與七十多年前施蟄存先生的解讀構成對話，又是使我感到十分榮幸的事。本著「吾愛先哲，吾更愛真理；吾愛真理，吾更愛探討」的精神，請施先生接受這樣一個隔空隔世的對話者。

### 一

1940年，施蟄存在《國文月刊》創刊號發表了《魯迅的〈明天〉》，文章說：「一個有志於從事文藝的青年，或一個細心的讀者，他應該能從字裏行間看出作者言外之意來」〔註2〕。當然，要看出言外之意並不那麼簡單，得有新

---

〔註1〕已經發表的論文包括《論三仙姑與小二黑結婚的可能性——以精神分析理論重釋〈小二黑結婚〉》（載《太原大學學報》2015年第4期）、《〈超人〉的精神分析學解讀》（載《太原學院學報》2016年第6期）、《〈再別康橋〉的精神分析學解讀》（載《太原學院學報》2017年第5期）、《郭沫若〈殘春〉的精神分析學細讀》（載《太原學院學報》2018年第4期）、《戴望舒〈雨巷〉的精神分析學細讀》（《太原學院學報》2020年第1期）等。此外，在魯迅作品解讀以及「《圍城》探秘」等工作中常亦局部運用精神分析，獲益良多。

〔註2〕施蟄存：《魯迅的〈明天〉》，收入吳立昌主編《精神分析狂潮——弗洛伊德在中國》，江西高校出版社，2009年，第217頁。

鮮合適且能嫻熟運用的理論工具。施先生借用精神分析學說，看出了兩個言外之意：

第一個言外之意是：單四嫂子是個鄉下美人。根據來自小說開始時紅鼻子老拱與藍皮阿五的兩句對話：前者問：「沒有聲音，——小東西怎了？」，後者「含含糊糊嚷道：『你……你你又在想心思……。』」施先生認為，《明天》沒有一句描寫單四嫂子的容貌，但若不是一個鄉下美人，安能惹得二人遐想與注意？陳西瀅並不同意施先生的整個分析，但在單四嫂子的容貌上也揣想她「面目端正，也許有幾分姿色」，並接著說：「一個年輕女人，只要不難看，便自有她青春的美，尤其是年輕的寡婦，向來是一般人所注意和談話的材料」〔註3〕。我則以為，沒有任何證據可以讓我們忖度單四嫂子是個美人或有幾分姿色，因為她美不美根本沒有關係（這是無關緊要的旁逸斜出），關鍵她是個女人，並且是一個前年守了寡的年輕媳婦，這才是藍皮阿五們在意的焦點，與女人美麗漂亮這個外在屬性或附加條件並無充分而必要的關聯。

另一個言外之意，亦即施先生的核心觀點，是《明天》描寫了單四嫂子的兩種欲望：母愛和性愛。一個女人的生活力，就維繫在這兩種欲望或任何一種上。母愛是浮在「上意識」上的，性愛是伏在「下意識」裏的。前者寫得明白，也容易接受和理解；後者描寫得十分隱約，「粗心的讀者幾乎看不出來」，但被施先生挖掘了出來：「寶兒」並非實指那個三歲的孩子，而是「一個有象徵意味的生活力」，單四嫂子想要寶兒在夢中出現並非是要那個三歲的孩子復生，「而是在希望重新獲得一股使她能繼續生活下去的力量」；同樣，「作者筆下的阿五，也並不是阿五這個酒鬼，而是借他來代表另一股使單四嫂子生活下去的力量的。這一股力量就是性愛。單四嫂子也許抵抗得了阿五的誘惑，但未必抵抗得了阿五所代表的那種性愛的欲望。」〔註4〕。

單四嫂子乳房發熱是性愛欲望的一個重要證據，但這也是引起爭議的一個話題。事情是這樣的：單四嫂子抱著孩子拿藥回來，心情沉重，在一家公館門檻上休息了一會（引文一）：

---

〔註 3〕陳西瀅：《〈明天〉解說的商榷》，《精神分析狂潮——弗洛伊德在中國》，第 234 頁。

〔註 4〕本段綜述了施先生的觀點，詳參他對《明天》第三部分的解釋，見《精神分析狂潮——弗洛伊德在中國》，第 226～227 頁。

　　他再起來慢慢地走，仍然支撐不得，耳朵邊忽然聽得人說：
「單四嫂子，我替你抱勃羅！」似乎是藍皮阿五的聲音。

　　他抬頭看時，正是藍皮阿五，睡眼朦朧的跟著他走。

　　單四嫂子在這時候，雖然很希望降下一員天將，助他一臂之力，
卻不願是阿五。但阿五有些俠氣，無論如何，總是偏要幫忙，所以
推讓了一會，終於得了許可了。他便伸開臂膊，從單四嫂子的乳房
和孩子之間，直伸下去，抱去了孩子。單四嫂子便覺乳房上發了一
條熱，剎時間直熱到臉上和耳根。

　　他們兩人離開了二尺五寸多地，一同走著。阿五說些話，單四
嫂子卻大半沒有答。走了不多時候，阿五又將孩子還給他，說是昨
天與朋友約定的吃飯時候到了；單四嫂子便接了孩子。

　　據此，施先生追問了六個問題：（1）為什麼要描寫單四嫂子「支撐不得」？
（2）為什麼一聽見人說話，她就覺得「似乎是藍皮阿五的聲音」？（3）為什
麼她希望降下一員天將，卻不願是阿五呢？（4）為什麼阿五「無論如何總是
偏要幫忙」，而在路上一同「走不了多時候」，因單四嫂子對於他的話「大半
沒有答」便託故「將孩子還給她」呢？（5）在阿五從單四嫂子手中抱去孩子
的時候，為什麼要說明他是「伸開臂膊，從單四嫂子的乳房和孩子中間，直
伸下去」的呢？（6）為什麼那時「單四嫂子便覺乳房上發了一條熱，剎時間
直熱到臉上和耳根」呢？施先生說，只要研究一下上述問題，就可以知道作
者是要告訴我們，單四嫂子的下意識中未始沒有阿五在。

　　對此，孔羅蓀提出不同看法：（1）說明單四嫂子為孩子操心而十分疲倦；
（2）說明阿五常常糾纏她；（5）說明阿五抱孩子不過是流氓行為，藉故揩油
而已；（6）發熱正是一個「還有古風」的社會裏的寡婦所有的性格。結論便
是：阿五「是施先生放進單四嫂子的『下意識』中去的」〔註5〕；陳西瀅則認為：
（1）表示單四嫂子伶仃孤苦，舉目無親；（2）說明她的熟人不多，而阿五曾
多次與她搭訕說話；（3）但她怕阿五，因其是個酒鬼無賴，所以不願阿五此
時出現。對（6），陳西瀅感到「最奇怪」，他回問道：「世間哪一個年輕女子，
在一個男人摸了一把她的乳房時，會臉上不發熱？就是最前進，最解放的女
人也免不了如此，何況是在男女授受不親時代的青年寡婦？」單四嫂子不願

---

〔註5〕羅蓀：《關於魯迅的〈明天〉》，《精神分析狂潮——弗洛伊德在中國》，第230
　　頁。

阿五來幫忙，便是怕他這種行為。結論是：「單四嫂子的心中確是有一個阿五，但只是一個招惹不得鄉下流氓的影子」。施先生答覆說，認為單四嫂子不願阿五來幫忙是怕阿五的摸奶行為，這其實是自己推翻了自己的回答。為此，他又假設了一個問題：「為什麼心裏怕他這種行為，而當這種行為居然發生了的時候，她就會臉紅呢？」〔註6〕

另一個證據來自單四嫂子的回憶（引文二）：

> 他一面哭，一面想：想那時候，自己紡著棉紗，寶兒坐在身邊吃茴香豆，瞪著一雙小黑眼睛想了一刻，便說，「媽！爹賣餛飩，我大了也賣餛飩，賣許多許多錢，——我都給你。」那時候，真是連紡出的棉紗，也彷彿寸寸都有意思，寸寸都活著。

施先生說，這段回想並非要提示單四嫂子的丈夫是幹什麼職業的，而是表明在她的下意識中，已想到了她的丈夫。「丈夫也是她的一個生活力。丈夫如果還活著，即使寶兒死了，也不會使她感到孤寂的。然而她的丈夫也早已死了，作者為什麼還要使她心裏想到一下？這是作者描寫單四嫂子下意識中所潛伏著的性愛的技巧」；換言之，她的丈夫和阿五所代表的都是性愛的欲望。陳西瀅很難同意這種看法，他認為寶兒的話是「天地間的至文。是這篇小說中畫龍點睛的地方……我們可以在這句話上面，想到單四嫂子在她丈夫死後是如何與寶兒相依為命」。對前面假設的那個問題，陳西瀅並未回應，這場論爭就算結束了。

## 二

幾十年後，施蟄存先生檢閱舊章，「只是覺得當年的解析未免求之過深，有些地方，似乎繁瑣了些。但是從全文總體來看，我還是『不改初衷』的」；吳立昌則認為，施蟄存「於四十年代初寫的《魯迅的〈明天〉》，是一篇嚴謹的運用弗氏理論解讀作品的精神分析批評文字」〔註7〕；劉勇教授也認同施蟄存的觀點，認為「單四嫂子這樣一個長期被生活壓抑著的年輕寡婦，在她的潛意識中具有一種性的苦悶和渴求，這並不是絕無可能的事，而且越是災難深重，越是孤寂無援，這種潛意識越不是不可能存在的。阿五之類，實際上只是起到一

---

〔註6〕施蟄存：《關於〈明天〉》，《精神分析狂潮——弗洛伊德在中國》，第240頁。
〔註7〕見吳立昌為《精神分析狂潮——弗洛伊德在中國》寫的《後記》，第271頁。現在看，「嚴謹」二字有些過譽了。

種呼喚這種潛意識的作用，而絕不是說單四嫂子就真的喜歡阿五。」〔註8〕

我認為，《魯迅的〈明天〉》引發分歧與論爭主要在於認知範式的差異。孔陳等視阿五與單四嫂子就是這一個阿五與這一個單四嫂子，採用現實主義的理論話語，從言行舉止與心理活動來分析這一個人物的性格特點、身世命運、所處時代背景、社會風俗及其價值意義，把人物置於外在的更廣大的語義網絡中來理解。借助於精神分析理論，施先生則看到了兩個單四嫂子的存在，確切地說，單四嫂子分成了「上意識」與「下意識」兩部分，這兩部分截然相反，前者並沒有阿五在，這就意味著後者未始沒有阿五在。因為阿五也有兩種形式的存在：一個是肉身性的存在，不過是魯鎮上活動著的一個流氓；在單四嫂子的下意識中，他則是一個象徵性的存在，象徵的是誰也無法予以抹殺的性本能。很明顯，如果說孔陳的分析是外向的，那麼施蟄存的分析則是內向的。都談阿五與單四嫂子，因觀照的眼光與認知的興趣不同，使得相同的名字被賦予了不同的指稱對象。

要問我站在哪一方，我傾向於施蟄存，但同時看到他運用精神分析理論的不嚴謹與解析深度與廣度的不夠，將在整體上向前推進他的分析過程並深化其論點。

我很欣賞施蟄存的心理分析小說，但通過他對《明天》的解讀，我發現他對精神分析理論似乎並不怎麼瞭解，至少他的表述很不嚴謹。比如，他所說的「生活力」是什麼意思？前面說過，寶兒被視為「一般生活力的象徵」，單四嫂子希望夢見寶兒就是「希望重新獲得一股使她能繼續生活下去的力量」。準此，「生活力」就是繼續生活下去的力量。借施蟄存的用語說，這個力量應該是浮在上意識中的目標希望或生活遠景，伏在下意識中、未被意識到的性本能如何可能擔當這樣的重任？不錯，精神分析面對的是人的深層精神生活，無意識能量（包括性本能）要求得到滿足，卻往往被壓抑，只得以其他形式替代甚至以症狀的形式釋放出來（這不像施蟄存所認為的「上意識」與「下意識」相反相對那麼簡單粗糙）。在現實中生活下去需要某種力量的幫助與支持，而個體本能能量需要的是釋放與滿足，它不會失去，亦無須「重新獲得」。我總覺得，施蟄存所說的「生活力」與弗洛伊德所說的無意識本能不是一回事。

---

〔註8〕劉勇：《圍繞魯迅〈明天〉的一場心理批評論戰》，《魯迅研究月刊》，2004年第5期。

　　我在前面轉述了施蟄存的核心觀點，稍對精神分析有瞭解的人就可知道，凡人皆有性慾，當然包括像單四嫂子這樣的成年女性，連寶兒這樣的孩子也有，並且，性慾的存在，與有無災難、災難是否深重並無關係。因此，施蟄存在《明天》中發掘出單四嫂子的性慾存在實在是普通極了，但它卻惹起不小的爭議，一個原因自然跟作者魯迅有關。魯迅作為民族魂和偉大的文學偶像，能寫這種東西？對此，施蟄存反問：「我知道作者魯迅先生在文藝上並不一個弗羅乙德派，但是誰能說他一點不受影響？」劉勇教授補充說：「魯迅對性壓抑和苦悶是有體驗的，這已經成為不爭的事實」。我想繼續追問：魯迅本人有性的壓抑與苦悶，這在他的文學敘事中可有什麼線索或表現嗎？有，但它不在《明天》而在《藥》之中。大家都知道，夏瑜的原型是革命女俠秋瑾，為什麼她在小說中改了名字的同時又改了性別呢？改名字並不重要，重要的是改了性別。因為小說中康大叔說過「連剝下來的衣服，都給管牢的紅眼睛阿義拿去了」，如果夏瑜是女的，其中會牽扯性暴力或會引發性暴力的聯想，而這會污損革命者的形象與革命思想的宣傳。《藥》化女為男，改變夏瑜的性別，既可視為魯迅在文學創作時將力比多改造昇華的一個例證，又可視為他壓抑性慾的一個症狀表現。——本文的意思是，魯迅是否受弗洛伊德的影響、本人是否有性苦悶跟單四嫂子的性慾無關，因為後者是我們作為讀者戴著精神分析學說的眼鏡「從字裏行間看出」的「言外之意」，這已不在作者魯迅的控制與管轄範圍之內（從秋瑾到夏瑜的性別改變則是）。

　　另一個原因與性有關，但弗洛伊德所說的性與普通稱謂的性含義並不相同。首先，性被視為一種身體功能，其首要目的是追求快樂而非繁衍後代，這樣性就與生殖器脫離了聯繫；如此一來，就把性的指涉擴大到了愛的範圍，凡是包含在「愛」這個字眼之下的所有的親密關係都可視為性的。就單四嫂子來說，她的親子之愛與阿五或丈夫所代表的性愛是同一種類型的心理能量。換言之，丈夫死了之後，睡在她身邊的寶兒就成了她的力比多傾注的對象，寶兒給予她的心理滿足就補償了丈夫的作用。再言之，寶兒的陪伴、母子間的愛撫與依偎替代了從丈夫那裡獲得的滿足（包括性慾滿足）。寶兒說的話——「媽！爹賣餛飩，我大了也賣餛飩，賣許多許多錢，——我都給你」——就充分地表現了這一點：他和他爹一樣，給單四嫂子帶來了同樣的愛的滿足。

# 三

本文的解讀與施先生不同，首先表現在闡釋的範圍，二者有量上的重要差別。施先生主要解讀的是阿五「想心思」、單四嫂子乳房發熱以及寶兒的話，對小說中其他的場景與情節則置之不顧。本文的解讀則要使整篇小說的敘事場景與情節置於相互關聯的語義網絡之中。

阿五和老拱深夜在咸亨喝酒，注意於間壁的單四嫂子，而她正抱著生病的寶兒，尋思著明天的辦法。如果阿五們沒有存在的意義，那麼小說開始（以及結束）時為什麼要大篇幅地寫他們？如果只是阿五們在聽間壁動靜而單四嫂子毫不在意他們，那麼小說開始時對阿五們的描寫豈不就是一堆廢話？於是，施蟄存認為，「聽」是相互地：單四嫂子也在聽著間壁阿五們的調笑。這樣的分析就埋設了後面要闡明的觀點：單四嫂子是有性愛欲望的，阿五正是它的象徵。在此基礎上，我們應該更進一步：雖然單四嫂子有性的欲望，然而此時它被生病的寶兒所壓抑著，並沒有進入到她的意識中來。間壁的咸亨酒店可視為單四嫂子本能欲望的一個儲藏所，黑沉沉燈光下的家則可視為她的自我意識，眼下抱在懷裏的寶兒成為她的自我意識的焦點。不只是母子感情使她如此，魯鎮的社會習俗、超我的道德良心皆使她如此。只是「明天」阿五使她乳房發熱的時候，性的欲望才明確地浮了上來。

那時（見引文一），阿五一直「睡眼朦朧的跟著他走」，單四嫂子沒有發覺，她正沉浸於「天將」來臨的白日夢中，心思正集中在對一個既無所不能又善解人意的「天將」的幻想上。這個幻想是對現實的懷疑與無助之感的補償。最後一根救命稻草——現實中的神仙何小仙（「只有去問診何小仙了」）——答非所問，用一些古怪的名詞（「中焦」、「火剋金」）阻斷與她的交流，使她「不好意思再問」，她的願望在何小仙那裡並未得到滿足，只得通過對「天將」的幻想曲折地達成。其核心是自己得到別人的幫助與愛護，讓寶兒活命。

阿五與天將的不同不在於阿五不及天將有能力，而在於阿五是個真實存在的魯鎮上的熟人，天將則是虛幻的英雄。寡婦門前是非多，單四嫂子不想因阿五惹起流言蜚語，但阿五還是抱去了孩子，手碰到她的乳房使她本能地產生了熱的生命感覺；當寶兒還活著，說長大了賣混沌掙錢全給自己的時候，「真是連紡出的棉紗，也彷彿寸寸都有意思，寸寸都活著」（見引文二），表達了同樣熱的生命感覺。然而，單四嫂子對同樣熱的生命感覺的不同獲得方式表現出了不同的態度：她和阿五離開了二尺五寸多地，後者說些話，她大

半沒有答，這表明她在努力或故意壓抑著阿五帶來的生命之熱；而對已經死去了的寶兒，她仍然幻想他睡在自己身邊或者來夢裏相見。

對於施蟄存前面提出的第（4）個問題，我以為，阿五本想抱著孩子進單四嫂子的家，但走不多時（已經快到家了）又將孩子還給她，那是因為對門王九媽的存在。接著引文一的是（引文三）：

幸而不遠便是家，早看見對門的王九媽在街邊坐著，遠遠地說話：

「單四嫂子，孩子怎了？——看過先生了麼？」

「看是看了。——王九媽，你有年紀，見的多，不如請你老法眼看一看，怎樣……」

原來，對門的王九媽早就瞧見了他倆的事情，阿五才知趣地藉故走開。王九媽先問「單四嫂子，孩子怎了？」，是對阿五抱著寡婦兒子的不理解，「——」是對敏感話題的岔開，轉移到孩子的病情上來。單四嫂子答話中的「——」則是要有意抹掉此前阿五存在的痕跡，忘掉熱的生命感覺，無話找話，而非真的要王九媽的老法眼看一看，從她那裡尋求什麼安慰。王九媽的老法眼看病看不明白，但把剛才的事情瞧得清楚，故而當阿五伸手要拿錢買棺材時，被她拒絕了。

當天晚上，寶兒死了，還放在床上躺著。單四嫂子拒絕承認孩子死亡的事實，把它作為不會有的夢，同時展開對明天的美好幻想：「明天醒過來，自己好好的睡在床上，寶兒也好好的睡在自己身邊。他也醒過來，叫一聲『媽』，生龍活虎似的跳去玩了」。先前是丈夫睡在她的身邊，給予她願望的滿足和熱的生命感覺；後來丈夫死了，兒子睡在她的身邊代替丈夫給予其愛的滿足，這個「代替」是自然而合法的，王九媽的老法眼也挑不出過錯。現在寶兒明明死了，她在幻想中仍然把寶兒安排在自己身邊，既是內心願望的流露，又是對性慾望的刻意壓抑。

明天，棺材將寶兒帶走了。「這一日裏，藍皮阿五簡直整天沒有到」，既然如此，何必還要提到他呢？表面上是與昨天王九媽只准阿五抬棺材的命令相呼應，實則突出了阿五與其他人的不同：咸亨掌櫃、腳夫、王九媽等人公事公辦，毫無趣味：「凡是動過手開過口的人都吃了飯。太陽漸漸顯出要落山的顏色；吃過飯的人也不覺都要顯出要回家的顏色，——於是他們終於都回了家」，這些來幫忙辦事的人雖然來幫了忙辦了事，但個個如此機械麻木，如

行尸走肉一般，唯有阿五曾使單四嫂子「發了一條熱」。阿五要是像他們那樣好古而正經，就不會使單四嫂子發熱。由小說的敘述來看，我們可以說阿五好喝酒，但似乎缺乏堅實的證據認定他就是個無賴流氓，相反，他亦受古風限制（看到王九媽，便把孩子還給單四嫂子），只是表現出趁人不備就動手動腳的一點所謂「俠氣」——或許那些表面上公事公辦的人私下裏像阿五一樣不老實，不過在大庭廣眾之下裝得很老實，不好公然調戲摸奶罷了；而阿五知道「這一日裏」沒有摸奶的機會，所以連來都不來了。他的缺席恰恰顯示了他的特殊性。

小說中多次寫道單四嫂子是個「粗笨女人」，然而她的感覺細膩而真實，既不粗笨也不粗糙。最好的證明出現在埋葬了寶兒的當天夜裏，她一個人坐在屋子裏：

> 接連著便覺得很異樣：遇到了平生沒有遇到過的事，不像會有的事，然而的確出現了。他越想越奇，又感到一件異樣的事——這屋子忽然太靜了。
>
> 他站起身，點上燈火，屋子越顯得靜。他昏昏的走去關上門，回來坐在床沿上，紡車靜靜的立在地上。他定一定神，四面一看，更覺得坐立不得，屋子不但太靜，而且也太大了，東西也太空了。
>
> 太大的屋子四面包圍著他，太空的東西四面壓著他，叫他喘氣不得。

單四嫂子能如此深刻地感受異樣的寂靜，這暗示著她對守寡以來那次異樣的發熱感受深刻、難以忘懷。這次，單四嫂子終於知道寶兒的確不能再見了，但在睡覺之前，她還是刻意做出這樣的自我提示：「寶兒，你該還在這裡，你給我夢裏見見罷」。那麼，她們母子夢裏能相見嗎？第一次對天將的幻想得來的是阿五，第二次對寶兒復活的幻想得來的是棺材，這次對夢裏母子相見的幻想得到的更可能是一個性夢——

與施蟄存不同，本文認為不必像他那樣執著於阿五的象徵意義。作為一個活的人物，他的一個舉動使單四嫂子重溫了異性愛的美妙——那是丈夫死後，第一回有個成年異性使自己的乳房發熱。為了壓抑這種不正經、不貞潔的念頭，她把利比多努力傾注到寶兒身上，極力用「寶兒」壓抑「阿五」的出現，用母子愛壓抑異性愛，以應和王九媽等人構成的「他們」以及魯鎮上的「古風」，所以她睡去之前刻意提醒夢裏相見；但等她睡去之後，卻出現了老拱的唱詞「我的冤家呀！——可憐你，——孤另另的……」，這可視為她的潛意識欲望正在活動上湧的一個暗示，她的自我壓抑在夢中終會成徒勞。

那麼，魯迅創作《明天》就是為了揭示寡婦還有性慾望？不是的。在魯迅的表達中，古風的魯鎮、昏睡的鐵屋子、無聲的中國，這三者皆是對現代中國的隱喻，雖然三者的語義重心有所不同：鐵屋子裏的人們正在昏睡，無聲的中國沒有真的聲音，古風的魯鎮則壓抑自然而正常的人性慾望。單四嫂子就是在其中被壓抑、被損害的一個悲劇性存在。

與施蟄存《魯迅的〈明天〉》相比，我自信本文的精神分析學解讀更好一些，同時也敞開胸懷虛心接受各位方家的批評。

本文以《魯迅〈明天〉的精神分析學細讀——與施蟄存先生對話》為題刊於《太原學院學報》2019 年第 2 期，略作改動。

# 百年風雲細讀《風波》──從「七斤為什麼罵趙七爺『賤胎』?」說起

如前所見，施蟄存先生認為:「一個有志於從事文藝的青年，或一個細心的讀者，他應該能從字裏行間看出作者言外之意來」，並借用精神分析學說發現了單四嫂子性慾的存在。本文做的工作與之類似，也是要從魯迅另一篇小說《風波》的字裏行間看出言外之意來，但這次並不依賴精神分析學說。之所以要做這個工作，是因為目前的解讀與研究普遍不能令人感到滿意。

一

我們的解讀不妨從一個問題入手:「七斤嫂記得，兩年前七斤喝醉了酒，曾經罵過趙七爺是『賤胎』」，七斤為什麼要罵趙七爺是個「賤胎」?趙七爺哪個方面得罪了他?小說並未提及，然而這正是本文要從字裏行間尋覓的事情之一。

七斤嫂記起了兩年前的事，是因為看到了趙七爺穿起了竹布長衫（引文一）:

> 趙七爺的這件竹布長衫，輕易是不常穿的，三年以來，只穿過兩次:一次是和他嘔氣的麻子阿四病了的時候，一次是曾經砸爛他酒店的魯大爺死了的時候;現在是第三次了，這一定又是於他有慶，於他的仇家有殃了。

七斤和趙七爺之間應該不是什麼深仇大恨，否則七斤清醒的時候就得罵（甚至伴隨更激烈的舉動），也不會是這種可能:七斤是麻子阿四或魯大爺的

哥們，他替他們出氣——這是無論如何也尋覓不出的。我的猜測是，趙七爺和七斤嫂之間「有事」，這讓七斤感覺到了某種侮辱或傷害。根據如下：

七斤「每日一回，早晨從魯鎮進城，傍晚又回到魯鎮」，這就給趙七爺和七斤嫂之間「有事」提供了充裕的時間。且看小說中七斤夫婦的最後一次談話（引文二）：

> 過了十多日，七斤從城內回家，看見他的女人非常高興，問他說，「你在城裏可聽到些什麼？」
>
> 「沒有聽到些什麼。」
>
> 「皇帝坐了龍庭沒有呢？」
>
> 「他們沒有說。」
>
> 「咸亨酒店裏也沒有人說麼？」
>
> 「也沒人說。」
>
> 「我想皇帝一定是不坐龍庭了。我今天走過趙七爺的店前，看見他又坐著念書了，辮子又盤在頂上了，也沒有穿長衫。」
>
> 「…………」
>
> 「你想，不坐龍庭了罷？」
>
> 「我想，不坐了罷。」

「看見他的女人非常高興」，有研究者似乎理解為七斤高興〔註1〕，這是不對的，高興的是七斤嫂。另有研究者認為，七斤嫂問「你在城裏可聽到些什麼？」，並非是她的「真正疑惑，而是一種已預先猜測了答案的試問，她的一種半信半疑是希望得到答覆的，但七斤的話語卻在此處轉為空白的呈現，可以說，在這一組對話中，七斤的每一句話語的信息值都是無效的，甚至有一處更直接以『……』加以直觀的呈現」〔註2〕。這種看法表明論者沒有真正讀懂這段對話，然而它卻是在翻檢已有研究成果時經常會碰到的一種認識。

---

〔註1〕「當『風波』平息之後，七斤們又因自己能好好活著而高興，『皇帝坐了龍庭沒有呢？』『他們沒有說。』」見周海波《無特操者的人生悲歌——〈風波〉新解》，載《魯迅研究月刊》1991年第2期。

〔註2〕尉文塋：《關於魯迅小說〈風波〉的文本分析》，載《忻州師範學院學報》2010年第6期。朱崇科也認為，這段對話「幾乎就是沒有什麼信息量的機械重複，既顯示出對話者的機械匱乏，同時又反襯出他們對此事件的冷漠與含混認知」（見《茶杯裏的波瀾：〈風波〉重讀》，載《魯迅研究月刊》2017年第5期）。

　　十多日前,七斤嫂沒好聲氣,曾罵過七斤,今天則突然改換了表情,原來她「今天走過趙七爺的店前」,看到趙七爺不穿長衫了,對她來說這意味著皇帝不坐龍庭了,也就不必擔心七斤沒有辮子。但她不是把這件高興的事情直接說出來,而是先「考一考」七斤,城裏有什麼消息,鎮上的咸亨酒店有什麼消息,然後才拋出自己的判斷:「皇帝一定是不坐龍庭了」——「一定」這個詞既表明七斤嫂並非「半信半疑」,同時也流露了她的得意之情(城裏的人都不知道,你看我知道)。然而,七斤竟然無話可說,以「……」代之。七斤嫂的「非常高興」沒有傳染給他一絲一毫,這是為什麼呢?

　　我想只能有一個解釋:七斤嫂要表達的意思是我們不用擔心辮子的問題了,而她的話對七斤造成的影響——或者說七斤聽了她的話所想的——則是,你沒事去鄰村看趙七幹嗎?不知道我看他不順眼嗎?這十多天你是不是天天去看他?是他沒穿長衫你才肯定皇帝不坐龍庭的?——這本是一般男人常有的一點醋勁與小心思。

　　七斤嫂從「……」中也察覺到了丈夫內心的微妙變化,於是就問了一句看似廢話的話:「你想,不坐龍庭了罷?」說它是廢話,是說它所含的內容信息重複前面的話;說它不是廢話,因為七斤嫂欣喜肯定的語氣變成了商量討教的口吻,即同樣的內容換了不同的主語表達者與思考者——皇帝坐不坐龍庭這事還得七斤來想,因為七斤是一家之主,並且七斤所想與「賤胎」趙七無關。最終是七斤說「我想,不坐了罷」,趙七及其長衫被抹去了。

　　至此,我們應該明白:說趙七爺和七斤嫂之間「有事」,並不是說七斤嫂和趙七爺之間事實上發生了不正當男女關係,七斤被戴了小綠帽,而是說這是作為一個男性的七斤的「心事」。雖然七斤也是個「出場人物」,在村里人面前有面子有架子,但比「三十里方圓以內的唯一的出色人物兼學問家」趙七爺感覺還是差一截,所謂人比人氣死人,他不願意自己的女人把趙七捧得像個神。——這種「心事」平常說不出口,只好借著酒勁發洩出來,「賤胎」二字借著眾人的嘴傳到趙七耳朵裏,趙七便找機會來進行所謂的復仇了。

## 二

　　很多人可能覺得以上所說屬於過度解釋,魯迅筆下的庸眾難道也有這種心思?有的。一個旁證是:八一嫂沒說幾句話,七斤嫂就指桑罵槐地說她是「偷漢的小寡婦!」看來,農村男女的是非口舌也不少,本文細讀的目的就是

要真正理解農民真實的存在——一提到魯迅筆下所謂的庸眾，萬不要想當然地認為他們是早已被定性、被貼上了「愚昧」、「封建」、「落後」等標籤的機械存在或行屍走肉，他們其實是和研究他們的人一樣活生生存在著的人〔註3〕。否則，就存在著對所謂庸眾的成見與偏見，對《風波》所描寫的農村世界就不會認識到位、認識清楚。

且看這個小寡婦是怎麼出現的。那時，七斤嫂正當眾「辱罵」七斤（引文三）：

> 這死屍自作自受！造反的時候，我本來說，不要撐船了，不要上城了。他偏要死進城去，滾進城去，進城便被人剪去了辮子。從前是絹光烏黑的辮子，現在弄得僧不僧道不道的。這囚徒自作自受，帶累了我們又怎麼說呢？這活死屍的囚徒……

七斤表示不服，但還繼續裝範兒，「慢慢地說道」（引文四）：

> 你今天說現成話，那時你……
>
> 你這活死屍的囚徒……
>
> 看客中間，八一嫂是心腸最好的人，抱著伊的兩周歲的遺腹子，正在七斤嫂身邊看熱鬧；這時過意不去，連忙解勸說，「七斤嫂，算了罷。人不是神仙，誰知道未來事呢？便是七斤嫂，那時不也說，沒有辮子倒也沒有什麼醜麼？況且衙門裏的大老爺也還沒有告示，……」

寡婦門前是非多，最怕寡婦心腸好，八一嫂且是「心腸最好」，七斤夫婦吵架，她憑什麼「過意不去」？——她有什麼「意」思呢？「造反的時候，我本來說……」七斤嫂用這句話表示自己有先見之明，可是八一嫂說「人不是神仙，誰知道未來事呢？」不但把七斤嫂的話否定了，而且明顯向著七斤——七斤進城被剪了辮子，這不怪七斤。

並且，七斤嫂現在說七斤「僧不僧道不道的」，沒防備八一嫂記得清楚，當初她可不是這麼說的，不但不埋怨怪罪，反而看出了某種美感。據《阿Q正傳》記載，革命黨進城後的第二天就動手剪辮子，「鄰村的航船七斤便著了道兒，弄得不像人樣子了」——七斤嫂能說不醜，可謂不同流俗，是認同

〔註3〕「魯迅文學世界裏的庸眾可以平庸，但並不傻，他們精於算計、巧於謀劃、善於用各種手段來達到自己的目的、滿足自己的欲望」，見我的論文《為什麼說魯迅小說不同於問題小說》，載《太原學院學報》2017年第1期。

丈夫剪辮行為的。叫人驚訝的不只是七斤嫂獨到的審美眼光，還有八一嫂的記性。七斤剪辮這件事發生在 1911 年底〔註4〕，而眾所周知《風波》故事發生背景是張勳復辟，在 1917 年 6 月，隔了近六年。隔了這麼長時間，八一嫂還能記住，難道她和七斤之間有某種隱秘的感情？本文不做這樣的猜測，但我們至少可以認為，八一嫂對七斤是看在眼裏的。這或許是因為七斤大概是村里第一個剪辮的時髦人物，讓八一嫂印象深刻；但這充其量是次要原因，主要原因在七斤的職業。他「三代不捏鋤頭柄了」，撐航船每日進城——按照費孝通的論述，航船是當地「消費者的購買代理人」，一些鄉下無法買到的重要日常用品（如鹽和糖）需要航船做中介服務〔註5〕——寡婦八一嫂想和他搞好關係，因為七斤在船上，要用得著七斤，見七斤被老婆搶白，遂忘掉身份，來了一次不合時宜的「過意不去」，當然遭到了七斤嫂的「反攻」（引文五）：

> 阿呀，這是什麼話呵！八一嫂，我自己看了倒還是一個人，會說出這樣昏誕胡塗話麼？那時我是，整整哭了三天，誰都看見；連六斤這小鬼也都哭，……

有研究者認為七斤嫂「不願共同承擔丈夫的責任與風險，所謂『大難臨頭各自飛』，剪辮危機發生後，不僅不珍惜丈夫，還要當眾拆臺、辱罵表示自己的英明和無責」〔註6〕。這種解釋放在七斤嫂身上是不合適的。我們應該看到兩個七斤嫂：一個是當眾辱罵七斤、把「罪名」全推給七斤的七斤嫂，一個是從不懷疑自己是七斤的女人的七斤嫂。前述「皇帝不坐龍庭」最終要由七斤來「想」就是一個例證。另一個例證是：七斤嫂當眾辱罵時說「這囚徒自作自受，帶累了我們又怎麼說呢？」（引文三），且用筷子指著七斤的鼻子，可謂氣勢洶洶；但別忘了前面有這樣一段話（引文六）：

> 七斤嫂站起身，自言自語的說，「這怎麼好呢？這樣的一班老小，都靠他養活的人，……」

---

〔註4〕《阿Q正傳》第七章所說的「宣統三年九月十四日」，即公曆 1911 年 11 月 4 日，剪辮之事應就發生在 11 月 5 日。

〔註5〕費孝通：《江村經濟》，戴可景譯，北京大學出版社，2012 年，第 221 頁。費孝通研究的是太湖東南岸的開弦弓村，魯迅的經驗來自浙江紹興，雖然有此不同，但兩者還是有很大的可比性。

〔註6〕朱崇科：《茶杯裏的波瀾：〈風波〉重讀》，載《魯迅研究月刊》2017 年第 5 期。

　　自言自語時說的是「都靠他養活」，七斤是一家之主、頂樑柱，當眾則罵他「帶累了」一家人，千萬不能由此而認為七斤嫂不願和七斤共同承擔責任與風險，而應該認識到這是農村婦女當眾處理家庭危機的一種慣用伎倆與表現。——我們必須注意到七斤嫂當眾表演的性質。熟人圍觀的時候辱罵自己的丈夫絕不意味著要分手各自飛，而只是要表現自己是主婦、有面子而已。

　　想一想農村出殯的場景，爹娘死了，不要以為哭聲高、哭腔悲、站不起的兒女就是疼爹娘、平日裏孝順，看殯的一路跟隨也不是要看你的真感情，而是想看看哭的風景。兩下裏皆追求它的表演性而非真理性。所以七斤嫂才說「那時我是，整整哭了三天，誰都看見」，就是要讓誰都看見（別人看不見，還有什麼勁可哭？）。《阿Q正傳》記載：錢太爺的大兒子東洋留學回來，「腿也直了，辮子也不見了，他的母親大哭了十幾場，他的老婆跳了三回井」，據阿Q的看法，她不跳第四回就不是好女人，但阿Q忘了，即便她跳四十回也死不了，因為跳井不是真的要尋死（她跳的時候一定有人在跟前看著），而是做給別人看、說給別人聽的；或如《祝福》裏的衛老婆子所說回頭人再嫁「鬧是誰也總要鬧一鬧的」，也就是說，要做出不願意的樣子給人看看，但要注意節奏和力度，拿捏好火候和分寸〔註7〕——這實在是一種藝術啊！

　　看看引文三和引文四，除了說七斤「自作自受」外，七斤嫂絕無「大難臨頭各自飛」的意思（要是說「我和你分開過」就不同了）。她罵得最狠的話是「活死屍的囚徒」，可想一想小說開始她剛看見七斤回來，就朝他嚷：「你這死屍怎麼這時候才回來，死到那裡去了！」可知這也不過是這婆娘的口頭禪。

　　農村婦女表情達意的方式跟都市麗人不一樣，她們不會柔情萬種地寫詩或寫情書，也不會喊出「我是我自己的，他們誰也沒有干涉我的權利！」這樣叫人狂喜的話語，像七斤嫂這樣當眾辱罵其實是一種表演——《風波》所描寫的這場風波就是一場表演，從表面上看，它肇始於遙遠的張勛復辟，開啟於趙七爺的節日盛裝（竹布長衫）。

## 三

　　當八一嫂解勸的時候，「趙七爺本來是笑著旁觀的；但自從八一嫂說了『衙門裏的大老爺沒有告示』這話以後，卻有些生氣了」。他為什麼要生氣？

---

〔註7〕祥林嫂做得就太出格了，因為她是真鬧。請查看《重建祥林嫂的「半生事蹟」》一文的詳細解釋。

據說是「感覺受到了冒犯」〔註8〕，那麼冒犯從何而來呢？八一嫂的話應該是「況且衙門裏的大老爺也還沒有告示，說不能剪辮子」，似嫌官府不作為，為此而感覺受了冒犯，那就意味著趙七爺和「衙門裏的大老爺」是一夥的。確實，學院派的專家學者往往視之為有效的統治者或叫人崇拜與懼怕的權威〔註9〕，但若細讀文本，下面這個中學教師的看法就值得重視：

> 趙七爺只是鄰村茂源酒店的主人，他的酒店曾經被魯大爺砸爛，這樣一個人很難說是一個封建統治的維護者或者是既得利益者……他對所謂仇人的報復方式也是很滑稽的，只是在仇人遭殃時穿上平時捨不得穿的竹布長衫以示慶賀……趙七爺並非是一個有明顯劣跡的封建統治階級的幫兇，他在精神上的貧困與七斤相比併無二致。〔註10〕

凡是仔細讀過小說的人都會認真對待上述觀點。按小說所寫，趙七爺只有一點可憐的文化資本（能讀一點《三國志》，說什麼「張大帥就是燕人張翼德的後代」，實在是亂扯淡），既未自己中過秀才，又不是文童的爹爹——據《阿Q正傳》記載，「趙太爺，錢太爺大受居民的尊敬，除有錢之外，就因為都是文童的爹爹」。趙七爺和七斤一樣，都不用捏鋤頭柄了，不過趙七爺顯得更財大氣粗些，然而七斤從內心深處並不怎麼懼怕他，否則就不會罵他是「賤胎」。又據《阿Q正傳》記載，對趙太爺、錢太爺，「阿Q在精神上獨不表格外的崇奉……加以進了幾回城，阿Q自然更自負」，阿Q只不過進了幾回城，就飄飄然「更自負」，連文童的爹爹都有些瞧不起——七斤可是天天進城啊！

綜合考慮，趙七爺既無資格又無理由感到被冒犯，只能說此情此景叫他有些忌妒——八一嫂這樣偏向袒護七斤，讓他看不下去。八一嫂說的前三句話沒什麼分量，所以趙七還能笑著旁觀，但若說官府沒有貼告示，讓「衙門裏的大老爺」頂了七斤的「罪名」，他的復仇就徹底失效失敗了。所以，既是忌妒又是為了讓復仇進行下去，他站出來打擊八一嫂了（引文七）：

---

〔註8〕朱崇科：《茶杯裏的波瀾：〈風波〉重讀》。整句話是：「感覺受到了冒犯而又睚眥必報的趙七爺使用了張翼德比附張勳嚇唬八一嫂」。

〔註9〕朱崇科《茶杯裏的波瀾：〈風波〉重讀》認為趙七爺是個「業餘而有效」的統治者，「善於利用有限的文化資源裝腔作勢」；周海波《無特操者的人生悲歌——〈風波〉新解》則認為趙七爺「無疑是魯鎮人心目中的『權威』……是建立在他的優越的資本和魯鎮人的對權威的仰慕之上的」。

〔註10〕呂日輝：《在貧困中扭曲的人性——對魯迅小說〈風波〉的再認識》，《語文天地》2015年第7期。單位署名「安徽宣城市旌德中學」。

「……你可知道，這回保駕的是張大帥。張大帥就是燕人張翼
德的後代，他一支丈八蛇矛，就有萬夫不當之勇，誰能抵擋他，」
他兩手同時捏起空拳，彷彿握著無形的蛇矛模樣，向八一嫂搶進幾
步道，「你能抵擋他麼！」

八一嫂「見趙七爺滿臉油汗，瞪著眼，準對伊衝過來，便十分害怕，不
敢說完話，回身走了」，讀者會認為這是八一嫂膽怯軟弱，可是「膽怯軟弱」
這樣的批語可以加在《風波》中的任何一個人物身上（只能靠生老病死對付
自己的仇人，只能穿長衫表示高興，趙七不也膽怯軟弱嗎？），如此也就失去
了特定意義。八一嫂轉身走掉是因為趙七將矛頭對準她使她忽然明白了自己
為七斤說的話太多了。並且，趙七對付她的那副架勢使她感覺到了難堪的性
的意味：一個男人盯著自己，手裏「彷彿握著無形的蛇矛」（男性生殖器的象
徵），並且說「你能抵擋他麼！」明顯被這個男人佔了便宜，並且這種便宜不
能不叫寡婦感到臉紅，沒有臉說話辯解。回身走掉是唯一的破解法。

有人說「魯迅小說視野之開闊，在現代文學史上無一人能望其項背」
〔註11〕，這是真的，但需要思考魯迅小說開闊的視野到底包含了什麼。原
來，很多小說費了好多筆墨和篇幅來講述與表現的，魯迅用幾句看似輕描淡
寫的話就可以包容與涵括，直至做得比前者還要透徹精細；直到今天，我才
明白魯迅小說好就好在以儘量短的篇幅容納了豐富而複雜的心理內容與真實
而細微的生活內容，這是它深刻多義的物質基礎。——如果我們只是看到或
強調魯迅筆下人物的愚昧與落後以便讓我們拿起批判的武器，這樣的視野不
是很單調、很無趣嗎？

## 四

如果認識不到上述觀點，就很容易對《風波》產生曲解與誤解。比如，
七斤剛上場就挨了老婆的罵，小說寫道：「但夏天吃飯不點燈，卻還守著農家
習慣，所以回家太遲，是該罵的」，「所以」標注的因果關係是否正確呢？—
—七斤這次挨罵並不為此。非因他回來晚了，而是老婆正生婆婆九斤老太的
氣，拿丈夫出氣而已。

更大的偏見與誤解集中在七斤身上。一般總是用些思想意識層面上的概念

---

〔註11〕曹文軒語。轉引自孫木函、徐妍《簡潔中的從容——解讀魯迅短篇小說〈風
波〉》，《北華大學學報》2007年第6期。

來定性,比如說七斤愚昧的本質或者停滯麻木的心理積習〔註12〕。這些認識表明了學界長期以來對文本細節的疏忽以及缺乏整體性的觀照。首先必須清楚,革命黨進城後第二天七斤就剪去了辮子——七斤嫂的表述是「進城便被人剪去了辮子」,《阿Q正傳》的記載是七斤「便著了道兒」,彷彿有七斤自己願意剪去辮子的意思。至趙七爺來復仇,隔了近六年的時間,七斤不但剪去了辮子,還乾脆剃了個光頭,大概是本地唯一一個明晃晃耀眼的腦袋——小說寫圍觀者給趙七爺讓路:「幾個剪過辮子重新留起的便趕快躲在人叢後面」,看來村裏有人也剪了辮子,但沒敢剃光頭,七斤則不管這個。

七斤且不管革命不革命、皇帝不皇帝。有事實為證:革命黨進城,他照樣撐船進城;趙七爺鬧事,他考慮過辮子的事情,但事實上並不在乎,因為「第二天清晨,七斤依舊從魯鎮撐航船進城」。七斤嫂也是,在趙七出現之前,看著丈夫的光頭不免發怒,但還是「裝好一碗飯,搡在七斤的面前道:『還是趕快吃你的飯罷!哭喪著臉,就會長出辮子來麼?」——辮子重要,吃飯更重要,並不因為沒辮子而自殺,而是照舊生活,上邊愛怎麼折騰怎麼折騰,那離得很遙遠,「非常模糊」,抵不過切身切近的利益關懷。我們看到,置身於辮子的風波中,七斤一直裝範兒,但見六斤摔破了碗,就「原形畢露」,再也不「慢慢地」了,而是「直跳了起來……一巴掌打倒了六斤」。

若因此而批判七斤們不關心國家大事,那就有些上綱上線了。《風波》作於1920年10月,同年7月魯迅寫成《一件小事》,開始時寫道:

> 我從鄉下跑進京城裏,一轉眼已經六年了。其間耳聞目睹的所謂國家大事,算起來也很不少;但在我心裏,都不留什麼痕跡,倘要我尋出這些事的影響來說,便只是增長了我的壞脾氣——老實說,便是教我一天比一天的看不起人。

這個敘述者「我」肯定要比七斤們有文化有知識,但「耳聞目睹」的國家大事在他心裏「都不留什麼痕跡」,不如一件切切實實觸動自己的小事讓自己

---

〔註12〕朱崇科《茶杯裏的波瀾:〈風波〉重讀》說七斤「依然未脫農民的心態與習慣,實際上魯迅戳穿了其愚昧的本質」,范家進《掠過樹梢的輕風——魯迅〈風波〉細讀》(載《華東師範大學學報》1997年第6期)則說七斤「不幸在辛亥革命後進城時被強行剪掉了辮子,而帶著一家人陷入了巨大的恐懼與不安;一般村民也只是根據自己辮子的有無,或惶恐不安或暗自慶幸……他們正是按照數千年積澱而成的習慣心理作出幾乎本能性的反應,未加思索,也無須思索的」。

記憶猶新，難道我們還要奢望七斤們對所謂國家大事作出積極的回應？就現實成效而言，七斤的應付方式是成本最低且最有效的。所以，沒有辮子固然讓他心事重重，趙七爺來鬧固然讓他非常憂愁，但，愁歸愁，做歸做，該幹什麼還是幹什麼。事實證明，這樣就對了，張勳復辟、辮子風波不過又是一陣風而已。

　　但這並不是說七斤具有自覺的反抗思想，叫他「愁歸愁，做歸做，該幹什麼還是幹什麼」的是他的生活狀況、他的職業要求。按費孝通《江村經濟》所述，航船在鄉村經濟中起著重要的作用。早晨 7 時許，航船開始活躍，約於 10 時達到城裏。下午二時返回，約四五點鐘到達村裏。天天如此。「從理論上，任何人可以經營航船……但一旦開始了這個行業，他必須每天有規律地繼續下去……航船主必須把全部時間和精力花在這個行業中，大多數有地種的農民是不可能達到這種要求的。」〔註 13〕這就是說，七斤看上去「我行我素」非因獨立意志與自由精神，而是職業要求他必須如此。說得正式一點，七斤有職業精神，遵守職業道德。在未發生根本觸動切身利益的現實事件之前，七斤必將「依舊」生活，而不管京城裏發生了什麼國家大事。文豪們大發詩興讚美田家樂，那是因為他們置身於河裏的酒船上；知識分子熱衷於尋求七斤們的思想意識，那是因為他們坐在舒服的書齋裏，無從感受與理解七斤們實實在在的獲得感與生存感。

　　我希望我們由此能充分認識農民的生存智慧。不要動輒拿思想、反抗或革命等話語來要求七斤們。我希望在我們這樣一個充斥革命話語的國度裏，知識分子能關注美國學者斯科特對塞達卡農民的研究，比如充分思考下面一段話：

　　　　我猜想，塞達卡反抗的起點如同歷史上所有從屬階級反抗的起點一樣：接近土地，牢牢地植根於日常經歷的樸素然而有意義的現實。其敵人不是非人格化的歷史力量，而是真實的人。也就是說，他們被視為應對為自己的行動負責的行動者，而非抽象概念的承載者。反抗者所護衛的價值觀念不但近在咫尺而且熟悉常見。他們的出發點是一些習慣和規範，這些習慣和規範在過去被證明是有效的，而且顯然有望減少或挽回他們所遭受的損失。反抗所要達到的目標與其價值觀念一樣地溫和。〔註14〕

〔註13〕費孝通：《江村經濟》，戴可景譯，北京大學出版社，2012 年，第 221～224 頁。
〔註14〕斯科特：《弱者的武器》，鄭廣懷等譯，譯林出版社，2011 年，第 423～424 頁。

要不是聽說皇帝要辮子，七斤才不管有沒有皇帝呢。即便沒辮子，他也得每天進城，因為他是撐船的。趙七爺聽說皇帝坐了龍庭，便來報私仇（不過是一句話「賤胎」），拿話恐嚇七斤一家，以此取樂；七斤嫂「逢場作戲」，當眾作賤七斤，既讓趙七爺「不虛此行」，又維護自己的臉面；八一嫂因七斤是撐船的，想討好七斤，為他說話，於是演變成了兩個女人的戰爭。長期以來，學術界一直以為這場風波與張勳復辟、與皇帝和辮子有關，實際上最有關係的是航船——張勳或皇帝都太遠太抽象，只有航船才近在咫尺、真實有力，才讓七斤在眾人面前「那般驕傲」，才敢罵趙七爺是「賤胎」，才引來了一場風波。換言之，張勳和辮子只是這場風波的一個外在契機，其根源則是一條航船。

這也就是魯迅《風波》讓我們認識到的真實的農村生活與真實的農民心理狀況。

## 五

有人會問：如此解釋，那麼魯迅小說的啟蒙性與革命性如何體現？我覺得首先這「兩性」本身就需要我們認真反思。魯迅小說的啟蒙性與革命性到底落腳點何在？所謂的庸眾只是被動地接受啟蒙者和革命者先進的思想嗎？我想魯迅不是這樣的安排。

回到《一件小事》的「我」。固然「我」與七斤對所謂國家大事都不在意，但「我」畢竟不同於七斤，差別就在於「我」的反思能力——人力車夫救助老女人這件小事「總是浮在我眼前，有時反更分明，教我慚愧，催我自新，並且增長我的勇氣和希望」。這種自我反省、自我新生的能力是七斤所缺乏的。趙七爺走後，七斤（引文八）：

> 心裏但覺得事情似乎十分危急，也想想些方法，想些計劃，但總是非常模糊，貫穿不得：「辮子呢辮子？丈八蛇矛。一代不如一代！皇帝坐龍庭。破的碗須得上城去釘好。誰能抵擋他？書上一條一條寫著。入娘的！……」

所思所想是一個大雜燴：有九斤老太的口頭禪，有趙七爺的話，有自己須辦的家務事，都在一個平面上如雲煙般流動，毫不觸及自身的生活方式與精神狀況。整篇小說中，似乎有點反思能力的，是九斤老太，然而她的反思已然固定僵化了，動輒便是「一代不如一代」。

　　小說開始，九斤老太因為孫女吃炒豆子而發怒，引出了她的口頭禪「一代不如一代」。這句話對她來說不是用以反思過去與現在而尋求改變現狀、解決問題，不過是想刷刷存在感而已。《風波》寫得清楚，「自從慶祝了五十大壽以後，便漸漸的變了不平家」，可以想見，她上了年紀，多了兒媳，大權旁落，說了不算，被邊緣化，只好建構過去的輝煌以突出自己的存在與價值。正如《阿Q正傳》所記，當與別人口角時，阿Q會瞪著眼睛說：「我們先前——比你闊的多啦！你算是什麼東西！」阿Q要的是精神上的勝利，九斤老太希望被重視並得到尊重。

　　魯迅在解釋《阿Q正傳》的寫作方法時說：「我的方法是在使讀者摸不著在寫自己以外的誰，一下子就推諉掉，變成旁觀者，而疑心到像是寫自己，又像是寫一切人，由此開出反省的路」。這就是說，魯迅小說啟蒙性與革命性的落腳點就是自我反省的個體倫理。七斤們最缺乏的就是這樣一種自省的能力，而要獲得這種能力，須有力量能觸動、改變他們的生活方式，更新他們的獲得感與生存感。

　　有人會疑問，這樣的解釋在魯迅其他文本中似乎得不到支持與印證。一直以來，我們在解釋魯迅小說的時候，總是要從他的雜文（或其他文本）獲得佐證，以便顯得魯迅確有這樣的思考。但如此關聯解釋的一個短處是把魯迅文本的容量與意義狹隘化了。我們必須承認，文學家魯迅大於思想家魯迅，而文本又大於文學家魯迅。這並非矮化了魯迅，相反它使我們更加清楚地認識到魯迅非凡的能力，他創作的作品竟有如此之大的彈性與包容性——這才是其他作家作品沒做到的。

　　本文以《魯迅〈風波〉細讀》為題刊於《上海魯迅研究》2019年第84輯，作了重要改動。

# 百年希望細讀《故鄉》
## ——從「碗碟是閏土埋藏的嗎？」說起

　　魯迅《故鄉》面世已有百年（1921～2021），對它的閱讀、接受、評價已經形成了一道複雜幽深的歷史景觀。但在本文看來，《故鄉》文本中蘊含的以下三個問題仍然值得繼續探究與思考。

### 一、碗碟是閏土埋藏的嗎？

　　這是《故鄉》討論最多也最有趣味的一個問題（甚至被稱為「懸案」）。它出現於下面的段落中：

> 母親說，那豆腐西施的楊二嫂，自從我家收拾行李以來，本是每日必到的，前天伊在灰堆裏，掏出十多個碗碟來，議論之後，便定說是閏土埋著的，他可以在運灰的時候，一齊搬回家裏去；楊二嫂發見了這件事，自己很以為功，便拿了那狗氣殺……飛也似的跑了，虧伊裝著這麼高底的小腳，竟跑得這樣快。

　　楊二嫂說是閏土藏的，而「我」和母親似乎沒表示任何意見。但，引文「……」之後的話顯然帶著揶揄鄙夷之意味：為一點小利，楊二嫂竟不顧自身之裝置而欲超越身體極限了！如此描述暗示「我」和母親很難認同楊二嫂的意見（或者說不拿她的話當真）。然而，不少研究者認同楊二嫂的「議論」，並提供了若干理由，下述兩點頗有代表性：

　　第一，閏土來的當天，母親叫他「自己到廚下」去吃午飯，就為他偷竊提供了機會，儘管母親說「凡是不必搬走的東西，盡可以送他，可以聽他自

己去揀擇」，但這句話是在閏土下廚房之後說的，他不知道主人原有這樣的心思，所以就趁機偷了碗碟，「又要所有的草灰」以便把碗碟藏起來〔註1〕；

第二，和楊二嫂一樣，閏土「去『我』家實際謀求的是經濟利益……這也是他會在灰堆裏偷藏『十多個碗碟』的原因所在，他知道這麼做可恥，但對於窮人來說，倉廩不實也就無所謂禮節榮辱了」〔註2〕。

第一點乍看很有說服力的，但深思之下就不可信了。閏土固然沒有當場聽到「聽他自己去揀擇」這句話，但當下午揀東西的時候，「我」是在場的，因為小說有這樣一句話：「閏土要香爐和燭臺的時候，我還暗地裏笑他」。換言之，閏土揀東西的時候，「我」是陪著他的，不可能不把母親的意思告訴他。實際上，能自揀東西本身就表明閏土已經知曉了主人家的意思。

故鄉的人們比較關注的是木器。母親說「這些人又來了。說是買木器，順手也就隨便拿走的，我得去看看」；接著楊二嫂來了，要的也是「這些破爛木器」，但被「我」拒絕了，卻讓閏土揀了「兩條長桌，四個椅子」，可見對待閏土真是不錯。要知道，閏土未出現之前，「我」的打算是「須將家裏所有的木器賣去」，「母親也說好」，待見到閏土生活艱難，遂改了主意（「聽他自己去揀擇」這句話雖然是母親說的，但「我」也未有反對意見）。

同樣，閏土對「我」一家也有感情，別人都是空著手來、拿著東西跑出去，而閏土至少還帶著一包「乾青豆」給「老爺」，且母親說得明白：「他每到我家來時，總問起你，很想見你一回面」。或曰，「老爺」的稱呼表明閏土受了封建思想觀念的毒害，但，恭恭敬敬地叫「老爺」對閏土來說其實是表達了他內心對「我」家的忠誠與尊敬〔註3〕。按階級鬥爭學說，主人剝削壓迫僕人，僕人要起來反抗；但就具體的主僕關係來講，善良的主人與忠誠的僕人

---

〔註1〕董炳月：《文本與文學史——〈魯迅〈故鄉〉閱讀史〉譯後記》，見藤井省三《魯迅〈故鄉〉閱讀史》，董炳月譯，新世紀出版社2002年版，第211頁。張麗軍《魯迅〈故鄉〉「藏碗碟」懸案新解》（載《中文自學指導》2005年第5期）接受了董炳月的解釋，並認為「推斷是閏土偷藏了碗碟，並不會破壞閏土形象及其道德品質與情節結構的完整性」。

〔註2〕邱煥星：《再造故鄉：魯迅小說啟蒙敘事研究》，《中國現代文學研究叢刊》，2018年第2期。

〔註3〕拙作《為什麼說魯迅小說不同於問題小說》（載《太原學院學報》2017年第1期）寫道：「楊二嫂是明目張膽地搶（『順手將我母親的一副手套塞在褲腰裏』），閏土則是若無其事地偷（將十多個碗碟藏在灰堆裏），從失勢的『老爺』那裡偷拿東西比從『迅哥兒』兄弟那裡要心安理得，甚至還有一種牆倒眾人推的快感」。現在來看，這是錯誤的。

會結成讓人感動的親密關係（這在中國古典小說當中並不少見）〔註4〕，況且「我」並不以主人自居，而和閏土「哥弟稱呼」！看不到這一點，就會以為閏土和楊二嫂一樣只是謀求經濟利益。

　　讓我們再仔細看看開始時的引文。「母親說」是在啟程當天離鄉的船上，距閏土來時已過了九日，閏土是當晚住下、第二天早上離開的，啟程當天再駕船來運草灰。這就意味著如果閏土要「作案」，那就只有他來的當天與第二天早上這段時間，而如果他這段時間偷藏了十多個碗碟，那麼「我」家用什麼來吃飯呢？因為碗碟本是吃飯的用具。──「碗碟」這個詞在《阿Q正傳》第四章「戀愛的悲劇」中也出現過：當時，阿Q坐在廚房裏吸旱煙，「吳媽，是趙太爺家裏唯一的女僕，洗完了碗碟，也就在長凳上坐下了」。可見，「碗碟」不是餵狗餵貓用的，確實是人們吃飯用的。

　　那麼，按常理推測，當天的晚飯和第二天的早飯都會在「我」家一起吃，難道閏土要想方設法讓「老爺」一家和自己爺倆不能好好吃飯？即便吃飯時夠用，少了十多個，也肯定會被發現與追查──即便是楊二嫂，可以順手拿走母親的手套和狗氣殺，但從灰堆裏掏出碗碟，卻沒有順勢拿走一二，因為她知道這是人家一日三餐離不開的生活用具（生活必需品），做人做事不能太過分，不能在吃飯這件事上與人為難。連楊二嫂都沒缺德到這個地步〔註5〕，何況是閏土！

　　其實，整件事本是楊二嫂的作為與編排。她嫉妒閏土得了好多東西，自己不能像閏土那樣隨意揀選（亦有範圍，母親明白指定「不必搬走的東西」），又不便乾脆明搶硬奪，乃自編自導自演了一齣戲，拿起能拿的東西就跑了。

〔註4〕近讀斯科特《農民的道義經濟學》（程立顯、劉建譯，譯林出版社，2013年），有段話值得抄錄於此：「這兩個特點〔在財富上的小的和短暫的區別〕，同責成富人必須實行的仁愛相結合，或許在很大程度上說明了為什麼社會的貧窮者對富人們並無強烈的憤恨之情。……在產生怨恨和批評的地方，必定正是富人沒有表現出慷慨大度的時候，富人『沒有心肝』的時候；富人沒有做到對窮人的仁愛」（第54頁），就小說所寫來看，「我」這一家顯然對閏土一家是很好的了，閏土能拿的東西都拿到了，何必再偷幾個碗碟呢？

〔註5〕王富仁先生把楊二嫂視為「只有物質欲望」，「極端狹隘自私」，「在這個世界上，她是能撈就撈，能騙就騙，能偷就偷，能搶就搶」（見《精神「故鄉」的失落──魯迅〈故鄉〉賞析》（載《語文教學通訊》2000年Z4期），本文以為這種解釋過於極端，彷彿楊二嫂只是半個人似的！就小說所寫來看，楊二嫂拿東西之前皆有一套話術（或曰一個前戲、一種鋪墊），這豈是「能X就X」這樣簡單？畢竟是村裏的熟人，楊二嫂還沒抹下面子公然做強盜。

她這樣做是有「前科」的。不僅編排閏土的故事，之前還編排「我」的故事：直接將一頂高帽「你闊了」放在「我」頭上，不顧「我」的反駁，又添油加醋說：「你放了道臺了，還說不闊？你現在有三房姨太太；出門便是八抬的大轎，還說不闊？」，見「我」不說話，自己得不到木器，憤憤不平，「慢慢向外走，順便將我母親的一副手套塞在褲腰裏」。雖然兩個編排的方向不同（對「我」戴高帽，對閏土則「栽贓陷害」），但其目的無非是以此為掩護或遮飾而得到一點實利。

至此，我們應該明白，閏土既沒想偷碗碟，也沒有藏碗碟，楊二嫂藏了碗碟，但也並不想偷碗碟——很多研究成果「偷藏」並用，以為藏就是為了偷，這是不對的。藏碗碟只是她做戲的一部分，以便自己邀功賣好、能「名正言順」地撈點好處。學界此前解答這個謎題時往往思慮宏大，以人物的階級屬性推斷如何如何，顯得抽象而空洞、不著邊際；既是「十多個碗碟」，何不跟「吃飯」聯繫起來、落實到「吃飯」的事情上，從而使所謂的懸案變得簡單直接而豁然開朗呢？〔註6〕

上述辨析不只是把碗碟問題徹底解決，而且使我們認識到現實鄉村中的人們要麼像閏土那樣麻木守舊（遑論民主平等新思想的接受與傳播），要麼像楊二嫂那樣煞費苦心地奪利；簡言之，現實的故鄉就是一個熙熙攘攘的名利世界，同時也是一個自由生命活力萎縮、人種退化的苦惱世界，這跟那幅「神異的圖畫」有天壤之別。

## 二、如何理解「神異的圖畫」？

> 深藍的天空中掛著一輪金黃的圓月，下面是海邊的沙地，都種著一望無際的碧綠的西瓜，其間有一個十一二歲的少年，項帶銀圈，手捏一柄鋼叉，向一匹猹盡力的刺去，那猹卻將身一扭，反從他的胯下逃走了。

當母親提到閏土時，「我」的腦海裏便閃出了上述「神異的圖畫」。它在

---

〔註6〕本文初稿完成於2019年11月，在修改過程中，又從知網查得郜元寶先生的《永遠的〈故鄉〉》（載《天涯》2020年第2期）。該文認為，「偷不偷碗碟，跟階級屬性與個人品格固然並非毫無關係，卻終究不存在必然的因果。重要的是敘事上的邏輯」，它便從「敘事上的邏輯」為閏土辯護。這顯然比從階級立場回答謎題前進了一大步，本文則把「敘事上的邏輯」的支撐點落實到碗碟的日常功能、落實到「吃飯」上。

相關研究中經常被引用，其意蘊卻很少得到充分的解釋。簡單者，只說它是「小時候美好的回憶」、「創造出來的精神故鄉」〔註7〕；複雜者，則進行藝術鑒賞：「魯迅像一個畫家一樣，將深藍、金黃、沙色、碧綠……各種顏色潑灑在讀者面前，為我們繪製了一幅絢麗多彩的水墨畫，而手舉鋼叉的少年和逃走的猹又是那樣富有動感，為讀者創造了一個動靜皆宜的藝術境界，作家對童年時代以及故鄉的眷戀之情也呼之欲出」〔註8〕。本文認為，已有的解釋並沒有把這幅「神異的圖畫」的神異性說完，它依然具有豐盈的闡釋空間。

它的「神異」首先存在於和現實所見故鄉的對比之中。「時候既然是深冬，漸進故鄉時，天氣又陰晦了……蒼黃的天底下，遠近橫著幾個蕭索的荒村，沒有一些活氣」，而「神異的圖畫」則充滿了「活氣」，換言之，充滿了生命的活力。如果說古代文學描繪的桃源世界通常隱藏在某處秘密的山洞裏（如《桃花源記》），那麼現代文學的桃源世界則常放置於開闊的大海邊，如盧隱《海濱故人》中露沙的「理想生活」（「海邊修一座精緻的房子……在海邊的草地上吃飯，談故事」），或者海子的「面朝大海，春暖花開」。《故鄉》「神異的圖畫」雖然沒有草地和花開，卻有「一望無際的碧綠的西瓜」，觸目皆是無限的蓬勃的生機。時令當在盛夏，卻定格於清爽寧謐的月圓之夜。深藍的天空與大海交融輝映，讓人想起「秋水共長天一色」，這裡雖沒有「落霞與孤鶩齊飛」，卻有圓月與西瓜共生。「圓月」、「西瓜」、「銀圈」皆圓形之物，象徵著飽滿、圓滿之生命狀態。少年和猹的鬥智鬥勇絲毫沒有暴力與血腥氣息，反而盡情展現了大地生靈的生命活力。這幅「神異的圖畫」可視為自由生命活力的表達。

接下來，小說轉入三十年前的回憶。「那時我的父親還在世，家景也好，我正是一個少爺」，正月祭祀忙，所以忙月叫他兒子閏土來幫忙。閏土「見人很怕羞，只是不怕我……不到半日，我們便熟識了」。閏土講述如何捕鳥，尤其是夏夜管西瓜與猹鬥智鬥勇的事情，令「我」非常神往。在「我」看來，閏土知道「無窮無盡的希奇的事」，不像自己那樣「只看見院子裏高牆上的四角的天空」。忙完正月，二人哭著不肯分離。終於分開之後，兩人再未見面。因母親提起「閏土」，「我這兒時的記憶，忽而全都閃電似的蘇生過來，似乎

---

〔註7〕孫偉：《文化重建的基點——論魯迅筆下的故鄉》，《文藝研究》2018 年第 1 期。

〔註8〕王家平：《地母、故鄉和生態憂思——魯迅的大地詩學論》，《山東師範大學學報》2020 年第 3 期。王富仁《精神「故鄉」的失落——魯迅〈故鄉〉賞析》亦有類似的賞評。

看到了我的美麗的故鄉了」。

由此可知，「神異的圖畫」並非「我」的憑空虛造，而是有著兒時經驗的來源與基礎。問題是，那一個月的「希奇的事」那麼多，為什麼只是夏夜看瓜的事情顯現於畫面中呢？如上面所解釋，它使天、地、人、自然配置最完美、視覺效果最動人、生命活力最飽滿。換言之，這件事是「兒時的記憶」的代表與精華，「神異的圖畫」是「兒時的記憶」的凝縮與提煉，是逝去的「黃金時代」的象徵。

在古希臘神話中，神祇創造的第一紀人類是黃金的一代，他們「生活得如同神祇一樣，無憂無慮，沒有繁重的勞動，也沒有苦惱和貧困」，接著分別是白銀時代（人類精神上不成熟，粗野傲慢，違法亂紀）、青銅時代（殘忍粗暴，只知道戰爭）、英雄時代（「半神」的英雄，陷入戰爭和仇殺），如今則是黑鐵時代：「人類徹底墮落，社會風氣徹底敗壞，充滿痛苦和罪孽；人們日日夜夜地憂慮和苦惱，不得安寧……人間充滿著怨仇，即使兄弟之間也不像從前那樣充滿友愛」〔註9〕。對「我」而言，「兒時的記憶」與三十年後狀態的差別正如黃金時代與黑鐵時代的差別。三十年前，「我」和閏土沒有任何階級、身份、社會地位的等級觀念，一見如故，無憂無慮、相親相愛地生活在一起；三十年後，「我」的生活「辛苦展轉」，閏土「辛苦麻木」，別人「辛苦恣睢」，沒有一種生活不辛苦，外加種種的折磨與痛苦，「我」和閏土之間再也回不到先前「哥弟」親密友愛的時代了。撫今追昔，「我」神往於最初的黃金時代、那幅「神異的圖畫」所傳達的生命狀態。可以說，「神異的圖畫」點亮了眼前蕭索荒涼、物是人非的世界。但見過中年閏土之後，那西瓜地上的小英雄形象「卻忽地模糊了」，最後則連這個模糊的形象都消失了：「我在朦朧中，眼前展開一片海邊碧綠的沙地來，上面深藍的天空中掛著一輪金黃的圓月」，景色依舊，只是已無人居守，因為現實世界中無人有此資格〔註10〕；黃金時代注定成為一個遙遠的美夢，「神異的圖畫」必將驅逐所有人類、注定殘缺空白，

〔註 9〕古斯塔夫·施瓦布：《古希臘羅馬神話》，光明譯，湖南文藝出版社 2011 年版，第 74～75 頁。

〔註10〕有研究者說：「《故鄉》中的『月下少年』之所以成了『我』心中的不滅的形象，是因為他代表著感動與善良，代表著溫暖與純真。而深藍的天空中的那輪金黃的圓月則成了『我』的精神歸宿，是『我』疲憊的心靈得以暫時棲息的家園，也是『我』走出彷徨、孤獨的燈塔」（見筍泉《覺醒與抗爭的希望之路——魯迅〈故鄉〉對精神家園的追尋》，《雞西大學學報》2013 年第 2 期），斷章取義、割裂文本太甚。

難道這是一種無法擺脫的宿命嗎？

下面一點值得注意（在《故鄉》的解讀與研究中幾乎無人提及）：對「我」個人而言，「神異的圖畫」提供了一種隱秘的滿足感。那時家境好，「我」是一個衣食無憂的少爺（與目前「辛苦展轉」的生活構成強烈對比）。難道「我」對此並不在意嗎？非也。見兩個段落：（1）「我們多年聚族而居的老屋，已經公同賣給別姓了，交屋的期限，只在本年，所以必須在正月初一以前，永別了熟識的老屋」，字裏行間充滿著對「老屋」的感情，且「正月初一」是個敏感的時間節點，因為它關聯著與閏土相親相愛的那段美好記憶；（2）初見母親，她「很高興，但也藏著許多淒涼的神情，教我坐下，歇息，喝茶，且不談搬家的事……但我們終於談到搬家的事」，母親對搬家的刻意迴避正戳中「我」心裏的痛點——自己未能振興家業榮歸故里，卻讓老母不得不晚年流落異鄉，這是「我」這次回鄉「本沒有什麼好心緒」的深層次心理內容。換言之，因「閏土」而復活「兒時的記憶」而看到「美麗的故鄉」，這一連串心理活動的牽連與繁殖，與「我」那時「正是一個少爺」不無關係。

但，「我」並未完全沉浸於對榮耀家世的懷戀之中，對自己是一個少爺的事實並未如何耿耿於懷、沾沾自喜，有兩處表現：（1）對大家庭兒童生命力受圈錮頗不以為然而對海邊的閏土充滿羨慕；（2）見到中年閏土後，親切地叫「閏土哥」，而不是擺老爺架子。以上分析表明，「我」是一個複雜的人物；可以說，《故鄉》中最值得探討的人物不是閏土和楊二嫂，而是「我」。

## 三、「我」是誰？

學界一般把「我」視為啟蒙知識分子。例如有學者認為，「我」是一個「潦倒的城市知識分子」，以局外人的眼光審視鄉村異變，在啟蒙理念的主導之下，對故鄉進行了多層面地醜化，例如還沒跟楊二嫂和閏土說話、瞭解他們思想的情況，就把他們寫得十分醜陋，「尤其是將楊二嫂比喻成『圓規』，寫閏土因勞動而粗糙的手，顯然有一種強烈的厭惡感與拒斥感在裏面」〔註11〕。這將立即招致如下質疑：如果對閏土還沒說話就帶著「強烈的厭惡感與拒斥感」，那又為什麼一開口便是「阿！閏土哥」顯得如此興奮親切呢？小說雖然寫道「我竟與閏土隔絕到這地步了」，但此處「隔絕」的意思是思想隔膜，顯然不能理解為

---

〔註11〕邱煥星：《再造故鄉：魯迅小說啟蒙敘事研究》，《中國現代文學研究叢刊》，2018 年第 2 期。

「強烈的厭惡感與拒斥感」，細品之下，「我」對這種「隔絕」狀態其實抱著無可奈何與悲憫之感。在本文看來，假如說「我」帶著啟蒙的偏見醜化了故鄉，那麼，這種觀點也表明研究者亦帶著先入之見來理解「我」。

王富仁先生認為，《故鄉》中的「我」雖然「已經介入了成年社會的矛盾關係中……在自己的環境中已經不是一個童年，但在現在的『故鄉』仍然是一個孩子。他像一個孩子一樣不知道怎樣應付周圍的人，他像一個兒童一樣對周圍世界中的任何一個人、一件事都感到新奇、敏感」〔註12〕。說「我」童心未泯是可以接受的，但若說「不知道怎樣應付周圍的人」及對一切人事都感到「新奇、敏感」則很難從文本獲得有力的支持。

綜合考慮，本文認為「我」的形象內涵可分為三個層面來講：

## 不如意的漂泊者

如本文第二部分所言，「我」對自己的少爺時代有懷念之情，但同時對大家庭禁錮兒童生命不滿。這是三十年前的事，而《故鄉》一開始寫道「我冒了嚴寒，回到相隔二千餘里，別了二十餘年的故鄉去」，由此可知，與閏土相處的「那一年」之後大約十年，「我」便被迫走異路、逃異地去了。十年之間發生的最重要的事情應該是父親去世、家境敗落，雖然《故鄉》對此隻字未提，但我們可以用魯迅家道中落、赴南京求學等人生經歷來填充。但「我」稱不上是一個狂人式的叛逆者，因小說寫得清楚，這次搬家離開之前，「我」還要去「拜望親戚本家」（親戚本家也有來「訪問」的），並未斷絕人情往來。

此外，出走故鄉之後，「我」生活過得並不如意，自稱是「辛苦展轉」，實不願過這種生活。但也正因為如此，才造就了「我」還是一個——

## 自我省思的知識分子

除了用圓規做比喻，還說「圓規很不平……彷彿嗤笑法國人不知道拿破崙，美國人不知道華盛頓似的」，又笑閏土「總是崇拜偶像」，這足以表明「我」的學識結構與思想態度不同於舊時文人。但「我」很難稱得上是一個（熱心的）啟蒙者，因為二十年在外打拼，生活辛苦展轉，自顧不暇，早就明白了「我決不是一個振臂一呼、應者雲集的英雄」，又何德何能回故鄉來啟蒙別人？實際上，「我」已經懶得啟蒙人、教訓人、跟人爭論了。例證便是「我」笑閏土要香爐和燭臺崇拜偶像，是「暗地裏笑」，沒當面嘲笑，更沒直接指出

〔註12〕王富仁：《中國文化的守夜人——魯迅》，人民文學出版社 2002 年版，第 170 頁。

你這是迷信，應該及早醒悟。

　　在本文看來，「我」這個知識分子最難得的品質是自我警醒與反思。表現在：「我」暗笑閏土崇拜偶像，但同時意識到「現在我所謂希望，不也是我自己手製的偶像麼？只是他的願望切近，我的願望茫遠罷了」。這樣一來就把自己和閏土置於同一水平線上，知識分子／農民的區分在本質上就失去了意義。但如此一來，生命豈不無聊，生活豈非只剩下了單調重複？並不，因為「我」還是一個——

### 「新的生活」的希冀者

　　從小說描寫來看，「我」又是一個重感情而童心未泯的人，不願意做人情世故那一套：三十年後依然叫「閏土哥」，想用「角雞，跳魚兒，貝殼、猹」這樣的「童話」來交流；楊二嫂來了，表情只是「愕然」，聽到「不認識了麼？我還抱過你咧！」，表情「愈加愕然」，不會也不願意虛偽做作、不親假親不近假近，且實話實說不裝面子，直接說出自己沒有闊。與人更加不同的是，「我」希望後輩能有「新的生活」：

　　　　我想：我竟與閏土隔絕到這地步了，但我們的後輩還是一氣，宏兒不是正在想念水生麼。我希望他們不再像我，又大家隔膜起來……然而我又不願意他們因為要一氣，都如我的辛苦展轉而生活，也不願意他們都如閏土的辛苦麻木而生活，也不願意都如別人的辛苦恣睢而生活〔註13〕。他們應該有新的生活，為我們所未經生活過的。

〔註13〕這裡出現的三種生活樣式的共同點都是「辛苦」，因此一點，三種生活都不值得過。此外，「我」的生活還是「展轉」的，因「我」離開故鄉漂泊在外已二十餘年，如今賣了老屋，更與故鄉永別；閏土還是「麻木」的，說他「麻木」指閏土已被磨煉得「彷彿石像一般」，又「總是崇拜偶像」，不忘要香爐燭臺；別人還是「恣睢」的，按部元寶先生《永遠的〈故鄉〉》中的解釋，「恣者，驕橫放肆；睢者，仰目自得」，且認為「別人」指的就是楊二嫂，「『辛苦』，是同情楊二嫂生活之不易；『恣睢』，是不滿她的橫恣自得」。本文採信部文對「恣睢」的解釋，但不認同「別人」指楊二嫂，主要是因為這個鄉村婦人的舉止言行實在不能稱為「恣睢」，豪奢縱慾、為所欲為的權勢者們或大老爺們（《故鄉》中所提及的「官紳」）才堪稱「恣睢」，這種人「我」在外所睹所遇應該不少。總之，「別人」之所指不必是《故鄉》的登場人物」，而是因閏土的「麻木」而聯想及同時存在的權貴們。如是，這三種生活就可以分別視為指代底層百姓的生活、上層統治者的生活、知識分子的生活，那麼，整個社會生活沒有一個階層是感到舒心的、如意的。所以，「我」才希望後輩們「應該有新的生活，為我們所未經生活過的」。

「……」之前的話的意思是：「我」希望後輩（新一代的人）能「一氣」，不要像「我」與閏土現在的狀態那樣互相隔膜或隔絕；「……」之後的話的意思是：假若為了要「一氣」，後輩得過「辛苦XX」的生活，這也是「我」所不願意的。整段話的意思就是：既要「一氣」，又不要過「辛苦XX」的生活。如果這種「新的生活」有原型的話，這就是「兒時的記憶」中「我」和少年閏土的生活，兩人既形影不離、相親相愛，又不愁衣食、沒有任何「辛苦XX」的痕跡，詩意地棲居在大地上。只有兒時的這段記憶，才稱得上是曾在人世間存在過的「新的生活」；然而，它似乎無法持續、無法生長，只能存在於過去。《故鄉》最後一段寫道：

> 我在朦朧中，眼前展開一片海邊碧綠的沙地來，上面深藍的天空中掛著一輪金黃的圓月。我想：希望是本無所謂有，無所謂無的。
>
> 這正如地上的路，其實地上本沒有路；走的人多了，也便成了路。

要實現「新的生活」，當然要實現多方面的進步與發展，然而，魯迅更重視「新的人」的誕生與成長——只有「新的人」，才能創造「新的生活」，才配享受「新的生活」。只是，新的自然人會源源不斷的產生，但詩意存在的自由人卻很難長成，很難避免被「辛苦XX」的生活樣式所捕獲。迄今為止，「新的人」仍然遙遙無期。所以，「我」似乎並未發現自己譬喻之中暗含的悖論：走的人多了的路已經成為老路、舊路，老路舊路走的人愈多愈有吸引力，而真正的希望表現為反抗這種吸引力，它只存在於醒悟者孤獨的探尋中……

本文以《談〈故鄉〉的三個問題》刊於《魯迅研究月刊》2021年第3期。發稿時編輯作了一些改動，今按原貌收入並作改動。另外，在本文寫作時，山東師範大學魏建老師提供了若干意見，謹致謝意！

# 「戀愛的悲劇」之細讀——
## 紀念《阿Q正傳》發表一百週年（一）

1921 年 12 月 4 日至 1922 年 2 月 12 日，《阿Q正傳》陸續發表於北京《晨報副刊》。自此至今百年間，對它的解讀與評論一直在進行，難以結束。下面將以文本細讀的方式，重點考察第四章（「戀愛的悲劇」），重新思考阿Q與吳媽「戀愛」的問題。

一

①有人說：有些勝利者，願意敵手如虎，如鷹，他才感得勝利的歡喜；②假使如羊，如小雞，他便反覺得勝利的無聊。③又有些勝利者，當克服一切之後，看見死的死了，降的降了，「臣誠惶誠恐死罪死罪」，他於是沒有了敵人，沒有了對手，沒有了朋友，只有自己在上，一個，孤另另，淒涼，寂寞，便反而感到了勝利的悲哀。④然而我們的阿Q卻沒有這樣乏，他是永遠得意的：這或者也是中國精神文明冠於全球的一個證據了。

⑤看哪，他飄飄然的似乎要飛去了！

這是第四章開始兩段文字（①②③④⑤由本文所加，以方便下文論述）。初看起來，第一段文字和「戀愛的悲劇」不沾邊，可以刪去，從⑤直接開始就可以——⑤照應了第三章「續優勝記略」末尾一段話：「他這一戰，早忘卻了王胡，也忘卻了假洋鬼子，似乎對於今天的一切『晦氣』都報了仇；而且奇怪，又彷彿全身比拍拍的響了之後更輕鬆，飄飄然的似乎要飛去了」。如果第

四章一開始便是⑤這句話,不但意義上似乎不會有什麼缺損,而且能更快地進入故事,卻因何而不為呢?換言之,第一段文字存在的必要性及其意義是什麼呢?

有研究者認為,《阿Q正傳》的敘述者具有正反同體的特徵,隨之這個敘述者發出的敘述話語就具有內在的雙聲性甚至多聲性,換言之,敘述話語往往具有一表一里、一顯一隱的兩種對立的聲音。例如,引文①隱含的聲音是「只有戰勝強大敵手的人才是真正的英雄,像你阿Q這樣將弱者當作敵手欺負的人,算什麼英雄!」;②隱含的意思是「可是你阿Q恰恰是將弱如小雞綿羊的小尼姑當對手,你的勝利又有什麼意思!」;③隱含的是「可你阿Q欺負弱者還得意非凡,你是多麼令人悲哀!」;④隱含的是「有人誇耀中國精神文明冠於全球,你阿Q可算是一個有力的證據了」;⑤隱含的是「還有你更無聊更無恥的人嗎?」〔註1〕

《阿Q正傳》的某些敘述話語確實具有多重意蘊或豐富意味,但對兩段引文這般挖掘卻是太狹隘了,因為研究者不應該眼裏只有阿Q。的確,阿Q不屬於「有些勝利者」,但前三章出現的把阿Q打了的趙太爺、王胡、假洋鬼子,他們屬於嗎?事實上,前三章沒有一個勝利者是①②③所說的勝利者;正因為如此,阿Q才是「我們」的阿Q。「我們的阿Q」這種表達意味著「我們」都具有阿Q的基因、素質與命運,「我們」皆是阿Q。如是,④才拋出了一個「中國精神文明冠於全球」的判斷。

那麼,①②③所說的勝利者和阿Q這般勝利者有什麼區別呢?前者具有「勝利者/敵手」的辯證法思維,在敵手(他者)當中認識自己、反省自己、挖掘自己、提升自己,沒有敵手(他者)的存在,就無法建構自我的主體形象與主體意識〔註2〕。而阿Q這般勝利者似乎天生缺乏這種辯證法思維,缺乏反思意識與反思能力,他們是「永遠得意的」,永遠自滿的,⑤所表現的不正是這樣一種沉溺於一己之頭腦想像而飄飄欲仙凌空漫步的美妙神態嗎?

在本文看來,引文第一段是對前三章所述之事的一個總評或總結,亦即魯迅前面(小說前三章)構思與塑造阿Q「行狀」的思想主線(用阿Q形象

〔註1〕張開焱:《〈阿Q正傳〉敘述者與敘述話語的雙性特徵》,《湖北師範大學學報》2017年第2期。「還有你更無聊更無恥的人嗎?」應漏掉了一個「比」字。

〔註2〕此處參考了丹尼・卡瓦拉羅的《文化理論關鍵詞》中對「他者」的闡釋(張衛東、張生、趙順宏譯,江蘇人民出版社,2006年,第128～138頁)。

表徵「中國精神文明」）。這也意味著此後要變換筆墨，著重於為人物寫好故事了。故事就從阿Q「這一戰」開始。「這一戰」在小尼姑身上取得了勝利，「勝利者／敵手」在此具體化為「男人／女人」的特殊關係，那麼，阿Q能繼續保持他的勝利感嗎？他將很快認識到，「男人／女人」的關係比「勝利者／敵手」的關係還要糾纏。緊接著⑤，第四章寫道：

> 然而這一次的勝利，卻又使他有些異樣。他飄飄然的飛了大半天，飄進土穀祠，照例應該躺下便打鼾。誰知道這一晚，他很不容易合眼，他覺得自己的大拇指和第二指有點古怪：彷彿比平常滑膩些。

看來，「這一戰」的勝利打破了慣例，勝利者反而被失敗者所捕獲，反轉的力量源於「古怪」的身體感覺：大拇指和第二指「彷彿比平常滑膩些」。妙就妙在「彷彿」一詞，若有若無，不能確定不能落實；因不能確定不能落實，所以要不斷探索求證；因不斷探索求證，所以陷溺得越來越深——「不知道是小尼姑的臉上有一點滑膩的東西黏在他指上，還是他的指頭在小尼姑臉上磨得滑膩了？」「不知道」不要緊，關鍵是想來想去阿Q的腦海總是懸停著「小尼姑的臉」。

在「這一戰」中，小尼姑只說了兩句話：「你怎麼動手動腳……」和「這斷子絕孫的阿Q！」阿Q首先想起後一句詛咒罵人的話。有研究者認為，這是惡毒的詛咒，和出家人的身份很不相符，說一句「阿彌陀佛」更貼切一些，罵一句「臭流氓」也行〔註3〕。的確，老尼姑見阿Q拔蘿蔔是念「阿彌陀佛」的（第五章），但老尼姑不是哭著說的；想一想「這一戰」的情景：小尼姑被欺負哭了、掛著眼淚說「阿彌陀佛」，這不有些滑稽嗎？如果罵「臭流氓」，那麼，它也會「溫馨提示」阿Q想三想四。實際上，無論小尼姑罵什麼，阿Q的「飄飄然」已經不可遏制了，正如第四章所寫：「大約他從此總覺得指頭有些滑膩，所以他從此總有些飄飄然」，這個「飄飄然」與前面⑤中的「飄飄然」意思並不相同，這指的是阿Q禁不住想入非非：「『女……』他想」。

接下來阿Q性心理的呈現以「正經／假正經」的議論為中心。阿Q是「正人」，有排斥異端的「正氣」，又有理學色彩濃厚的「學說」：「凡尼姑，一定與和尚私通，一個女人在外面走，一定想引誘野男人；一男一女在那裡講話，一定要有勾當了」，他若看見一定要「懲治」他們。但，因為他「懲治」，

---

〔註3〕畢飛宇：《沿著圓圈的內側，從勝利走向勝利——讀〈阿Q正傳〉》，《文學評論》，2017年第4期。

所以他一定懂得何謂「私通」、何謂「引誘」以及何謂「勾當」；因為他懂得這些，所以他其實並不是「正人」。下面這段文字有同樣的趣味：

> 他對於以為「一定想引誘野男人」的女人，時常留心著，然而伊並不對他笑。他對於和他講話的女人，也時常留心聽，然而伊又並不提起關於什麼勾當的話來。哦，這也是女人可惡之一節：伊們全都要裝「假正經」的。

噫！女人對男人笑、遂男人意便是引誘男人（不正經），女人不遂自己的意、不讓自己得滿足便是裝「假正經」。阿Q其實是正經的不正經：說正經，因為他自以為有防範心理；說不正經，因為他深自陷溺已不可自拔。——「和他講話的女人」？這在前三章是沒有的（被迫回擊的小尼姑不算）。第四章的吳媽算是頭一個和阿Q主動講話的女人，他也確實「留心聽」，並且聽了沒幾句，就有了「勾當」，要和人家困覺，鬧了一齣「戀愛的悲劇」。

## 二

> 吳媽，是趙太爺家裏唯一的女僕，洗完了碗碟，也就在長凳上坐下了，而且和阿Q談閒天：
>
> 「太太兩天沒有吃飯哩，因為老爺要買一個小的⋯⋯」
>
> 「女人⋯⋯吳媽⋯⋯這小孤孀⋯⋯」阿Q想。
>
> 「我們的少奶奶是八月裏要生孩子了⋯⋯」
>
> 「女人⋯⋯」阿Q想。
>
> 阿Q放下煙管，站了起來。
>
> 「我們的少奶奶⋯⋯」吳媽還嘮叨說。
>
> 「我和你困覺，我和你困覺！」阿Q忽然搶上去，對伊跪下了。
>
> 一剎時中很寂然。
>
> 「阿呀！」吳媽楞了一息，突然發抖，大叫著往外跑，且跑且嚷，似乎後來帶哭了。

有研究者認為吳媽是個正經的寡婦〔註4〕，但另有研究者卻看出了吳媽的「自欺欺人」：「那晚，吳媽身為一個寡婦，明知阿Q是個單身漢，卻在兩

---

〔註4〕如唐利群在《〈阿Q正傳〉和中國兩性文化》（載《魯迅研究月刊》2000年第5期）中說：「當阿Q跪下來求覺後，吳媽大叫著往外跑，這就表明了吳媽所代表的正是中國兩性文化中『正經』和『嚴肅』的那類女人」。

人獨處時，在沒有任何鋪墊的情況下，上來就對他說『太太兩天沒有吃飯哩，因為老爺要買一個小的』，這顯然是非常曖昧的，足見她可不是一個真正守婦道的女人。可是，當阿Q懵懵懂懂跪下求愛後，她卻在一片寂然後『阿啊』的一聲，連嚷帶哭的跑掉了。之後，不僅在趙府炸開了鍋，還在眾人的勸解下尋死尋活哭鬧。她這番表現，雖然不能說沒有幾分真，但顯然是包含有很大的表演性」〔註5〕。

　　這個頗有新意的解釋頗有些怪罪吳媽上來就說老爺買小老婆的事，那麼，讓我們想一想，吳媽說什麼能叫阿Q不想「女人」呢？若說「幹了一天的活（舂了一天的米），累不累啊？」如此大概也很曖昧；那就只說「今天天氣哈哈哈」吧，也不能保證它完全保險。想想當時情景：正是春季發情好時節，晚上，趙府其他人吃完飯睡下了，孤男寡女在光色模糊的廚房（「趙府上晚飯早」，應該不會黑得看不清），即便女人沉默不語，也難保對面的男人不想事。要說吳媽不守婦道，不必說她說話曖昧，單是此情此景能坐下來，就足見其不規矩、想男人了。——做女人可真不容易啊！

　　吳媽和阿Q談閒天本意就是談閒天。「唯一的女僕」表明吳媽平時沒有合適的閒聊對象，她的「嘮叨」無處展現和疏泄，「這一天」正碰上晚上還要舂米的短工，就主動來聊天，不提防變成自己來撩人了。就其生活範圍和人生視野來看，她能談什麼呢？談太太和少奶奶，她談得可謂中規中矩，只是內容頗關聯性。但這不能怪她，只能怪趙府這樣的官紳人家男女事太多、關

---

〔註5〕遲蕊：《從思想到文學：解讀〈阿Q正傳〉的另一種視角》，《魯迅研究月刊》，2017年第1期。這個解釋有一個明顯的引文錯誤：是「阿呀！」不是「阿啊」。還有一種新觀點認為，「如果我們把『阿Q』想同吳媽『困覺』，簡單地看做是他受儒家『禮教』的思想薰陶，目的是為了要去娶妻『立後』，恐怕那就大錯特錯了。『阿Q』要比詮釋者聰明得多，他想同吳媽『困覺』，其潛藏的意圖有二：一是想借娶妻生子之名，能夠以倒插門的方式在『未莊』安身立命；二是倘若果真有了後代，那麼他就更是理所當然地成為了『未莊人』」（宋劍華《「未莊」何以難容「阿Q」》，《魯迅研究月刊》2015年第1期）。如此立論，需要考慮吳媽的力量：她作為一個沒有孩子的寡婦，是否有資格、有條件使她的第二任丈夫在未莊落戶呢？《祝福》裏的祥林嫂失去了丈夫，「幸虧有兒子」，還能在賀家墺待著，後來兒子被狼吃了，「只剩了一個光身子」，大伯便來收屋，趕她走，她就只得到魯四老爺家打工了。吳媽應該和祥林嫂的境遇差不多：死了丈夫孩子（或可能就沒有孩子），無法在本村待下去，才來未莊趙太爺家做工。她本人可能都不是未莊人，阿Q想在她身上倒插門就很難說是「聰明」，簡直是緣木求魚、又想從魚肚子裏挖熊膽了。

係太亂——參考《紅樓夢》第六十六回柳湘蓮對賈寶玉說的：「你們東府裏除了那兩個石頭獅子還乾淨，只怕連貓兒狗兒都不乾淨」——趙府大概不會髒到這個地步，但肯定不會好到哪裏去。

「女人……吳媽……這小孤孀……」「女人」是通稱，「吳媽」是一個現實的具體的女人，「小孤孀」是她的身份——阿Q得意的時候會唱著《小孤孀上墳》到酒店喝酒，《阿Q正傳》並未記載它的唱詞，然而小說《明天》結束時紅鼻子老拱所唱的「我的冤家呀！——可憐你，——孤另另的……」應該就是它的一個經典段落，深得光棍閒人們的喜歡。阿Q頭腦中也應該浮現了這段唱詞，這個小孤孀需要男人的安慰了。

「我們的少奶奶是八月裏要生孩子了……」這一句直接調動了阿Q的欲望，因為它擊中了他的敏感點、戳中了他的痛點——小尼姑曾罵他「斷子絕孫」。所以聽到這句話之後，阿Q只想「女人……」，似乎不管這個女人是誰，只要是個女人就行，因為只要是個女人就可以讓他留後。其實不是這樣的。我們的阿Q是個標準的（正常的）男人，一個好色之徒，具有相當的審美品位，不是一個隨便跟什麼女人就「困覺」的男人。這可以從他的革命幻想中看出來：「趙司晨的妹子真醜。鄒七嫂的女兒過幾年再說。假洋鬼子的老婆會和沒有辮子的男人睡覺，嚇，不是好東西！秀才的老婆是眼胞上有疤的。……吳媽長久不見了，不知道在那裡，——可惜腳太大」，數來數去，只有吳媽是他在未莊唯一相中的女人，只有吳媽才入他的法眼。換言之，向吳媽求婚並非因為吳媽是個女人，而是因為吳媽是個中看的女人，阿Q在潛意識裏早就有意了。由此也可見，本文下文猜測秀才和吳媽有什麼交往雖是「談閒天」，卻不是亂扯淡。

於是，阿Q採取了行動，並說道：「我和你困覺」。

我們的阿Q總是這樣「爽利」：不服王胡的蝨子比自己多，他直接罵人家「這毛蟲！」；見了假洋鬼子，他直接罵「禿兒，驢……」；見了小尼姑就吐唾沫，說「快回去，和尚等著你……」；被抓緊了監獄，有人問他為什麼進來，「阿Q爽利的答道：『因為我想造反』」。這裡見了吳媽，他就直接說「我和你困覺」，真是快人快語，十分可愛。從這裡看，作為冠於全球的「中國精神文明」的人證的阿Q又迥異於「中國精神文明」，因為「中國精神文明」很講究委婉化表達，虛虛實實、欲言又止、意在言外、模棱兩可，算是說話應酬的最高境界，可是，「我們的阿Q卻沒有這樣乏」（這也可以理解為：阿Q不懂人情世故）。或許，我們並沒有深入認識阿Q形象的真正內涵：他不僅扎根於

「中國精神文明」，而且具有從內部搗亂使壞的另類氣質〔註6〕。——有學者認為，「『我和你困覺』，無非是說你嫁給我吧，是直截了當的土話，並沒有什麼流氓氣」〔註7〕，其實「你嫁給我吧」就是委婉化表達（或稱規範性表達），「我和你困覺」則是赤裸裸的男女畫面，兩者的語用效果差別太大：若是不信，可以到大街上做個試驗，把這兩句話說給過往的女人聽，就會發現哪一句話更容易招來耳刮子。

「我和你困覺」直接揭穿了不應該或不方便揭穿的那點事。且來得太突然，叫人無法接受，所以吳媽先是沒反應過來，接著是身子發抖、大叫著往外跑等應激反射，這簡練而傳神地描畫了一個寡婦在無心理準備時遭遇男人性要求而起的身心波瀾。當然，這句話可能確也喚醒了吳媽蟄伏的性慾望，但她由叫嚷變成了「只是哭」，所宣洩的應該是做寡婦的一切艱辛感受吧。

阿 Q 的反應則是：「慢慢的站起來」，「彷彿覺得有些糟」，「也有些忐忑」，於是就挨了秀才大竹槓的擊打——我們不免疑惑：秀才是不是來得太快了？如果他已睡下，如此迅速地拿著大竹槓出現、並且擊打阿 Q 顯然意味著他明白發生了什麼事情，這個反應速度是不是有些不合常理？本文猜測秀才在老婆懷孕與生孩子期間與吳媽有了什麼交往（老子想討小老婆，兒子恐怕也閒不住吧），知道阿 Q 有過調戲小尼姑的不良記錄，故此未睡在別處瞅著廚房動靜，這才能第一時間趕到現場處理。但，這只算是本文「談閒天」，似乎無關大局，也就不作深論了。

並且，秀才動用了官罵「忘八蛋」：阿 Q 逃到了舂米場，「還覺得指頭痛，還記得『忘八蛋』，因為這話是未莊的鄉下人從來不用，專是見過官府的闊人用的，所以格外怕，而印象也格外深」，與此同時，「『女……』的思想卻也沒有了」。這就是說，阿 Q「戀愛」的結果是忘掉了「女人」而記住了「忘八蛋」！這在古今中外的戀愛史上大概是絕無僅有的吧。這使人想起了《圍城》的一個經典場景：趙辛楣和汪太太散步調情被捉，汪處厚「審案」，「重拍桌子道：

---

〔註6〕例如，汪衛東認為阿 Q 形象具有「觀念化」、「濃縮性」、「單一性」和「荒誕性」四大特徵。其中，「單一性」指阿 Q「是國民性中缺點的結晶，在形象設計上不能不說又是單維的形象」（《〈阿 Q 正傳〉：魯迅國民性批判的小說形態》，載《魯迅研究月刊》2011 年第 11 期）。可是，像阿 Q 這樣不顧場合而直接乾脆地表達想法與欲望大概不是我國國民的常態吧？——仔細觀察並考慮，阿 Q 的形象不是單一的，而是十分複雜的。「我和你困覺」的粗話加上「對伊跪下」的浪漫舉動便是其複雜性的表徵。

〔註7〕商金林：《阿 Q 對吳媽有過性騷擾嗎？》，《魯迅研究月刊》，2008 年第 12 期。

『你──你快說！』偷偷地把拍痛的手掌擦著大腿。」有論者認為，「一般作者寫這樣的場合，大概不會加上『偷偷地把拍痛的手掌擦著大腿』這一句；只有手握冷筆的錢鍾書，才會在高潮的時刻來一個突降，把一個巨大的氣球刺破，在放氣過程中產生極其滑稽的效果」〔註8〕。魯迅顯然也不是「一般作者」，「一般作者」很難讓戀愛中的男人對「忘八蛋」發生興趣並印象深刻。兩位巨匠的筆墨皆汪洋恣肆不可測度，但細細琢磨，魯迅似乎比錢鍾書稍勝一籌，至少領先了一步。

三

阿 Q 想了那麼多天的「女人」，就這樣戲劇性地實現了對「女人」的忘卻。「打罵之後，似乎一件事也已經收束，倒反覺得一無掛礙似的，便動手去舂米」，眨眼間把自己由當事人變成了旁觀者──這種神奇的本領既是「中華精神文明」生生不息的秘訣之一，又是阿 Q 形象模糊茫然、變動不居的重要根源──他要去「趙太爺的內院」看熱鬧了。

熱鬧是把吳媽的事變成大傢伙的事，把一個人的悲歡做成眾人的節曰：

> 少奶奶正拖著吳媽走出下房來，一面說：
> 「你到外面來，……不要躲在自己房裏想……」
> 「誰不知道你正經，……短見是萬萬尋不得的。」鄒七嫂也從
> 旁說。
> 吳媽只是哭，夾些話，卻不甚聽得分明。

吳媽不想出來，非要把人家拖出來，展覽一下；吳媽在自己房裏是要尋短見嗎？我們不知道，只是鄒七嫂這麼說。這些看熱鬧的女人不怕事大。如果說吳媽此時有表演的成分，那也是被這些人逼出來的：被拖了出來，能不配合著哭一哭嗎？如果不哭，這些女人又會怎麼揣測編排呢？（你不哭，難道你喜歡和男人困覺？不要臉啊！）──旁觀者阿 Q 也想：「哼，有趣，這小孤孀不知道鬧著什麼玩意兒？」，這根本沒有為吳媽設身處地地考慮。

趙太爺則抓住機會大做文章，訂了五個條件：

> 一 明天用紅燭──要一斤重的──一對，香一封，到趙府上去
> 賠罪。

---

〔註 8〕黃國彬：《幾乎笑盡天下──評〈圍城〉的冷嘲冷諷》，《北京大學學報》，1999
年第 2 期。

二 趙府上請道士祓除縊鬼，費用由阿Q負擔。

三 阿Q從此不准踏進趙府的門檻。

四 吳媽此後倘有不測，惟阿Q是問。

五 阿Q不准再去索取工錢和布衫。

「賠罪」？是的，阿Q的戀愛被視為調戲趙家的用人，升格一步，「簡直是造反」；「二」、「四」似乎很有些矛盾：後者意味著阿Q要保證吳媽的人身安全，吳媽人身既有保障，趙府何來縊鬼？是誰上吊呢？——吳媽上吊與否趙太爺不放心上，他是防著太太上吊，然而他又多麼希望太太能上吊，這樣娶小老婆就沒有障礙了；「三」後來被趙太爺自己破壞了，那是在阿Q從城裏發財回來之後，趙府貪圖阿Q手裏的好東西，叫他上門服務（第六章）。趙太爺之類只為自己、只想著自己的利益；「五」中的布衫，按第四章最後所寫，「大半做了少奶奶八月間生下來的孩子的襯尿布，那小半破爛的便都做了吳媽的鞋底」。

對於這嚴重「喪權辱國」的五項不平等條約，「阿Q自然都答應了」——「自然」一詞包含著阿Q多少的無奈、悲苦與屈辱啊！〔註9〕所以，魯迅說得對：「中國倘不革命，阿Q便不做，既然革命，就會做的。我的阿Q的運命，也只能如此，人格也恐怕並不是兩個」〔註10〕；的確，我們的阿Q具有革命的內在需求，但這要在《談阿Q的「革命」》一文中做詳細闡釋了。

## 四

作為悲劇的女主角，吳媽其實是阿Q一生中唯一的「戀愛」對象，她留下了一個問題：阿Q的破布衫曾做了她的鞋底，可見她並不是在那晚「熱鬧」之後立即辭職了的，她還在趙家呆了一段時間，但在第九章阿Q遊街示眾時，在人群中發現了吳媽，「很久違，伊原來在城裏做工了」，那麼，她為什麼去城裏了呢？

〔註9〕 還有一處「自然」：地保說：「阿Q，你的媽媽的！你連趙家的用人都調戲起來，簡直是造反。害得我晚上沒有覺睡，你的媽媽的！」，「如是云云的教訓了一通，阿Q自然沒有話」。阿Q對自己的所作所為沒有任何解釋與辯護的機會與權力，即便有，人們也不會採信。因此，阿Q和孔乙己一樣，並非只是一個笑料和玩物，而是沉默的大多數的痛苦命運的象徵。

〔註10〕 魯迅：《〈阿Q正傳〉的成因》，《魯迅全集》（三），人民文學出版社，2005年，第397頁。

　　可能是少奶奶已生了孩子，秀才收斂老實了——但這只算是本文「談閒天」。我們不妨從阿 Q 身上找原因。第五章寫得清楚：戀愛風波之後，阿 Q「漸漸的覺得世上有些古怪了。彷彿從這一天起，未莊的女人們忽然都怕了羞，伊們一見阿 Q 走來，便個個躲進門裏去」，阿 Q 已被輿論視為色情狂，沒有人家敢雇他做工（誰家沒有女人呢）。他只好進城找活計去了。他走了之後，吳媽又會得到什麼待遇呢？固然，鄒七嫂那晚說「誰不知道你正經」，但隨著「不正經」的阿 Q 的離開，「不正經」就落到了吳媽身上，或者說輪到吳媽「不正經」了——為什麼阿 Q 不對別的女人說「我和你困覺」，單單對吳媽說，可見吳媽這個女人就不正經，只有不正經才調戲或勾引不正經，只有不正經才被不正經調戲或勾引（原來，第四章開始我們的阿 Q 圍繞著「女人」所思想的也就是未莊人所思想的）……發達的未莊輿論是會這樣轉向的。阿 Q 被槍斃之後，「至於輿論，在未莊是無異議，自然都說阿 Q 壞，被槍斃便是他壞的證據；不壞又何至於被槍斃呢？」同樣，吳媽被調戲便是吳媽「不正經」的證據，她要是正經又何至於被調戲呢？

　　另外，根據嚴重「喪權辱國」的五項不平等條約之「吳媽此後倘有不測，惟阿 Q 是問」，吳媽和阿 Q 便被永遠捆綁在了一起。他們之間（即便）本來真地什麼事也沒有，可條約被趙太爺立下之後，他們兩個人便是一條繩上的螞蚱分不開了。因此，吳媽在阿 Q 走後也無法在未莊立足了。阿 Q 在進行革命幻想時曾提及吳媽「腳太大」，看來吳媽沒裹腳，這暗示她並非是個頑固不化之人，加以阿 Q 開了進城討生活的先河，吳媽便也進了城，在城裏立了足。

　　兩人最後的見面頗有意味：阿 Q「無意中」在人叢發現了「一個吳媽」，「忽然很羞愧自己沒志氣」，終於無師自通地喊出了一句長臉面的套話——這是給吳媽聽的；換言之，這是吳媽調動起來的一個新的阿 Q；再言之，吳媽的出現使他要「洗心革面」了，因為在此前的人生經歷當中，阿 Q 可曾有過「羞愧」的深刻嗎？「車子不住的前行，阿 Q 在喝采聲中，輪轉眼睛去看吳媽，似乎伊一向並沒有見他，卻只是出神的看著兵們背上的洋炮」。有意忽略，正是在意的表示。吳媽是如此不同於那些喝采的人們，後者使阿 Q 想到了吃人的狼。阿 Q 最後時刻對生存真相的領悟源自這「一個吳媽」的同情。沒有她的獨特表情，阿 Q 一輩子都將過得糊裏糊塗、生不如死。她的獨特表情應該來自於對那個曾讓她驚慌失措的場景的越來越深刻的理解——

「我和你困覺，我和你困覺！」阿Q忽然搶上去，對伊跪下了。

不以為恥（粗俗無禮）的性話語＋文明紳士的舉動＝終生難忘而耐咀嚼的記憶。有人和她困覺，野蠻粗暴；有人只做紳士，終究無趣；有人裝作紳士，卻動手動腳。唯有她的阿Q，隨著時間的流逝，將越來越閃現著愛與人性的光輝……

2020年12月完成於泰山腳下，刊於《紹興魯迅研究·2021》，有重要的補充修改。

# 談阿 Q 的「革命」——
## 紀念《阿 Q 正傳》發表一百週年（二）

　　下面將重點考察《阿 Q 正傳》第七章（「革命」）和第八章（「不准革命」），重新思考阿 Q「革命」的問題。

### 一

　　第一個問題：阿 Q 早就聽說過「革命黨」，並以為「革命黨便是造反，造反便是與他為難，所以一向是『深惡而痛絕之』的」[註1]，為什麼後來卻要「投降革命黨」了呢？

　　第七章說得明白：阿 Q 沒想到革命黨「使百里聞名的舉人老爺有這樣怕，於是他未免也有些『神往』了，況且未莊的一群鳥男女的慌張的神情，也使阿 Q 更快意」。「這樣怕」指的是「宣統三年九月十四日——即阿 Q 將搭連賣給趙白眼的這一天——三更四點」，舉人老爺用船將財物運到趙府寄存；「鳥男女的慌張」指「那船便將大不安載給了未莊，不到正午，全村的人心就很搖動」，「謠言很旺盛」。

　　需要繼續追問：為什麼舉人老爺「這樣怕」會令阿 Q 神往「革命黨」呢？

　　答案在第六章（「從中興到末路」）。阿 Q 春季進城後，先在舉人老爺家幫忙，後來卻「不高興再幫忙了，因為這舉人老爺實在太『媽媽的』了」，這是什麼意思呢？阿 Q 最先使用「媽媽的」是在第五章（「生計問題」）：他向吳媽

---

〔註 1〕魯迅：《阿 Q 正傳》，《魯迅全集》（1），人民文學出版社 2005 年，第 538 頁。以下《阿 Q 正傳》的引文皆同一出處，不再一一注明。

求愛被秀才和地保定性為「造反」，被迫簽了五項條件，除了磕頭賠罪，連留在趙家的布衫也被奪佔了去，此事焉能不「媽媽的」？更進一步，「沒有人來叫他做短工，卻使阿Q肚子餓：這委實是一件非常『媽媽的』事情」，原來是小D佔了他的飯碗，於是二人便來了一場「龍虎鬥」，結束時，阿Q就說「記著罷，媽媽的……」；第二次使用在第七章（見本節最後一段）；第三次出現在第八章：阿Q到錢府投假洋鬼子，被趕了出來，後目睹趙家遭搶，想：「搬了許多好東西，又沒有自己的份……不准我造反，只准你造反？媽媽的假洋鬼子」。

由這三次「媽媽的」使用情況來看，它們皆對阿Q的現實生存產生了直接而重大的影響，要麼使原先的生活無法繼續，要麼造成了無法挽回的物質與精神損失。由此可推知，「太『媽媽的』」應是阿Q罵人的極致，一生中只在舉人老爺身上用了一次，阿Q從來不曾這樣惱恨過一個人！可見，舉人老爺比小D和假洋鬼子更甚，阿Q在他手裏實在沒法活下去〔註2〕。由此還可推知：未莊的假洋鬼子只是「媽媽的」，城裏的舉人老爺便升級為「太『媽媽的』」，那麼，省裏的官紳們豈不應是「太『太媽媽的』」？如此構建的一幅圖景便是：越是上面的官紳，剝削人欺負人壓迫人越甚（換言之，隨之權勢與地位的增高，造的孽作的惡越大越嚴重），人們造反與顛覆現狀的欲望越強烈、越不可遏制。

還要繼續追問：為什麼「鳥男女的慌張」會令阿Q「更快意」呢？

答案亦在第六章。阿Q剛回未莊時，穿著新夾襖，腰間掛著一個沉甸甸的大搭連，得到了未莊人的「新敬畏」；又縱論城鄉風俗，尤其是敘說殺革命黨的動人場面，使得阿Q的地位「雖不敢說超過趙太爺，但謂之差不多，大約也就沒有什麼語病的了」。更有意思的是，「調戲」吳媽本使得阿Q成了未

〔註2〕據第九章，阿Q被抓進監獄，一個獄友說「舉人老爺要追他祖父欠下來的陳租」，可見這舉人老爺實在混帳得沒譜、貪婪得沒底線！——古大勇、桂亞飛《〈阿Q正傳〉與中國現當代小說中「鄉下人進城」敘事的濫觴》（《魯迅研究月刊》2021年第3期）寫道：「對於阿Q最後一次在城裏是如何立足如何謀生，小說中交代：『據阿Q說，他是在舉人老爺家裏幫忙』，後來『他卻不高興再幫忙了，因為這舉人老爺實在太『媽媽的』了。』由此可知，阿Q是在舉人老爺家做傭工，後來不做了，表面上是由於阿Q嫌棄舉人老爺太『媽媽的』的原因而主動辭工，實際上極有可能是因為阿Q做事不力被舉人老爺『炒魷魚』」，此種判斷顯然忘記了阿Q獄友所說的話，實在大大冤枉了阿Q。

莊女人心目中避之唯恐不及的色情狂，但現在「伊們都眼巴巴的想見阿Q」，貪圖他那裡的物美價廉的綢裙或洋紗衫；連趙府也不顧此前所簽訂的五項條件之第三項（「阿Q從此不准踏進趙府的門檻」），叫阿Q上門買他的東西，趙太太並且預定了「一件皮背心」！——「阿Q雖然答應著，卻懶洋洋的出去了，也不知道他是否放在心上」，這讓趙氏父子氣憤且失望，他們的懷疑與猜測遂傳揚了出去，等一班閒人從阿Q口中確證了阿Q「不過是一個不敢再偷的偷兒」，人們對阿Q的敬畏就「變相」了，「頗混著『敬而遠之』的分子」，頗有些瞧不起了。

　　未莊人如此勢利世故，難怪阿Q呼之曰「鳥男女」，能令這些「鳥男女」慌張不安，阿Q能不快意嗎？他於是想：「革這夥媽媽的的命，太可惡！太可恨！……便是我，也要投降革命黨了」，這喊出了任何一個感到不公不平的中國人的心聲！冠以「媽媽的」意味著人事之可惡可恨；只要「媽媽的」的人事存在，造反的衝動也就天然存在著〔註3〕。有研究者說：「具體而言，是所謂的『生計問題』逼得他走投無路了：阿Q因為向吳媽求愛不成，反而再次遭到趙太爺們的驅逐，以至於馬上陷入赤貧的狀態，所有年輕和年老的女人見了他馬上避開，所有原來請他幫工的鄉民都拒絕再請他幹活……阿Q前所未有的孤立，『餓』的感覺幾乎把他壓垮，『冷』的感覺迫使他面對現實，只有在這些『物質條件』甚至可以說是『無物質條件』具備了的情況下，阿Q才有可能發生真實的轉向」〔註4〕，在本文看來，這個「具體而言」還是相當粗糙而簡單的，因為它沒有建立在文本的細讀之基礎上。

二

　　「宣統三年九月十四日」是杭州府為民軍佔領、紹興府宣布光復的重要日子。第七章把這些重要事件撇去不顧，單單強調並標記「阿Q將搭連賣給趙白眼」一事。本文要這樣解讀：在阿Q的人生歷程中，宣統三年九月十四日將搭連賣給趙白眼這件事比紹興府光復之類歷史敘述要緊迫和重要

---

〔註3〕魯迅在《論「他媽的！」》中寫道：「中國人至今還有無數『等』，還是依賴門第，還是倚仗祖宗。倘不改造，即永遠有無聲的或有聲的『國罵』」（《魯迅全集（1）》第248頁）。國罵雖然「卑劣」，卻是反抗心聲的表達。

〔註4〕羅崗：《阿Q的「解放」與啟蒙的「顛倒」》，《華東師範大學學報》，2013年第1期。

得多〔註5〕。剛回未莊時，大搭連是特意顯露的發財的證據，如今被迫把它賣掉，顯然意味著阿Q已經失去了錢袋子與經濟來源，即「用度窘」了——比照第七章記載的一次對話：阿Q「造反了」之後，趙白眼惴惴地說「阿……Q哥，像我們這樣窮朋友是不要緊的……」，阿Q道：「窮朋友？你總比我有錢」。趙白眼買了阿Q的搭連還哭窮，真是「太可惡！太可恨！」不革這夥媽媽的的命，天理難容！——「用度窘」，便生不平之心；有不平之心，便要「造反」。由此觀之，阿Q的「造反」根源於自身艱難而尖銳的人生體驗，而城里革命黨的「傳說」恰好激動且調動了這種心理訴求。宜乎標記搭連之得失〔註6〕。

當天中午，阿Q沒有吃飯，只喝了酒，醉得飄飄然，「忽而似乎革命黨便是自己，未莊人卻都是他的俘虜了」，遂嘆道「造反了！造反了！」這一方面陳述客觀事實（革命黨進城了），另一方面表達自己的精神情緒（我不滿，我要反抗），比「我和你困覺」的語用效果強烈一些——「我和你困覺」擾動了趙府並嚇壞了未莊女人，「造反了」則使未莊人都生了驚懼而可憐的眼光，這讓阿Q「舒服得如六月裏喝了雪水」，他就更興奮地喊道：

> 好，……我要什麼就是什麼，我歡喜誰就是誰。

有研究者認為，這是「典型的中國式帝王思想」〔註7〕；或曰，這揭示了中國農民革命「專制性暴虐性」的一面〔註8〕。本文認為這些看法過於簡單表面，因為需要考慮說「我要什麼就是什麼，我歡喜誰就是誰」的「我」是個什麼樣的人。「我」有成為帝王的潛質或領導一場革命的能力嗎？沒有，因為「我」

---

〔註5〕或者這樣解讀：宣統三年九月十四日，在未莊，阿Q將搭連賣給了趙白眼，同時紹興府和杭州府「轉讓」給了革命政府。兩件事具有很強的可比性：搭連由阿Q的手到了趙白眼的手，本來趙白眼就比阿Q富，結果富的越來越富，窮的越來越窮；紹興和杭州雖由清政府的手到了革命政府的手，結果換湯不換藥，「沒有什麼大異樣」，而就阿Q被抓不過三天就槍斃來看，革命政府革無辜人命的「效率」是大大提高了。

〔註6〕「小說第七章『革命』的第一句話，就頗耐人尋味……作者將冠冕堂皇的『皇帝紀年』和『阿Q賣搭連』這兩件完全不能對等的事件聯繫起來，作為重要事件的事件標識，使莊重、嚴肅的敘事語調與不倫不類的瑣事形成了強烈反差」（張全之《背對故鄉：魯迅文學的多維闡釋》，山西人民出版社，2015年，第85頁），這兩件事固然「完全不能對等」，可是對阿Q來說，哪一件更切身更重要呢？

〔註7〕譚桂林：《如何評價「阿Q式的革命」並與汪暉先生商榷》，《魯迅研究月刊》，2011年第10期。

〔註8〕王福湘：《也談阿Q革命與阿Q性格》，《魯迅研究月刊》，2016年第9期。

最根本的心理定勢或思維方式是「精神上的勝利法」。第二章（「優勝記略」）記載清楚：被閒人打了，就想「我總算被兒子打了，現在的世界真不像樣……」，因之而心滿意足地得勝；打人者說：「阿Ｑ，這不是兒子打老子，是人打畜生。自己說：人打畜生！」「打蟲豸，好不好？我是蟲豸——還不放麼？」這樣又以自己是「第一個能夠自輕自賤的人」而得勝。由此觀之，「我要什麼就是什麼，我歡喜誰就是誰」聽上去霸氣霸道，實際上又是阿Ｑ的一次「精神上的勝利」——這次現實中的困窘與失敗比以往更甚，所以「精神上的勝利」來得更「輝煌」一些。阿Ｑ此前此後從未取得任何現實上的成功，從未具備創造偉大實踐的能力與意志；亦因此，《阿Ｑ正傳》從未讓阿Ｑ做出什麼像樣的造反行動來。

上述看法或許叫人一時難以接受，因為接下來阿Ｑ睡覺前的四個思想斷片似乎明顯表現了阿Ｑ的暴君本性。那麼，本文接下來就要對之做一番重點解讀。

在「我要什麼就是什麼，我歡喜誰就是誰」的快意之際，阿Ｑ也得到未莊人前所未有的尊敬：趙太爺叫他「老Ｑ」，趙白眼叫他「Ｑ哥」（據此，趙白眼佔了趙太爺的便宜），管土穀祠的老頭子也意外的和氣，並提供了兩個餅和蠟燭。酒足飯飽、睡眼朦朧的阿Ｑ「說不出的新鮮而且高興」，遂有了下面四段被廣泛徵引和解釋的思想斷片：

> 造反？有趣，……來了一陣白盔白甲的革命黨，都拿著板刀，鋼鞭，炸彈，洋炮，三尖兩刃刀，鉤鐮槍，走過土穀祠，叫道，「阿Ｑ！同去同去！」於是一同去。……
>
> 這時未莊的一夥鳥男女才好笑哩，跪下叫道，「阿Ｑ，饒命！」誰聽他！第一個該死的是小Ｄ和趙太爺，還有秀才，還有假洋鬼子，……留幾條麼？王胡本來還可留，但也不要了。……
>
> 東西，……直走進去打開箱子來：元寶，洋錢，洋紗衫，……秀才娘子的一張寧式床先搬到土穀祠，此外便擺了錢家的桌椅，——或者也就用趙家的罷。自己是不動手的了，叫小Ｄ來搬，要搬得快，搬得不快打嘴巴。……
>
> 趙司晨的妹子真醜。鄒七嫂的女兒過幾年再說。假洋鬼子的老婆會和沒有辮子的男人睡覺，嚇，不是好東西！秀才的老婆是眼胞上有疤的。……吳媽長久不見了，不知道在那裡，——可惜腳太大。

本文所查閱到的解釋皆大同小異。可舉三例：（1）引文展現了阿Ｑ本身

具備的「暴君」潛質，革命被解讀為「有趣」的殺人遊戲，又可以隨意獲得和使用「未莊人的下跪」（威福）、「東西」（財富）、「吳媽」（女人）〔註9〕；（2）無論以中國文學的眼光來看還是以中國歷史的眼光來看，引文皆具有經典的意義，它呈現了農民造反的三大目的：造反就是隨意殺人；造反就是佔領物質資源；造反就是佔領性資源〔註10〕；（3）「阿Q似的革命黨」在所謂未莊革命中要做、會做的事情無非是：滿足權欲，濫殺無辜；攫取錢物，發革命財；佔有女人，放縱無度〔註11〕。

雖然解釋（3）自稱「從文本出發」，前兩個應亦自覺是「從文本出發」，但本文認為它們「出發」得太遠而「從」得不夠。按阿Q的理解，造反確也有趣。他第一次「造反」、也就是「調戲」吳媽的時候，搞得趙府很熱鬧，阿Q不就這樣想過「哼，有趣，這小孤孀不知道鬧著什麼玩意兒了」嗎？這一次「造反」人更多，服飾異樣，武器混雜，豈不更加熱熱鬧鬧？革命黨又呼朋引伴地招呼自己，引自己為同志，自己得到了莫大尊重，豈不比第一次「造反」的結果更美妙？——阿Q並沒有把殺人遊戲視為「有趣」，也沒有把革命視為「殺人遊戲」。

本文認為阿Q造反的最大問題在這裡：他為什麼只是靜等革命黨的到來？除了那一剎那「忽然似乎革命黨便是自己」之外，他一直說的是「投降革命黨」——例如，等他知道尼姑庵已被秀才和洋鬼子革過命之後，他想：「難道他們還沒有知道我已經投降了革命黨麼？」——如果說趙府錢府曾是他的舊主顧或舊主子，那麼，他所謂造反只不過是要把革命黨作為自己的新主顧或新主子。沒有新主子，我們的阿Q將永遠無所適從；就此而言，阿Q要「造反」，首先就要造自己的反；阿Q要革命，首先要完成的是自我心理革命，像《傷逝》子君那樣認識到「我是我自己的，他們誰也沒有干涉我的權利！」，沒有這個革命性的自我轉變，他就不會踏出新的實質性的一步。

接下來，阿Q似乎要殺人了。有意思的是，他「投降革命黨」最初源於對舉人老爺的痛恨，可是他要殺的人當中卻沒了舉人老爺——我們只能說在未莊的境遇中，阿Q把舉人老爺遺忘了。這個遺忘才顯示了阿Q造反的粗

〔註9〕豐傑：《阿Q革命」與「二重思維」》，《中國文學研究》，2018年第1期。

〔註10〕畢飛宇：《沿著圓圈的內側，從勝利走向勝利——讀〈阿Q正傳〉》，《文學評論》，2017年第4期。

〔註11〕俞正平：《越界的庸眾與阿Q的悲劇》，《文藝研究》，2009年第8期，該文還有一條說阿Q「投靠不成，即生悖心」，這是站不住腳的，將在下一篇論文中探討。

糕、狹隘與隨意。按阿Q所想，該死的人依次是小D、趙太爺、秀才、假洋鬼子、王胡。小D排第一，是因為阿Q認為他的飯碗被小D搶去了〔註12〕；趙太爺父子倆都曾打過阿Q，並迫他簽下了「喪權辱國」的五項不平等條約，讓他第一次感到「媽媽的」；假洋鬼子本是阿Q「最厭惡的一個人」，但未妨礙他的生活，故排第四；王胡本來位置在阿Q之下，但有一次打鬥時竟然佔了便宜，「這大約要算是生平第一件的屈辱」，借造反之際當然也要報復。

或曰如此公報私仇以及無差別的打擊充分暴露了阿Q式革命的暴力性質，但這事要看怎麼解釋，如果阿Q是個懂事的心思繞彎的文化人，把心理動機包裝昇華一下（小D搶我的飯碗是只顧個人利益、不顧階級兄弟的感情與感受），照樣可以把小D教訓一頓，若真如此，反而不如那個直接殺小D的阿Q誠實而爽快；或者，如果阿Q聲稱要為未莊人的福祉與美好未來而革命而奮鬥，豈不讓人感覺太虛假？反而不如那個直接殺小D的阿Q真實而可理解。

更重要的是，我們的阿Q其實並不想殺人，他要的只是未莊「鳥男女」跪地求饒、磕頭認罪，要的是自己被承認、被尊敬；把「鳥男女」都殺了，自己一個人活著還有什麼意思？所以，在第三段中小D又出現了〔註13〕。

---

〔註12〕　許子東認為，「為什麼復仇名單上第一個該死的竟是小D？小D與階級敵人趙太爺並列，甚至排名在前，也在秀才、假洋鬼子前面？最簡單的理由，就是小D跟阿Q不久前有直接肢體衝突，是在眼前晃的討厭的人？或者明明比我弱，還不肯服從（潛臺詞是弱勢就該服從）？稍微講深一點，翻天覆地中，鎮壓同類是當務之急（潛意識裏也是排斥同一陣營的競爭對象，條件越相似越要先提防或剷除）」（見《「奴隸」、「奴才」和「奴隸性」——重讀〈阿Q正傳〉》，《現代中文學刊》2019年第5期）。這個解讀首先忽略了二人發生肢體衝突的原因是飯碗問題；其次，如果「鎮壓同類是當務之急」，那為什麼不把王胡排在第二位？

〔註13〕　畢飛宇在前引論文中寫道：「他為什麼要殺小D和王胡呢？魯迅在小說裏頭並沒有交代」，這還要魯迅怎麼交代呢？如果魯迅在此說上幾句，那將完全是贅筆。俞正平在前引論文中則認為，「如果說殺趙太爺和假洋鬼子在情理上或革命的信條還有點必然性，那麼殺小D、王胡，完全是阿Q公報私仇了，因為他們的生存狀況和政治地位和阿Q一模一樣，都是貧雇農，按理應成為革命的力量，卻將斷送在阿Q的刀下」。這沒有看到在阿Q的想像裏小D並沒有死。胡尹強說：「阿Q意識裏，以為『第一個該死的是小D和趙太爺』，後來因為想到要把秀才娘子的寧式床搬到土穀祠，才決定留著小D搬床」（《破毀鐵屋子的希望——〈吶喊〉〈彷徨〉新論》，人民文學出版社，2001年，第245頁），這為小D沒死提供了理由，可是，我們一點也看不到阿Q做「決定」的心理過程。事實上，在將睡未睡的恍惚狀態下，阿Q是不可能做出什麼「決定」的。

在阿Q看來，最「有趣」的不是殺了小D，而是叫他搬東西，「搬得不快打嘴巴」。——《阿Q正傳》一開始，阿Q就挨了趙太爺的嘴巴，不敢抗辯，「只用手摸著左頰」。由此觀之，阿Q的這些思想斷片皆有此前人生遭遇與體驗的來源，不過形式顛倒了而已，輪到他打別人嘴巴了。但，還是不敢打或沒有想到打趙太爺的嘴巴。

對搬東西的思想片段，學界似乎沒有意識到一個問題：既然別人的性命都攥在自己手裏了，床或桌椅之類還需要搬到土穀祠嗎？直接佔了趙府或錢府，不是更好、更快意麼？然而，阿Q終於捨不得「土穀祠」。這表明，雖然能隨意處置東西了，但阿Q內心深處還是懼怕趙太爺之類高等人物，不敢也不能真正「造反」。換言之，雖然趙太爺之類是「該死的」，但這些思想片段表明阿Q潛意識深處並未越雷池一步，「趙太爺」仍然是他不敢觸碰與撼動的存在，只有欺負小D是不用商量的。

至於說阿Q在女人身上放縱無度，則簡直是侮辱了，因為我們的阿Q是有「底線」、有「品味」的——太醜的、太小的、道德品質不好的、外貌有缺陷的都不能要；想來想去，整個未莊，只有吳媽能看得入眼，雖然她腳大。「長久不見了」，這個用語表明「吳媽」一直藏在阿Q心底。阿Q不是一個花心亂搞的男人，他比要娶小老婆的趙太爺好得多！如果他成為了一個君主，能有「鄒七嫂的女兒過幾年再說」的想法，顯然就不是一個「暴君」！

綜上所述，阿Q「飄進土穀祠，照例應該躺下便打鼾」，但「宣統三年九月十四日」午後及晚上，阿Q因「造反了」而得到物質與精神上的雙重滿足，故而破了例，未能躺下便打鼾，先來一陣胡思亂想以延長並深化午後以來的「飄飄然」。它是「投降革命黨」的新意念與「精神勝利法」的舊思維結合生產的有趣想像，是現實處境的無能與失敗在精神世界的一次奇妙顛倒。因而，這些思想斷片不能視為明確的革命意識，更不能視之為可以現實化的造反行為。一方面，它們所流露的潛意識欲望不只是像阿Q這樣的農民或貧雇農或底層群眾或「愚庸的眾數」才有，而是每一個中國人皆可能存有！魯迅原也說得明白，他要借阿Q表現「現代的我們國人的靈魂」。如果可以推廣一步，那就可以說，阿Q更表現了「我們世人的靈魂」，因為世界上的每一次顛倒革命都伴隨著阿Q這般人性慾望的潮湧與表演；另一方面，它們表明阿Q並不具備成為真正革命主體的心理素質，他在革別人的命之前需要一番自我革命，革「精神上的勝利法」的命。否則，阿Q式的革命只會成為精神上「飄飄然」的想像！

## 三

　　那個「新鮮而且高興」的夜晚過後，第二天阿Q「起得很遲，走出街上看時，樣樣都照舊。他也仍然肚餓，他想著，想不起什麼來；但他忽而似乎有了主意了，慢慢的跨開步，有意無意的走到靜修庵」。有研究者以為阿Q是來革命〔註14〕，應該不是的，他更可能是來找吃的，因為春天他吃不上飯的時候曾在尼姑庵裏找到了蘿蔔，這次又來「求食」，很有些害羞和不好意思——與上次「偷」不同，這次首先對老尼姑作「溫馨提示」：「革命了……你知道？……」〔註15〕，想以「革命」的招牌順利弄點吃食填飽肚子，然而卻吃了老尼姑的閉門羹。阿Q才知道假洋鬼子和秀才已經來革過命，「頗悔自己睡著，但也深怪他們不來招呼他」，「造反了」帶來的快意享受僅僅存在了一下午和一晚上（亦可見，革命並未觸動統治結構和統治秩序，新主子新勢力仍然是舊主子舊勢力）。

　　算起來，阿Q若有造反行動，那就只能算是將辮子盤在頭頂，學趙司晨的樣。但，趙司晨被人們贈予了「革命黨」的徽號，而阿Q學樣卻無人喝彩、一無所得。「阿Q當初很不快，後來便很不平。他近來很容易鬧脾氣；其實他的生活，倒也並不比造反之前反艱難，人見他也客氣，店鋪也不說要現錢。而阿Q總覺得自己太失意；既然革了命，不應該只是這樣的」。同樣是「革命」，為什麼趙司晨博得了關注而自己備受冷落呢？自己至少也應該得到趙司晨那樣被承認的「待遇」啊。革命在「精神上」是越革越好，然而眼下的現實卻是自己越混越差，尤其是小D居然也和他一樣盤起了辮子！

　　其實，盤辮子並非趙司晨的創造，而是學了秀才的樣。曾幾何時，阿Q也姓趙，和趙太爺是本家，細推起來還比秀才長三輩。可是，未莊出了「秀才盤辮的大新聞」之後，阿Q「總沒有想到自己可以照樣做」。這是為什麼呢？前者（姓趙）是「精神上的勝利」，後者（盤辮子）屬於革命行動（和

---

〔註14〕譚桂林在《如何評價「阿Q式的革命」並與汪暉先生商榷》中寫道：「他唯一一次差點就成為革命行為的事件是去尼姑庵革尼姑的命，他倒是真的本能地感覺到只有到尼姑庵去『革命』是沒有危險的，但是當他趕到的時候，尼姑庵已經被『革』過命了」。餓著肚子去革尼姑的命，我們的阿Q大概沒有這種閒心情。只有秀才和假洋鬼子這樣吃飽了撐的沒事幹或者說飽暖思淫慾的人才「義憤填膺」地去革尼姑的命吧。

〔註15〕這與秀才和假洋鬼子來革命時的氣勢洶洶明顯不同：「老尼姑來阻擋，說了三句話，他們便將伊當作滿政府」胖揍了一頓。竟將一個女人當作清政府來打，可見他們就是「懂事的心思繞彎的文化人」，「太可惡！太可恨！」

秀才一樣）。情況正是這樣：他在「精神上的勝利」的世界裏沉溺得越深越久，就越不可能採取顛覆現實秩序的革命行動。因為「精神上的勝利」離不開現實的失敗與無能；唯有現實的失敗與無能才是催生「精神上的勝利」的土壤。

阿 Q 終於明白：「要革命，單說投降，是不行的；盤上辮子，也不行的；第一著仍然要和革命黨去結識」，而「他生平所知道的革命黨只有兩個，城裏的一個早已『嚓』的殺掉了，現在只剩了一個假洋鬼子」，為什麼不是趙秀才呢？原來，革命後的未莊進城的人只有一個假洋鬼子（不怕剪辮子），他回來後賣給趙秀才一個「銀桃子」，「未莊人都驚服，說這是柿油黨的頂子」，即自由黨或革命黨的標誌，比中秀才還要闊。如此一來，在未莊範圍內，革命黨的源頭便在假洋鬼子那裡了。

阿 Q 怯怯地進了錢府，假洋鬼子正在演講，趙白眼和三個閒人在恭敬聆聽。阿 Q 終於趁機會插話了：

> 「唔，……這個……」阿 Q 候他略停，終於用十二分的勇氣開口了，但不知道因為什麼，又並不叫他洋先生。
>
> 聽著說話的四個人都吃驚的回顧他。洋先生也才看見：
>
> 「什麼？」
>
> 「我……」
>
> 「出去！」
>
> 「我要投……」
>
> 「滾出去！」洋先生揚起哭喪棒來了。
>
> 趙白眼和閒人們便都吆喝道：「先生叫你滾出去，你還不聽麼！」

有學者認為，上述情節「被傳統的魯迅研究演繹成革命黨不准阿 Q 革命，並進而得出辛亥革命脫離群眾的結論。其實這一經典的演繹是一次典型的對魯迅作品細節的過度闡釋。因為在文本中，阿 Q 只是怯怯地說出了『我要投』，『革命』二字尚未出口，就被假洋鬼子轟了出去。難道假洋鬼子未卜先知，知道阿 Q 是要來投奔革命的所以轟他出去？顯然不是，魯迅在這裡特意不讓阿 Q 說出『革命』二字，其實就是不想讓阿 Q 和假洋鬼子在『革命』這一事件上關聯起來，或者說是想繼續讓阿 Q 存在於一種游離恍惚的精神狀態中，以便深入地挖掘『精神勝利法』這一國民劣根性在應對國家民族

重大事件方面的負面作用」〔註16〕。本文認為，如果說從上述情節能得出辛亥革命脫離群眾的結論是過度闡釋〔註17〕，那麼，得出魯迅「就是不想讓阿Q和假洋鬼子在『革命』這一事件上關聯起來」的看法同樣是用成見遮蓋了對文本的仔細闡釋。

　　還是親身設想一下當時的情境吧：假洋鬼子本是阿Q最厭惡的人，叫人家「禿兒。驢……」，遭了一頓痛打，彼此印象皆壞；這次未開口前想好了叫「洋先生」，因為對假洋鬼子的厭惡心理終究無法完全抹乾淨，所以說話時未帶任何稱呼，這就是大不敬了，連趙白眼等人都感到「吃驚」——對比他們開口便說「先生」。況且，「唔，……這個……」這種說話方式與口氣有商量的意思——小說寫道：「他除卻趕緊去和假洋鬼子商量之外，再沒有別的道路了」——假洋鬼子「先生」能和你商量嗎？「先生」第二句話就是讓阿Q「出去！」，後者還要說，便添他一個字「滾」。總而言之，因為阿Q沒賠笑臉、沒叫「先生」，並且打斷自己演講的興頭，所以假洋鬼子從看見阿Q開始就不想聽他說話，就要把他攆出去。——魯迅首先是精通人性心理的文學大師，不是他讓人物如何，而是人物在自己活著，不得不如何。

　　縱觀阿Q一生，這應該是阿Q的必然結局，既然他認為結識革命黨是「第一著」。正如盤辮子，他學的是二手貨；結識革命黨，他找的也是個投機的二手貨。真正的革命黨已經被砍頭了。阿Q在結識重要人物這件事上從來就沒有成功過。阿Q這一生是同名號鬥爭的一生，但在現實中一直失敗，只有用精神勝利法來顛覆、獲得虛假的自我承認。一開始想姓趙卻被趙太爺打得不能姓趙，這就是他悲劇性命運的象徵；當革命黨取代了趙太爺而成為時髦人物與既得利益者，阿Q「結識」之失敗亦是命中注定之事：

　　　　他似乎從來沒有經驗過這樣的無聊……賒了兩碗酒，喝下肚去，漸漸的高興起來了，思想裏才又出現白盔白甲的碎片。

　　最終，阿Q的「革命」只有通過「精神上的勝利法」才能取得偉大的勝利！

---

〔註16〕譚桂林：《如何評價「阿Q式的革命」並與汪暉先生商榷》，《魯迅研究月刊》，2011年第10期。

〔註17〕本文認為這確是過度闡釋，但原因不在於阿Q未說出「革命」二字，而是因為假洋鬼子根本不算真正的革命黨。別的不說，他只是把「已經留到一尺多長的辮子都拆開了披在肩背上」，一個標準的投機分子。

# 「大團圓」之細讀——
# 紀念《阿Q正傳》發表一百週年（三）

一

趙家遭搶之後，未莊人大抵很快意而且恐慌，阿Q也很快意而
且恐慌。但四天之後，阿Q在半夜裏忽被抓進縣城裏去了。那時恰
是黑夜，一隊兵，一隊團丁，一隊警察，五個偵探，悄悄的到了未
莊，乘昏暗圍住土穀祠，正對門架好機關槍；然而阿Q不衝出。許
多時沒有動靜，把總焦急起來了，懸了二十千的賞，才有兩個團丁
冒了險，踰垣進去，裏應外合，一擁而入，將阿Q抓出來；直待擒
出祠外面的機關槍左近，他才有些清醒了。

這是《阿Q正傳》第九章「大團圓」的開始，一段很重要的文字，卻幾
乎未得到學界的足夠重視。我們至少需要考慮兩個問題：誰搶了趙家以及何
以阿Q被抓成了犯人？

第二個問題相對簡單些。自家被搶後，秀才上城報官，應該道出了對阿
Q的懷疑，他和趙太爺在第六章就已經懷疑阿Q，甚至要把後者驅逐出未莊。
但這一次顯然冤枉了阿Q，因為阿Q和他的朋友只是「偷」，而趙家這次卻是
被「搶」——第八章寫某天深夜阿Q碰上了驚慌逃跑的小D，後者氣喘吁吁
地說「趙……趙家遭搶了！」此後，關於這個事件的用詞一直是「搶」（審案
老頭子用的是「打劫」，意義相同），絕非平常小偷小摸之行為。

當夜，阿Q遠遠看到：「似乎許多白盔白甲的人，絡繹的將箱子抬出了，

器具抬出了，秀才娘子的寧式床也抬出了」，並且「站著看到自己發煩」，可見時間頗長，都超過了小偷的心理承受能力。雖在深夜，其實幾近公然搶劫。此外，趙家及本村地保當時皆乖乖聽話、無力（不敢）反抗，亦表明面對的不是一般的偷兒——對比第六章所述阿 Q 最後一次偷竊經歷：「他剛才接到一個包，正手再進去，不一會，只聽得裏面大嚷起來，他便趕緊跑，連夜爬出城，逃回未莊來了」。

總而言之，阿 Q 沒有搶趙家，他的「老朋友」也沒有。

有人認為，趙家遭搶「係與把總關係密切的軍隊所為，阿 Q 必須充當搶劫犯的替罪羊，因為事實上審判者是真凶或幫兇」，主要有以下四個理由：（1）阿 Q 無能，是替罪羊的合適人選；（2）急於殺死阿 Q 是「為了包庇真正的搶劫者以便夥吞贓物，繼續安然作惡」；（3）按趙家遭搶情形來看，應是大規模的團夥作案，「只有當時的軍隊才能做到」，且「白盔白甲」也是一個關鍵的暗示；（4）史料表明，民初軍隊搶劫很嚴重〔註 1〕。本文認為，作為歷史事實的軍隊搶劫與文本並無有效關聯，而就文本描寫來看，只能說把總有最大嫌疑，並且是與假洋鬼子、趙白眼「裏應外合」作的案。——我們要先挖一挖未莊的「內奸」。

先說趙白眼。《阿 Q 正傳》兩次這樣提及：一次在第四章，「真正本家的趙白眼，趙司晨」；一次在第七章，「趙府上的兩位男人和兩個真本家」。司晨者，雞也，性格懦弱膽怯；白眼者，狼也，性情兇殘反噬。趙家「真正的本家」是趙司晨和趙白眼，也就是說趙家人就是雞與狼的結合。可用公式表示：趙家人的本質＝雞＋狼。第八章一個細節需要注意：阿 Q 到錢府時，院裏「挺直的站著趙白眼和三個閒人，正在必恭必敬的聽說話」。此前，趙白眼總是隨著趙太爺出現，但如今假洋鬼子得勢了（秀才的銀桃子要向假洋鬼子買），趙白眼就棄了趙太爺，跟上了假洋鬼子——第三章寫假洋鬼子跑到東洋去，「半年之後他回到家裏來，腿也直了，辮子也不見了」，此處寫趙白眼「挺直的站著」，可見此時的趙白眼從裏到外都是假洋鬼子的人了。這個白眼狼對趙府底細瞭解最詳細，宜乎由他起意並作內應，否則對不起他的名字——「趙白眼」。

再說假洋鬼子。根據第六章的這一句話——「未莊老例，只有趙太爺錢太爺和秀才大爺上城才算一件事。假洋鬼子尚且不足數，何況是阿 Q」——

〔註 1〕曾鋒：《究竟是誰謀殺了阿 Q》，《名作欣賞》，2007 年，第 20 期。

來看，假洋鬼子在革命之前屈居於秀才之下，錢家也一直被趙家壓著，故此第七章才說他和趙秀才「歷來也不相能」。只是在「咸與維新」之際，忽而「談得很投機，立刻成了情投意合的同志」，相約到尼姑庵革了一回命。但，他們的關係真地如此親密了嗎？

革命黨進城後，有「幾個不好的革命黨」動手剪辮子，因這件「可怕的事」，未莊人便不進城了，只有一個假洋鬼子是例外。他上城回來後將銀桃子（自由黨的徽章）賣給秀才，要了四塊洋錢，夠狠的！所謂「情投意合」其實是一剎那的組合，他和秀才不過是貌合神離而已，有了便宜該賺就賺。

因此，本文實在無法抵制下述猜測的誘惑：在改朝換代動盪不安之際、在舉人老爺與秀才失勢的情況下，何不聯絡城裏的「柿油黨」朋友來打劫一下呢？不但將得到一筆誘人的財富（除了趙家的錢財，還有舉人老爺寄存的很多箱子），並且可以出出心中積壓已久的惡氣。最重要的是，事後不用擔什麼風險。

且看阿Q被捉後，舉人老爺要追贓，把總卻要示眾：

> 把總近來很不將舉人老爺放在眼裏了，拍案打凳的說道，「懲一儆百！你看，我做革命黨還不上二十天，搶案就是十幾起，全不破案，我的面子在那裡？破了案，你又來迂。不成！這是我管的！」舉人老爺人窘急了，然而還堅持，說是倘不追贓，他便立刻辭了幫辦民政的職務。而把總卻道，「請便罷！」於是舉人老爺在這一夜竟沒有睡，但幸而第二天倒也沒有辭。

把總還是先前帶兵的老把總，然而「近來」（革命黨進城後）卻瞧不起舉人老爺了，因為他也加入了革命黨。看他說的話——「破了案，你又來迂。不成！這是我管的！」——帶著教訓的口吻與唯我獨尊的架勢，舉人老爺對他可謂「胳膊擰不過大腿」了。

有意思的是，按把總所說，他做革命黨不到二十天，搶案十幾起（包括趙家遭搶），平均能達到一天一起吧？不是偷偷摸摸，是「搶」！為什麼他做了革命黨治安形勢反而糟糕到這個地步呢？並且「全不破案」，豈不怪哉？

按第九章開始所寫，抓阿Q時來了兵、團丁和警察，這三股人皆可以成為潛在的打劫力量。但，警察在城裏維持治安，團丁又是地方武裝，皆可以排除他們來未莊搶劫當地大戶的可能性。唯一可疑的就是把總帶的兵。有幾處細節需要注意：

（1）趙家遭搶的案件由警察出面辦理即可，把總又何必帶兵介入、長臂管轄呢？──或許當時是「聯合作戰」，那麼，這個疑問取消也可以；

（2）都說重賞之下必有勇夫，但面對「二十千的賞」，把總帶的兵毫無動靜，尚不如團丁有勇氣；並且，「二十千的賞」最終非由把總出，而是轉嫁給了秀才，可見把總貪婪成性、一毛不拔。如此把總帶的也應是如此的兵，但這一次卻不為賞錢所動，除了早就弄鼓了腰包不差錢，還能如何解釋這違反人性和兵性的現象呢？

（3）「破了案，你又來迂」──抓住一個阿Q就是破了案了？可見把總根本無心破案，只要逮住一個替罪羊遊街示眾趕快砍頭，斷絕舉人老爺追贓的念頭──舉人老爺堅持追贓是合理要求，但若窮追不捨，就等於要真正破案。然而，這是把總無法接受的，因為贓就在他手裏，事就是他幹的。舉人老爺一夜未睡，應該是覺察到了此事的玄妙，反覆掂量自身的處境，無兵少勢，只得（暫時）隱忍順從。

（4）第一章寫道：為了知道阿Q的名字是怎麼寫的，「我的最後的手段，只有託一個同鄉去查阿Q犯事的案卷，八個月之後才有回信，說案卷裏並無與阿Quei的聲音相近的人。我雖不知道是真沒有，還是沒有查，然而也再沒有別的方法了」。很可能，「我的最後的手段」犯了忌諱，此事查不得吧？

至此，本文的看法是：如果我們要從文本字裏行間尋覓蛛絲馬蹟以破獲趙家遭搶的迷案，那麼，最大嫌疑人就是裏應外合的假洋鬼子與把總。

## 二

有研究者認為，阿Q「投靠不成，即生悖心」，並作了如下解釋：「阿Q到尼姑庵革命遲了，想投靠假洋鬼子，得到的卻是『不准革命』的拒斥。阿Q『毒毒的點一點頭：不准我造反，只准你造反？媽媽的假洋鬼子，──好，你造反！造反是殺頭的罪名呵，我總要告一狀，看你抓進縣裏去殺頭，──滿門抄斬，──嚓！嚓！』欲望、要求不能得逞，隨即萌生悖心，要告發原來想要投靠的人，讓他滿門抄斬。這說明阿Q對造反、革命的精神與意義，茫然無知，毫無定見；在行動上，朝秦暮楚，呆裡撒奸，難怪魯迅連用了兩個『毒』字」〔註2〕。本文認為，這又是只知其一、不知其二的冤案。首先，阿Q「毒毒的」想法並非源於假洋鬼子的排斥，而是搶趙家沒有自己的份才產生的；

〔註2〕俞正平：《越界的庸眾與阿Q的悲劇》，《文藝研究》，2009年第8期。

其次，要到縣城去告狀，這是阿Q一時的氣話，因為第八章說城裏有「不好的革命黨」抓人剪辮子，「阿Q本也想進城去尋他的老朋友，一得這消息，也只得作罷了」，為了怕剪去辮子，阿Q不會進城；再次，如果阿Q真要告狀，那麼，他被抓起來審問豈不就是個機會？然而，我們的阿Q並未出賣假洋鬼子。——接下來，我們就要重點解釋阿Q被提審的場景：

> 到得大堂，上面坐著一個滿頭剃得精光的老頭子。阿Q疑心他是和尚，但看見下面站著一排兵，兩旁又站著十幾個長衫人物，也有滿頭剃得精光像這老頭子的，也有將一尺來長的頭髮披在背後像那假洋鬼子的，都是一臉橫肉，怒目而視的看他；他便知道這人一定有些來歷，膝關節立刻自然而然的寬鬆，便跪了下去了。
>
> 「站著說！不要跪！」長衫人物都吆喝說。
>
> 阿Q雖然似乎懂得，但總覺得站不住，身不由己的蹲了下去，而且終於趁勢改為跪下了。
>
> 「奴隸性！……」長衫人物又鄙夷似的說，但也沒有叫他起來。
>
> 「你從實招來罷，免得吃苦。我早都知道了。招了可以放你。」那光頭的老頭子看定了阿Q的臉，沉靜的清楚的說。
>
> 「招罷！」長衫人物也大聲說。
>
> 「我本來要……來投……」阿Q胡裏胡塗的想了一通，這才斷斷續續的說。
>
> 「那麼，為什麼不來的呢？」老頭子和氣的問。
>
> 「假洋鬼子不准我！」
>
> 「胡說！此刻說，也遲了。現在你的同黨在那裡？」
>
> 「什麼？……」
>
> 「那一晚打劫趙家的一夥人。」
>
> 「他們沒有來叫我。他們自己搬走了。」阿Q提起來便憤憤。
>
> 「走到那裡去了呢？說出來便放你了。」老頭子更和氣了。
>
> 「我不知道，……他們沒有來叫我……」
>
> 然而老頭子使了一個眼色，阿Q便又被抓進柵欄門裏了。

有研究者認為，「從表面上看，所謂的審判是審判人和阿Q之間的一問一答，可是，只要我們仔細地閱讀一下，我們馬上就發現了，所謂的一問一答完全是驢頭不對馬嘴，阿Q的每一句回答都只是阿Q的一廂情願，他和審

判人之間從來就沒有構成真正的有效邏輯，這次對話完全是錯位的。但是，最大的不幸終於出現了，這種錯位，或者說驢頭不對馬嘴，最終對應的卻是法律。可以這樣說，是阿 Q 自己把自己給『說』死的」〔註3〕——這裡面雖不乏一些真知灼見，但並未完全理解這場審判的內蘊。還是讓「我們仔細地閱讀一下」吧。

審問阿 Q 的是些什麼人呢？「光頭的老頭子」就是原先的知縣大老爺，那些跟他一樣滿頭剃得精光的長衫人物都是順應時代潮流、識時務者為俊傑的由舊入新的俊傑（包括把總），髮型像假洋鬼子的應該都是像假洋鬼子一樣進過洋學堂、東洋留過學的新派人物。無論是何種出身，「都是一臉橫肉」，都是革命後的既得利益者。尤其不可忽略那「一排兵」，革命動盪之際，誰帶兵誰最有勢力。

「膝關節立刻自然而然的寬鬆」，似乎是阿 Q 奴隸性的證明，但「站著說」和「跪著說」有何本質區別？如果說後者體現了「奴隸性」，那麼前者能體現「主體性」嗎？即便跪是一種「奴隸性」，長衫人物對此既鄙夷又默認（享受別人給自己下跪），實質不過是藉此賣弄一點貶斥他人的新話語以顯示自身見識優越、身份高人一等罷了。況且，不但說的時候是站著還是跪著無所謂，連阿 Q「說」還是「不說」都已然沒了區別，因為審判者「我早都知道了」；並且，即便阿 Q 說的是事實也改變不了最終的結果（自己的命運），因為「此刻說，也遲了」，說得不合意便是「胡說」——這樣的「審判」本身毫無意義，又哪來的「法律」意識？我們又何必一味嘲笑阿 Q 的「膝關節」呢？

主審老頭子連嫌犯的基本情況（如姓字名誰之類）都不問，直接便說「你從實招來罷」，這便意味著不用審問阿 Q 已然被「內定」為搶案的犯人了。「我早都知道了」，你知道什麼了？既已知道，何必再問？「招了可以放你」（下文還有「說出來便放你了」），顯係騙人的鬼話。老頭子不愧是久經官場的世故老手，既虛張聲勢又連哄帶騙，且始終一團「和氣」，似乎再也找不到像他這樣好的好官了；相比之下，阿 Q「胡裏胡塗」且喜怒形於色（如「憤憤」），只是一個江湖小雛（正如在小偷的隊伍裏也只是個「小腳色」）。雖然曾被視為冠於全球的「中國精神文明」的代表人物（第四章），但，我們的阿 Q 其實比這些審判他的國民們的靈魂還要天真爛漫，還要單純可愛呢！

---

〔註3〕畢飛宇：《沿著圓圈的內側，從勝利走向勝利——讀〈阿 Q 正傳〉》，《文學評論》，2017 年第 4 期。

　　「阿Q胡裏胡塗的想了一通」的心理內容應該是這樣的：「前幾天，我去投假洋鬼子，他不准我革命；眼前又是假洋鬼子一般的人物，他們是不是也不准我革命呢？可我真想造反呢！他們和假洋鬼子是不是一樣呢？」於是斷斷續續地說出「我本來要……投……」，接下來的漢字本應是「革命黨」——這是心裏話，是實話，我們的阿Q從來不打誑語，這又比審問他的所謂「革命黨」們好多了。

　　但，中國漢字文化博大精深，「投」可以接「革命黨」，也可以接「案」，老頭子不等阿Q說完，便順著自己的思路問道「那麼，為什麼不來的呢？」——「假洋鬼子不准我！」，這是「胡裏胡塗」的阿Q說得非常巧妙的一句話。對阿Q要投革命黨的事，它陳述了客觀事實；對老頭子要問的趙家遭搶的事，它誤打誤撞、直接戳中了事實——「假洋鬼子不准我」來投案，因為這事就是假洋鬼子領頭幹的。本來，目睹了趙家遭搶而自己兩手空空，阿Q「毒毒的」想法就把假洋鬼子與搶案聯繫了起來（是假洋鬼子造反搶東西），這真是一個偉大的直覺判斷。

　　老頭子立刻加以「胡說」二字，斥阿Q亂咬人；「此刻說，也遲了」頗有意思：既然「此刻說，也遲了」，那又何必說或說下去呢？既然「此刻說，也遲了」，那麼，「此刻問」又有何必要呢？整個審問又有何必要呢？——因為說的是「假洋鬼子」，而「假洋鬼子」不能說，這又是為什麼呢？因為假洋鬼子成了革命黨，而成了革命黨就不再會是案犯！可見，在此「咸與維新」之際，假洋鬼子和老頭子（知縣大老爺）已經成了「情投意合的同志」了。

　　至此，阿Q關心的是「革命黨」，老頭子詢問的是「同黨」。雖然名號不同，但（阿Q的）「同黨」其實就是（把總這樣的）「革命黨」，（把總這樣的）「革命黨」其實就是（阿Q的）「同黨」。「他們沒有來叫我。他們自己搬走了」，這話完全是事實，阿Q在心理上已經投降了革命黨，但革命的同黨們造反時卻沒有來叫他參與，至今仍然感到自己吃了大虧——如果我們嘲笑他只知道盯著一點個人私利，那麼，把總或老頭子或假洋鬼子這樣的革命黨又能好到哪裏去呢？換言之，我們的阿Q只在乎得沒得東西（關心切身的現實利益），這可視為他愚昧麻木不懂得辛亥革命的重大意義，但審判他的這些所謂「革命黨」們又能開明高尚到哪裏去呢？

　　有意思的是，老頭子接著問「走到那裡去了呢？」——阿Q怎麼會知道？因為阿Q說得明白「他們沒有來叫我」，且說了兩次。如果說阿Q「胡裏胡

塗」，那麼，審判者的心智更不正常。──阿 Q 死後，城裏的輿論說他是一個「可笑的死囚」；真正可笑的不是阿 Q，是審判他的所謂革命黨及圍觀的看客與看客的輿論。

無論如何，阿 Q 罪不至死──即便他參與了打劫，也不至於判死刑。更不是「自己把自己給『說』死的」。他是為了維護把總的「面子」才死的；更準確地說，他是替把總死的，替白盔白甲的「革命黨」死的。他是當時權力遊戲的一個犧牲品。

## 三

第二天，阿 Q 又被審問了一次：

> 老頭子和氣的問道，「你還有什麼話說麼？」
>
> 阿 Q 一想，沒有話，便回答說，「沒有。」

有研究者認為，「如果他保持沉默，官員一時不能給他定罪，但是他回答『沒有（話說）』，在此情境下，相當於承認罪名，接受判決，故此官員讓他馬上畫押」〔註4〕。這又冤枉阿 Q 了。我們的阿 Q 從不虛偽做作，從不打誑語，從未有什麼城府心機。他要說的話在第一次審問時已經說完。無論第一次的對話有多少「錯位與含糊」〔註5〕，但「他們沒有來叫我。他們自己搬走了」這句話卻清晰明白，只要審判者及其審判是正常的，那就不會逮住阿 Q 不放。但這件事從一開始就不正常：阿 Q 一個小嫌犯，值得把總興師動眾帶「一隊兵，一隊團丁，一隊警察，五個偵探」和機關槍去抓嗎？──況且，昨天審問時老頭子明明說「此刻說，也遲了」，為什麼第二天還叫說呢？就算是對阿 Q 的「臨終關懷」吧。無論他說還是保持沉默，罪已然就是他的、也都是他的──供詞都替他寫好了。

那麼，「阿 Q 一想」想了什麼呢？本文這樣猜測：趙家遭搶是活該（「趙家遭搶之後，未莊人大抵很快意而且恐慌，阿 Q 也很快意而且恐慌」），「革這夥媽媽的的命」，只可惜我未能參加，但這不是我的錯，是革命的同黨沒來叫我，沒人來叫「阿 Q！同去同去！」。──只是阿 Q 沒想到所謂的「革命黨」比趙家爺倆還凶還狠：此前在趙家「造反」（「調戲」吳媽），不過挨了大竹槓，

〔註4〕黎保榮：《從現實反抗到文學書寫──論魯迅與法律》，《魯迅研究月刊》，2015 年第 6 期。對第一次審問時的對話，該文亦有詳細的分析，可與本文對讀。

〔註5〕江衛社：《〈阿 Q 正傳〉的模糊敘述》，《貴州師範大學學報》，2001 年第 4 期。

訂了五項條約；這次未能參加「造反」，卻被革命的同黨要了命。

接下來阿Q的畫圓圈似乎顯得滑稽可笑：對司法審判無甚觀念，對畫圓圈則誠惶誠恐，「立志要畫得圓」，「使盡了平生的力畫」，最終畫成瓜子模樣，又自我「羞愧」。但這是阿Q的一貫表現：第一次「造反」不成，他也很快忘了吳媽、忘了「戀愛」，單對秀才的官罵「忘八蛋」「格外怕，而印象也格外深」。——魯迅《故事新編》裏的「油滑」氣息早就在阿Q身上體現出來了。如此「革命」不「認真」也罷（「革命黨雖然進了城，倒還沒有什麼大異樣」），如此所謂重大歷史事件的精神或意義不在意也罷，不如畫圓圈的個人體驗來得充實而深刻。阿Q若是名士或名人，那麼，如此只顧鄭重其事地畫圓圈而完全忽略審判及其供詞，將成為他的名士風度或名人軼事。

阿Q再次運用「精神上的勝利法」——「孫子才畫得很圓的圓圈呢」——而變得釋然。需要考慮的是，誰是這樣的「孫子」呢？肯定不包括未莊那些「和阿Q玩笑的人們」，因為他們和阿Q一樣，手和筆從未相關過，焉能畫得很圓的圓圈？只有秀才、假洋鬼子和審判阿Q的長衫人物才是這樣的「孫子」！這就是說，阿Q的「孫子」就是所謂的「革命黨」，他們自私自利的欲望比阿Q更強烈，他們的伎倆與手段比阿Q還要「毒毒毒」——比阿Q多一個真正的「毒」！

第三天，阿Q又被審問了一次：

> 老頭子很和氣的問道，「你還有什麼話麼？」

> 阿Q一想，沒有話，便回答說，「沒有。」

明知道阿Q就要示眾槍斃，老頭子更加「和氣」了，但他把「說」去掉了，這才讓我們明白他並不是真心讓阿Q「說」什麼，因為他的問話更像是平日待人應酬的套話、廢話。阿Q同樣重複「沒有」，這是否顯現為某種不屑以及對審判的對抗與否認呢，雖然阿Q應該沒有想到表達這個意思或有此種意識？關係切身利益的審判連續兩次讓人「沒有」話說，這種狀況豈不有些意味深長？假如我們設想阿Q盡力為自己爭辯，那麼，這爭辯本身不就意味著對革命統治的依賴與承認嗎（爭辯不能改變現實與命運）？而小說表現得非常清楚，城裏的所謂「革命黨」不是真正的革命黨！

接下來便是遊街示眾：「『過了二十年又是一個……』阿Q在百忙中，『無師自通』的說出半句從來不說的話」。阿Q何以能「無師自通」？這全是因為「在路旁的人叢中發見了一個吳媽」：「很久違，伊原來在城裏做工了。阿Q

忽然很羞愧自己沒志氣：竟沒有唱幾句戲」。阿Q何以「忽然」對自己沒唱戲感到「很羞愧」了呢？為什麼「《小孤孀上墳》欠堂皇，《龍虎鬥》裏的『悔不該』也太乏，還是『手執鋼鞭將你打』」呢？因為這句唱詞才能展現男子漢氣概，原來阿Q想在吳媽面前通過唱戲來表現自己男子漢的高大形象！換言之，阿Q在意自己在吳媽心中的形象，吳媽是他心中特別在意的一個女人。他臨死前的「無師自通」，正如他求愛時的無師自通：「『我和你困覺，我和你困覺！』阿Q忽然搶上去，對伊跪下了」。這種求愛儀式《傷逝》裏的涓生也用過：「在慌張中，身不由己地竟用了在電影上見過的方法了……我含淚握著她的手，一條腿跪了下去」，作為一個新式知識分子，跪求的儀式還是從電影上學的，阿Q從未看過電影，也下了跪，可不是「無師自通」的天才嗎？只是他沒有眼淚，沒有握吳媽的手，他其實比涓生想地單純！

　　「好！！！」從人叢裏，便發出豺狼的嗥叫一般的聲音來。

　　車子不住的前行，阿Q在喝采聲中，輪轉眼睛去看吳媽，似乎伊一向並沒有見他，卻只是出神的看著兵們背上的洋炮。

　　這混雜在看客群中的獨特的「一個吳媽」，和其他看客不一樣、沒有喊「好」、不忍直視、同情阿Q的吳媽，讓阿Q突然在「喝采的人們」與「永是不近不遠的跟定他」的餓狼之間建立了形象聯繫。這些「喝采的人們」似乎連成一氣，已經在那裡咬他的靈魂」，「精神上的勝利法」（「咬我靈魂的是我孫子」，或者說「孫子終於咬了我的靈魂」）在此最終時刻失去了任何意義——第四章曾這樣寫道：「有些勝利者……沒有了敵人，沒有了對手，沒有了朋友，只有自己在上，一個，孤另另，淒涼，寂寞，便反而感到了勝利的悲哀。然而我們的阿Q卻沒有這樣乏，他是永遠得意的」，然而，小尼姑使他的勝利變得「有些異樣」；而在生命的最後時刻，阿Q以「只有自己在上」的遊街示眾的另類形式看到了「勝利」，然而，「一個吳媽」卻使他覺悟到了「勝利的悲哀」，喊出了「救命」。阿Q在生命的最後一刻終於大「乏」特「乏」了一次：「永是不遠不近的跟他走」的看客難道會永遠存在著嗎？只要這樣的看客存在，就難以出現真正的革命與革命黨，他就無法避免淪為革命犧牲品的命運！——阿Q的一生可視為和「無形的堅硬的東西」遊戲與抗爭的一生。他追求被承認的名譽、被尊重的身份，然而，那些「無形的堅硬的東西」即無物之陣最終取得了勝利。

　　　　　　　　　本文原刊《上海魯迅研究》總第 92 輯。有改動。

# 輯 二

# 重建祥林嫂的「半生事蹟」

祥林嫂「半生事蹟的斷片」是在她死後由敘述者「我」「聯成一片」的，而這些「斷片」大部分是「我」聽聞來的，不僅包括「事蹟」，而且包括說話者對「事蹟」的態度與解釋，這些主觀性內容是否可靠可信，需要我們認真地辨析與判斷。因之，重建祥林嫂的「半生事蹟」並不是簡單的事情。如果我們對祥林嫂的「半生事蹟」沒有一個全面而正確的認知，那麼，對《祝福》的任何分析都可能出問題。

一

「有一年的冬初」，祥林嫂由中人衛老婆子領著，來到四叔家裏做工。衛老婆子的說法是「死了當家人，所以出來做工了」，這個「所以」可靠嗎？為什麼賀老六死了，祥林嫂沒出來做工呢？看來，衛老婆子的說法省略了不少內容。後來人們才知道祥林嫂的這個「當家人」「比她小十歲」，兩人沒留下孩子。

那為什麼不在家伺候婆婆呢？祥林嫂來了十幾天之後，「這才陸續的知道她家裏還有嚴厲的婆婆」。過了新年，這個婆婆出現了，看上去並不「嚴厲」：「一個三十多歲的女人……雖是山里人模樣，然而應酬很從容，說話也能幹，寒暄之後，就賠罪，說她特來叫她的兒媳回家去，因為開春事務忙，而家中只有老的和小的，人手不夠了」。後來的事實證明這個「因為」是扯謊。據衛老婆子說「她婆婆來抓她回去的時候，是早已許給了賀家墺的賀老六的」，看來這個婆婆不一般：說謊欺騙而應酬從容，一肚子鬼計而嘴甜如蜜。婆婆對媳婦來說意味著什麼呢？衛老婆子曾這樣描述祥林嫂與賀老六的幸福生活：

母親也胖，兒子也胖；上頭又沒有婆婆；男人所有的是力氣，
會做活；房子是自家的。——唉唉，她真是交了好運了。

　　媳婦交好運的一個標誌就是沒有婆婆在上頭。因為婆婆對媳婦來說意味著虐待與噩夢，何況這是一個大姐姐般年齡的小婆婆，更何況她「精明強幹」，連衛老婆子都表示羨慕與佩服（「她的婆婆倒是精明強幹的女人呵，很有打算」）！

　　但，「嚴厲的婆婆」並不能構成祥林嫂逃走的充分條件。春天死了丈夫，冬初來到魯四家，祥林嫂並不是一死了丈夫就跑了的。看她在魯四家的表現：「實在比勤快的男人還勤快……全是一人擔當，竟沒有添短工。然而她反滿足，口角邊漸漸的有了笑影，臉上也白胖了」——她的滿足實在簡單，只要主人接納，做牛馬都願意（可以想見她在婆婆家幹了多少活，出了多少力），並且心眼實誠，工錢全存在主人家。即便遭到冷遇與歧視，也能像牛馬一樣忍受。證據來自與柳媽談話之後，祥林嫂「整日緊閉了嘴唇，頭上帶著大家以為恥辱的記號的那傷痕，默默的跑街，掃地，洗菜，淘米」。

　　那麼，祥林嫂為什麼逃出來呢？合理的猜測只能是：她知道婆婆不想留下她，而且要把她賣到深山野墺去換錢。「早已」許給賀老六，「早已」是什麼時候呢？肯定不是「她婆婆來抓她回去的時候」。應該在大兒子死了之後，婆婆就存了賣兒媳換錢的念頭，春種秋收需要勞力，此事隱忍未發，待秋忙結束，通過中人尋找深山野墺的買家（因為這些人家出錢多），這焉能瞞得風雨不透？大概賣兒媳為當地風俗所允許，但「肯嫁進深山野墺裏去的女人少」，因為誰也不願進去受罪，祥林嫂也不肯，所以她逃了出來，想著另謀生路。

　　總之，祥林嫂出逃的直接原因是不想被婆婆賣到深山野墺裏去。這是把她作為一個具有肉體組織、生活於具體關係中的人來看待，而不是作為一個想做穩奴隸而不得的奴隸〔註1〕、不是作為一個「自由意志」的實踐者〔註2〕、

〔註1〕姬學友《舊時代「奴隸」之二型——祥林嫂與子君性格的比較》（《殷都學刊》1991年第3期）：「假如這種出著牛馬力，吃著豬狗食的奴隸生活不受到破壞，她會老老實實的守寡，毫無遺憾地度過一生。」有論者以此為基礎，推論出「祥林嫂瞞著婆婆『逃』到魯鎮完全是一個陰謀，而這個陰謀的主角正是她的婆婆和衛老婆子」，因為「叛逆性與她的老實本分明顯不符……只知道整天做活、馴順安分的祥林嫂雖然在家不幸福，但有無值得冒險去出逃的絕對必要？」（符傑祥《文章與文事：魯迅辨考》，上海三聯書店，2015年，第59頁）。需要考慮一點：祥林嫂固然「老實本分」，但「老實本分」是否就意味著「肯嫁進深山野墺裏」？換言之，「老實本分」是否就是隨意讓人擺佈？難道「老實本分」意味著沒有底線和限度的生存？

〔註2〕楊矗《〈祝福〉的存在主義美學闡釋》（《上海師範大學學報》2012年第4期）認為祥林嫂「投奔魯四老爺家是打定了要『重新做人』」，「大膽地選擇了背叛、逃離」，第一次體現了她的「自由意志」。

不是作為魯迅的精神化身來認識與研究〔註3〕。

二

　　迄今，仍然有不少研究者認為祥林嫂嫁賀老六時撞香案是「節烈」的表現〔註4〕。與之相較，三十多年前的一次「具體分析」就顯得很有新意了：

　　　　至今很多論者……將她的抗爭名之曰「維護禮教的碰頭」，這是強加給祥林嫂的說法。衛老婆子與四嬸的談話明明白白告訴我們，寡婦不能再嫁「是大戶人家太太的話。我們山里人，小戶人家，這算得什麼？」事實上，那些被迫改嫁的婦女之所以不願意，並不是為了守節，而是不甘心被賣。因為舊社會寡婦的所謂再嫁，實際上大都是被婆家或族人甚至地痞惡霸賣掉，她們本身是根本無權自主的。祥林嫂不管從哪一方面說，都不可能比一般婦女更看重三從四德，守那個她毫無感情且比她小十多歲的男人的陰魂一輩子。祥林一死她就逃跑，便足以說明她要擺脫夫權控制的迫切心情。祥林嫂被賣時為什麼比別人鬧事更厲害呢？因為她性格更倔強，更有生活主見，要求獨立生存的願望更強烈和迫切。〔註5〕

　　本文同意祥林嫂的反抗不是為了守節，但覺得這個「具體分析」還需要繼續深入下去。首先，不是小丈夫一死，祥林嫂就跑了的；其次，衛老婆子與四嬸的談話尚需仔細考察。談話如下：

　　　　「她麼？」衛老婆子高興的說，「現在是交了好運了。她婆婆來抓她回去的時候，是早已許給了賀家墺的賀老六的，所以回家之後不幾天，也就裝在花轎裏抬去了。」

　　　　「阿呀，這樣的婆婆！……」四嬸驚奇的說。

　　　　「阿呀，我的太太！你真是大戶人家的太太的話。我們山里人，

---

〔註3〕唐東堰《乞討虛無：〈祝福〉與魯迅生存困境的自我體認》（《東嶽論叢》2011年第1期）認為祥林嫂是「魯迅精神世界的外化物」，來魯四家做工「是因為精神歸宿的需要。」

〔註4〕例如，王曉初《魯迅〈祝福〉的越文化解讀》（載《魯迅研究月刊》2008年第5期）認為祥林嫂的逃跑與反抗是為當家人守節；宋劍華《反「庸俗」而非反「禮教」：小說〈祝福〉的再解讀》（《魯迅研究月刊》2013年第11期）也寫道：「祥林嫂之所以會激烈反抗，是因為她篤信『失節事極大』」。

〔註5〕陳敬中：《頑強的意志　不屈的靈魂──祥林嫂形象再探》，載《貴州社會科學》1986年第10期。

小戶人家，這算得什麼？她有小叔子，也得娶老婆。不嫁了她，那
有這一注錢來做聘禮？……」

四嬸的「驚奇」在於祥林嫂的婆婆欺騙了她，心計太深且辦事太狠——
媳婦幹了多少活、出了多少力，到頭來卻把人家粗暴野蠻地賣到深山野墺裏
去。衛老婆子則輕描淡寫，把人賣掉如同扔掉一件生活廢品一樣（一個「裝」
字表明一切），並為祥林嫂的婆婆辯護（純從實用與賺錢的角度考慮，不愧是
個中人），很佩服後者的「好打算」。此處她是祥林嫂婆婆的替身。

比較而言，四嬸是有人情味的——另一個例證：聽了阿毛被吃的慘狀「眼
圈就有些紅了」（從而再次收留了祥林嫂），而其他女人逢場作戲「陪出許多
眼淚來」，一個「陪」字表明感情的虛偽做作。換句話說，四嬸「驚奇」的不
是祥林嫂再嫁而是婆婆做得太沒人情味。雖然她再次收留祥林嫂可能帶著功
利性算計（祥林嫂是所雇的最好用的一個女工），但我們不應苛責她和她的丈
夫（下文還有分析）。

聽衛老婆子說「肯嫁進深山裏墺去的女人少」，四嬸問「祥林嫂竟肯依？」，
前者答道：

> 這有什麼依不依。——鬧是誰也總要鬧一鬧的……可是祥林嫂
> 真出格，聽說那時實在鬧得利害，大家還都說大約因為在念書人家
> 做過事，所以與眾不同呢。太太，我們見得多了：回頭人出嫁，哭
> 喊的也有，說要尋死覓活的也有，抬到男家鬧得拜不成天地的也有，
> 連花燭都砸了的也有。祥林嫂可是異乎尋常，他們說她一路只是嚎，
> 罵，抬到賀家墺，喉嚨已經全啞了。拉出轎來，兩個男人和她的小
> 叔子使勁的擒住她也還拜不成天地。他們一不小心，一鬆手，阿呀，
> 阿彌陀佛，她就一頭撞在香案角上，頭上碰了一個大窟窿，鮮血直
> 流，用了兩把香灰，包上兩塊紅布還止不住血呢。直到七手八腳的
> 將她和男人反關在新房裏，還是罵，阿呀呀，這真是……。

「鬧是誰也總要鬧一鬧的」，也就是說，鬧是一種必備的表演、必走的程
序，做做樣子給別人看的，實際上誰願意守寡、誰不願意再找個男人？當然，
表演的時候要投入一些（想想受的婆婆的氣以及獨守空房之苦，不掉淚不可
能），但要適可而止，不要真鬧。但祥林嫂的鬧卻是真鬧。一個「異乎尋常」
之處是「罵」，儘管衛老婆子沒說她罵誰以及罵什麼，但我們可以推測是罵她

的婆婆把她賣到大深山裏來〔註6〕；另一個就是撞香案頭破血流，這是「鬧一鬧」從來沒有過的（最厲害的不過是砸東西而已）。祥林嫂的表現連見多識廣、閱人無數的衛老婆子都感到不好理解了。

本文的理解是：祥林嫂的鬧是此前逃跑的延續與發展，是她抗拒被賣到深山野墺這齣戲的高潮。

## 三

如果說祥林嫂對小丈夫和婆婆一家沒什麼感情，那麼她對賀老六、對新家庭又是怎樣的呢？一種觀點認為，賀老六強暴了祥林嫂，她只好順從他、依附他，否則她一個人在賀家墺無法生存下去〔註7〕；但善女人柳媽曾問祥林嫂「你那時怎麼後來竟依了呢？」未等祥林嫂回答，柳媽說「總是你自己願意了」，祥林嫂不作正面回應，而是說：

> 「阿阿，你不知道他力氣多麼大呀。」

> 「我不信。我不信你這麼大的力氣，真會拗他不過。你後來一
> 定是自己肯了，倒推說他力氣大。」

> 「阿阿，你……你倒自己試試看。」她笑了。

那時農村男人最大的資本大概就是力氣大，所以賀老六曾被衛老婆子表揚過（「男人所有的是力氣，會做活」），這次祥林嫂又說起這一點，但所指不是男人會幹莊稼活：比起小丈夫，力氣大的賀老六帶來了截然不同的夫妻生活感受。所以柳媽一再說她是自願的，她並沒有否認，反而「笑」了。這是她第二次來魯鎮後唯一的一次「笑」（是不是回想起了那段個人幸福時光？）。

賀老六不僅保障了祥林嫂的基本生活需求，而且讓她深切感受到了什麼是家和幸福。比起小丈夫，祥林嫂對賀老六有了認同與歸屬感，她、賀老六和阿毛才構成了「一家人」。這種感情在祥林嫂的用語中流露了出來。只要我們稍加留意，我們就會發現她在提及阿毛的時候，要麼用第三人稱「他」，要麼就說「我們的阿毛」（不說「我的阿毛」）──祥林嫂說「我們」指的當然不是她和聽眾，而是她和賀老六。魯鎮有孩子的女人後來反唇相

〔註6〕如果這發生在我的老家諸城，祥林嫂會罵她的婆婆「不長人腸子」，意即沒有
　　　良心，自私自利，不辦人事。但魯鎮怎麼罵法，不得而知。像魯四那樣說「可
　　　惡！」太文雅了些。
〔註7〕程小強：《祥林嫂的「罪與罰」》，載《海南師範大學學報》2015年第11期。

譏：「祥林嫂，你們的阿毛如果還在，不是也就有這麼大了麼？」她們大概一輩子想不到說「我們的」孩子，對祥林嫂開口閉口「我們」，她們有些嫉妒了。

對於「我們的阿毛」，祥林嫂反覆說的是一句話：「他是很聽話的，我的話句句聽」。僅此一句，就表達了阿毛的可愛與祥林嫂的滿足。再看另一個寡婦單四嫂子對死了的寶兒的回憶：「那時候，自己紡著棉紗，寶兒坐在身邊吃茴香豆，瞪著一雙小黑眼睛想了一刻，便說，『媽！爹賣餛飩，我大了也賣餛飩，賣許多許多錢，——我都給你。』那時候，真是連紡出的棉紗，也彷彿寸寸都有意思，寸寸都活著。」「我都給你」表達的也是孩子懂事聽話，所以做媽的活得有滋有味。魯迅只用「聽話」來表現兒子對母親的愛以及母親的滿足感真是頗具藝術匠心。

綜上所述，祥林嫂已經完全融入了新家庭，她的丈夫就是賀老六，他們的兒子就是阿毛。如果她有對人間幸福生活的嚮往，這豈不就是一個幸福生活的樣本嗎？比做牛馬的狀態多了做女人和母親的滿足，比最基本的物質生活需求的滿足多了心理上的安全感和充實感。

理解這一點，我們才會明白祥林嫂到陰間最怕的是什麼。「你將來到陰間去，那兩個死鬼的男人還要爭，你給了誰好呢？閻羅大王只好把你鋸開來，分給他們」，這是善女人柳媽的說辭，大多研究者直接採信了其中一句，以為祥林嫂怕的是被鋸開身子，這是淺薄與錯誤的。她真正害怕的是又一次家破人亡。或者這麼說：她害怕被鋸開是因為這樣一來她就無法與賀老六、阿毛團聚；鋸開固然可怕，但它後面牽連著一個最大的可怕——「我們」在陰間也無法相聚，「一家的人」在陰間也要被拆散。祥林嫂跟「我」所說的「死掉的一家的人」指的是她和賀老六、阿毛的家，「我們」仨。有了這個家之後，原先的小丈夫根本不在她的關心之內。

## 四

祥林嫂的幸福生活並未持續多久。對夫死子亡的悲劇，有種觀點認為賀老六傷寒本來已經好了，吃了一碗冷飯又復發，作為家庭主婦祥林嫂是有責任的，她應該把飯給熱一熱。但此事不能排除這樣一種可能性：祥林嫂在忙家務，賀老六做事回來，自己端起冷飯吃了。總之，吃冷飯時祥林嫂可能不在場、不知情，所以這事不能只埋怨家庭主婦；又認為孩子遭狼吃是母親「監

護不力」，這就沒有考慮單身母親的難處了〔註8〕。祥林嫂的講述總是以「我真傻，真的」開始，她表達的是：（1）失去阿毛她很痛苦；（2）叫阿毛離開自己的視線，她後悔自責。但偶然性的因素超出了任何人的控制，無人能左右：「春天快完了，村上倒反來了狼，誰料到？」

　　祥林嫂第二次投奔魯四家。學界似乎很關心魯四的思想境界問題。有人視之為「魯鎮文化之魂」，是儒道精神的化身〔註9〕；有人認為他是像阿Q一樣的庸眾，「地地道道的中國農民」，「骨子裏俗氣守舊而又讓人同情與可憐」，絕不是文化精英〔註10〕；有人認為他「半儒半道、表儒內道，對儒道的理解和遵循都是半真半假的人物」，是「吃人團」的元兇之一〔註11〕；有人認為是「所謂的『鄉紳』，在魯鎮地方享有權勢，也是魯鎮秩序的維護者」，一個韋伯所說的卡里斯瑪型人格主體〔註12〕，等等。

　　關於魯四的思想問題，我們還可以繼續發表意見，但應該明白，對此說得越多，離當事人祥林嫂的感受就離得越遠。魯鎮文化之魂也好，偽儒小儒也好，卡里斯瑪型人格主體也好，祥林嫂投奔魯四是衝這些來的嗎？她之所以重投舊主，是因為主人魯四夫婦其實待她不錯。魯四的表現不過是皺眉、「暗暗地告誡」，四嬸說的最嚴重的話也不過是「祥林嫂怎麼這樣了？倒不如那時不留她」，總比婆婆的「能幹」以及柳媽的「詭秘」好得多吧。我們不如去設身處地地理解一個人，和我們一樣有偏見的人（他討厭「寡婦」，正和我們會討厭任何一個「不得我心」的人一樣）；讓我們回到魯四和祥林嫂最現實、最真切的「主人／傭人」關係來認識魯四這個人。

　　我們發現：祥林嫂第二次做工的工錢竟然比第一次還多！

　　第一次的工錢是每月五百文，祥林嫂從「冬初」幹到「新年才過」，工錢共一千七百五十文，也就是按三個半月來支付的。第二次，祥林嫂要捐門檻，「價目是大錢十二千」。「快夠一年，她才從四嬸手裏支取了歷來積存的工錢，換算了十二元鷹洋」，去捐了門檻。十二元鷹洋就是大錢十二千。這

---

〔註8〕見程小強的《祥林嫂的「罪與罰」》。為了體會這種難處，可以看一看花豹獨　　　自撫養幼崽的紀錄片。
〔註9〕高遠東：《〈祝福〉：儒釋道「吃人」的寓言》，載《魯迅研究月刊》1989年第　　　2期。
〔註10〕宋劍華：《反「庸俗」而非反「禮教」：小說〈祝福〉的再解讀》，《魯迅研究　　　月刊》2013年第11期。
〔註11〕逢增玉：《魯四老爺論》，《江漢論壇》2012年第11期。
〔註12〕張閎：《論「祥林嫂之問」》，《文藝理論研究》2019年第6期。

當然不是「快夠一年」的工錢（否則就是工錢每月一千文，是第一次的兩倍）。

讓我們重新梳理一下：「有一年的秋季」，祥林嫂再次到魯四家做工，「上工之後的兩三天」，主人就覺得她手腳不如以前麻利、記性也壞得多，冬至祭祖的時候一切不讓她沾手，「臘月二十」忙起來以後，只得另雇男短工，又叫柳媽做幫手。那麼，這個「臘月」就是祥林嫂第二次來的當年的臘月。也就是在這個臘月，柳媽告訴她捐門檻的事，於是祥林嫂在接下來的一年中默默幹活，滿打滿算用十八個月的時間積存了大錢十二千，平均每月近六百七十文，比第一次的工錢高出百分之三十多。這應該是《祝福》情節的一個瑕疵與紕漏（若是祥林嫂先前有積蓄，那就容易理解了；可是小說中找不到這樣的說明或暗示）。即便按其他研究者理解的，十二千是兩年的工錢〔註13〕，那也意味著祥林嫂第二次做工的薪酬和第一次是一樣的。

的確，在「敗壞風俗」的名義下，祥林嫂在「最重大的事件」上遭到了排斥；可是，假設魯四非常開明，還讓祥林嫂忙祭祀，按她目前的精神狀態與工作能力，能做得和第一次一樣令人放心滿意嗎？出同樣甚至更多的工錢雇著一個大不如前的女工而有所不滿直至最後把她辭退是不是可以理解？批判魯四夫婦的人自己是否會把這樣的女工養到老？如果祥林嫂被辭退之後即倒斃街頭，我們可以指責這對狠心的夫婦，但事實並不如此，祥林嫂在「我」離開魯鎮之後還活了五年——我們動輒批判魯四是不是「正義的火氣」（胡適語）太大了？

捐門檻之後，她在拿祭品時仍然遭到了拒絕：

> 她像是受了炮烙似的縮手，臉色同時變作灰黑，也不再去取燭臺，只是失神的站著。直到四叔上香的時候，教她走開，她才走開。

〔註13〕 參看崔紹懷、劉雨的《祥林嫂年齡辨正》，載《小說評論》2008 年第 5 期。該文辨正有錯訛。董炳月《啟蒙者的世俗化轉向——魯迅〈端午節〉索引》（《文學評論》2020 年第 6 期，簡稱「董文」）中寫道：「捐門檻的『大錢十二千』是祥林嫂整整兩年的工錢，存夠十二千大錢的時間，正是『有一年的秋季』祥林嫂第二次來魯鎮至幫工第三年的冬至之前。錢的數額中隱藏著相應的時間，表明魯迅在《祝福》中寫及錢的時候認真計算過」，可是，如果存夠十二千大錢是從「有一年的秋季」至第三年的冬至，那麼，這段時間應該超過了 24 個月的時間；此外，照董文理解，第二次來的當年的冬至祭祖祥林嫂應該參與了，接下來的臘月也無須另雇柳媽，祥林嫂一個人能幹過來，而這與小說所寫是不符合的。

> 這一回她的變化非常大，第二天，不但眼睛窈陷下去，連精神也更
> 不濟了。而且很膽怯，不獨怕暗夜，怕黑影，即使看見人，雖是自
> 己的主人，也總惴惴的，有如在白天出穴遊行的小鼠，否則呆坐著，
> 直是一個木偶人。

夫死子亡，祥林嫂「臉色青黃，只是兩頰上已經消失了血色，順著眼，眼角上帶些淚痕，眼光也沒有先前那樣精神了」，這一次卻是「變作灰黑」，整個人失魂落魄、膽小如鼠了。如果說前者帶來的是悲痛，那麼後者造成的則是恐懼，對人的恐懼。先前，她還逢人就講阿毛的故事，後來看到又冷又尖的人們的笑影，就不再開口，直到連看見人都感到害怕。祥林嫂終於意識到了人生最堅硬的、比婆婆和狼更可怕的東西——別人的目光與敘述。婆婆可以罵她，狼可以打死它，這些皆是具體的存在，尚可以對付，但別人的意識與成見卻無比冰冷與堅硬，尤其是陷入了一群人的包圍與合謀，要想不對人類同類產生恐懼感，只有以青年魯迅所說的「個人的自大」來應對與突破、以精神界之戰士的身份來自立自強。顯然，祥林嫂還沒有達到這樣的自覺境界。她需要一個明白人的「開導」，這個人就是「我」。

## 五

「我」跟其他魯鎮人不一樣：五年前離開魯鎮外出求學或工作，經歷得多、見識得廣，應該更有能力解決人生的疑難問題。「見她瞪著的眼睛的視線，就知道明明是向我走來的」，祥林嫂默默忍受了五年，似乎是專門等「我」回來。終於等到了自己要等的人，「她那沒有精彩的眼神忽然發光了」。這種神態是第二次出現（第一次是在捐了門檻之後，「神氣很舒暢，眼光也分外有神」）。

對話未開始，我們就發現二人的心思已有了疏離。「我就站住，豫備她來討錢」，滿足一個乞丐的物質需要，是打發一個乞丐最便利、最自然的方法，但這個乞丐卻要解決一個形而上的問題：

> 一個人死了之後，究竟有沒有魂靈的？

「究竟」這個詞表明她對這個問題思考、困惑好久了。而一旦啟動這個問題，無論答案是有是無，對祥林嫂來說都意味著死。如果說有魂靈，那就意味著須有供魂靈居住的陰間存在，如果有陰間存在，那就可以找到賀老六和阿毛，為了一家人團聚，祥林嫂就須死；如果說沒有魂靈，丈夫與兒子死

了就是死了，再也沒有一個世界能提供一家人重聚的可能性，她一個人活著還有什麼盼頭、還有什麼意思？〔註14〕

「對於魂靈的有無，我自己是向來毫不介意的」，這句話並非表明「我」是一個無神論者——接受新知識與宗教信仰並非水火不容——而是「我」對這個難以說清的問題懸置一邊了，卻沒想到一個乞丐會鄭重其事地加以詢問，「人何必增添末路的人的苦惱，為她起見，不如說有罷」，於是說：

　　　　也許有罷，——我想。

儘管想說「有」，但「我」的表達實質上是模棱兩可的，並且強調的是「我想」意即這只是個人的猜測。但表達中分明用了「有」字，這被祥林嫂抓住，順勢提出了下一個問題：

　　　　那麼，也就有地獄了？

可見，祥林嫂雖然未能確定有沒有魂靈和地獄，但她內心是渴望有魂靈和地獄的，因為這樣就能與丈夫兒子團聚，但如此一來，「我」就被推到了一個危險的境地，「我」的話助推了她的死亡，一個人因「我」而離開了這個世界，總是叫人良心難安。如果說這個纏人的問題最初是從外部被動接受的（柳媽告知），那麼她對「我」的追問則顯示著內心的衝動與主動，然而越是主動與渴望越是顯示出祥林嫂的悲哀。簡單地說，信仰來自個人的確信而非他人的支持或證明，因為信仰不是客觀為真的知識〔註15〕。祥林嫂層層遞進、咄咄逼人的提問只能表明她渴望魂靈與地獄的存在，但卻需要另一個更有文化、更有知識的「我」來提供一錘定音式的肯定與支持，她似乎沒想到這是誰也不能、也不敢完成的任務。至此，她已不管「我」的支支吾吾與吞吞吐吐，亮出了最關心的問題：

　　　　那麼，死掉的一家的人，都能見面的？

〔註14〕方維保《祥林嫂的人生困境與魯迅的現代性焦慮》（載《海南師範大學學報》2009年第4期）也看到了這個問題的悖論性，但我們整個的解釋過程及意圖是不同的。

〔註15〕康德論述了三種形式的「視其為真」：（1）意見是既在主觀上又在客觀上都不充分的視其為真；（2）信念是主觀上充分、但在客觀上是不充分的視其為真；（3）知識則是主觀上和客觀上都是充分的視其為真。主觀上的充分性是對個人而言的確信，即只具有私人有效性，而沒有普遍的可傳達性與理性有效性（見《純粹理性批判》，鄧曉芒譯，人民出版社，2004年，第623頁）。對魂靈、地獄之有無的問題，任何個體的回答都不會具有客觀上的充分性，即對任何人而言都不具有同等效力的確定性與普遍性。

「我即刻膽怯起來了」，因為「我」終於明白自己上了祥林嫂的「圈套」，發覺她這是找死來的。於是，改變了對第一個問題的回答：「其實，究竟有沒有魂靈，我也說不清」。這個「說不清」是真地說不清，但有論者認為，這表現了「我」「只有渾身上下的曖昧矛盾，猶疑混沌」，不是一個「勇猛的新型知識者」；後者會這樣對祥林嫂說：「靈魂這東西，您願意它有就有，願意它無就無，地獄這玩意，有與無於您都並不怎樣可怕……您要去的那裡叫天堂，在那裡，您想見到誰就見到誰，沒有人有權利處置您的生活……」〔註16〕。這是非常好心的設想，但要考慮三點：（1）祥林嫂不是想見任何一個人，她只想丈夫和兒子；（2）沒有人有權利處置別人，但每個人都會受別人思想觀念甚至一句無心之言的影響；（3）這個「勇猛的新型知識者」只會讓祥林嫂頭腦更混亂：「天堂」又是什麼？賀老六和阿毛是生活在天堂裏嗎？誰上天堂，誰下地獄？如果不在天堂，我怎麼再到陰間去找他們？——按本文前面的分析，所有「曖昧矛盾」與「猶疑混沌」的根源來自於祥林嫂的問題及其實用目的（為了與死者團圓，重續人間的幸福生活）。

當她第一次「眼光也分外有神」而仍舊被四嬸排斥之後，精神遭受重創；這一次她滿懷渴望要確定魂靈與地獄的存在，結果得到的答案是「說不清」。支持她活了五年的「問題意識」與精神動力轉瞬間消失殆盡。到底能不能見到死了的親人，現在只能作為一個個體實踐的問題，只有死了之後才能知道（可是人既然死了又怎麼能知道）。

大概是因為祥林嫂生活不幸與死得可憐，長期以來許多的研究都為之找原因與查兇手而忘了祥林嫂是自己找死的，並且她關心的不是死而是幸福——在人間已毀壞的幸福，有沒有一個陰間能讓它再次得到？

在四年前完成的《頭髮的故事》中，N先生說：「忘卻了一切還是幸福，倘使伊記著些平等自由的話，便要苦痛一生世！」後來《傷逝》子君吶喊著「我是我自己的，他們誰也沒有干涉我的權利！」，勇敢地跟涓生同居，度過了一段短暫的幸福時光，果然很快滑入了死滅的悲劇（子君死前或許也考慮過魂靈地獄的問題，涓生對此回應：「我願意真有所謂的鬼魂，真有所謂地獄……將尋覓子君……擁抱子君」）。祥林嫂還沒有習得平等自由的觀念，把幸福寄託於更加不確定的「陰間」，確乎是自尋死路的「謬種」了。

---

〔註16〕彭小燕：《「虛無」的四重奏——重讀〈祝福〉（之二）》，《中國現代文學研究叢刊》2012年第1期。

但也正是這樣的追問與實踐，才顯現了祥林嫂存在的「獨特性」與「深刻性」：「天地聖眾」都醉醺醺的在空中蹣跚，魯鎮的人們正虔敬地迎接福神、拜求好運，而祥林嫂正在她的地獄中跋涉，苦苦尋覓著「死掉的一家的人」……

本文原刊《東嶽論叢》2021 年第 6 期。作了幾處細微然而重要的修改，如將「在人間已毀壞的幸福，到陰間能不能再次得到？」的後半句改為「有沒有一個陰間能讓它再次得到？」

# 呂緯甫為什麼變得「敷敷衍衍」?

一

《在酒樓上》所描寫的廢園景色(尤其是那株山茶)令人難忘:

> 幾株老梅竟鬥雪開著滿樹的繁花,彷彿毫不以深冬為意;倒塌的亭子邊還有一株山茶樹,從暗綠的密葉裏顯出十幾朵紅花來,赫赫的在雪中明得如火,憤怒而且傲慢,如蔑視遊人的甘心於遠行。

很多解釋把山茶視為積極人格的象徵,如有研究者這樣反問:「這不正是『我』高潔的情懷和堅貞不屈的意志的象徵性寫照嗎?」〔註1〕這引發的疑問是:「我」到 S 城尋訪舊友,「不到兩個時辰,我的意興早已索然,頗悔此來為多事了」,「憤怒而且傲慢」的山茶如何能成為這個無聊的「我」的「象徵性寫照」呢?

對「我」和呂緯甫來說,S 城是一個特殊的地方,在這裡他們做過同事教過書,貢獻了青春夢想與書生意氣。「我」回到 S 城就是要重溫青春舊夢或曰死去的火焰、尋覓往日慷慨激昂的舊友。然而,現實卻給予「我」不斷的打擊:學校業已換了名稱和模樣,舊同事皆星散不知去向,很熟識的小酒樓已沒有了一個熟人,自己完全成了一個生客,切身感受到的只是荒涼與無聊。對「我」而言,S 城成了一座沒有存在意義的廢城;對 S 城來說,「我」

---

〔註1〕盧今:《〈在酒樓上〉細讀》,轉引自李平主編《〈中國現當代文學名著導讀〉自學指導》,北京大學出版社,2004 年,第 24 頁。再如,梁偉峰也認為,山茶樹是「反抗絕望、韌性的戰鬥人格的象徵」(《〈在酒樓上〉新解》,《魯迅研究月刊》1999 年第 4 期)。

成了一個去留皆無意義的棄子。就在這樣一種互相拋棄的感受中，廢園被重新發現了。

廢園，即被廢棄的園子、敗落荒涼的園子，與 S 城有某種同形同構的關係，我們不妨視之為過去了的生命廢墟的象徵，而紅山茶卻正詩意地綻放在這片廢墟之上。這讓人想起一年後凍結於冰谷中的「死火」（《在酒樓上》寫於 1924 年，《死火》寫於 1925 年）：一個現身於雪天荒涼的廢園，一個存在於冰冷青白的冰谷。本文願意把紅山茶與「死火」等同視之，它是二人先前的熱血青春與奮鬥生命的詩意化形象，是十年之後二人相遇相談、自我審視的生命背景。換言之，廢園裏的紅山茶就是為「我」和呂緯甫的相遇而盛開的，它既使「我」感到「驚異」，又使呂緯甫那失去了精彩的眼睛「忽地閃出我在學校時代常常看見的射人的光來」。

值得注意的是，在呂緯甫自敘的過程中，他們向窗外看了三次（或者說，敘述者的筆墨顧及窗外有三次）：第一次只寫「樓外的雪也越加紛紛的下」，此時，呂緯甫正準備講遷墳之事；第二次，正說到趁年假的空回來為兄弟遷葬，呂緯甫「看著窗外，說，『這在那邊那裡能如此呢？積雪裏會有花，雪地下會不凍』」；第三次，呂緯甫正說到為順姑從太原到濟南搜求剪絨花，「窗外沙沙的一陣聲響，許多積雪從被他壓彎了的一枝山茶樹上滑下去了，樹枝筆挺的伸直，更顯出烏油油的肥葉和血紅的花來」。對此，我們應該考慮這樣一個問題：為什麼是在為順姑買花的時刻才看到了紅山茶？或者說，每次望向窗外其實都可以看到紅山茶，卻為什麼是在為順姑買花的時刻才讓紅山茶現身呢？〔註2〕

## 二

遷墳與送花向來並稱，實則二者頗有不同。

仔細琢磨，為小兄弟遷墳，呂緯甫本不熱心，這可以從他的敘述中捕捉到：買了棺材，雇了土工去掘墳的時候，他說：「我當時忽而很高興，願意掘一回墳，願意一見我那曾經和我很親睦的小兄弟的骨殖」，這豈不意味著：在此之前，尤其是母親叫他回來遷墳時他並不怎麼「高興」、並不怎麼「願意」

〔註2〕另外一個問題或許也值得思考：1924 年的紅山茶只能遠觀眺望，一年後的死火卻是絕地相逢，可以近身拾取，「我」用自身溫熱把它驚醒，它以自我燃燒的方式救「我」出了冰谷。這種變化是否折射了魯迅的某種心路歷程？許廣平是否在其中起了關鍵作用？此與本文無甚關係，故而略去不答。

嗎？——母親叫他同時給阿順送花，他說：「我對於這差使倒並不以為煩厭，反而很喜歡；為阿順，我實在還有些願意出力的意思的」，很明顯，這種「喜歡」、這個「願意出力的意思」在聽到要給兄弟遷墳時是沒有的。所以，春天得到墳地浸水的消息，「一直挨到」深冬才來辦。母親很著急，「幾乎幾夜睡不著」，「然而我能有什麼法子呢？沒有錢，沒有工夫：當時什麼法也沒有」，其實這只是敷衍母親的託詞與緩兵之計。呂緯甫在同鄉家裏教書，如果他當時真想回來遷墳，請個假、借點錢應該是不成問題的吧？而他一直按兵不動，很可能是認為遷墳這種事很無聊。母親說小兄弟跟他很相投，可是他連這個三歲小兄弟的模樣都記不清楚了。母親很愛念死去的孩子，得空就念叨（嘮叨）這件事，而呂緯甫一直「挨」著。

　　本文的意思是：母親在呂緯甫的精神生活中施加了重要的影響。不但兩件事皆由母親發動，而且在其敘述中皆以騙母親安心高興作為兩件事完成的標誌。這是可以理解的：呂緯甫的父親早死而與寡母生活，兄弟又早死而成家中獨子，如此處境使他很難成為一個傳統的決裂者、一個勇往直前的革命者。他無法掙脫他的母親——在 S 城教了一年的書，然後北上到濟南謀生（約七八年），後又去了太原，「前年」把母親接去同住。可以說，母親最終決定了他的命運。

　　正因為呂緯甫本不願回來遷墳，積雪裏的山茶花並未顯示出「血紅的」顏色。等雇了人去掘墳，他「忽而很高興」，並發出了「一生中最為偉大的命令」——「掘開來！」。錢理群先生認為，小兄弟的墳隱喻著一種逝去的生命，掘墳意味著對已經消失的生命的一種追尋，所以在呂緯甫的感覺中，「掘開來」是一生中最偉大的命令〔註 3〕。本文認為用事件的隱喻意義來解釋命令之偉大終究隔了一層，首先而重要的應該是：這個命令「最為偉大」是因為它最動情，並最想得到合意的回報或結果。可以想見，呂緯甫教書的時候也會下命令，比如「把它背過」，於是學生就開始讀、背，然而這種職業化操作無須動情，更無所謂偉大與否。但，掘墳顯然是非常特殊和罕有的體驗，儘管他本不願來，但事情既然已經開始了，並且站在了小兄弟的墳前，儘管母親說小兄弟和自己「很相投」可能是善意的謊言，卻不妨視其為真，而滿懷希望從墳中得到可靠的物證，哪怕是小兄弟的一根頭髮也行，以此證明或者讓自己確信那段被自己遺忘了的感人的過去真地存在過。換言之，這個命令「最

---

〔註 3〕錢理群：《魯迅九講》，福建教育出版社，2007 年，第 159～160 頁。

為偉大」是因為它意欲尋找到愛的物證、發現相親相愛者存在的證據。

然而，墳裏一無所有，愛撲空了。

「本已可以不必再遷」，但呂緯甫還是盡心盡力地把它遷到父親的墳旁。有研究者認為，「如果僅僅是為了騙騙母親，他是無需這般一絲不苟的，看來還是出於兄弟之情、母子之情，不這樣盡職地完成『遷葬』，他會過意不去，會留下感情的負累」〔註4〕。可是，我們首先要設身處地地為呂緯甫想一想：如果不遷墳，那麼，那個寫信來告知墳地浸水的堂兄又要來信反映問題，又要把母親弄得著急上火；若告以真相（小兄弟什麼也沒留下，不必費事），必叫她傷心不已。不如鄭重其事地把事情辦了，堂兄來信或許會稱讚幾句，母親高興，他也清靜，能使三方受益——為人子者，有時不得不如此認真（辦無聊事）啊！

### 三

呂緯甫「動身回來的時候」，母親又叫他給阿順送花。對母親來說，兒子南下為的是遷墳，送花只是趁便；而呂緯甫則把兩件事的重要性顛倒了過來，為買花他傾注了更多的時間與心血，為送花他特地耽擱了一天——這才是他真正願意出力去做的事情。

儘管他說阿順「長得並不好看」，但她的「眼睛非常大，睫毛也很長，眼白又青得如夜的晴天，而且是北方的無風的晴天」，有研究者據此反問道：「有這麼一雙美麗迷人眼睛的阿順，難道不是一位醉了月亮、醉了太陽，也醉了當年的呂緯甫的人間美女嗎？」，加之「她很能幹，母親早逝，家事全由她主持，服侍父親，招呼弟妹，連鄰居都『誇讚她』，父親也常對她『說些感激的話』。美麗懂事的順姑，是多麼可愛啊！呂緯甫當年對她怎能不情有獨鍾！？」〔註5〕這顯然誇大了阿順的美，且忽略了她的內心痛苦，也簡單化了二人之間的關係。

〔註4〕盧今：《〈在酒樓上〉解讀》。當然，有研究者提出了相反的意見：呂緯甫「之所以如此，並不是出於對小兄弟的愛，甚至也不是出於對母親的愛，恰如他自己所說的是為了『騙騙我的母親，使她安心些。』至於呂緯甫，他已經無愛也無所可愛了」（李允經《重讀〈在酒樓上〉》，《魯迅研究月刊》2013年第2期）。

〔註5〕李允經：《重讀〈在酒樓上〉》。汪衛東說得較節制，用「已經脫俗」四個字評價阿順（《「夢魘」中的姊妹篇：〈在酒樓上〉與〈孤獨者〉》，《魯迅研究月刊》2012年第6期）。

　　阿順是個有想法的姑娘。當她拒絕偷雞賊長庚的「硬借錢」，後者就說「你的男人比我還不如」，「她從此就發了愁，又怕羞，不好問，只好哭」，說「男人真比長庚不如，那就真可怕呵！」看來，阿順不是一個隨便找個人嫁了過日子就行的女孩。就小說所寫來看，我們可以說她心目中的好男人就是呂緯甫這樣的「文人」（或者說呂緯甫本人）：她把呂緯甫吃的那碗蕎麥粉調得「非常甜」，又遠遠地看著，「願我們吃得有味」〔註6〕，見呂緯甫全吃掉了，收拾空碗的時候便忍著「得意的笑容」。她的心思與命運實在很像蕭紅《小城三月》裏的翠姨。

　　呂緯甫因為「硬吃」了一大碗蕎麥粉，一夜不曾安睡，但「也還是祝讚她一生幸福，願世界為她安好」。這話說得宏大而抽象，實際上就是希望她能找到一個如意郎君：女怕嫁錯郎，這是女人一件大事，可以說是最大的事；如果這事做不好，所謂「一生幸福」等等全是白搭。當聽到自己將來的男人不如個偷雞賊，阿順寧可去死，覺得死是一種解脫，說「好在我已經這樣，什麼也不要緊了」（《小城三月》翠姨亦如此）。——「願世界為她安好」，呂緯甫緊接著說道：「然而這些意思也不過是我的那些舊日的夢的痕跡，即刻就自笑，接著也就忘卻了」。「舊日的夢」是什麼呢？願阿順找一個如意郎君是「舊日的夢」的痕跡？這豈不表明呂緯甫曾有與阿順好合的念想？「即刻就自笑」，是因為他這次回來接母親遠走他鄉，此後與阿順各自走天涯，一輩子難再見面，還想那點事幹嗎？「接著也就忘卻了」，可到現在仍然還記得！

　　這又是一個有情人不能終成眷屬的故事。阻礙的因素可能有：（1）呂緯甫的青春力比多主要傾注到了改革中國的宏願上而忽略了阿順的心意情感；（2）二人身份懸殊，對阿順來說，呂緯甫有些可望而不可即。二人的關係有些類似丫頭鳴鳳與少爺覺慧，覺慧在鳴鳳心中是個英雄，她不求覺慧娶她，只希望一輩子在他身邊做僕人服侍他。這兩對男女關係同樣並不對等；（3）阿順母親死得早，沒人在意她的心事，有些事不好對父親開口（如有病就一直瞞著），如果母親在，情況會不同；（4）呂緯甫的母親不同意。只要她同意，

───────────────

〔註6〕整句話是：「我漫然的吃了幾口，就想不吃了，然而無意中，忽然間看見阿順遠遠的站在屋角裏，就使我立刻消失了放下碗筷的勇氣。我看她的神情，是害怕而且希望，大約怕自己調得不好，願我們吃得有味」，「我們」的出現實在有些突兀，其實應該是「願我吃得有味」。呂緯甫明白和在乎阿順的意思，但用「我們」代替「我」掩飾了過去。

前面三個因素都可以撤除，就像魯迅的母親安排與兒子與朱安的婚事一樣，婚後朱安在家伺候婆婆，魯迅則繼續外出求學，如果呂緯甫的母親願意，則完全可以如此安排。她不同意應該基於以下幾點考慮：（1）阿順是鄰居，彼此知根知底，她家負擔重，有弟妹要照顧，誇她能幹可以，但結婚就不合算了；（2）兒子的同學（比如「我」）已經搬離了鄉下進了城市，這是讀書有出息的表現，自己的兒子怎麼能回來娶個鄉下姑娘叫人瞧不起呢？——她記起給阿順送剪絨花，是因為「這種剪絨花是外省的東西，S 城裏尚且買不出」，實在是出於一種炫耀心理。

但母親的話喚醒了呂緯甫壓抑下去的夢念，所以，他「意外的勤快起來了」，「先在太原城裏搜求了一遍，都沒有；一直到濟南……」這簡短的話語讓我們想起了屈原的名句、《彷徨》的題詞：「路漫漫其修遠兮，吾將上下而求索」，這「意外的勤快」不是出於炫耀，也不是想得到加倍的回報（利益算計），乃是出於對順姑的愛，是不計報酬的付出，是死火的復活、青春的重現，因而紅山茶再次出現於視野之中。

呂緯甫「上下求索」而得到剪絨花，一朵大紅一朵粉紅，與廢園裏血紅的山茶遙相呼應。安排紅山茶重現於此時此刻，極具視覺上的衝擊力，同時具有濃重的象徵意味。呂緯甫年輕時的作為是出於對民眾和國家的愛，買花則是出於對某個個體的愛，雖然對象的廣狹不同，但愛仍然是愛。呂緯甫仍然心中有愛，只是實踐的結果無一如意，負性經驗的不斷累積使他陷入了極端的懷疑論調而不能自拔了。

## 四

在敘說遷墳與送花之前，呂緯甫談了一個人生感悟：

> 我在少年時，看見蜂子或蠅子停在一個地方，給什麼來一嚇，即刻飛去了，但是飛了一個小圈子，便又回來停在原地點，便以為這實在很可笑，也可憐。可不料現在我自己也飛回來了，不過繞了一點小圈子。

在眾多的解釋與評論中，下面的說法頗具代表性：「表面上，看呂緯甫這段話是指他離開故鄉外出謀生，又返回故鄉辦理無聊家事這種繞圈子的行蹤的。但在魯迅筆下，卻蘊藏著深刻的人生哲理。呂緯甫年輕時……頗為敏捷精悍，一別十年……變得消沉頹唐，而重歸故轍了。用蜂蠅轉圈子來隱括軟

弱、動搖、妥協的知識分子的人生道路，是準確形象，又發人深省的」〔註7〕。顯然，它存在一個漏洞：年輕時敏捷精悍，十年後消沉頹唐，這如何是「重歸故轍」呢？

要消除這個漏洞，就要明白這個人生感悟是如何出現的。二人見面後，「我」得知呂緯甫現在太原教書，便問「這以前呢？」他沉思似地說：「無非做了些無聊的事情，等於什麼也沒有做」，接著所說的便是繞圈子的感悟。由此，我們認為它是對「等於什麼也沒有做」的形象化解釋。蜂蠅飛了一圈又落回原點，從結果上看，飛與不飛是一樣的；十年之間，做了很多事情，但從結果上看，做和不做是一樣的，做了（似乎）也沒有意義，例如年輕時「拔掉神像的鬍子」的壯舉並沒有改變中國人的文化積習（他還得教《女兒經》），前天所發出的那個「最為偉大的命令」得到的是「蹤影全無」，而意欲贈她花的意中人早就死去了。繞圈子的人生感悟追問的是人生的意義與價值何在。蜂蠅的飛是一種本能，對此不必提問有關動機、理由的問題，不必賦予什麼意義或價值，但人的所作所為則要建構某種意義與價值，而在呂緯甫的反思中人與蜂蠅沒有本質的差別。他其實深深中了啟蒙功利主義思想的毒害。

按照查爾斯・泰勒的看法，「功利主義是啟蒙運動的道德規範。功利主義是這樣一種道德規範，它依照行為後果來判斷行為，依照與某個外在目的的關係即行為的有用性來判斷行為」〔註8〕；功利主義的初衷是好的，但它對人生價值與意義的理解過於狹隘。又，按照韋伯的觀點，人的行為（行動）可以分為四類：（1）目的理性式，是通過對周圍環境和他人客體行為的期待所決定的行動，這種期待被當作達到行動者本人所追求的和經過理性計算的目的的「條件」或「手段」；（2）價值理性式，有意識地堅信某些特定行為的自身價值，無關於能否成功，由信仰所決定的行動；（3）情感式；（4）傳統式〔註9〕。若持

---

〔註7〕楊義：《中國現代小說史》，人民文學出版社，1986年，第184頁。應為「表面上看，」。近三十年後，楊義仍然認為這種「蜂之圈」或「蠅之圈」是對新舊文化交替時代某類人物心理行為軌跡的形而上的思考與隱喻（《魯迅〈彷徨〉的生命解讀》，《江蘇師範大學學報》2014年第1期）。從某種意義上講，我們對魯迅的解釋也一直落在某個圈子裏。要打破這個圈子，一個方式是直面文本，放棄人云亦云。

〔註8〕查爾斯・泰勒：《黑格爾》，張國清、朱進東譯，譯林出版社，2012年，第250頁。

〔註9〕韋伯：《社會學的基本概念》，顧忠華譯，廣西師範大學出版社，2005年，第31～32頁。

守目的理性，一旦意願受挫則容易灰心絕望，繞圈子的無聊感心生而口出；應該讓愛成為一種信念——「信念（所說的是地道的信念）是對達到這樣一個前景的信賴，促進這一前景是義務，但對它的實現的可能性卻是我們所不能看透的」〔註10〕——讓愛來作為行動持續的、最終的動力，不計較眼前的報酬與成功，作魯迅所說的韌性的、持續的戰鬥。

如果說功利主義的思考方式在繞圈子的感悟中還不明顯，那麼，在呂緯甫最後一句話中則暴露無遺。分手之際，「我」問他以後預備怎麼辦，他說：

> 以後？——我不知道。你看我們那時豫想的事可有一件如意？
>
> 我現在什麼也不知道，連明天怎樣也不知道，連後一分……

因為豫想的事沒有一件如意，呂緯甫成了一個極端的懷疑論者，竟然連後一分鐘會發生什麼都不知道。然而，對這種懷疑論調的駁斥即刻就出現了：

> 堂倌送上帳來，交給我；他也不像初到時候的謙虛了，只向我
> 看了一眼，便吸煙，聽憑我付了賬。

吃了酒樓上的飯，接下來的事情很清楚，那就是付帳。付帳可視為「我」的一次清算：既完成了與舊友見面的心願，卸掉了自己心中的無聊，又走出了呂緯甫的懷疑論調。故此，二人店門分別後，走的方向正相反，且感受亦相反：「我獨自向著自己的旅館走，寒風和雪片撲在臉上，倒覺得很爽快」。

最終，本文認為呂緯甫敘述遷墳和送花這兩件事其實是講述自己的心靈秘史，向舊友獨白他靈魂深處的痛苦，解釋他現在為何是這樣一種「敷敷衍衍」的狀態。母親的意志決定了他的命運和一生的走向，這是他擺脫不掉的先在；他仍然有愛的欲望，有對自我的清醒認知，同時又對現實抱著深深的疑慮。「敷敷衍衍」就是他平衡母親（傳統）、自我與現實三種力量的心術。從某種意義上說，「敷敷衍衍」是人生成熟的一種表現〔註11〕，只是呂緯甫愈加陷溺其中而不可自拔，而這是敘述者「我」及魯迅本人所不以為然的。

---

〔註10〕康德：《判斷力批判》，鄧曉芒譯，人民出版社，2002年，第332頁。信仰與信念為同一個德文詞，譯者根據不同的情況選用兩者之一。

〔註11〕魯迅並不排斥「敷敷衍衍」，如他在《兩地書·序言》中就寫道：「我無論給誰寫信，最初，總是敷敷衍衍，口是心非的」，但須注意「最初」的設定，魯迅絕沒有像呂緯甫那樣完全被「敷敷衍衍」奪去了魂魄。

# 《高老夫子》：精神分析手法
# 運用的傑作

　　在魯迅創作的小說中，《高老夫子》是不大受學界關注的一篇。截至 2017 年，以「高老夫子」為篇名，經知網檢索得到的文獻不超過十篇。《西北大學學報》2015 年第 5 期刊登姜彩燕的《自卑與「超越」——魯迅〈高老夫子〉的心理學解讀》是較有分量的一篇研究成果，該文首先對以往的學術研究成果做了綜述，然後闡述了自己的觀點：高老夫子備課時照鏡子，不是對自身外貌的自信或自戀，而是因為自卑；這種自卑情結形成的重要原因是高老夫子「童年被家人忽視，進而留下身體上的缺陷」；他課上膽怯與恐懼的來源是「由於知識儲備不足和額頭的瘢痕所導致的自卑感」。該文的結論是：《高老夫子》這篇小說「既是對人生隱秘心理的深刻探索，表現出『靈魂的深』，從某種意義上說，也是對童年期不當教育給人成年後所造成的沉重陰影所進行的反思」。本文則認為包括姜彩燕論文在內的研究成果仍然意猶未盡，並未充分認識到《高老夫子》的藝術匠心，也未能充分挖掘它的思想意蘊。本文將參考弗洛伊德的精神分析理論，對這篇小說進行重新分析與評論。

## 一

　　小說開始，敘述高老夫子備課，「工夫全費在照鏡，看《中國歷史教科書》和查《袁了凡綱鑑》」：

　　　　首先就想到往常的父母實在太不將兒女放在心裏。他還在孩子的時候，最喜歡爬上桑樹去偷桑椹吃，但他們全不管，有一回竟跌

下樹來磕破了頭，又不給好好地醫治，至今左邊的眉棱上還帶著一個永不消滅的尖劈形的瘢痕。他雖然格外留長頭髮，左右分開，又斜梳下來，可以勉強遮住了，但究竟還看見尖劈的尖，也算得一個缺點，萬一給女學生發見，大概是免不了要看不起的。他放下鏡子，怨憤地籲一口氣。

據引文來看，父母在高老夫子小時候進行的不是姜彩燕說的「不當教育」，根本就是「不教育」——他偷桑椹，「他們全不管」。父母「全不管」將對兒童人格結構的發展造成重大影響。按照弗洛伊德的看法，父親不管兒子，採取放任自流的態度，兒子將無法以父親形象為榜樣，並與之認同自居，形成一個強有力的超我，其道德良心與批判能力不能達到正常水平；母親不管兒子，意味著母親溺愛，這將使兒子的力比多固著在母親身上，以致男性特徵不明顯（如缺乏男子漢氣概），並（可能）導致同性戀傾向。雖然沒有證據表明高老夫子是同性戀，但卻有較充分的理由認為高老夫子是一個女性化的人物——他喜歡照鏡子，備課時照來照去，講課後回到家裏把課本與聘書都塞入了抽屜裏，唯獨留下那面鏡子。高老夫子離不開鏡子，因為鏡子能夠讓他發現自己額頭上「尖劈形的瘢痕」——偷桑椹烙下的。一方面，瘢痕是形體上的缺陷，有礙觀瞻，所以高老夫子要格外留長頭髮以掩飾它；另一方面，瘢痕又提示他最喜歡做的事情（偷桑椹吃），這又讓他感到某種私密性的願望滿足。既要掩飾它的存在，又要照鏡子發現它的存在；既要自己偷偷欣賞它的存在，又不想讓他人（尤其是女學生）知道它的存在。從某種意義上說，它，這個「永不消滅的尖劈形的瘢痕」，可視為女性生殖器的象徵物（兩者外形上都是裂開的）。

認為瘢痕是女性生殖器的象徵物，這樣的解釋或許會讓人感到不悅。但這不是說高老夫子看到額上瘢痕就想到了性或起了性慾，而是象徵性地表達了高老夫子的人格結構缺陷：本我的那些欲望衝動，自我雖覺得羞恥，卻又控制不住，因為缺少一個強有力的超我，高老夫子往往把責任推給自身之外的因素，如過去「全不管」的父母，如現在可慮的世風。由此可見，高老夫子的心理控制水平尚未走出兒童期，一直處於小時候最喜歡偷桑椹吃的狀態。高老夫子不是一個正常而健康的成年男性。另有例證：老朋友黃三來找他，「一隻手同時從他背後彎過來，一撥他的下巴」，這固然表現了黃三的流氓氣，同時也表現了高老夫子某種順從被動的女性化特質。

　　這一次，高老夫子特別在意這條「尖劈形的瘢痕」，因為他即將面對的是一群女學生（其實，他在頭腦中已經面對著了）。一方面，高老夫子想表現得更男人一些，有例為證：來到賢良女學校，在萬瑤圃的聒噪中，他心緒煩亂，湧上了許多「斷片的思想」：「上堂的姿勢應該威嚴；額角的瘢痕總該遮住；教科書要讀得慢；看學生要大方」，這四條思想斷片所表達的皆是要保持男性氣概與師道尊嚴；另一方面，高老夫子遮住額前的瘢痕缺陷，也是遮蓋他的精神問題與道德缺陷：爬上桑樹偷桑葚，跌下來磕破了頭，才留下了瘢痕——他是個偷兒，瘢痕就是偷的明證，就是他付出的代價。如果說高老夫子小時候最喜歡偷桑椹吃，成人了則最喜歡偷看女人（「跟女人」）。他這次去做老師，本意並不是為了傳道授業解惑，而是為了看女學生；換言之，表面上是去傳道授業解惑，其實是藉此機會看女學生，這亦是「偷」。遮住瘢痕，讓女學生看得起，其實是為了偷得順利、偷得正當，堂而皇之地滿足自己「看看女學生」的醜陋欲望。

　　這次進女學校「偷」亦讓高老夫子付出了代價。他的講課很不成功，倉皇逃離教室，跨進植物園，向教員豫備室走去：

　　　　他大吃一驚，至於連《中國歷史教科書》也失手落在地上了，因為腦殼上突然遭了什麼東西的一擊。他倒退兩步，定睛看時，一枝天斜的樹枝橫在他面前，已被他的頭撞得樹葉都微微發抖。他趕緊彎腰去拾書本，書旁邊豎著一塊木牌，上面寫道：

> 桑
> 桑科

　　　　他似乎聽到背後有許多人笑，又彷彿看見這笑聲就從那深邃的鼻孔的海裏出來。於是也就不好意思去撫摩頭上已經疼痛起來的皮膚，只一心跑進教員豫備室裏去。

　　高老夫子再次被「桑」擊中。「桑」，如影隨形地跟著他，在他不提防的時候突然重現，他的心事再次被揭穿。高老夫子小時候偷桑椹，留下了「永不消滅的尖劈形的瘢痕」；這次遭「桑」撞擊，則留下了叫他臉紅心跳、難以去除的「嘻嘻」。如同他留長頭髮遮飾瘢痕一樣，這次他也裝作沒事似的，不去「撫摩頭上已經疼痛起來的皮膚，只一心跑進教員豫備室裏去」，但回家許久之後，依舊受著「嘻嘻」的折磨。

## 二

「嘻嘻」，是女學生發出的還是自己的幻覺？高老夫子不能確定，但它彷彿扎根在他的腦海裏，頑固性地發作著。想拔掉它，似乎無能為力；下了辭職的決心，又捨不得鮮紅的聘書。為什麼如此兩難呢？與瘢痕既給高老夫子某種羞恥或罪感又予其欲望滿足一樣，「嘻嘻」是從「可怕的眼睛和鼻孔聯合的海」發出來的，「嘻嘻」使他「彷彿看見這笑聲就從那深邃的鼻孔的海裏出來」。直言之，「嘻嘻」作為一個症狀，意味著他腦子裏裝的全是女學生；換言之，「嘻嘻」既令他煩躁惱怒，同時又讓他回想起課上情景，他忘不掉那些女學生。

高老夫子上課到底看到了什麼呢？先是「半屋子蓬蓬鬆鬆的頭髮」，後來：

半屋子都是眼睛，還有許多小巧的等邊三角形，三角形中都生著兩個鼻孔，這些連成一氣，宛然是流動而深邃的海，閃爍地汪洋地正衝著他的眼光。但當他瞥見時，卻又驟然一閃，變了半屋子蓬蓬鬆鬆的頭髮了。

姜彩燕認為，在高老夫子上課的整個過程中，「他幾乎一刻也未曾關注過女學生的長相、身材，從未留意過任何一個具體的人物，自始至終被隱約聽到的笑聲所折磨，好像靈魂出竅一般」，這似乎是說，高老夫子的圖謀沒得逞，因沒看到一個「具體的」女學生。這種解釋過於注重具體的實指，實際上，性可以不附著於某個具體人物身上，而表現為一種把握不定的情調與流動不居的氛圍。對第一次登上講臺的高老夫子來說，他的確感受到了新鮮而濃烈的性的氛圍。

首先，上世紀一二十年代，女學生「蓬蓬鬆鬆」的頭髮就足以喚起了男性新鮮的性感體驗。人們向來重視當時剪髮的政治意義與文化意義，魯迅小說《頭髮的故事》即是如此，它雖提到了女子剪髮，但關注的是人生出路問題。這大概與魯迅年入不惑有關，而二十出頭、性慾正活躍的沈從文則更關心女人剪髮的性感意義。他的小說《嵐生同嵐生太太》為此留下了佐證。嵐生是財政部的二等書記，走路回家的次數多，為的是繞遠到墨水胡同的「閨範女子中學」看女學生：

他覺得女人都好看，尤其是把頭髮剪去後從後面看去，十分有趣。因為是每日要溫習這許多頭，日子一久，閨範女子中學一些學生的頭，差不多完全記熟放在心裏了。向側面，三七分的，平剪的，

捲鬆的，起螺旋形的，即或是在冥想時也能記出。且可以從某一種
頭髮式樣，記起這人的臉相來……他想著，如果自己太太也肯把髮
剪了去，凡是一切同太太接近的時候，會更要覺得太太年青美好，
那是無疑。

這一天嵐生領了工資回來，在餐桌上勸誘太太剪髮，「同事中見著，將會
說你是什麼高等女子閨範的學生哩。」於是，找來相士看定了剪髮的日子，
又買了德國式剪刀，旗袍料子——剪完頭髮要配穿旗袍。太太的髮型便是參
照著在市場上見到的年青漂亮的女人頭髮剪成的。從此以後，嵐生先生回家，
坐車子的回數就比走路的時候為多了。隨著歲月流逝與時代發展，我們似乎
無從體驗「半屋子蓬蓬鬆鬆的頭髮」帶給高老夫子的視覺衝擊與隱秘興奮了。

當高老夫子與女學生目光相遇，發現半屋子都是眼睛，眼睛與鼻子構成
「小巧的等邊三角形」——「小巧」用於描寫女性身體時，往往表現了男性
的欲望。三角形都生著兩個鼻孔，連成一氣，「宛然是流動而深邃的海」，逼
得他連忙收回眼光，再也不敢離開教科書，只能抬起眼來看屋頂。高老夫子
愈是有意地抗拒與掙扎，愈是掉進了「海」裏不可自拔（症狀便是躲不掉的
「嘻嘻」）。前文說過，高老夫子備課時，黃三進來撥他的下巴，同時還說了
一句話：「嚜，你怎麼外面看看還不夠，又要鑽到裏面去看了？」這句話很突
兀，它是什麼意思呢？為什麼高老夫子聽了，「板著臉正正經經地」叫黃三「不
要胡說！」？原來，高老夫子和黃三在學校外看過女學生，這次高老夫子做
教員，進學校裏面去看，黃三用的「鑽」字既下流又貼切，儘管彼時高老夫子
駁斥黃三，可他現在不是真地鑽進「深邃的鼻孔的海裏」而出不來了嗎？

晚上到黃三家打牌時，高老夫子還抱著不平之意，「他本來是什麼都容易
忘記的」，但這次總以為世風可慮，實則是女學生的海誘惑了他，使他放不下，
直到他快湊成「清一色」的時候，才覺得世風終究好了起來，這固然是因為
他要贏牌，亦因骨牌的「清一色」能讓人聯想到女學堂的清一色光景：半屋
子全是蓬蓬鬆鬆的頭髮，半屋子都是眼睛，以及小巧的等邊三角形。打牌前，
黃三熱心地問：「怎麼樣，可有幾個出色的？」高老夫子沒有正面回答，卻說
「我沒有再教下去的意思」。使高老夫子舒適樂觀的「清一色」才是對黃三問
題的回答：女學生「清一色」、全出色。他的不平之意忘記了，覺得世風好了
起來，意味著他還要去教書，去看女學生，去看「海」。

有趣的是，沈從文《八駿圖》裏的達士先生也掉進了海裏不可自拔。達

士先生來到青島給未婚妻寫第一封信，稱雖然海「真有點迷惑人」，但「若一不小心失足掉到海裏去了，我一定還將努力向岸邊洄來，因為那時我必想起你，我不會讓海把我攫住，卻盡你一個人孤孤單單」。然而，一個女人的一雙眼睛把他捕獲了，女人的眼光「既代表貞潔，同時也就充滿了情慾」，達士先生因此推遲了與未婚妻的相聚，而要在海邊多住三天，因海而起的病應該用海來治療。

現代文學史上最好的兩位小說家不約而同地以「海」來寫男女情慾，而不去詳細描寫一個女人具體的身材與長相，這既是洞悉人性，又是藝術高明。

<h2 style="text-align:center">三</h2>

談到《高老夫子》的藝術特色，人們歷來重視它的諷刺性：魯迅善於把人物自身的矛盾「用人物自身的行動暴露出來，讓讀者看到人物的可笑、可恨、可鄙，就好像並不是作者的描寫，而是人物自己的言行暴露了自己靈魂深處的秘密一樣，由此而引出人們的笑聲」〔註1〕。從人物言行不一致、裏外不協調的角度確實可以揭露高老夫子偽道學、不學無術的真面目，這從小說中可以舉出不少例子，如發表了冠冕堂皇的《論中華國民皆有整理國史之義務》，其實所擅長的不過是野史演義而非真知灼見。但是，對魯迅《高老夫子》諷刺藝術的論述皆忽略了「桑」的點睛之筆以及「嘻嘻」的重複發作，因為言行不一構成的諷刺性可以暴露人物的矛盾表象，而要想深入挖掘人物「靈魂深處的秘密」卻不得不借助於精神分析學的理論武器。精神分析認為心理過程主要是潛意識的，意識的心理過程僅僅是整個心靈的分離的部分和工作。「靈魂深處的秘密」不在意識層面，而在潛意識之中。那麼，我們如何捕捉潛意識本能呢？「在精神生活中，一旦已形成的東西不可能消失，一切東西在某種程度上都保存下來，並在適當的條件下（如，當回退到足夠的程度）還會再次出現」〔註2〕，這就是說，潛意識中被壓抑的衝動會借助某個契機重現出來，我們就是要抓住那些重現的事物來深入到人物的靈魂深處——往往那些事物顯得瑣屑而無足輕重，如前面分析的「桑」和「嘻嘻」，卻包含著深刻的心理原因。

---

〔註1〕張惠慧：《試論〈高老夫子〉的諷刺藝術》，《重慶工商大學學報》，1990年第1期。

〔註2〕弗洛伊德：《文明及其不滿》，收入《論文明》，徐洋，等譯，國際文化出版公司，2000年，第68頁。

　　因此，本文認為，《高老夫子》的藝術成就不在諷刺，而在精神分析式的重現。為了進一步理解這種重現藝術，我們需要對《高老夫子》進行整體上的精神分析學理解。

　　小說名為《高老夫子》，除了高老夫子，還頗費筆墨寫了黃三與萬瑤圃。黃三出現在高老夫子備課之時，一禮拜之前他還同黃三打得火熱，現在卻覺得黃三下流無知了，對之既高傲又冷淡。「黃三」，應視為高老夫子暫時壓抑下去了的露骨的本能衝動。與黃三的對話，是高老夫子自我與本我的一場鬥爭與較量。這時的高老夫子已在《大中日報》上發表大作，得了賢良女學校的聘書，用了新皮包新帽子新名字，「萬瑤圃」便是高老夫子的自我形象。與黃三不同，萬瑤圃是個大名鼎鼎的知識分子，贊同維新，振興女學，「很能發表什麼崇論宏議」。然而，喋喋不休的萬瑤圃卻弄得高老夫子「煩躁愁苦著」，當堂出醜。這是為什麼呢？根本原因在於：自我是本我的一部分，即通過知覺—意識的媒介已被外部世界的直接影響所改變的部分，代表著理性，遵循著現實原則，可萬瑤圃口頭上說順應世界潮流，實際上卻提倡所謂國粹、頑固守舊，又罔顧高老夫子最迫切的現實問題——預備功課；並且對乩壇蕊珠仙子俯首聽命，以得之青眼而高興，以得之「不無可採」的評語而得意，缺少一個強有力的自我理想（超我）的引導與支配（虛幻的蕊珠仙子絕不是一個正確的自我理想）。總之，「萬瑤圃」象徵著高老夫子的自我形象既非理性、非現實，又沒有形成一個正確的自我理想（超我）。這似可視為魯迅對當時知識文化界病症的一個隱喻性表達：「不敢正視各方面，用瞞和騙，造出奇妙的逃路來，而自以為正路」。

　　高老夫子回到家中，「決絕地將《了凡綱鑒》搬開；鏡子推在一旁；聘書也合上了。正要坐下，又覺得那聘書實在紅得可恨，便抓過來和《中國歷史教科書》一同塞入抽屜裏」，這意味著「萬瑤圃」已被打回潛意識之中封鎖了起來，「桌上只剩下一面鏡子，眼界清淨得多了。然而還不舒適，彷彿欠缺了半個魂靈，但他當即省悟，戴上紅結子的秋帽，徑向黃三的家裏去了」，於是「黃三」代表的「半個魂靈」及其欲望衝動又被釋放出來，以詞語重現的方式：

　　備課時，黃三說：

　　　　「你不是親口對老缽說的麼：你要謀一個教員做，去看看女學生？」

　　　　「你不要相信老缽的狗屁！」

打牌時：

> 「來了，爾礎高老夫子！」老絀大聲說。
>
> 「狗屁！」他眉頭一皺，在老絀的頭頂上打了一下，說。

「狗屁」，或是高老夫子的口頭禪，與粗俗的黃三一起出現。前者，「狗屁」意味著高老夫子拒不承認「黃三」的欲望衝動，不承認他做教員的真實動機；後者，「狗屁」則表達了他對「萬瑤圃」不情願地否定。說他「不情願」，是因為他附加了一個動作「眉頭一皺」，他不願意被人直接說破心機。高老夫子從來沒有袒露心曲，而是不斷地掩飾（如他費盡心思掩飾額上的瘢痕），但黃三（以及「桑」、「嘻嘻」）卻總是戳穿他。

備課時，黃三說：

> 「你不要鬧這些無聊的玩意兒了！……我們這裡有了一個男學堂，風氣已經鬧得夠壞了；他們還要開什麼女學堂，將來真不知道要鬧成什麼樣子才罷。你何苦也去鬧，犯不上……。」
>
> 「我們說正經事罷：今天晚上我們有一個局面。」

打牌時：

> 「教過了罷？怎麼樣，可有幾個出色的？」黃三熱心地問。
>
> 「我沒有再教下去的意思。女學堂真不知道要鬧成什麼樣子。
>
> 我輩正經人，確乎犯不上醬在一起……。」

「鬧」、「正經」、「犯不上」皆是重現了黃三前面的話。此時的高老夫子活脫就是彼時的黃三。但此時黃三關心的是「怎麼樣，可有幾個出色的？」，很平常的一句問話揭露了高老夫子最隱秘的欲念。如前所述，在高老夫子看來，女學生皆出色，口頭上雖然說「沒有再教下去的意思」，但內心深處既恐懼又捨不得那片「流動而深邃的海」。如同「桑」和「嘻嘻」撕開了高老夫子靈魂深處的口子，是他內心隱秘欲望發作的症狀，「黃三」的出現與重現也具有同樣的功能。如果僅把黃三看作小說中的一個人物形象，而不是視為高老夫子本我的象徵，那就無法理解小說字面意義之下的深層含義，無法理解高老夫子打牌時為什麼「總還抱著什麼不平」，為什麼「清一色」使他舒適、使他樂觀（黃三「出色」的問題一直盤旋在他心底）。

在筆者看來，《高老夫子》是一篇尚未被充分認識與欣賞的小說。借助於精神分析理論，我們乃有了新的觀感與理解。比較《明天》所潛伏著的單四嫂子的性愛本能，《肥皂》所洩露的四銘的性幻想，《高老夫子》對精神分析

技術的運用更加自覺與老到，對人物心理過程的揭示更加深刻與複雜。在某種意義上，高老夫子可視為近代以來中國知識分子精神人格不健全、不成熟的象徵。雖然沒有《狂人日記》《傷逝》《鑄劍》那樣出名、被重視，但這並不妨礙《高老夫子》是魯迅所完成的最好的小說之一。

本文原刊《太原學院學報》2018 年第 2 期。作了一定的改動。

# 如何理解涓生與子君的愛情悲劇？

一

　　涓生和子君的關係，是個問題。有論者用「始亂終棄」來概括，寫道：「《傷逝》所講述的，就是一個現代版『始亂終棄』的悲情故事。子君離家出走並與涓生同居，與其說是五四個性解放思想啟蒙的必然結果，還不如說是『有女懷春，吉士誘之』古典愛情的現代演繹」〔註1〕。這是需要仔細斟酌的。只要認真細讀文本，我們就得承認愛先於啟蒙，所謂啟蒙其實是為了實現愛、滿足愛的欲望。

　　涓生子君關係的一個最直觀的特殊性：男女戀愛的一般形式是男性主動追求女性，可是，涓生卻躲在會館破屋裏等待子君上門；不是他去找子君而是子君來找他。這是為什麼呢？原來他們最初也採用一般形式，涓生到子君住處看她，然而子君的胞叔「當面罵過」涓生，反對侄女跟涓生來往。於是，他們顛倒了過來，子君主動上門看涓生；這一點就充分表明子君喜歡涓生，否則她不可能自己過來。

　　至於涓生，小說寫得很清楚：「子君不在我這破屋裏時，我什麼也看不見。在百無聊賴中，隨手抓過一本書來……看下去，看下去，忽而自己覺得，已經翻了十多頁了，但是毫不記得書上所說的事」，因為他的全副精神在盼望子

---

〔註1〕宋劍華《圍城中的巨人：理解魯迅的「寂寞」與「悲哀」》，華南理工大學出版社，2017年，第209頁。藍棣之早有此種看法：《傷逝》「大體上說仍然是古代文人『始亂終棄』模式的現代版」（《現代文學經典：症候式分析》，人民文學出版社，2006年，第19頁）。

君的到來，心思完全被子君占滿（「莫非她翻了車麼？莫非她被電車撞傷了麼？……」）。簡言之，「我愛子君」。

以上分析得出的事實是：在破屋裏的所謂啟蒙開始之前，涓生子君互相喜歡，已有很好的感情基礎。

破屋裏的啟蒙是這樣的：子君來了，「臉上帶著微笑的酒窩。她在她叔子的家裏大約並未受氣；我的心寧帖了，默默地相視片時之後，破屋裏便漸漸充滿了我的語聲，談家庭專制，談打破舊習慣，談男女平等，談伊孛生，談泰戈爾，談雪萊……」。涓生所談的雖然可以籠統稱之為啟蒙話語，但它顯然源於自身的體驗並抱有個人目的，那就是：為了跟子君在一起，「我」就必須讓她明白「家庭專制」（長輩掌權）的弊病，鼓動她起來反抗她的胞叔，不走父母之命媒妁之言的老路（「打破舊習慣」）。換言之，涓生愛子君，更要讓子君主動來愛，至少敢於承認並接受自己的愛。

雖然大談「男女平等」，但涓生和子君的現實關係並不平等，兩人似乎形成了「學生／老師」、「被啟蒙者／啟蒙者」的權力不對稱關係〔註2〕。然而，我們必須認識到，這位「老師」被眼前的「學生」緊緊攫住：沒有眼前這位「被啟蒙者」，啟蒙者自身就失去了任何存在的意義。此情此境的「啟蒙」不同於「獨異個人／庸眾」式的啟蒙。涓生說這麼多、說得這麼起勁是為了得到異性的愛並共同生活。這讓我們想到了《圍城》中的「方鴻漸現象」：如果他有說話的欲望且說得高興，那就意味著喜歡對方；反之，如果不願意說話，二人關係就沒有進一步升溫的可能。「想說話＋有話說」是愛的一個外在標誌。例如，方鴻漸喜歡唐曉芙，直觀表現便是喜歡同她說話（寫信），有時無話可說，還要寫。正是唐曉芙激發了方鴻漸說話的欲望，成全了他人生最機智、最充實、最具風采的一個時期〔註3〕。同樣，所謂啟蒙其實是涓生的「想說話＋有話說」，受了愛欲的激發，喋喋不休地談論時髦話題，是表現給對方看的，是為了博得對方的愛。構成有趣對比的是：同居以後，涓生逐漸發現子君並不是自己理想預期的女性，對她的愛在慢慢減退，話就明顯少了，並且說得往往抽象而隱晦。

---

〔註2〕吳翔宇《魯迅小說「主奴共同體」的話語表達與拆解》（《西南民族大學學報》2019年第6期）認為，子君是涓生敘述中的他者，是被解放和被表述的對象；兩人對話時，涓生的話語優勢很明顯。馮妮《「五四」現代愛情觀念的確立與啟蒙思想的限度》（《中南大學學報》2014年第3期）亦有類似觀點。

〔註3〕參見拙作《談「真正的女孩子」唐曉芙——〈圍城〉探秘之七》，《太原學院學報》，2022年第1期。

# 二

　　或曰「涓生是一個靠不住的、不負責任的小文人形象」〔註4〕，或曰涓生「並不是一位具有淵博學養和精專造詣的學者或者教師一類社會身份背景的職業知識分子」〔註5〕，這些看法呈現的是一個話語時髦而思想淺薄的知識分子形象，其實對涓生來說，「不得志的文學青年」才是他最根本的身份意識。

　　對於自己被解雇，涓生先稱之為「豫期的打擊」：「在會館裏時，我就早已料到了……這在我不能算是一個打擊，因為我早就決定，可以給別人去抄寫，或者教讀，或者雖然費力，也還可以譯點書，況且《自由之友》的總編輯是見過幾次的熟人，兩月前還通過信」（在破屋裏的啟蒙進行之時，涓生就為自己設想了新的生路）；後視之為禽鳥「脫出這牢籠」。看來，他對失掉局裏的工作似乎並不以為然。

　　首先，局裏的人事關係令人不快。「搽雪花膏的小東西」是局長的兒子的賭友，他對他們都瞧不上，局長對他大概也沒有什麼好臉色。更重要的是涓生有自己的理想事業。他最想從事文學創作，所謂「開一條新的路」就是想在文學道路上闖出一番名堂，但現在還處於籍籍無名、鬱鬱不得志的狀態，「會館裏的被遺忘在偏僻裏的破屋是這樣地寂靜和空虛」可理解為涓生在人世間被邊緣化、無名化的象徵；又「因為驕傲，向來不與世交來往」，「驕傲」從何而來？便是自覺才華在我而他人不及不屑一顧，這頗有懷才不遇、輕蔑小人得志之慨。

　　然而，對自身才華的期許並不能置換成強大的自信。涓生希望到異性愛的鼓勵與支持，與相愛的異性共同開闢新的生路，「仗著她逃出這寂靜和空虛」。子君之所以被「捕獲」，是因為她本身是可愛的。這可分成三個層面來看：（1）長相不討厭：「帶著笑渦的蒼白的圓臉，蒼白的瘦的臂膊」，「蒼白」指皮膚的顏色，此處並無「缺乏生機和活力」的意思，因為「笑渦」不正是生機與活力的表現嗎？（2）兩眼彌漫著「稚氣的好奇的光澤」，這對男性來說是很有吸引力的，尤其與「鄰院的搽雪花膏的小東西」比較，後者作為一個

〔註4〕「涓生是一個靠不住的、不負責任的小文人形象。很會說一些詩性的甚至是警策性的空話……涓生當然是善良的，然而是無恥的」，見藍棣之《現代文學經典：症候式分析》第19頁。

〔註5〕李林榮：《犁與劍──魯迅文體與思想再認識》，灕江出版社，2014年，第89頁。

不三不四的過熟的女人，這種處女的光澤蕩然無存了；（3）低頭。有這樣一個細節：涓生把雪萊半身像指給子君看，「她卻只草草一看，便低了頭，似乎不好意思了。這些地方，子君就大概還未脫盡舊思想的束縛」，低頭可能與「舊思想」有關，但它呈現的是女性動人的羞澀表情，如徐志摩所寫「最是那一低頭的溫柔」。子君讓涓生著了迷〔註6〕。

子君來自農村（一個世交曾對涓生說：「我家的王升的家，就和她家同村」），寄居在城裏的胞叔家，可以設想她是出來求學或工作。她看上涓生的一個未言明的原因是他有穩定的工作收入。換言之，半年後使她勇敢說出「我是我自己的，他們誰也沒有干涉我的權利！」的一個重要心理支撐是涓生具有一定的經濟能力。有它，子君就可以斬斷所有的社會關係和所有的路；沒有它，任憑涓生怎樣從思想上開導，子君也很難跟家庭決裂。並且，它存在的時候，可以忽略不計；一旦失去，其重要性與緊迫性立刻顯現出來。證據便是：得到涓生被解雇的消息，子君「變了色」，「很見得淒然」，以致於涓生感到不理解：「人們真是可笑的動物，一點極微末的小事情，便會受著很深的影響」；「我真不料這樣微細的小事情，竟會給堅決的，無畏的子君以這麼顯著的變化」——實際上，子君當初的「無畏」就建基於他的經濟能力之上。對子君來說，涓生失業無疑是家庭生活的一件大事，因為它斷掉了唯一穩定的收入來源〔註7〕。儘管涓生極力淡化失業的影響（多處寫子君如何怯弱，偶而也寫「彷彿近來自己也較為怯弱了」），但假如他照常在局裏上班，那麼，像「人必生活著，愛才有所附麗」這樣漂亮的感想或箴言似乎也就無需產生了。

〔註6〕有論者寫道：「美好的女性身體顯然是催化涓生愛情產生最重要的一個酵素，以往研究者很少關注這一點……她完全符合五四時代『新女性』的身體美學標準，也符合五四時期『智識階級』對女性的審美期待」（程亞麗《「人必生活著，愛才有所附麗」——〈傷逝〉中子君身體敘事的多重解讀》，《魯迅研究月刊》2015 年第 11 期）。「新女性」的身體美學標準？這恐怕難以界定吧。女性無論新舊，「美好」的一個重要構成元素是：柔順羞澀。子君從農村來，這大概是她還能具有（2）（3）的原因吧。

〔註7〕有論者認為，最能顯示子君勇氣的是她義無反顧地跟涓生同居，「同居……無須理會家長的意見，但也得不到家庭的祝福。為了與涓生走到一起，子君選擇了這種自由度更高但風險系數也更高的婚姻模式」（哈迎飛《論魯迅小說中的「他者」與「自我」》，《華中師範大學學報》2017 年第 2 期）。應該考慮到當時涓生還在局裏工作，這是子君做出同居選擇的一個重要然而不需要浮上意識的因素。失去之後，它的重要性就顯現出來了。

# 三

本文要探討的核心問題是：涓生子君皆有對對方的「純真熱烈」的愛〔註8〕，何以最終發展成悲劇呢？一個回答就是上面提及的「人必生活著，愛才有所附麗」，涓生這句話引起了廣泛的共鳴。且不談它說的是否正確，就它產生的時刻看——其時，涓生已遭解雇，且有了「遠走高飛」的想法：「我一個人，是容易生活的……只要能遠走高飛，生路還寬廣得很」——我們的答案首先不宜在此停留，而是要往前追溯，至「我的缺點」：

> 「我是我自己的，他們誰也沒有干涉我的權利！」
>
> 　這是我們交際了半年，又談起她在這裡的胞叔和在家的父親時，她默想了一會之後，分明地，堅決地，沉靜地說了出來的話。
>
> 　其時是我已經說盡了我的意見，我的身世，我的缺點，很少隱瞞；
>
> 　她也完全瞭解的了。

首先，子君的豪言不宜僅僅視為涓生灌輸新思想的結果，它更多是子君半年來反省與思考的所得。學舌是容易的；如果純粹是外力外因發生作用，似乎無需半年的時間。並且，在自由和個性的外衣之下，這句豪言其實是子君的愛情宣言：「我的愛是我自己的，他們誰也沒有干涉我愛的權利！」為了愛，連胞叔和父親的意見她也不管不顧、置之不理了。

我們重點考慮的是：「我的缺點」是什麼呢？能說「很少隱瞞」，則涓生其實是誠實的。他對子君說的那些「我的缺點」，我們不知道；但，有些「缺點」是自身難以覺察認識到的，最好稱之為「無名兩足動物的基本根性」（錢鍾書語），例如功利算計與得失顧慮心重，不能像子君那樣堅決勇敢地去愛。在涓生失業之前，我們至少可以發現四個例證：

例一：「送她出門，照例是相離十多步遠；照例是那鯰魚鬚的老東西的臉又緊貼在髒的窗玻璃上了……到外院，照例又是明晃晃的玻璃窗裏的那小東西的臉，加厚的雪花膏」，可以想見涓生小心翼翼左顧右盼的情態，因為他顧慮得太多，尤其擔心「小東西」散佈流言；子君則是「目不邪視地驕傲地走了，沒有看見」。

例二：求婚時，涓生「身不由己地竟用了在電影上見過的方法」，「含淚

---

〔註8〕涓生事後「已經記不清那時怎樣地將我的純真熱烈的愛表示給她」，且以下跪的求婚儀式為可笑可鄙，而子君「毫不以為可笑。這事我知道得很清楚，因為她愛我，是這樣地熱烈，這樣地純真」。

握著她的手，一條腿跪了下去」。這是涓生唯一一次愛完全勝過理性的時刻：「身不由己」意味著身體（情感）勝利而理性失效，「含淚握著」、「跪了下去」表現的是感情洶湧衝動的力量（這樣的身體語言在同居以後似乎再未出現過，除了子君死後要在地獄的孽風和毒焰中「擁抱」她）。這一刻，子君同居之後念念不忘，因為這是女人一生最幸福的時刻；涓生則視之為「淺薄的電影的一閃」或「可笑的電影的一閃」。一種觀點認為，它形式上顛倒了此前的權力不對稱關係，這一刻子君成為女王（他的女主人），而這傷害了男性的自尊〔註9〕。更真實的情況也許是：這一刻之後，涓生恢復了理性精神，在他看來，這一刻既然過去，追想它已毫無意義，無補於現實生活或新的生路。可能還有另一個心理因素：關鍵時刻模仿別人的東西是自身缺乏創新和創造能力的表現，這是任何一個想出名的文學青年都不願看到、不願承認的。

例三：兩人逛公園和尋住所時，涓生覺得「時時遇到探索，譏笑，猥褻和輕蔑的眼光，一不小心，便使我的全身有些瑟縮，只得即刻提起我的驕傲和反抗來支持」，子君「卻是大無畏的，對於這些全不關心，只是鎮靜地緩緩前行，坦然如入無人之境」，愛已轉化為明確有力的身體語言，這是全身心投入的表徵，而涓生做不到。涓生雖然大談「家庭專制」和「打破舊習慣」，但他孤身一人，沒有家庭羈絆，只是和幾個話不投機的朋友絕了交，後來尋找新的生路時還是要依仗《自由之友》總編輯、「久已不相聞問的熟人」以及「久不問候的世交」；子君則背叛了整個家庭，「和她的叔子，她早經鬧開，至於使他氣憤到不再認她做侄女」，斷了所有退路。

例四：尋住所、買家具「用去了我的籌來的款子的大半」，子君定要賣掉她「唯一的金戒指和耳環」，「我知道不給她加入一點股分去，她是住不舒服的」。涓生的「知道」恰恰表明他算計心太重，子君賣掉珍貴的物品不只是要加入一點股分，以此表現男女平等、女性自立的思想精神，她這麼做更多是（本質上是）因為愛、為了愛、表達愛。

失業之後，涓生愈來愈明確地估量同居生活與新的生路的價值意義，「人必生活著，愛才有所附麗」的出現表明，同居生活已被認為不值得過，和新的生路比較起來毫無價值意義可言。

---

〔註9〕例如，李林榮認為，對於求愛這一幕，「『涓生』後來之所以還一想起就羞愧難當，一個直接的原因，正在於他知道這一幕讓他丟掉了自己在戀愛場景中一貫保持的那份『師道尊嚴』」（《犁與劍——魯迅文體與思想再認識》第89頁）。

如果說上述「缺點」涓生無法明確認識到、即便有了清楚認識也不可能根除，那麼，同居之後兩人之間「真的隔膜」卻是切身感受到了。

# 四

> 每日辦公散後……我們先是沉默的相視，接著是放懷而親密的交談，後來又是沉默。大家低頭沉思著，卻並未想著什麼事。我也漸漸清醒地讀遍了她的身體，她的靈魂，不過三星期，我似乎於她已經更加瞭解，揭去許多先前以為瞭解而現在看來卻是隔膜，即所謂真的隔膜了。

有論者認為，「『讀遍了她的身體』之修飾詞『清醒地』的真實含義，不過是無動於衷、麻木不仁；所謂『真的隔膜了』，也不過是徹底喪失興趣和刺激的文藝說法罷了」〔註10〕；有論者則寫道：「這段話很容易引起誤解。多數研究者把它解讀為涓生與子君婚後隔膜的開始……我認為，涓生此處的敘述仍然是接續著上文對他們的生活與『戀愛自由』相契合而來，其意圖是顯示他們婚後生活的甜蜜：除了靈魂的契合，他們的肉體交往則加深了他們的理解，達到了肉體和靈魂的高度融合。這是他們婚前所無法達到的：婚後靈肉一致的生活揭去了他們先前只有精神交流而無肉體結合所造成的隔膜——『即所謂真的隔膜了』。靈肉一致是當時愛情話語的理想。涓生所感受到的就是它」〔註11〕。

前者的表述極不恰當，此時二人關係並未到「無動於衷、麻木不仁」的地步，「徹底喪失」的表述亦不宜使用。後者的失誤在於，它誤把「揭去」一句話理解為「真的隔膜」在他們的同居生活中消失了、不存在了，原意本是：三星期的同居生活使涓生更加瞭解子君（「似乎」一詞表明蜜月期的涓生還帶著欣賞的眼光看子君），發現生活中存在著很多先前不曾意識到而現在雖已覺察卻又無法改變的隔膜。涓生可能信奉靈肉一致的愛情理想，但這「三星期」的「漸漸清醒」的生活，無論如何不是「靈肉一致」的範本。——其實，我們最需要解釋的是：「真的隔膜」到底是什麼？在上面引文之後，小說接下來兩節寫道：

〔註10〕李今：《析〈傷逝〉的反諷性質》，《文學評論》，2010年第2期。
〔註11〕徐仲佳：《敘事視角與召喚結構：〈傷逝〉意蘊再探討》，《文學評論》，2020年第1期。

子君也逐日活潑起來。但她並不愛花，我在廟會時買來的兩盆小草花，四天不澆，枯死在壁角了，我又沒有照顧一切的閒暇。然而她愛動物，也許是從官太太那裡傳染的罷，不一月，我們的眷屬便驟然加得很多，四隻小油雞……還有一隻花白的叭兒狗……我就叫它阿隨，但我不喜歡這名字。

這是真的，愛情必須時時更新，生長，創造。我和子君說起這，她也領會地點點頭。

按這樣的上下文安排，「真的隔膜」指難以改變或消除的個體習慣和個性的一部分，比如生活中的興趣愛好不同（涓生愛花，子君愛動物）〔註12〕。比起「純真熱烈」的愛或自由民主的啟蒙思想，這似乎是微不足道、可以忽略的小事，然而，它們是能切身感受的，正是它們的固執與累積往往導致不可收拾的衝突與傷害。有兩處值得注意：

第一：同居以後，子君傾注全力於做菜等家庭事務，「對於她的日夜操心，使我也不能不一同操心，來算作分甘共苦。況且她又是這樣地終日汗流滿面，短髮都黏在腦額上；兩隻手又只是這樣地粗糙起來」，我們從中感覺不到涓生的呵護關愛之念，反而流露出不滿：你這樣操勞，對我構成了壓力，使我不得不違背己願、有所表示（我若不跟著操勞，就顯得沒良心或沒有「男女平等」的精神）。小說接著寫道：

況且還要飼阿隨，飼油雞，……都是非她不可的工作。

我曾經忠告她：我不吃，倒也罷了；卻萬不可這樣地操勞。她只看了我一眼，不開口，神色卻似乎有點淒然；我也只好不開口。

涓生的意思是：做菜也就罷了，飼阿隨和油雞純粹是自招的麻煩、自找的操勞，於生活和人生皆毫無意義，別養了！他竟然用了「忠告」這個詞，並且說自己可以不吃飯，只要你不做這些無謂的工作——如此表述，不但流露出不滿，而且帶著略顯堅硬的嘲諷。子君當然感覺到了，可是要是不飼養阿隨油雞，自己活著又有什麼意思呢？她又不願意養花。

第二：因為譯書「不能受規定的吃飯的束縛」，所以涓生獨自吃飯：「菜

〔註12〕有論者認為，養油雞買阿隨以及和官太太鬥氣，這是「女性群體共性心理的真實體現」，是子君作為一個女人所有的特殊情懷（宋劍華《圍城中的巨人：理解魯迅的「寂寞」與「悲哀」》第208頁）。固然可以這麼說，但涓生的不滿則是：為什麼我愛的花你不管不顧叫它枯死了？

冷，是無妨的，然而竟不夠：有時連飯也不夠……這是先去喂了阿隨了，有時還並那近來連自己也輕易不吃的羊肉……於是吃我殘飯的便只有油雞們……自覺了我在這裡的位置：不過是叭兒狗和油雞之間」，這個自我「位置」的界定顯然表達了極度不滿和憤怒的情緒。

小說接著寫道：「後來，經多次的抗爭和催逼，油雞們也逐漸成為肴饌」。先前「忠告」的內容尚寫了下來，「多次的抗爭和催逼」卻一筆帶過，會是什麼呢？無非是：（1）人生活都困難（吃不到羊肉），油雞養不起了；（2）養油雞只是叫你和官太太暗鬥生氣，值得嗎（有意思嗎）？（3）把飼油雞的時間用來讀書學習多好；（4）動物的吵鬧使我無法安心寫作。這些理由，子君大概無法反駁，但油雞的消失使得她「很頹唐，似乎常覺得淒苦和無聊，至於不大願意開口」。

很快，阿隨也被涓生放掉了。子君顯出了從未有過的「淒慘的神色」，並「加上冰冷的分子了」，「她大概已經認定我是一個忍心的人」。按涓生的思路，丟掉阿隨以及「忍受著這生活壓迫的苦痛」大半是為了子君，而她的「識見卻似乎只是淺薄起來」——先前，「淺薄」這個詞用於「電影的一閃」，因為涓生覺得自己小題大做，不必如此做作；現在，「淺薄」用於子君的識見，可見涓生鄙薄的態度，這個女人不可救藥了。而對子君來說，油雞阿隨是她喜歡的東西（生活和生命的一部分），為了她好而把她喜歡的東西消除掉，這不僅是「忍心」與否的問題，本質上是在摧折子君的個性、破壞她人格的完整性，摧毀「我是我自己的」的信條，讓她直覺到涓生在放棄對自己的愛。

我們應該感到奇怪：「我不喜歡這名字」的感性表達和「愛情必須時時更新，生長，創造」的抽象議論何以能關聯、并置在一起？原來，前者表達了涓生無法認同子君的生活愛好，終於用強力迫使她做了讓步和犧牲；後者指向一個具體的心意：涓生希望子君主動擺脫舊的女性形象的束縛，改掉那些自己不喜歡的東西，全力「配合」並跟進自己的性情和事業〔註13〕。

## 五

論述至此，本文就可以亮明自己的觀點：不認同涓生所說的「人必生活

---

〔註13〕這句議論應該還隱含著涓生對子君的性的暗示與希冀。此點對本文的論述而言似乎可有可無，故不詳述；若有興趣，請參考拙作《〈傷逝〉新解》（《上海魯迅研究》2016 年第 4 期）。

著，愛才有所附麗」。它顛倒過來應該更真實、更有力量：「人必愛著，生活才有所附麗」。涓生之拋棄子君並非因為不能生活，而是因為他對子君的愛已然暗淡消失，這句話是用來為自己不愛子君而提供合法合理依據與解釋的；為子君設想，假如她有一份能謀生的不錯的職業，涓生對她的愛是不是會永遠附麗下去？很難，因為職業和薪水並不能消除「我的缺點」和「真的隔膜」。只要「我的缺點」和「真的隔膜」存在，如果涓生和子君都沒有學會如何去愛，如何相互承認並為此而鬥爭而成長，那麼，愛也難以長久。不是生活出了問題，是愛出了問題。當然，「人必愛著，生活才有所附麗」，不是推崇一種「盲目的愛」，而是強調異性之間只有真正彼此愛著，生活才更值得過、過得才更有意思。

那麼，什麼是愛？黑格爾的表述最好：

> 所謂愛，一般說來，就是意識到我和別一個人的統一，使我不專為自己而孤立起來；相反地，我只有拋棄我獨立的存在，並且知道自己是同別一個人以及別一個人同自己之間的統一，才獲得我的自我意識……愛是一種最不可思議的矛盾，決非理智所能解決的，因為沒有一種東西能比被否定了的、而我卻仍應作為肯定的東西而具有的這一種嚴格的自我意識更為頑強的了。愛製造矛盾並解決矛盾。作為矛盾的解決，愛就是倫理性的統一。〔註14〕

應該說，涓生子君只是在「我含淚握著她的手，一條腿跪了下去」的儀式中實現了短暫的倫理性的統一，然而這一剎那無法凝固成永恆，因為它事後就被涓生所否定拋棄了。尤其寫作的形式愈加強化了他的「獨立的存在」，工作時不能受打擾，並且不受「規定的吃飯的束縛」。對此，子君不是「大約很不高興罷」，而是肯定「很不高興」，因為如此一來二人形式上愈加不相干、完全不是愛人之間應有的生活樣式。更重要的是，會館裏的暢談還「偶有議論的衝突和意思的誤會」，這是為了獲得彼此承認所必不可少的鬥爭，可是同居以後，他們似乎刻意避免出現衝突和誤會，尤其是子君，除了最後攤牌時反問過，她從未和涓生有過正面的溝通交流，比如這次涓生不和她一塊吃飯，她儘管不高興，「可是沒有說」；她更多的表現是「領會地點點頭」或「領會似的點頭」。這或許是因為破屋裏養成的對涓生的仰慕感和信任感在同居以後得到了進一步的強化，從而壓制了追問反思和凸顯自身主體性的意向。

---

〔註14〕黑格爾：《法哲學原理》，范揚，張企泰譯，商務印書館，1961年，第175頁。

　　涓生的問題是：他似乎習慣於旁敲側擊或暗示提醒，甚至不自覺地要求對方像自己一樣不言自明地理解自己。下面這個事例最能說明問題：「使她明白了我的作工不能受規定的吃飯的束縛，就費去五星期」，對比此前「漸漸清醒地讀遍了她的身體，她的靈魂，不過三星期」，難道讓對方明白寫作的一點特殊要求竟然比讀遍她的身體和靈魂還要困難和耗時嗎？是子君智商太低，還是涓生要求太高，自己所思所欲子君須即刻捕捉到？「使她明白」顯然意味著涓生沒有「明白」說、更沒有說「明白」。先前那種「說盡了我的意見」的勁頭和狀態到哪裏去了呢？為什麼不能跟子君進行有效地探討與溝通呢？——同居以後的看似「和諧」的生活局面，其實意味著他們放棄了彼此間的承認與鬥爭，放棄了在別一個人身上找到自己，似乎連矛盾都不存在，遑論「矛盾的解決」，也無法享受到「和解的重生一般的樂趣」。

　　換一個角度看，可以說涓生和子君的愛沒有客觀化〔註15〕，或者說他們各有各的客觀化——子君的油雞和阿隨，涓生不喜歡；涓生的花、譯稿和小品文，與子君無關。他們無法構成「結合的整體」。這可與魯迅另一篇小說《幸福的家庭》裏的作家「他」（簡稱「幸福他」）做一番比較。涓生怨自己沒有安靜的書齋寫作，構思經常被打斷；「幸福他」亦備受此苦，在寫作構思的過程中，思緒尚未成形，就被「陰淒淒」的主婦、哭鬧的孩子經常地打斷了。然而，「幸福他」能平心靜氣地坐著，能忍受這一切，這是因為同居（結婚）前，男女的關係顛倒了過來：

　　　　他忽而覺得，她那可愛的天真的臉，正像五年前的她的母親，
　　通紅的嘴唇尤其像，不過縮小了輪廓。那時也是晴朗的冬天，她聽
　　得他說決計反抗一切阻礙，為她犧牲的時候，也就這樣笑迷迷的掛
　　著眼淚對他看。他憫然的坐著，彷彿有些醉了。

　　這裡，是「幸福他」為她犧牲一切地愛著她；並且，「幸福他」與主婦的愛客觀化在孩子「那可愛的天真的臉」上，於是，他的「私生子」（作為作家私人創造的作品）被丟棄掉了（「將紙團用力的擲在紙簍裏」），而涓生則將新的生路寄託在「私生子」身上（「我的小品文都登出了。這使我一驚，彷彿得

---

〔註15〕借用黑格爾的術語，他說：「在夫妻之間愛的關係還不是客觀的，因為他們的感覺雖然是他們的實體性的統一，但是這種統一還沒有客觀性。這種客觀性父母只有在他們的子女身上才能獲得，他們在子女身上才見到他們結合的整體。在子女身上，母親愛她的丈夫，而父親愛他的妻子，雙方都在子女身上見到他們的愛客觀化了」（見《法哲學原理》第187頁）。

了一點生氣。我想，生活的路還很多」)。

放掉阿隨的接下來的冬天，涓生成天躲在通俗圖書館，子君做出了統一的努力：重溫往事，逼涓生「將溫存示給她」。然而，這徒增涓生的苦惱而終於無法忍受：「她早已什麼書也不看，已不知道人的生活的第一著是求生，向著這求生的道路，是必須攜手同行，或奮身孤往的了」；「我覺得新的希望就只在我們的分離；她應該決然捨去，——我也突然想到她的死，然而立刻自責，懺悔了」，他對子君僅存「良心」而失去了愛。

# 六

涓生似乎是個現代的薄情郎〔註16〕，有論者認為，他寫的手記「用自稱已是痛表『悔恨』和『悲哀』的態度及語調，毫不含糊地維護著、支持著，也延續和加強著『涓生』當初對『子君』所說的『我已經不愛你了』的真實性和正當性」〔註17〕。如是，則無法認識那個內心豐富而痛苦的涓生。

一旦他對子君失去了愛，「真實／虛偽」的矛盾體驗便浮現出來：如果把真實（「我已經不愛你了」）說出來，那麼，這將帶給子君最大的傷害（「恐怖」），同時也造成自身良心上的痛苦（「我也突然想到她的死，然而立刻自責，懺悔了」）；如果虛偽，製造愛的假象（「勉強的歡容」、「虛偽的溫存」），那麼，這會帶給自己很大的痛苦和傷害（「常覺得難於呼吸」），且子君的所得不過是謊言和欺騙，這無論如何也不能說是人類正當的生活。情況是：只要涓生不愛子君了，無論真實還是虛偽，都會造成彼此的痛苦和傷害，都不符合人性道德。

要避免這種困境出現，似乎只有如此這般：只要涓生子君相愛了，他們就應該永遠愛著和愛下去。然而，《傷逝》寫的正是現代思想觀念下的愛情危機。它首先表現為現代個人思想信仰與愛的內在需要的矛盾。前者的核心是個體解放、自由、自主，強調自我的價值和意義，而後者則要求把兩個自由的人合二為一。換言之，子君的豪言「我是我自己的，他們誰也沒有干涉我的權利」與愛的「倫理性的統一」之間存在尖銳的衝突：前者強調個體獨立自由，後者則要求獨立自由的個體彼此相互承認。其次，雖然本文主張「人必愛著，生活才有所附麗」，但，愛並不解決所有的問題（「我的缺點」、「真

---

〔註16〕例如，宋劍華認為涓生「負情忘義」，見《圍城中的巨人》第209頁。
〔註17〕李林榮：《犁與劍——魯迅文體與思想再認識》，第88頁。

的隔膜」事實上無法根除），並且，生活中的愛似乎很難持續長久，更別說永恆。

如果永遠愛著和愛下去是不可能的，並且涓生還不想把真實說出來，那麼最佳的方案就是子君主動退出、「決然捨去」。然而，子君實在還愛著涓生。於是，涓生只能繞圈子、委婉地「點醒」：「故意地引起我們的往事」，重複破屋裏的啟蒙話語，再次「稱揚諾拉的果決」；然而，這些話「從我的嘴傳入自己的耳中，時時疑心有一個隱形的壞孩子，在背後惡意地刻毒地學舌」，因為這不再是為了得到子君，而是為了拋棄她，變成一種理性的詭計和故意的使壞。

子君是明白的，因為她反問：「但是，……涓生，我覺得你近來很兩樣了。可是的？你，——你老實告訴我」，意思是你不用說這麼多，你是不是不愛我了？涓生終於說道：「你要我老實說；是的，人是不該虛偽的。我老實說罷：因為我已經不愛你了！但這於你倒好得多，因為你更可以毫無掛念地做事……」，渴望「毫無掛念地做事」的其實是涓生，然而他說我拋棄你是為了讓你「毫無掛念地做事」，男人的理由似乎無可辯駁。

子君把所有的生活材料都留下，跟父親走了。當她在身邊，涓生感到厭煩，巴不得她主動離開；當她真地走了，涓生才明白自己到底做了什麼，才明白自己絕不是一個勝利者：

> 我不應該將真實說給子君，我們相愛過，我應該永久奉獻她我的說謊。如果真實可以寶貴，這在子君就不該是一個沉重的空虛。謊語當然也是一個空虛，然而臨末，至多也不過這樣地沉重。

> 我以為將真實說給子君，她便可以毫無顧慮，堅決地毅然前行，一如我們將要同居時那樣。但這恐怕是我錯誤了。她當時的勇敢和無畏是因為愛。

> 我沒有負著虛偽的重擔的勇氣，卻將真實的重擔卸給她了。

真實是寶貴的，然而，它關涉的不是客觀真理，而是愛的倫理。引文第一節說真實「不該是一個沉重的空虛」，第三節卻說「真實的重擔」，因為涓生明白他的真實是無愛的真實。說「我已經不愛你了」，這本質上不是陳述一個客觀事實，而是對子君採取暴力行動，將她驅逐出自己生命與生活的視野，由此造成的空虛能不沉重嗎？「她當時的勇敢和無畏是因為愛」，「因為愛」說得太籠統；確切地說，是因為子君感覺到涓生的愛（涓生在愛著自己）。

一旦涓生把愛撤回，「我是我自己的」的信條就被抽去了根基，「我是我自己的」子君也就萎縮消失〔註18〕。

得知子君死去的消息，涓生寫道：「她的命運，已經決定她在我所給與的真實——無愛的人間死滅了」，「無愛的人間」實由「無愛的人」構成，子君其實死在了「無愛的人」手裏。換言之，涓生的「無愛」導致了子君的死亡，她死於「無愛」的黑暗。

重回到會館的破屋之後，涓生想到要去地獄中苦苦尋覓子君，「當面說出我的悔恨和悲哀」，並「擁抱子君，乞她寬容，或者使她快意……」（當子君尚在他身邊時，他「當面說出」的話太少，他的「擁抱」幾乎沒有）。小說接著寫道：

> 但是，這卻更虛空於新的生路……我活著，我總得向著新的生路跨出去，那第一步，——卻不過是寫下我的悔恨和悲哀，為子君，為自己。
>
> 我仍然只有唱歌一般的哭聲，給子君送葬，葬在遺忘中。
>
> 我要遺忘；我為自己，並且要不再想到這用了遺忘給子君送葬。
>
> 我要向著新的生路跨進第一步去，我要將真實深深地藏在心的創傷中，默默地前行，用遺忘和說謊做我的前導……

「這卻更虛空於新的生路」意味著關於另一個世界的愛的設想對於尋找新的生路毫無意義。要想開闢「新的生路」，首先要把子君遺忘，因為沉浸於過往無補於現實。引文第三節意味著要把子君徹底「埋葬」，因為連用遺忘給子君送葬本身都要遺忘，但從第四節引文來看，子君無法也不可能徹底消失，因為和她的關係已經給涓生造成了「心的創傷」——男性理性不能解決所有問題，正如愛並不能解決所有問題；男女之間也許永遠無法完全地相互理解與承認，愛很難持續長久，更別說永恆。如果以此為前導，那就永遠不會有愛，將難以「跨進第一步去」，只有「遺忘和說謊」，即不考慮、不承認，才有可能去走路，並探索出一條「新的生路」……

---

〔註18〕徐仲佳《敘事視角與召喚結構：〈傷逝〉意蘊再探討》把「如果真實可以寶貴」視為「如果啟蒙的理路是有效的，那麼，子君就該如涓生所期望的那樣『毫無掛念地做事』。然而，子君最終死去——啟蒙的邏輯在現實中失效」，如何能把涓生此處所說的「真實」等同於「啟蒙的理路」呢？同居以後，二人最根本的和首要的關係是愛人關係，不是啟蒙／被啟蒙的關係。此事關係人性（用錢鍾書的話說，是「無毛兩足動物的基本根性」）。

　　拙作《〈傷逝〉新解》發表於《上海魯迅研究》2016年第4期。我曾以為它已經說完了我對《傷逝》的看法，然而這被證明是不對的。隨著一點意料不到的精神感情生活的新變化，使我終於真切體驗到了涓生內心的豐富和痛苦，自己生活與文本的合讀又使我重新認識了《傷逝》。感謝人能容忍我的放肆，讓我發現了更多，學得了更多。2021年6月。

# 眉間尺為什麼信黑色人？

　　我清楚記得 2011 年秋初登大學講臺與學生討論《鑄劍》，有一位女生站起來發問：「眉間尺為什麼那麼信任黑色人，僅憑黑色人幾句話就把頭割下來給了他？」此後，我與每一屆新生討論《鑄劍》，他們大多會提到這個問題。具有現代法律意識的他們覺得奇怪：眉間尺與黑色人並未簽訂什麼合同或協議，又無第三方作見證，黑色人要是食言怎麼辦？頭可是不可再生的寶貴資源，眉間尺怎麼連一點法律保護意識都沒有，輕易就把自己的頭給一個陌生人？我清楚記得第一次被問得有些懵了，因為自己根本沒想到學生會問這樣的問題，幸而自己還有些小機智，答道：「魯迅小說就是這樣設計情節的，這是情節發展的需要。眉間尺若不割頭與黑色人，黑色人如何接近王並復仇呢？」

　　我對這個回答很不滿意。此後便斷斷續續地展開了思考與追索的過程。或許是這個問題太幼稚，在我所翻檢的研究成果中無人有此提問，亦無人做出細緻的解答，僅有的片言隻語不能令我滿意。高遠東先生說，眉間尺「得知父仇難報後以大勇大信的精神斷然自屠而將復仇偉業託付給『黑色人』宴之敖者」〔註1〕。問題是：對一隻老鼠的死都感到難受的眉間尺哪裏突然來的「大勇大信」？丸尾常喜的論文《復仇與埋葬——關於魯迅的〈鑄劍〉》先敘眉間尺被乾癟臉少年及看客圍住，接著寫道：「正當此時，突然出現的黑色人解了他的圍。但是他一聽到黑色人的索求，便毫不躊躇地把自己

---

〔註 1〕高遠東《〈鑄劍〉解讀》，見於李平《〈中國現當代文學名著導讀〉自學指導》，北京大學出版社，2004 年版，第 45 頁。

的頭與劍獻出」〔註2〕，問題還是：他為什麼會「毫不躊躇」呢？

慢慢地，我有了自己的答案。

一

「眉間尺為什麼信任黑色人？」，這個問題顯示出現代人已經疏遠了古人那種重然諾輕生死、「君子死知己」的觀念與氣概。像眉間尺那樣以死相託、信任黑色人，歷史上不乏實例。最有名的見之於《史記・刺客列傳》的記載，荊軻欲以樊於期之頭獻與秦王並近身殺之：

> 荊軻知太子不忍，乃遂私見樊於期曰：「秦之遇將軍可謂深矣，父母宗族皆為戮沒。今聞購將軍首金千斤，邑萬家，將奈何？」於期仰天太息流涕曰：「於期每念之，常痛於骨髓，顧計不知所出耳！」荊軻曰：「今有一言可以解燕國之患，報將軍之仇者，何如？」於期乃前曰：「為之奈何？」荊軻曰：「願得將軍之首以獻秦王，秦王必喜而見臣，臣左手把其袖，右手揕其匈，然則將軍之仇報而燕見陵之愧除矣。將軍豈有意乎？」樊於期偏袒扼腕而進曰：「此臣之日夜切齒腐心也，乃今得聞教！」遂自刭。

魏文帝曹丕《列異傳》則虛構了赤鼻遇客自刎為父報仇的故事：

> 干將莫邪為楚王作劍，三年而成，劍有雌雄，天下名器也。乃以雌劍獻王，留其雄者。謂其妻曰：「吾藏劍在南山之陰，北山之陽，松生石上，劍在其中矣。君若覺，殺我。爾生男以告之。」及至君覺，殺干將，妻後生男名赤鼻，具以告之。赤鼻斫南山之松不得劍，思於屋柱中得之。楚王夢一人，眉廣三寸，辭欲報仇，購求甚急。乃逃朱興山中。遇客欲為之報，乃刎首。將以奉楚王。客令鑊煮之，頭三日三夜跳不爛，王往觀之，客以雄劍倚擬王，王頭墮鑊中，客又自刎，三頭悉爛，不可分別，分葬之。名曰三王冢。

後來，晉干寶《搜神記》在上文基礎上作了一定的增添演義。至清人錢彩《說岳全傳》第十一回，則做了古典時期最大規模、藝術上最完整的一次復仇敘事：

---

〔註2〕丸尾常喜：《「人」與「鬼」的糾葛——魯迅小說論析》，秦弓譯，人民文學出版社，2006年版，第325頁。

　　春秋之時，楚王欲霸諸侯，聞得韓國七里山中有個歐陽冶善，善能鑄劍，遂命使宣召進朝。這歐陽冶善來到朝中，朝見已畢，楚王道：「孤家召你到此，非為別事，要命你鑄造二劍。」冶善道：「不知大王要造何劍？」楚王道：「要造雌雄二劍，俱要能飛起殺人，你可會造麼？」歐陽冶善心下一想：「楚王乃強暴之君，若不允他，必不肯饒我。」遂奏道：「劍是會造，恐大王等不得。」楚王道：「卻是為何？」歐陽冶善道：「要造此劍，須得三載工夫，方能成就。」楚王道：「孤家就限你三年便了。」隨賜了金帛綵緞。冶善謝恩出朝，回到家中，與妻子說知其事，將金帛留在家中，自去山中鑄劍。卻另外又造了一口，共是三口。到了三年，果然造就，回家與妻子說道：「我今前往楚國獻劍。楚王有了此劍，恐我又造與別人，必然要殺我，以斷後患。今我想來，總是一死，不如將雄劍留埋此地，只將那二劍送去。其劍不能飛起，必然殺吾。你若聞知兇信，切莫悲啼。待你腹中之孕十月滿足，生下女兒，只就罷了。倘若生下男來，你好生撫養他成人，將雄劍交付與他，好叫他代父報仇，我自在陰空護佑。」說罷分別，來至楚國。楚王聽得冶善前來獻劍，遂領文武大臣到校場試劍。果然不能飛起，空等了三年。楚王一時大怒，把冶善殺了。冶善的妻子在家得知了兇信，果然不敢悲啼。守至十月，產下一子，用心撫養。到了七歲，送在學堂攻書。一日，同那館中學生爭鬧，那學生罵他是無父之種。他就哭轉家中，與娘討父。那婦人看見兒子要父，不覺痛哭起來，就與兒子說知前事。無父兒要討劍看，其母只得掘開泥土，取出此劍。無父兒就把劍背著，拜謝了母親養育之恩，要往楚國與父報仇。其母道：「我兒年紀尚小，如何去得？」自家懊悔說得早了，以致如此，遂自縊而死。那無父兒把房屋燒毀，火葬其母，獨自背了此劍，行到七里山下，不認得路途，日夜啼哭。哭到第三日，眼中流出血來，忽見山上走下一個道人來，問道：「你這孩子，為何眼中流血？」無父兒將要報仇之話訴說一遍。那道人道：「你這小小年紀，如何報得仇來？那楚王前遮後擁，你怎能近他？不如代你一往，但是要向你取件東西。」無父兒道：「就要我的頭，也是情願的！」道人道：「正要你的頭。」無父兒聽了，便跪下道：」若報得父仇，情願奉獻！」就

對道人拜了幾拜，起來自刎。道人把頭取了，將劍佩了，前往楚國，在午門之外大笑三聲、大哭三聲。軍士報進朝中，楚王差官出來查問。道人說：「笑三聲者，笑世人不識我寶；哭三聲者，哭空負此寶不遇識者。我乃是送長生不老丹的。」軍士回奏楚王。楚王道：「宣他進來。」道人進入朝中，取出孩子頭來。楚王一見便道：「此乃人頭，何為長生不老丹？」道人說：「可取油鍋兩只，把頭放下去。油滾一刻，此頭愈覺唇紅齒白；煎至二刻，口眼皆動；若煎三刻，拿起來供在桌上，能知滿朝文武姓名，都叫出來；煎到四刻，人頭上長出荷葉，開出花來；五刻工夫，結成蓮房；六刻結成蓮子，吃了一顆，壽可活一百二十歲。」楚王遂命左右取出兩只油鍋，命道人照他行之。果然六刻工夫，結成蓮子。滿朝文武無不喝采。道人遂請大王來摘取長生不老丹。楚王下殿來取，不防道人拔出劍來，一劍將楚王之頭砍落於油鍋之內。眾臣見了，來捉道人，道人亦自刎其首於鍋內。眾臣連忙撈起來，三個一樣的光頭，知道那一個是楚王的？只得用繩穿了，一齊下棺而葬。古言楚有「三頭墓」即此之謂。

按照《史記·刺客列傳》的敘述，荊軻勸說樊於期獻頭，不僅是為其報仇，而且是為了燕國的國家利益，甚至是為天下誅暴秦，樊於期被裹挾於政治話語之中，事實上不得不獻頭。他的頭僅僅是復仇的前奏，僅僅是為了讓秦王信任荊軻，此外就沒有其他的敘事價值了。

《列異傳》所述則純粹是一個報身家之仇的故事。赤鼻報仇無望，逃於山中，客欲代之，以赤鼻頭奉楚王。頭的作用並不到此為止，而是出現了戲劇性的變化：「煮之，頭三日三夜跳不爛」，誘王近觀，客遂斬之。在這篇小說中，頭不僅是復仇的前奏，且參與了復仇的過程，作為一個誘餌，使復仇行動得以最終完成。但這也恰恰表明了頭的戲劇性變化有著明確的目的性，因為復仇的目的才出現了這樣的情節設置。

到了《說岳全傳》，無父兒情願自刎，他的頭被道士拿去作長生不老丹，頭的變化更加豐富曲折，以篇幅來說，這是復仇行動中最長的部分，以觀賞性來說，這也是復仇行動中最精彩的。無父兒的頭是復仇的主體，至於道士借機砍楚王之頭則幾乎是一筆帶過了。至此，復仇者頭的奇妙變化已經獲得了某種獨立於復仇目的的意味。

這種獨立意味在魯迅小說《鑄劍》（請注意，魯迅最初題名《眉間尺》）中則進一步發揚光大。《說岳全傳》中的復仇情節尚有瑕疵——為什麼要用油鍋兩只呢？既然無父兒的頭煎至六刻結出蓮子，後文為何卻說「三個一樣的光頭」呢？《鑄劍》則是取一隻金鼎，注清水煮沸。情節上就沒有讓人生疑的地方了。眉間尺的頭不但能作沸水之舞，且能唱堂皇之歌。不僅如此，它還在水中與王頭死戰，頭的主體性與能動性達到了極致。千百年來，復仇者的頭第一次咬著王的頭，第一次與王面對面搏命，第一次自己復仇。從頭的使用與功能來說，魯迅《鑄劍》是弱者割頭復仇故事的最終的藝術化完成。

因此，眉間尺的頭不得不獻給黑色人，因為它要最終完成千百年來的復仇之夢。需要魯迅這樣的藝術家來設置其最終的復仇路向與復仇景觀，這可以說是割頭復仇敘事的內在要求。這就意味著，我第一次的倉促答覆倒也並非是理短詞窮的應付。

## 二

《說岳全傳》中的復仇故事並非第一次被閱讀，但這裡卻是第一次把它納入到割頭復仇的故事系列中來，由此才構成了一個完整的割頭復仇的敘事系列。那些缺少它而達成的觀點就難以成立了。例如，有學者認為，《鑄劍》「添加『為什麼藏雄劍、要孩子報仇的理由』……使得復仇行動有了正當性」[註3]，其實這種正當性在《說岳全傳》中已經賦予了：歐陽冶善知道楚王乃「強暴之君」，猜疑專橫，自己必死，乃囑託兒子復仇。《鑄劍》所述與之基本相同。

難題出現在第三者介入及其動機的解釋上。首先，《說岳全傳》中道士的出現與替無父兒報仇的解釋是合理的。道士因無父兒年紀小，眼中流血，加之王護衛森嚴，憑一己之力不能完成復仇之舉，遂代之。這是歐陽冶善「陰空護佑」的結果。同《鑄劍》中黑色人一樣，道士此舉亦是純粹的，沒附加任何的利益與條件。

從《史記》到《列異傳》，割頭復仇故事為之一變：復仇者的頭變得奇異起來，構成了復仇行動一個重要環節。從《列異傳》「客」到《說岳全傳》

---

[註3] 蔣濟永：《傳奇故事的改寫與現代小說的形成——從「改編學」看《鑄劍》的「故事」構造與意義生成》，載《中國現代文學研究叢刊》2011年第3期。此外，該文認為《鑄劍》寫眉間尺從床下黃土中掘出雄劍，比《列異傳》的敘述合情合理。其實，掘地得劍的情節在《說岳全傳》中已經出現了。

「道士」又是一變:「客」之一切模糊不清,僅知他「欲為之報」,而不清楚「欲」之動機與目的,而「道士」則是一種具體的身份,傳統文化賦予其神秘色彩,具異能法術,後文的變幻把戲符合人們對他的心理期待。從《說岳全傳》「道士」到《鑄劍》黑色人則是一大變,一質變。兩者為人復仇皆是獨立的、無附加條件的,但黑色人的復仇與道士根本不同。道士替無父兒報仇包含著可憐後者、同情後者的動機,但這些心理因素皆被黑色人拒斥了。更重要的是,黑色人說了一段話,在道士以及所有古典時期復仇者的口中都很難聽到,它讓人捉摸不透,解釋紛紜。原話如下(引文一):

> 我一向認識你的父親,也如一向認識你一樣。但我要報仇,卻並不為此。聰明的孩子,告訴你罷。你還不知道麼,我怎麼地善於報仇。你的就是我的;他也就是我。我的魂靈上是有這麼多的,人我所加的傷,我已經憎惡了我自己!

龍永幹認為,這段話「讓《鑄劍》生成了新的復仇結構,那就是復仇者指向自我的復仇」,就是說「啟蒙知識分子從傳統文化母體中誕生,先在的傳統已然成為他們的因襲,這種『傷』是人我所加的『仇』。對其進行抗爭與報復,只能是以對自我精神的否定與撕裂來實現……要徹底地反傳統,就要對自我進行批判與否定」〔註4〕。這種解釋引發的疑問是:它的文本基礎是什麼?小說中哪些情節支持這個結論?並且,既然黑色人「自己憎惡了自己」,復仇是指向了自我,那麼他與眉間尺在城外樹林中相約自盡,不是更合乎邏輯嗎?再者,黑色人從未提起與王有什麼深仇大恨,何必要多管閒事,替眉間尺向王復仇呢?畢竟,《說岳全傳》中道士多管閒事,可以「陰空護佑」得到解釋,雖然這個解釋有迷信色彩。

李國華的解釋是:「既然『你的就是我的;他也就是我』,則人我甚至敵我的區分並不是截然的,而所謂復仇,指向他人也就是指向自己,也就意味著,復仇即不復仇,不復仇即復仇,復仇成為某種本能性的行動。宴之敖者善於復仇的結果是自己的頭顱與眉間尺、王的頭顱混在一起,無從分辨,最後合葬在一起,稱為『三王墓』,完全混淆了敵我,消解了復仇的價值。」〔註5〕

---

〔註4〕龍永幹:《〈鑄劍〉:反抗絕望、廈門境遇與復仇話語的再造》,《魯迅研究月刊》2014年第5期。

〔註5〕李國華:《行動如何可能——魯迅〈故事新編〉主體構建的邏輯及其方法》,《魯迅研究月刊》2012年第9期。

這個解釋不能讓人完全信服。只要認真讀過原文，就會清楚「你的就是我的；他也就是我」中這個「他」指代的是眉間尺的父親，這裡的「你」、「我」、「他」皆是受傷者，如何意味著「人我甚至敵我的區分並不是截然的」？又如何能推導出「復仇即不復仇，不復仇即復仇」之論？如果復仇的價值最終消解了，復仇的意義何在？黑色人的精神個性何在？

殘雪說：「眉間尺並不完全懂得黑色人這話的意思，但在少年內心的最深處，一定有某種東西為之震動，因為黑色人說出了他的本能（要活下去的本能），而面前只有死路一條。於是他便毅然順從自己的本能，去著手創造自己從未創造過的東西了」〔註6〕，可是，黑色人明明稱眉間尺為「聰明的孩子」〔註7〕。本文以為求助於眉間尺的「內心的最深處」的「本能」來解釋，是和玄妙的「陰空護佑」說沒什麼差別的。

錢理群解釋說：「原來這也是一個受傷的靈魂。他（指黑色人——引者注）何嘗沒有過火熱的生命，熱烈的愛，只是在一次又一次的，而且彷彿永遠沒有止境的打擊、迫害、凌辱、損傷之下，感情結冰了，心變硬了，一切糾纏卻不免軟弱的柔情善意都被自覺排除，於是只剩下一個感情——憎恨，一個欲望——復仇。他把自己變成一個復仇之神」〔註8〕。需要思考：（1）「彷彿永遠沒有止境的打擊、迫害、凌辱、損傷」似乎只強調外界的施為，而黑色人說的本是「人我所加的傷」，包括自己對自己施加的傷害；（2）如果黑色人已成為「復仇之神」，那又何必和眉間尺「合作」？

譚桂林認為，黑色人「出頭為眉間尺報仇並不是因為自己與眉間尺父子有什麼私誼，也不是因為與國王有什麼私仇，而是因為自己是『怎麼的善於復仇』，因為自己的『魂靈上是有這麼多的，人我所加的傷，我已經憎惡了我自己』。這種報仇行徑其結果當然是為民除害，但黑色人宴之敖者投入這場復仇事件的動機卻來自於自我主體一種隱秘的生命意志，而不是來自於外在力量的託付，它超越了世俗的功利目的，超越了日常人生所理解的冤冤相報，成為一種充盈自恣的、無法遏制的生命激情的奔放。復仇者正是在這種激情

〔註6〕殘雪：《藝術復仇——讀〈鑄劍〉》，《書屋》1999 年第 1 期。
〔註7〕眉間尺確實聰慧。表現之一：當聽到黑色人說「仗義，同情，那些東西，先前曾經乾淨……我只不過要給你報仇！」這段話之後，眉間尺只說「好」，可見他即刻領悟了黑色人的意思，而這在大學課堂上卻需要講解一段時間。
〔註8〕錢理群：《魯迅作品細讀》，北京出版社，2017 年，第 62 頁。

的奔放中享受到『生命的極致的飛揚的大歡喜』」〔註9〕，這個解釋頗有可取之處，但讓人感到不滿足的地方是：「自我主體一種隱秘的生命意志」是如何得出的呢？以筆者之見，應該對「我已經憎惡了我自己」這段引文進行充分地解釋。

## 三

下面，我將結合文本給出我的理解。先請看緊接著引文一的一段話：

> 暗中的聲音剛剛停止，眉間尺便舉手向肩頭抽取青色的劍，順手從後頸窩向前一削，頭顱墜在地面的青苔上，一面將劍交給黑色人。

看得出來，眉間尺是毫不遲疑地自刎並交劍與黑色人的，連先前的「有些狐疑」也消失了。他一定是徹底懂得了黑色人的話。因為他對黑色人所說的「人我所加的傷」感同身受，剛剛成年就已經嘗到了憎惡人（包括自己）的苦味。

在二人林邊談話之前，黑色人已經幫助眉間尺制服了「這樣的敵人」。事情是這樣的：眉間尺本有機會刺殺國王，但卻被跪著迎接國王的人們給破壞了。小說寫道：「他一面伸手向肩頭捏住劍柄，一面提起腳，便從伏著的人們的脖子的空處跨出去」，「但他只走得五六步，就跌了一個倒栽蔥，因為有人突然捏住了他的一隻腳」──此人是誰？為什麼這麼做？小說並未多寫，但我們可以明白捏住眉間尺的腳的人不能接受他的站立與移動，因為這樣做是對國王的大不敬。可知這些人乃是做穩了奴隸的奴隸。

眉間尺一跌正壓在一個乾癟臉少年身上，便被後者纏住不放，甚至要賠償後者「貴重的丹田，必須保險，倘若不到八十歲便死掉了，就得抵命」，閒人們即刻圍了上來。「眉間尺遇到這樣的敵人，真是怒不得，笑不得，只覺得無聊，卻又脫身不得」，手足無措，無計可施。──眉間尺復仇之初就遇到了與王不同的另一種敵人，或者說他意識到自己身負兩種仇：一是殺父之仇，仇人是某個有名有姓、具體存在的人（王），報仇就是將其肉體消滅掉；一是「這樣的敵人」，它屬於無主名無意識無形體然而又無處不在的「殺人團」，眉間尺被閒人們圍困的時候已經深刻體驗到了。對付「這樣的敵人」對一個

〔註9〕譚桂林：《記憶的詩學：魯迅文學中的母題書寫》，人民出版社，2019年，第223～224頁。

十六歲的少年來說是過於沉重而不可能完成的任務，這就需要黑色人的出現。作為《故事新編》中的一篇，《鑄劍》最大的新意便是改變、拓展、深化了以往割頭復仇敘事的景觀與意義。

黑色人出現了，只「輕輕地一撥乾癟臉少年的下巴，並且看定了他的臉」，以「看」制「看」，少年不覺溜走，閒人也走散。——黑色人為什麼要幫助眉間尺呢？應該是他從眉間尺身上看到自己年輕時的面孔和影子（後來黑色人說「一向認識你」）。和乾癟臉的少年這樣的同齡人相比，眉間尺顯得笨口拙舌，不懂人情世故，年輕時的黑色人應該也如眉間尺一樣心地良善、想法單純，可是經過一二十年的摸爬滾打，魂靈上傷痕累累，以致於自己憎惡自己（面目表情是如此嚴冷），這樣的體驗與命運也將落在眉間尺的身上和心上。換言之，黑色人也在尋找一個真正的復仇者，可惜他所遇到的都是看客，都是「這樣的敵人」。只有眉間尺是真心復仇者，雖然初衷不過是為了報殺父之仇；其他人只是安心做一個做穩了的奴隸。或者這樣理解：黑色人一直在尋找一個像眉間尺這樣的「聰明的孩子」，而眉間尺也渴望一個能戰勝「這樣的敵人」的精神導師，他們互相吸引、互相信任、互相幫助，共同完成復仇大業。黑色人和眉間尺本質上是《吶喊》《彷徨》中的「獨異個人」形象。

黑色人四兩撥千斤、不動聲色地解了眉間尺的圍，顯然比「焦躁得渾身發火」的眉間尺沉著冷靜，經驗更豐富，心智更成熟（當然也意味著受到的傷害更多更沉重）。當黑色人再次閃出，說「走吧，眉間尺！國王在捉你了！」，「眉間尺渾身一顫，中了魔似的，立即跟著他走」，「中了魔似的」表明黑色人對眉間尺具有某種魔力或吸引力，眉間尺對他已經產生了足夠的信任，內心深處已將其視為人生導師。

二人的談話從眉間尺問「你怎麼認識我？」開始，而黑色人說「我一向認識你」，又說「我一向認識你的父親，也如一向認識你一樣」，不能由此認為黑色人是眉間尺未見過面的大爺或師叔。實際上，兩人使用了同一個詞卻賦予了不同的含義。眉間尺所說的「認識」基於熟人社會而言，熟人社會的認識意味著彼此有了共同的利益關切，然後有了相互幫助的可能（俗話說得好「熟人好辦事」，眉間尺的發問便基於這個邏輯：你這麼幫我，難道你我之間有什麼親戚關係或朋友關係，你是我父親的熟人或朋友？）。黑色人所說的「認識」則基於生存境遇和共同命運而言，因為同處在王權獨裁統治之下、同浸淫於吃人文化之中，你我都是「這樣的敵人」的受害者，並且自己有意

無意之中也可能傷害別人（如《狂人日記》所說：「我未必無意之中，不吃了我妹子的幾片肉，現在也輪到我自己」）從而造成自己的痛苦與罪感。——引文一所說「你的就是我的」，意即你的命運遭遇（生存體驗）就是我的命運遭遇（生存體驗）；「他也就是我」，黑色人用這句話來回答眉間尺的問題「你認識我的父親麼？」，他不說「認識」，而說「是」，仍是基於生存境遇和共同命運而言。

接下來，眉間尺稱呼黑色人為「義士」，而黑色人拒絕這一「美稱」〔註10〕，絕非「假借大義，竊取美名」的闊人，又說「仗義，同情，那些東西，先前曾經乾淨過，現在卻都成了放鬼債的資本。我的心裏全沒有你所謂的那些。我只不過要給你報仇！」。「乾淨」，意味著「仗義」「同情」沒有添加任何條件與利益考量，沒有任何額外的動機與目的。黑色人的回答是要眉間尺放下心理負擔，不要以為我幫助你是想從你那裡得到更多的回報和好處（無論是物質的還是名譽的），像其他人的作為與心思一般。換言之，黑色人讓眉間尺明白，你我之間的關係是最乾淨最純粹的，是超越了世俗動機與吃人文化的。這是他們之間完全信任與理解的關鍵一步。

眉間尺關心第二個問題：「你怎麼給我報仇呢？」，這才得知需要付出特別的代價，把自己的劍與頭交給黑色人。眉間尺雖然不吃驚，卻仍有些狐疑（畢竟頭是不可再生資源），他最後問道：「但你為什麼給我去報仇的呢？你認識我的父親麼？」於是，黑色人用引文一來回答。前面的回答表明「我只不過要給你報仇」，引文一則指涉自身存在的真實而痛苦的處境：「我」要向廣大的「這樣的敵人」復仇，「我」要以自戕的方式向「這樣的敵人」復仇。

「人我所加的傷」，可見「傷」有兩個來源：別人施加於自己的；自己給自己造成的。在未聞殺父之仇之前，眉間尺就嘗到了自己加於他者進而加於自己的傷：對一隻老鼠，並不直接殺死，而是反覆折磨，施暴的欲望強烈而根深蒂固，老鼠死了，他又覺得很可憐，「彷彿自己作了大惡似的，非常難受」。王是殘忍的，可以隨意殺人，殺死有功於國、為他辦事的人（如眉間尺的父親），而眉間尺可以隨意殺老鼠，施暴於比自己弱的弱者，與王的行為並無區別，但根本上又有不同：虐殺弱者的快感讓眉間尺痛苦，他的生命意識是異於

〔註10〕《采薇》姜太公面對伯夷叔齊的攔路勸諫，非但不加怪罪，反而加之以「義士」的稱號，這顯然是有意示惠、收買人心，有利於自身聲譽與形象的塑造與傳播。

王權文化的，遂有了「自己憎惡自己」的痛苦體驗。——可以想見，面前這個黑色人必然累積了更多的「人我所加的傷」〔註11〕。無論行動能力還是對生命處境的思考深度，眉間尺明白黑色人是他真正的精神導師，完全值得信賴！正所謂與君一席談，勝讀十年書，與黑色人的對話使得眉間尺迅速成長成熟起來，二人雖然不是相交已久的熟人，卻成為真正的迥異於世俗觀念的知音知己（這就是說，眉間尺的生命質量不以生命長度來衡量，而乾癟臉的少年即便活到八十歲一輩子也是渾渾噩噩地做個奴隸而已）。

但，置身於王權體制與吃人文化之中，說出「自己憎惡了自己」的人是大清醒者，同時又是大無奈者，因為復仇的對象到底是誰呢？譬如，是乾癟臉少年嗎？不是，因為乾癟臉少年是其父母老師教育培養的結果，那麼是其父母老師嗎？不是，其父母老師又是其父母老師的父母老師教育培養的結果……如此追責下去，將沒有人會負責；同時，任何人都要負責。魯迅在1925年4月所作的《燈下漫筆》中說，在王權統治之下，「自己被人凌虐，但也可以凌虐別人；自己被人吃，但也可以吃別人。一級一級的制馭著，不能動彈，也不想動彈了……如此連環，各得其所」。但是，就現實存在來說，復仇的一切線索都將追溯到王的身上，復仇的一切意志都將指向王本身。因為王是現世統治的象徵，是統治階級文化思想的代理人（馬克思說過：「統治階級的思想在每一個時代都是占統治地位的思想」）——「大王是向來善於猜疑，又極

〔註11〕2017年12月6日講「人我所加的傷」時，有學生說她的魂靈上沒有傷，我理解她說的意思：她們一直在校園讀書學習，與社會接觸少，還沒有感受到「人我所加的傷」。但我告訴她教育本質上就是一種傷害。當然，人成長就得改變一些東西，但現在的教育體制所改變的太過分了。我們的魂靈上是有這麼多的人我所加的傷，最開始與最重要的就是教育體制帶給我們的傷害。我上學的時候，學生被老師區分成「渣子」與「尖子」，得到不同的表情與待遇；教初中的時候，班主任首先告訴我，教室最後排的學生不要管，他們愛幹什麼幹什麼，只要不違反紀律；如今，我每年都到縣裏或鄉鎮指導學生教育實習，他們課大多講得無趣，然而卻得到學生的喜歡，因為他們會笑，態度可親，像個大姐姐或大哥哥，而不像老教師那樣如同學生欠了他三萬塊錢。這讓我一喜一憂，憂的是，我的學生如果將來考編成功，他／她的笑容會保持多久？和學生那樣一種親密的朋友關係會維持多久？——我們的生存處境其實並沒有比魯迅那時候改觀多少。魯迅對我們還有用，是因為他深刻表達了我們中國人的切身生存感受與生存境遇！想一想《狂人日記》：狂人感受到周圍的人要吃他，這不就是人所加給他的傷嗎？而他終於發現，在這樣一個吃人的傳統中，他這個自覺清醒乾淨的人也吃了他的妹子，也給其他的人造成了傷害。寄希望於救救孩子，或許真地只是聊勝於無的安慰。

殘忍的」，這正是吃人文化（《狂人日記》說「自己想吃人，又怕被別人吃了，都用著疑心極深的眼光，面面相覷」）所養成的典型性格心理，因而王活著就非常「無聊」無趣，「毫無意味」。殺死王就具有推翻王權統治、抵抗吃人文化的象徵性價值。

　　黑色人與眉間尺明白王才是值得他們搏殺的敵人。乾癟臉的少年不是，這樣的敵人任其自消自滅好了。對王則必須予以擊殺，要將復仇精神嵌入到王的頭顱之中，使後者不得不承認復仇精神與己共生同在。在千百年來的精神鬥爭中，弱者一次又一次地拋頭顱、灑熱血要把復仇精神刻入統治者的頭腦之中，一次比一次清醒、自覺、壯麗，至魯迅《鑄劍》則無論從精神上還是藝術上都達到了最飽滿充盈的境界。試看眉間尺的頭於唱歌跳舞之際輕靈秀媚、雍容灑脫，毫無沉重驚懼之感，亦無滯澀血腥之氣！

## 四

　　我們談論的一直是割頭復仇，那麼小說為什麼叫《鑄劍》呢？研究者從來注意的是眉間尺的父親鑄劍，而忘記了鑄劍的源頭是王，是王命令鑄一把劍，「用它保國，用它殺敵，用它防身」。然而三年之後，眉父煉成了兩把劍（在《說岳全傳》，王命造兩把，劍工卻造了三把，亦多出一把），因為他知道王不信任他，他也不信任王，於是互相食言背叛，與眉間尺和黑色人的互信恰成對比。這同樣是王的悲劇，他想要的東西他無法真正得到。他得到的只是「掃興」、「無聊」、「不高興」、「發怒」、「覺自己受愚」。他是徹底被眉間尺頭顱的舞蹈與歌聲吸引了，「站起身，跨下金階，冒著炎熱立在鼎邊」，去看最神奇的團圓舞，這時，如眉間尺父親所說，雄劍砍在了王的頸子上。在肉搏與皮肉煮爛之後，他的頭骨與眉間尺、黑色人的頭骨已經無法分辨——生命在本質上是相同的，無分貴賤、大小、上下、強弱或貧富。「最慎重妥善的辦法」，是三個頭骨與王的身體合葬，「幾個義民很忠憤，咽著淚，怕那兩個大逆不道的逆賊的魂靈，此時也和王一同享受祭禮，然而也無法可施」。「最慎重妥善的辦法」，其實就是逼迫看客們承認復仇精神的存在。對王，他們阿諛奉承；對眉間尺，他們曲解敵視。然而割頭復仇的魂靈就游蕩於他們的幫閒與奴性之中，最終他們不得不承認。

　　《說岳全傳》的一句話——「眾臣連忙撈起來，三個一樣的光頭，知道那一個是楚王的？」——《鑄劍》演化為第四節的審頭鬧劇。從頭的使用與

功能來說，這實在是合乎邏輯地發展。對於王身邊的看客們來說，他們和乾癟臉少年無甚區別，任何頭顱落到他們手裏都只能接受如此被把玩賞觀的境地。但是，我們不能認為看客們審頭的鬧劇就是消解了眉間尺與黑色人割頭復仇的價值〔註12〕，相反，正是這種鬧劇的一再重演而強化了割頭復仇精神的永恆意義：正因為有這樣的看客，這樣的鬧劇，這樣的文化，復仇之歌與復仇之劍將永耀人間！復仇精神最終徹底嵌入到了王的頭顱之中，並與之共生同在！換言之，眉間尺復仇本身就具有反抗暴君的正義性質，黑色人的加入則把復仇指向了支持暴君統治的吃人文化，其正義與崇高並未因審頭而消解，相反因之而被強化──眉間尺與黑色人的頭與王的頭並葬象徵著復仇精神永遠刻寫在了王權體制與吃人文化之中。

最終，「鑄劍」，鑄的是信任與理解。是黑色人與眉間尺的理解、信任與合作完成了復仇行動。人與人之間的這種理解與信任在魯迅的文學世界中是十分罕見的。理解魯迅，就是要從「看／被看」的二元對立模式中走出來，魯迅對看客們「哀其不幸，怒其不爭」，並不是要我們盡情地嘲諷與批判庸眾，而是要我們思考人與人之間的理解為什麼會如此艱難以致不可能，並導致了對獨異性與個人的扼殺。

本文原刊《上海魯迅研究》2015 年第 4 期。作了重要的補充與修改。

---

〔註12〕例如，有論者寫道：「《鑄劍》在瑰麗恢弘場景中高揚『復仇』後，庸眾辨頭的滑稽、出殯的鬧劇，既是對前者的崇高悲壯意義的消解，也是黑色人、眉間尺對庸眾的大輕蔑與大悲憤」（龍永幹《〈鑄劍〉：反抗絕望、廈門境遇與復仇話語的再造》）。「消解論」甚囂塵上，顯然是論者知識分子身份意識的表達與強化。

# 談《故事新編》的「說」與「吃」

## 一

對《故事新編》，首先需要解釋的便是「油滑」。作者自云：

> 第一篇《補天》——原先題作《不周山》——還是一九二二年
> 的冬天寫成的。那時的意見，是想從古代和現代都採取題材，來做
> 短篇小說，《不周山》便是取了「女媧煉石補天」的神話，動手試作
> 的第一篇。首先，是很認真的，雖然也不過取了弗羅特說來解釋創
> 造——人和文學的——的緣起。不記得怎麼一來，中途停了筆，去
> 看日報了，不幸正看見了誰——現在忘記了名字——的對於汪靜之
> 君的《蕙的風》的批評，他說要含淚哀求，請青年不要再寫這樣的
> 文字。這可憐的陰險使我感到滑稽，當再寫小說時，就無論如何，
> 止不住有一個古衣冠的小丈夫，在女媧的兩腿之間出現了。這就是
> 從認真陷入了油滑的開端。油滑是創作的大敵，我對於自己很不滿。

魯迅從現代採取題材做的小說就是《吶喊》裏的作品——《〈吶喊〉自序》
寫於 1922 年 12 月，也就是說，《吶喊》的結集與《補天》的創作在同一時間。
不過，《補天》是從古代採取題材做的小說，十多年後才與其他七篇同類小說
結集為《故事新編》。在這十多年間，魯迅另從現代採取題材做的小說結集為
《彷徨》。儘管《故事新編》與《吶喊》《彷徨》是如此明顯的不同——在選用
的題材上有古今之別、在主題思考與敘事表現上也呈現出不同的斷面與隆起
——我們可以把三部小說集視為魯迅生命之河中的三座島嶼，它們其實共有
一個精神源頭，共享一條精神河流，它們之間存在著千絲萬縷的聯結與呼應。

　　「油滑」是與「認真」相對的。《補天》創作之初是「很認真的」，後來在女媧的兩腿之間添了一個小丈夫（也就是女媧先前創造的「小東西」），魯迅說這就是從認真墮入了油滑。有人說：「油滑之處就是『不認真』的地方。這裏所說的『不認真』並不是指創作態度（魯迅的創作態度是很嚴肅認真的），而是指在寫歷史人物與事件時，會忽然插入現代的生活內容」〔註1〕，換一種常見的說法，是古今交融或古今雜糅。但這顯然與魯迅此處的說法並不契合，因為在女媧的兩腿之間添一個小丈夫，無論如何，算不上是「忽然插入現代的生活內容」。——我們不妨看看小說是怎樣描寫小丈夫的：

> 　　伊順下眼去看，照例是先前所做的小東西，然而更異樣了，累累墜墜的用什麼布似的東西掛了一身，腰間又格外掛上十幾條布，頭上也罩著些不知什麼，頂上是一塊烏黑的長方板，手裏拿著一片對象，刺伊腳趾的便是這東西。
>
> 　　那頂著長方板的卻偏站在女媧的兩腿之間向上看，見伊一順眼，便倉皇的將那小片遞上來了⋯⋯
>
> 　　「這是什麼？」伊還不免於好奇，又忍不住要問了。
>
> 　　頂長方板的便指著竹片，背誦如流的說道，「裸裎淫佚，失德蔑禮敗度，禽獸行。國有常刑，惟禁！」

　　照此看來，魯迅「油滑」的意思應該是：只寫小東西遞上小片就可以，偏寫他站在女媧兩腿之間偷窺私處，這既是對中華民族創世女神的大不敬，「且將結構的宏大毀壞了」〔註2〕。如此解釋看上去頗有道理，然而，如果創作《補天》的理論資源真的是弗洛伊德學說，那麼，小東西在女媧兩腿之間出現就再正常不過了。換言之，從精神分析學說的角度看，讓小東西站在兩

〔註1〕金鵬善：《〈故事新編〉「油滑」新解》，《陰山學刊》，2011年第4期。汪衛東在《「虛妄」、「油滑」與晚年情懷：〈故事新編〉新解》（《中國現代文學研究叢刊》2018年第1期）中寫道：「所謂『油滑』，既有將『古衣冠的小丈夫』放入女媧兩腿之間的不雅，更是指在本來認真而恢宏的神話書寫中插入現代的卑瑣情節，開了之後『油滑』的『壞頭』，此種「卑瑣情節」並非「現代」才有。

〔註2〕魯迅在《我怎麼做起小說來》中寫道：「我做的《不周山》，原意是在描寫性的發動和創造，以至衰亡的，而中途去看報章，見了一位道學的批評家攻擊情詩的文章，心裏很不以為然，於是小說裏就有一個小人物跑到女媧的兩腿之間來，不但不必有，且將結構的宏大毀壞了」（《魯迅全集》第四卷，人民文學出版社，2005年，第527頁）。

腿之間向上看具有充分的意義：小東西一面指責女媧「裸裎淫佚」，一面難禁自身欲望湧動；既道貌岸然，又趁機偷窺，還怕人瞧見。這是完全符合精神分析學說的情節設置。——更重要的是，在這個偷窺的小東西出現之前，已經有一個「遍身多用鐵片包起來的」小東西在色迷迷地瞧著女媧：「伊瞥見有一個正在白著眼睛呆看伊」，在此色慾氣氛中，後來又出現一個更下流的偷窺者本在意料之中，實在不必由外界的「可憐的陰險」來觸發。

不得不說，魯迅對弗洛伊德學說的理解是不充分的。他在《聽說夢》中寫道：「不過，佛洛伊特恐怕是有幾文錢，吃得飽飽的罷，所以沒有感到吃飯之難，只注意於性慾。有許多人正和他在同一境遇上，就也轟然的拍起手來。誠然，他也告訴過我們，女兒多愛父親，兒子多愛母親，即因為異性的緣故。然而嬰孩出生不多久，無論男女，就尖起嘴唇，將頭轉來轉去。莫非它想和異性接吻麼？不，誰都知道：是要吃東西！」〔註3〕這把弗洛伊德的思想嚴重簡單化了：（1）弗洛伊德研究性慾是出於一種研究興趣；（2）嬰孩尖起嘴唇不是想和異性接吻，他的性慾並未特異化，而是與滿足食欲混合在一起。這就是說，幼兒吃奶既是吸收營養填飽肚子，又在有節奏地重複吮吸乳頭的行為中體驗性的快感。

本文認為，魯迅把本不「油滑」的情節設置視為與性有關的「油滑」，這流露了魯迅本人對性的敏感和對性慾的壓抑。其實，《補天》所表現出來的真正屬於魯迅的「油滑」並不與生殖器和性有關，而是與肉體的另一個器官——嘴——密切相關。食色，性也。性與吃（嘴的一個基本功能，另一個是說）皆是肉體最基本的欲望。魯迅為什麼舍生殖器而就嘴呢？大概是出於以下考慮：（1）魯迅對弗洛伊德性學說不以為然，從「雖然也不過」的表述和《聽說夢》中就可以看得出來；（2）《吶喊》對傳統文化的批判、對中國人生存真相的揭露可以「吃人」二字來概括，《故事新編》接續了這一思維路向，把嘴的最基本的功能——吃和說表現得更加放肆而活潑。

雖然「油滑是創作的大敵」，但魯迅並沒有要把這個敵人清除出去的意思，相反，他在《故事新編·序言》中最後寫道：

> 敘事有時也有一點舊書上的根據，有時卻不過信口開河。而且因
> 為自己的對於古人，不及對於今人的誠敬，所以仍不免時有油滑之
> 處。過了十三年，依然並無長進，看起來真也是「無非《不周山》之

---

〔註3〕魯迅：《聽說夢》，《魯迅全集》第四卷，人民文學出版社，2005年，第483頁。

流」；不過並沒有將古人寫得更死，卻也許暫時還有存在的餘地的罷。

所謂油滑源自對所寫的古人（皆是英雄聖賢）不「誠敬」的態度。為什麼要對他們不「誠敬」？是為了避免把他們「寫得更死」。何謂「更死」？英雄聖賢的肉體組織雖然已經消亡了（這可稱為物質性的死亡），他們的偉業功績和道德思想卻似乎長留人間（精神生命永存），但若只對此方面進行一味地傳寫和頌揚，一則顯示不出自己的新意與價值（任何一個獨創性的作家都會避免這種情況），二則把他們塑造成了不食人間煙火的抽象而空洞的人，此謂「更死」。

如何讓英雄聖賢不「更死」？那就是不將古人作為紙面上存在的人，剝掉他們身上層層的神聖光環，復活他們的肉體組織，恢復生活的枝枝葉葉，恢復那些看上去無聊的生活片段，一句話，「油滑」起來：

> 我們所注意的是特別的精華，毫不在枝葉。給名人作傳的人，也大抵一味鋪張其特點，李白怎樣做詩，怎樣耍顛，拿破崙怎樣打仗，怎樣不睡覺，卻不說他們怎樣不耍顛，要睡覺。其實，一生中專門耍顛或不睡覺，是一定活不下去的，人之有時能耍顛和不睡覺，就因為倒是有時不耍顛和也睡覺的緣故。然而人們以為這些平凡的都是生活的渣滓，一看也不看。〔註4〕

換言之，讓英雄聖賢在枝葉和渣滓中生活著，這才能使他們不「更死」。在恢復肉體組織和枝葉渣滓的過程中，魯迅找到了一種新的話語表達方式，一種卓有成效的敘事思考方式。可以說，《故事新編》「油滑」的斑斕圖景超越了五四時期嚴肅／遊戲、靈／肉、高尚／庸俗等二元對立的話語方式，由此解放了作者的藝術想像力，使敘述不受歷史文獻的束縛，使這些英雄聖賢的形象更真實更立體，使新編的文本更自由更豐富，也是晚年魯迅借著偉大古人的肉體生活對自己從事一生的啟蒙事業的總結與省思。

## 二

如果把油滑僅僅限於偷窺生殖器，那麼，女媧兩腿間小東西的出現確實是油滑的開始；然而，如果把油滑看作嘴來生成製造的氛圍，那麼，在此之前《補天》就已經油滑起來了。

---

〔註4〕魯迅：《「這也是生活」……》，《魯迅全集》第六卷，人民文學出版社，2005年，第624頁。

　　有學者認為，女媧造人的行動源於本能，她「是在一種自我意識相當模糊的情況下創造出第一個人的，然後在極度的興奮中創造出一群人，並在極度疲倦中睡去」〔註5〕，這是對《補天》第一節內容的並不完全正確的概括。女媧創造第一個人的時候是有著清醒的自我意識的，因為她發出了這樣的感歎：「唉唉，我從來沒有這樣的無聊過！」一個沒有自我意識的人，如何會感到存在的無聊？她精力洋溢，用軟泥捏了「和自己差不多的」小東西，得到了他們的笑，「這是伊第一回在天地間看見的笑，於是自己也第一回笑得合不上嘴唇來」。這是生命之間最直接、最美好的交流與承認，彷彿《故鄉》裏那幅「神異的圖畫」。然而，它似乎只能短暫地存在於人類的童年時期，之後就變色了：中年閏土稱「我」為「老爺」，「我就知道，我們之間已經隔了一層可悲的厚障壁了」；同樣，女媧創造的小東西們也「漸漸的走得遠，說得多了，伊也漸漸的懂不得，只覺得耳朵邊滿是嘈雜的嚷，嚷得頗有些頭暈」，終於成了為女媧也不懂的「他們」。「我」和中年閏土只能說些無關緊要的閒話，「一氣」的感覺早沒了蹤影；女媧也感到了疲乏、酸痛與不耐煩，她開始了惡作劇式地創造，「近於失神了」，只管發洩自己多餘的精力，而不管創造出來的是些什麼東西，終於在困頓不堪中睡去。

　　女媧被天崩地塌般的聲音驚醒，「遍地是瀑布般的流水」。她首先見到一些「都用什麼包了身子，有幾個還在臉的下半截長著雪白的毛毛」的小東西，他們「一樣的是一面嘔吐，一面『上真上真』的只是嚷，接著又都做出異樣的舉動」，鬧得女媧感覺「惹了莫名其妙的禍」。接著看到「遍身多用鐵片包起來的，臉上的神情似乎很失望而且害怕」的小東西：

>　　「那是怎麼一回事呢？」伊順便的問。
>
>　　「嗚呼，天降喪。」那一個便淒涼可憐的說，「顓頊不道，抗我後，我後躬行天討，戰於郊，天不祐德，我師反走，……」
>
>　　「什麼？」伊向來沒有聽過這類話，非常詫異了。
>
>　　「我師反走，我後爰以厥首觸不周之山，折天柱，絕地維，我後亦殂落。嗚呼，是實惟……」
>
>　　「夠了夠了，我不懂你的意思。」伊轉過臉去了，卻又看見一個高興而且驕傲的臉，也多用鐵片包了全身的。

---

〔註5〕李國華：《行動如何可能——魯迅〈故事新編〉主體構建的邏輯及其方法》，《魯迅研究月刊》2012 年第 9 期。

「那是怎麼一回事呢？」伊到此時才知道這些小東西竟會變這麼花樣不同的臉，所以也想問出別樣的可懂的答話來。

「人心不古，康回實有豕心，覦天位，我後躬行天討，戰於郊，天實祐德，我師攻戰無敵，殛康回於不周之山。」

「什麼？」伊大約仍然沒有懂。

眼下最迫切最重要的是搞清楚發生了什麼事情、出了什麼變故（然後找到解決問題的方案和辦法），然而，這些包鐵片的小東西一味地掉書袋、不說讓人聽得懂的人話，並且侷限於各自立場，或者為自己的統治者死亡而「淒涼可憐」，或者為己方的勝利「高興而且驕傲」，估計他們會為「客觀事實」而爭吵或鬥爭，全然忘了最大的事實是覆巢之下無有完卵，無論哪一方的人們皆處於生死攸關的境地。女媧「氣得從兩頰立刻紅到耳根」，終於發現一個不包鐵片而腰間圍著破布的小東西：

「那是怎麼一回事呢？」

「那是怎麼一回事呵。」他略一抬頭，說。

「那剛才鬧出來的是？……」

「那剛才鬧出來的麼？」

「是打仗罷？」伊沒有法，只好自己來猜測了。

「打仗罷？」然而他也問。

女媧倒抽了一口冷氣，同時也仰了臉去看天……

布片果然比鐵片代表著發展和進步，這個會說人能聽得懂的話了，然而，他是個應聲的跟屁蟲，只會進行無意義的重複，不表達出任何一點實際的內容。鐵片小東西說的話有內容，但既無關大局又讓人不懂；布片小東西說的話雖讓人聽得懂，卻乾脆無內容，是傻乎乎的空。女媧「倒抽了一口冷氣」是對能與「他們」進行交流與理解、溝通與合作的絕望〔註6〕。——只須簡單地仰臉看天，就發現了問題所在：天裂了。原來，那些小東西們只要用手指一指天，或者只要用三個簡單的漢字，就能清楚地指出或陳述問題，然而他們似乎永遠想不到這一點。

---

〔註6〕錢理群認為，當女媧和她的創造物——委瑣、自私，只知相互殘殺的「人」相遇，「女媧禁不住『倒抽一口冷氣』，原先創造的喜悅與意義也因此消釋殆盡了」（《魯迅作品十五講》，北京大學出版社，2003年第93頁），如此引用與解釋顯得太簡單了。

　　既然天裂了，那就補天。女媧堆蘆柴，尋青石頭，「有時到熱鬧處所去尋些零碎，看見的又冷笑，痛罵，或者搶回去，甚而至於還咬伊的手」。總算填滿裂口，女媧累得上氣不接下氣，說道：「唉唉，我從來沒有這樣的無聊過」。她從「無聊」回到了「無聊」，形似呂緯甫所說的「繞了一點小圈子」。恰在此時，出現了頂著長方板的小東西，包裹得比前面的任何同類都要複雜嚴實——他的出現，才讓我們明白女媧與他們的一個最顯在的不同：女媧是赤身裸體的，而他們身上包了又包、腰間纏了又纏。我們應該把它作為一種隱喻來理解：人類身上包裹的東西越來越多，刻意壓抑自然的欲望，變得越來越道德、越來越文明，把本來自然自在的生存狀態搞得越來越異化複雜，充斥著人為的裝飾技巧，心意越來越難捉摸領會，已經徹底遺忘並背叛了那幅「神異的圖畫」，最初的相視一笑直達內心、交流無礙的精神愉悅無從獲得了。

　　女媧能揉捏「一個和自己差不多的小東西在手裏」，但卻不能創造一個和自己差不多的靈魂在對面。最初的交流是最原始的音節諸如「Nga！nga！」、「Akon，Agon！」，是最原始的微笑；等女媧醒來，他們已經發展出了一套複雜的表意系統，把一切心思裹上重重的語言的鎧甲，女媧聽不懂也說不通了。創造者與創造物之間的交流與理解竟是如此的艱難，甚至是不可能！在《傷逝》中，悲劇的樣式反轉了過來：涓生似乎在精神上創造了一個新的子君，賦予了後者新的靈魂、新的思想意識。然而同居之後，二人漸漸發現了「許多先前以為瞭解而現在看起來卻是隔膜，即所謂真的隔膜了」：涓生愛花，子君不愛花，花就枯死了；子君愛小油雞和阿隨，涓生不喜歡，以致妨礙他們的基本生活了。「人必生活著，愛才有所附麗」，一對嶄新的靈魂最終墮入了肉體組織的牢籠之中，他們只有以離異來結束這段關係。

　　能否創造從肉體到精神完全一氣的兩個或多個個體呢？魯迅的回答似乎是完全不可能。因為每一個人都是一間鐵屋子，「是絕無窗戶而萬難毀滅的」；即使是他們的創造者，女媧也不能在他們的頭腦中打開一扇窗戶，使他們變得清醒而理性。「苦的寂寞」、「寂寞的悲哀」，《吶喊》魯迅要有意壓抑下去的這些消極體驗其實貫穿於女媧補天壯舉的全過程。儘管寫的是遠古的人物與題材，但我們仍然可以把赤身裸體的女媧看作是一個與狂人相似的獨異個人。狂人勸說周圍的人做一個「真的人」，認清現實真相而不再吃人的人，然而，他們皆以異樣的眼光看他，咬他，吃他，女媧之遭遇亦如是。兩者之不同在於：狂人慾創造「真的人」，卻被舊的人（庸眾）扼殺；女媧雖然創造了新的

生命，得來的照樣是隔膜與咬嚙。重複一遍：古衣冠小丈夫的出現不是「油滑」，他和包鐵片、包布片的其他小東西一樣是女媧在補天過程中遭遇的一部分，只是比其他小東西更文明更道德更堂皇，然而藉此掩蓋起來的心思更齷齪，他實際上是打著仁義道德的旗號要「吃」掉女媧——「裸裎淫佚，失德蔑禮敗度，禽獸行。國有常刑，惟禁！」

於是，天補好了，而女媧死掉了，留下「他們」活躍於天底下人世上。

# 三

《故事新編》第二篇《奔月》一開始便將后羿置於「謀生忙」的境地。因其「箭法真太巧妙了，竟射得遍地精光」，只得「一年到頭只吃烏鴉肉的炸醬麵」，惹得嫦娥牢騷滿腹。吃得單調，是過日子的單調；吃得無聊，實際上就是活得無聊。吃的單調與無聊固然叫人難堪，更難堪的是后羿要對嫦娥解釋為什麼會如此單調與無聊。他的馬——「聰明的牲口」——都知道這個難題，剛剛望見宅門，「便立刻放緩腳步了，並且和它背上的主人同時垂了頭，一步一頓，像搗米一樣」。

這意味著，只有這匹「聰明的牲口」還能理解他：無聊越解釋越無聊，解釋本身就是無聊。因此，后羿說話吞吞吐吐支支吾吾，把無聊的狀況歸咎於運氣弄人：「今天的運氣仍舊不見佳，還是只有烏鴉……不過今天倒還好，另外還射了一匹麻雀」：

> 「哼！」她瞥了一眼，慢慢地伸手一捏，不高興地說，「一團糟！不是全都粉碎了麼？肉在那裡？」
>
> 「是的，」羿很惶恐，「射碎的。我的弓太強，箭頭太大了。」
>
> 「你不能用小一點的箭頭的麼？」
>
> 「我沒有小的。自從我射封豕長蛇……。」
>
> 「這是封豕長蛇麼？」

後來，見嫦娥難得的「微微一笑」，便趕緊說道：

> 「今天總還要算運氣的，」羿也高興起來，「居然獵到一隻麻雀。這是遠繞了三十里路才找到的。」
>
> 「你不能走得更遠一點的麼？！」

無論是主觀的還是客觀的，后羿的所有解釋都遭遇到了嫦娥「？」的搶白與拆解。最後一個質問——「你不能走得更遠一點的麼？！」——使我們

想到了《在酒樓上》呂緯甫，當他說出那個繞圈子的人生感慨時，還期望於對面的「我」：「你不能飛得更遠些麼？」這兩個相似的問句隱含的意思是：能否打破無聊的怪圈？

當年的生活皆過得充實豐富而有意義。呂緯甫和朋友們「到城隍廟裏去拔掉神像的鬍子」，「連日議論些改革中國的方法」，可謂指點江山意氣風發；而山裏的動物們「要多少有多少」，后羿總是稱心如意滿載而歸。如今，呂緯甫正在教授先前他所抨擊、所反對的「子曰詩云」，后羿則掉進了英雄無用武之地的困局。對於將來，呂緯甫是徹底的絕望：「我現在什麼也不知道，連明天怎樣也不知道」；后羿畢竟是傳奇人物，他有道士贈送的金丹，「只要將那道士送給我的金丹吃下去，就會飛昇。但是我第一先得替你打算，⋯⋯所以我決計明天再走得遠一點⋯⋯。」

有論者認為，這是后羿「表面上替妻子設想實際上自私的言辭⋯⋯嫦娥實在不用太費心思就能勘破丈夫的自私，因此第二天就趁羿出去打獵而吃藥奔月了」〔註7〕，如此解釋冤枉了后羿。因為若把后羿的話理解為自私，那就不能解釋他的慚愧（「『唉唉，這樣的人，我就整年地只給她吃烏鴉的炸醬麵⋯⋯。』羿想著，覺得慚愧，兩頰連耳根都熱起來」），並且不能解釋他第二天的言行——「我今天打算到遠地方去尋食物去，回來也許晚一些。看太太⋯⋯有些高興的時候，你便去稟告，說晚飯請她等一等，對不起得很。記得麼？你說：對不起得很」，然後「一氣就跑了六十里上下」去找尋獵物。由此可見，后羿並沒有欺騙嫦娥，反倒完全理解嫦娥的無聊，帶著深深的愧疚，用不斷地遠走來試圖打破這種無聊，並給她的生活帶來樂趣和驚喜。然而，后羿的愧疚越發讓嫦娥感到絕望：無論在這個世界上跑多遠，他能有非烏鴉的新鮮的收穫嗎？這是完全不可能的，因為昨天說得明白，這個世界已經「遍地精光」，「真不知道將來怎麼過日子」。於是，趁著后羿回來晚而月亮升起的機會，嫦娥吃了金丹飛昇了。

后羿回來晚，是因為他走得越遠便碰到越多的無聊事，「白費工夫」。他射殺了一隻鵪鶉，一個老婆子說他「瞎了你的眼睛」，「這是我家最好的母雞」。后羿報上姓名，她一臉茫然。后羿乃低調提示道：

> 有些人是一聽就知道的。堯爺的時候，我曾經射死過幾匹野豬，
>
> 幾條蛇⋯⋯。

---

〔註7〕李國華：《行動如何可能——魯迅〈故事新編〉主體構建的邏輯及其方法》，《魯迅研究月刊》2012 年第 9 期。

哈哈，騙子！那是逢蒙老爺和別人合夥射死的。也許有你在內罷；但你倒說是你自己了，好不識羞！

阿阿，老太太。逢蒙那人，不過近幾年時常到我那裡來走走，我並沒有和他合夥，全不相干的。

說謊。近來常有人說，我一月就聽到四五回。

后羿的解釋反把自己解釋成了一個「騙子」。無論他怎麼說，都是「說謊」；因為老婆子判斷與相信的根據不是事實與真相，而是說的次數：說的次數越多，說的效力就越大，說的事情就越可信。逢蒙通過反覆的「說」將后羿的英雄業績占為己有。當然，逢蒙的「說」不是普普通通的「說」。下面的事例可見一斑。他暗地裏偷襲后羿不成，后羿勸他「你鬧這些小玩藝兒是不行的……要自己練練才好」：

「即以其人之道，反諸其人之身……。」勝者低聲說。

「哈哈哈！」他一面大笑，一面站了起來，「又是引經據典。但這些話你只可以哄哄老婆子，本人面前搗什麼鬼？……」

為了讓老婆子這樣的無知庸眾相信自己，需要引經據典的說話方式。在「白話／文言」的言說對立中，引經據典的說話方式是權力的體現與象徵。只有像女媧、后羿這樣真正的英雄和高手才能超越這一對立造成的迷霧而直指事物和事實的真相。此外，逢蒙還使用「詛咒」的伎倆（魔術）騙取老婆子們的相信，這顯然超出了客觀與理性的範疇。一個「好不識羞」的人成為人們尊重的「逢蒙老爺」，而真正做事且低調謙虛（沒說自己射日的壯舉）的后羿則被目為「騙子」。

於是，后羿對老婆子說「那也好。我們且談正經事罷」——「正經事」是「這雞怎麼辦呢？」，儘管這也要耗費口舌，但比爭論當年野豬、蛇是誰射死的要有意義得多（或者說現實得多、緊迫得多）。經過「磋商」，「好容易」把炊餅由十五個降為十個，加上「五株蔥和一包甜辣醬」，作為母雞的等價物。后羿隨身只帶五個炊餅，另五個「約好至遲明天正午送到」；換言之，這只小母雞要耗去后羿兩天的工夫。加上逢蒙的事，難怪后羿大發牢騷：「偏是謀生忙，便偏是多碰到些無聊事，白費工夫」。

小母雞並沒能引嫦娥高興，因為她已吃了仙藥獨自飛上月亮去了。妻子的背叛使后羿憤怒，「從憤怒裏又發了殺機」，用射日弓連發三箭要射落月亮，然而月亮「似乎毫無傷損」。問題便是：射日的英雄為什麼不能射掉月亮？

　　似乎未見有人提出這個問題，當然也就未見有人來回答。我的理解是：射日是為民除害，害在身外，除害乃有正義之性質，后羿遂成為擁有神聖光環的英雄；射月卻是為一己之私，要把「永遠一個人快樂」的嫦娥從月亮上拉回來，可是，他如何能驅除「過日子」的無聊呢？如果他的箭能射掉月亮，那就意味著他有能力擺脫無聊、驅除無聊，而這是不可能的，也是不符合文本意思的。

　　連創世之神女媧都不能擺脫無聊感。后羿更是深深地嵌入了無聊的生活結構之中：嫦娥在，他就得早上離開家出去打獵，無論走得多遠，晚上都得回來，他一天又一天所做的無非是繞些長短不一的圈子。月亮射不下來，使女們趕快奉承他是戰士或藝術家，后羿斥為「放屁」，因為他知道「烏老鴉的炸醬麵確也不好吃」，難怪嫦娥忍不住。他可以射殺封豕長蛇和天上的太陽，卻不能改變烏鴉炸醬麵的味道，更不能不吃東西就消除肚子的飢餓感——在明天找道士再要一服仙藥、吃了追上去之前，后羿今晚還是要先吃一盤辣子雞與五斤大餅。總而言之，后羿可以壯懷激烈做驚天動地的英雄事業，但他卻不能左右那些嗚嗚囔囔的議論與變色歪曲的敘述或記憶（包括近在身邊的妻子），卻只能被無聊的生活結構所捕獲和圍困。

　　對嫦娥來說，她奔月是走得最遠的了，似乎徹底掙脫了無聊的圈子，然而她不過是回到了女媧開始時的狀態。即便后羿明天能到月亮上找到嫦娥，大概也還是要落入「謀生忙」的無聊境地。天地之間，無聊無地可逃。

　　可以說，《奔月》《故事新編》中最無聊的一篇，是《吶喊》魯迅所壓抑的無聊體驗的報復性地發作與釋放，比《彷徨》中的《在酒樓上》尤甚，後者畢竟還有廢園裏那株盛開如火的山茶。《奔月》作於 1926 年 12 月，這時候的魯迅「一個人住在廈門的石屋裏，對著大海，翻著古書，四近無生人氣，心裏空空洞洞」，曾經的「振臂一呼應者雲集」的英雄情結、聽將令的啟蒙事業似乎皆是夢幻泡影，大概就是這種「空空洞洞」的心態賦予了《奔月》濃得化不開的無聊氣氛吧？

## 四

　　補天成功，留下小東西們活在人間。女媧已見識了他們各式各樣的說，在《故事新編》第三篇小說《理水》中，說已成長為學說。說變為學說，本應是由主觀私見變為真實可靠、理性有效的真理，然而並不如此。

文化山的學說壓倒了濤聲，鳥頭先生極力證明禹是一條蟲，費了「三九廿七天工夫」，把證據寫在了大松樹皮上，叫大家來「公評」。一個鄉下人終於說話了：

「人裏面，是有叫作阿禹的，」鄉下人說。「況且『禹』也不是蟲，這是我們鄉下人的簡筆字，老爺們都寫作『禹』，是大猴子……」

「人有叫作大大猴子的嗎？……」學者跳起來了，連忙咽下沒有嚼爛的一口麵，鼻子紅到發紫，吆喝道。

「有的呀，連叫阿狗阿貓的也有。」

……

「……證據就在眼前：您叫鳥頭先生，莫非真的是一個鳥兒的頭，並不是人嗎？」

這段對話意味深長。首先，「鳥頭」是一個粗俗的名字，如果說小東西偷窺女媧私處是油滑，那麼，這裡以「鳥頭」命名文化學者則表現了魯迅最大的蔑視與嘲諷。鄉下人這樣反駁鳥頭先生：是有人叫阿禹的，但「叫」什麼不是「是」什麼。禹是大猴子，但叫阿禹者並非就是個猴子，正如叫鳥頭先生者並非就是個鳥兒的頭。「是」，是事物的實在本質；「叫」，是給事物冠以某個名字。學者所追求的應該是「是」什麼而非「叫」什麼，但文化山的學者們卻本末倒置，自得於作淺薄無知的表面文章：鯀是一條魚，如果他確實到崑崙山下賞過梅花，那麼，「他的名字弄錯了，他大概不叫『鯀』，他的名字應該叫『人』」！

《理水》充斥著「叫」與「是」的對立。水利大員召見下民代表：

「你是百姓的代表嗎？」大員中的一個問道。

「他們叫我上來的。」他眼睛看著鋪在艙底上的豹皮的艾葉一般的花紋，回答說。

「是」代表，意味著自己主動與自願，「叫」的背後則是一個規訓與強迫的過程。這個人本來強烈抵制去見官（「做代表，毋寧死」），但「大家把他圍起來，連日連夜的責以大義，說他不顧公益，是利己的個人主義者，將為華夏所不容；激烈點的，還至於捏起拳頭，伸在他的鼻子跟前，要他負這回的水災的責任」。此人終於出面做代表，並非是被「責以大義」而受了感動，而是連日連夜「渴睡得要命，心想與其逼死在木排上，還不如冒險去做公益的犧牲」。原本是不想渴睡受罪，卻「繡」（出自《這樣的戰士》）出了

「公益」的好名目。他受了大員的稱讚，一改開始時的惶恐，滔滔地講述起來：「水苔，頂好是做滑溜翡翠湯，榆葉就做一品當朝羹」。「叫」什麼完全遮蓋了「是」什麼。從文化山，到官場，到民間，滔滔皆是。

禹現身於小說後半部分，他「查了山澤的情形，徵了百姓的意見，已經看透實情，打定主意，無論如何，非『導』不可！」然而，這就引起了水利大員們的普遍反對，只因為舊法是湮（「要而言之，『湮』是世界上已有定評的好法子」），而儘管湮法經實踐檢驗並不成功，但某些利益關切已經圍繞著它形成。一位白鬚白髮的大員，甚至覺得天下興亡都「繫在他的嘴上了，便把心一橫，置死生於度外，堅決的抗議」。圍繞著舊法，他們有的說，並且說得都很堂皇。

與此相反，禹很少說話，大部分時間「一聲也不響」。同意他的意見的人也都「不動，不言，不笑，像鐵鑄的一樣」。《野草‧題辭》寫道：「當我沉默著的時候，我覺得充實；我將開口，同時感到空虛」，為什麼惟有沉默是充實，開口會感到空虛？一個重要的原因便是聽者無法控制，他們有理解的能力，但卻不想理解、不願理解、不敢理解，跟他們溝通交流無異於浪費口舌與時間，並且無補於問題之解決。——禹無法控制水利大員們的理解意願，同樣也無法干預百姓們的興奮與想像：「大家都在談他的故事；最多的是他怎樣夜裡化為黃熊，用嘴和爪子，一拱一拱的疏通了九河……」這時候的禹不再是一條蟲，而成了「禹爺」。

那麼，新法是如何取得成功的呢？有意味的是，新法的成功不是因為無論從理論上還是從實踐上講它都是唯一可行的法子——曉之以理，在大員那裡行不通，在百姓那裡亦行不通；論「說」，新法「說」不過舊法，禹「說」不過大員與百姓。新法之所以成功，是因為禹用「吃」戰勝了「說」：

> 到一座山，砍一通樹，和益倆給大家有飯吃，有肉吃。放田水入川，放川水入海，和稷倆給大家有難得的東西吃。東西不夠，就調有餘，補不足。搬家。大家這才靜下來了，各地方成了個樣子。

看來，新法「導」是從嘴上導，從吃上導，從關係最迫切的口腹之欲導。簡單的曉之以理的思想教育方式是不管用的。魯迅曾在《傷逝》中寫道：「人必生活著，愛才有所附麗」，這裡可以改換成：人必生活得更好，新法才能成功。生活得是否更好，首先就看最基本的生存欲望和生存權利——吃——是否得到了更好的滿足。《故事新編》是油滑的，魯迅把古代英雄聖哲拋入

了「謀生忙」（其實就是「謀吃忙」）的境地之中，其實包含著認真而嚴肅的思考。

我們的研究也是「說」聲一片：禹是實幹家，是民族脊樑式的英雄人物，但可悲的是，「治水後的大禹竟不得不將自己的日常行為『俳優』化：『吃喝不講究，但做起祭祀和法事來，是闊綽的；衣服很隨便，但上朝和拜客時的穿著，是要漂亮的』」〔註8〕；另有人認為，這「或許是『入鄉隨俗』，也可以說是『同化』」〔註9〕，或曰「異化」〔註10〕。總之，因為治水後禹吃喝闊綽、穿戴漂亮了，就不是原先那個為治水而三年不回家的禹了。這樣的「說」也真有些迂愚。還記得墨子到楚國見公輸班嗎？公輸班：

> 到自己的房裏，拿出一套衣裳和鞋子來，誠懇的說道：
>
> 「不過這要請先生換一下。因為這裡是和俺家鄉不同，什麼都講闊綽的。還是換一換便當……」
>
> 「可以可以，」墨子也誠懇的說。「我其實也並非愛穿破衣服的……只因為實在沒有工夫換……」

墨子說的是假話嗎？不是。因為沒工夫換，墨子才穿破衣服〔註11〕；禹治水時也是沒工夫換（「討過老婆，四天就走」），他和他的手下才像一群乞丐似的。現在水治好了，非要穿得像乞丐才顯得出人生本色嗎？大禹會和墨子

---

〔註8〕姜振昌：《〈故事新編〉與中國新曆史小說》，《中國社會科學》，2001年第3期。

〔註9〕錢理群：《魯迅作品十五講》，北京大學出版社，2003年，第95頁。

〔註10〕李春林《重讀〈故事新編〉箚記》（《上海魯迅研究》總第84輯，上海社會科學院出版社，2019年）援引《理水》「禹爺自從回京以後，態度也改變了一點了」一段話，然後寫道：「禹開始有點異化了，甚至以為自己建立了太平盛世，開始喜歡歌功頌德了。權力是使人異化的力量，權力愈大，使人異化的力量亦就愈大。看來，脊樑的骨質要變得疏鬆乃至流失了」。禹「吃喝不考究，但做起祭祀和法事來，是闊綽的；衣服很隨便，但上朝和拜客時候的穿著，是要漂亮的」，由筆者看來，禹其實是正確地區分了私人生活與公共生活，如果他要把自己的私人生活狀態借權力推廣到公共生活領域，要老百姓以自己為生活和道德的榜樣，難道這是更正確、更人性的做法嗎？

〔註11〕《墨子·公孟》記載：「公孟子戴章甫，搢忽，儒服，而以見子墨子，曰：『君子服然後行乎？其行然後服乎？』子墨子曰：『行不在服。』」然後以齊桓公、晉文公、楚莊王、越王句踐等四人為例說明「其服不同，其行猶一也。翟以是知行之不在服也」。公孟便要換一套裝束再來見墨子，墨子阻止了他，說：「請因以相見也。若必將舍忽、易章甫而後想見，然則行果在服也。」墨子說得很清楚：行與服沒有什麼因果關係。我們的眼光與見識似乎比古人不如。

一樣地說：「我其實也並非愛穿破衣服的」。因為禹的態度改變了一點，就說他俳優化或者被同化了，這其實和那些大員們的思路差不多（關心「叫」什麼，通過表面現象下判斷）。想一想禹治水之成功非因新法之理勝而因新法帶來了比水苔榆葉更好吃的東西，我們就不會再用大員們的方式來理解禹在吃喝穿戴上表現出來的那點變化。禹是實幹家，至於他被說成是禹爺，商人們說禹爺的行為真可學，改變不了禹的本質（是），但在百姓們、學者們、大員們那裡，「說」又壓倒了「是」。大禹可以戰勝現實中的洪水，可無法戰勝人們嘴中的洪水。最終，《理水》理出了英雄人物與歷史敘述的多面性與複雜性。

## 五

《故事新編》第四篇名《采薇》。女媧補天是為了拯救世界，嫦娥奔月是要逃離單調無聊的生活，大禹治水則是為了天下太平，伯夷叔齊采薇是為了什麼呢？吃飯糊口？那麼養老堂裏的烙餅總比薇菜要好吃，為什麼要捨烙餅而就薇菜？原來，飯也不是那麼好吃的、不是隨便就能吃的，普普通通的一張烙餅並非僅僅是口腹之欲的客體對象，它還被賦予了一定的符號意義與價值觀念——它姓周，既然吃著它就莫對周家的事說三道四。伯夷告訴叔齊：

> 我們是客人，因為西伯肯養老，呆在這裡的。烙餅小下去了，
> 固然不該說什麼，就是事情鬧起來了，也不該說什麼。
>
> 那麼，我們可就成了為養老而養老了。
>
> 最好是少說話。我也沒有力氣來聽這些事。

伯夷叔齊並稱，實際上二人很有些不同。為了吃周家的烙餅，伯夷避免對周家的事評頭論足，敷敷衍衍混日子；叔齊則重視先王之道那些價值觀念，當武王出兵時，是他「拖著伯夷直撲上去」，叩馬而諫，也是他首先提出來不食周粟，離開養老堂。叔齊更多地表現出了某種主動性與鬥爭性。二人過了華山，來到首陽山采薇，終遭阿金姐大義凜然地質問：「『普天之下，莫非王土』，你們在吃的薇，難道不是我們聖上的嗎！」——這句話「就像一個大霹靂，震得他們發昏……薇，自然是不吃，也吃不下去了，而且連看看也害羞，連要去搬開它，也抬不起手來，覺得彷彿有好幾百斤重」。他們餓死了。

有學者視伯夷叔齊為「笨牛」，因為他們不食周粟以及所謂的「義」本是自欺欺人的玩意兒，婢女阿金姐憑藉常識都能明白，飽讀聖賢之書的他們卻

繞在裏邊拔不出來〔註12〕。「笨牛」這個稱呼來自魯迅寫於 1925 年的雜文
《十四年的「讀經」》。該文區分了「笨牛」和「闊人」：誠心誠意地主張讀經，
決無鑽營、取巧、獻媚等手段，其主張亦無實際效力的就是「笨牛」；「闊人」
則是聰明人（「我總相信現在的闊人都是聰明人」），讀經不過是「要把戲偶而
用到的工具」，聰明人擅長的就是「能都假借大義，竊取美名」。應該清楚：
《十四年的「讀經」》主旨是揭露與諷刺「闊人」的把戲，對「笨牛」則置之
不理（「不消和他們討論」），而《采薇》對伯夷叔齊更多表現了同情的態度。
——如果譏刺伯夷叔齊是不知變通、糊塗透頂的「笨牛」，那麼，治水後大禹
因吃喝穿戴的變化而被很惋惜地說成是「『俳優』化」或「同化」，這豈非是論
者前後矛盾？

　　無疑，伯夷叔齊絕非「闊人」（聰明人）。《采薇》中的「闊人」（聰明人）
首先是武王和姜太公。太公和伯夷叔齊一樣都是白鬚白髮，然而臉「胖得圓
圓的」；當叔齊叩馬而諫、要遭武將砍頭的時候，太公予以喝止，並給了一個
「義士」的美名。這樣，「闊人」（聰明人）不但敬老，而且敬重義士；出兵奪
權也美名曰「恭行天罰」。攔路搶劫的「文明人」華山大王小窮奇也是「闊人」
（聰明人），打著「遵先王遺教，非常敬老」的旗號，「恭行天搜」，「請您老留
下一點紀念品」（「什麼紀念品也沒有，只好算我們自己晦氣。現在您只要滾
您的蛋就是了！」）。首陽村的「第一等高人」小丙君又是一「闊人」（聰明人），
拋棄舊主投奔武王，美其名曰「天命有歸」，又「喜歡弄文學」，謹遵溫柔敦厚
的詩教傳統，伯夷叔齊與之不同調，便「很有些氣憤」，罵他們是「昏蛋」。此
外，「大義凜然」的阿金姐雖非「闊人」，卻是個聰明人。

　　相比這些得勢的「闊人」和聰明人，伯夷叔齊的遭遇其實是無可奈何、
更值得悲憫的。他們一生的軌跡可以一個字來概括，那就是「走」，用「走」
的方式來解決各種名目上的矛盾衝突，盡力保持自己精神人格的完整性。第

---

〔註12〕錢理群：《魯迅作品十五講》，北京大學出版社，2003 年，第97～98 頁。另
　　　有論者認為，「伯夷、叔齊儘管不乏殉舊者的迂腐，但畢竟和『無特操』者截
　　　然相反，是一種道德觀念的信守者，但他們在邪惡環境中的消極反抗根本無
　　　法改變自己的弱者地位，只能一步步被社會吞噬，死後亦被『看客』塗污和
　　　歪曲」（見姜振昌前引論文），伯夷叔齊的問題由「笨牛」變為「消極反抗」。
　　　如果說叩馬而諫、走出養老堂是「消極反抗」，那麼，對白鬍子老人來說，「積
　　　極反抗」又是什麼呢？拿起槍來鬧革命、和周家打仗嗎？——研究者在提出
　　　看法或觀點的時候忘了設身處地地理解人物之生存狀態，細想來便毫無意
　　　義。文學研究的首要工作是在文本的基礎上、以文本為依據進行理解。

一回，父親說傳位給老三叔齊，叔齊卻一定要讓給老大伯夷，前者是父親的
說法，後者是長幼有序的禮法，叔齊繼位是遵父命然而違背了長幼有序的禮
法，伯夷繼位是遵禮法然而違背了父親的說法。解決之道唯有「走」。第二回，
是小說重點描寫的。因為武王「全改了文王的規矩」，二人實在看不下去，「這
裡的飯是吃不得了」，便離開了養老堂。這是唯一正確的選擇。此前，伯夷叔
齊叩馬而諫遭士兵推倒在地，伯夷暈了過去，後被門板震醒，然而一位好心
的年青的太太熬了薑湯給他喝，「伯夷怕辣，一定不肯喝」，她有點不高興：

> 叔齊只得接了瓦罐，做好做歹的硬勸伯夷喝了一口半，餘下的
> 還很多，便說自己也正在胃氣痛，統統喝掉了。眼圈通紅的，恭敬
> 的誇讚了薑湯的力量，謝了那太太的好意之後，這才解決了這一場
> 大糾紛。

硬吃一回薑湯可以解決一次糾紛，與武王的思想行為起了根本性的衝突，
難道要靠自己一輩子硬吃周家的飯來解決嗎？──走出了養老堂，「滿眼是闊
大，自由，好看，伯夷和叔齊覺得彷彿年青起來，腳步輕鬆，心裏也很舒暢
了」，顯然，他們更願意過這種自由自在的生活。然而，正如魯迅《過客》所
說，這個世界「沒一處沒有名目，沒一處沒有地主，沒一處沒有驅逐和牢籠，
沒一處沒有皮面的笑容，沒一處沒有眶外的眼淚」，他們原本打算落腳的華山
已成為周王的放馬場和小窮奇的地盤。幸而，還有首陽山這樣一個「理想的
幽棲之所」供他們生存。

伯夷的脾氣忽而改變了，「從沉默成了多話，便不免和孩子去搭訕，和樵
夫去扳談。也許是因為一時高興，或者有人叫他老乞丐的緣故罷，他竟說出
了他們倆原是遼西的孤竹君的兒子……」。伯夷變得多話，且說話無所顧忌，
據本文看，最根本的原因不在一時高興或與人較真好面子，而源於生存的自
由。從前在養老堂寄人籬下吃人大餅，說不得話，現在二人艱苦奮鬥、自力
更生，「我」便開得了口，能隨便說話是「我」擁有獨立性的標誌。

然而，說話的自由很快使他們陷入了名目與牢籠之中：「有的當他們名
人，有的當他們怪物，有的當他們古董。甚至於跟著看怎樣採，圍著看怎樣
吃」，竟養活了一幫直播網紅。還是小丙君聰明，說「他們的品格，通體都是
矛盾」，因為「『普天之下，莫非王土』，難道他們在吃的薇，不是我們聖上的
嗎！」聽到伯夷說「我們是不食周粟」，阿金姐便援引主子的話進行反駁。伯
夷叔齊才徹底明白自己無所逃於天地之間，因為這個世界最終仍然是「沒一

處沒有名目，沒一處沒有地主，沒一處沒有驅逐和牢籠，沒一處沒有皮面的笑容，沒一處沒有眶外的眼淚」。

伯夷叔齊餓死了，但他們的故事還沒有結束。關於他們的死因至少有五六種說法，又以阿金姐的說法最得人心。阿金姐稱他們為「兩個傻瓜」，卻不是死於傻（「堅守主義，絕不通融」），而是死於「貪心，貪嘴」：老天爺吩咐母鹿餵奶給他們喝，他們「用不著種地，用不著砍柴，只要坐著，就天天有鹿奶」送到他們嘴裏來。然而，叔齊這個「賤骨頭」得寸進尺，卻要殺鹿吃肉，老天爺「討厭他們的貪嘴，叫母鹿從此不要去」，他們死是活該。伯夷叔齊絕食餓死，本就是不得好死；死後還要遭受這樣的敘述編排，乃是雙重的不得好死。

所以，伯夷叔齊不斷地「走」，是為了過上自由的生活；采薇，也是為了過上自由的生活。然而，現實卻給予他們擺脫不掉的名目與牢籠。采薇，採的不僅是填飽肚子的薇菜，更是一種自由說話的權力。話語權比薇菜更加決定了人的生死命運。最終，伯夷叔齊不是餓死的，而是被人說死的。

# 六

《故事新編》第六篇名《出關》。魯迅曾這樣自述創作《出關》的本意與動機：孔老相爭，孔勝老敗，因孔子是「事無大小，均不放鬆的實行者」，老子則是「一事不做，徒作大言的空談家」，所以對老子「加以漫畫化，送他出了關，毫無愛惜」〔註13〕。但，魯迅這個自述與他塑造人物的方法似乎相矛盾。就在這同一篇文章裏，魯迅說他寫人物不是專用一個人，而是「雜取種種人，合成一個」；其實，油滑也就是一種雜取，如雜取種種生活場景（不分古今中外）並置一起而生發別樣意味。因為是雜取，故魯迅文學世界的釋義空間就越大、越有彈性，不會有一個統一的標準答案。這就意味著《出關》裏的老子並不僅僅是那個主張「無為而無不為」、叫人嘲笑的空談家。換言之，對《出關》（包括《故事新編》）的解釋，我不想也不會拘泥於作者本人的說法。要理解的是文本，出發點、依據與旨歸皆在文本。

在拜見老子的第一個場景中，孔子大發牢騷，自謂精通六經，卻沒有一位主子信用他，「人可真是難得說明白呵。還是『道』的難以說明白呢？」

---

〔註13〕魯迅：《〈出關〉的關》，《魯迅全集》第六卷，人民文學出版社，2005 年，第538 頁。

孔子遭遇了「說」（表達與理解）的難題。老子告訴他：「你的話，可是和跡一樣的。跡是鞋子踏成的，但跡難道就是鞋子嗎？」話，只是留下的痕跡，卻不是留下它的事物本身。所以，事物之根本不是話，而是道；根本之問題不是說話，而是得道：「只要得了道，什麼都行，可是如果失掉了，那就什麼都不行」。

大概正因為如此，老子才「好像一段呆木頭」，少說話以至於不說話（得道之人的標誌？）。然而，他忘不了說廢話和套話：孔子要走了，他送孔子上車，「留聲機似的說道：『您走了？您不喝點兒茶去嗎？……』」。這讓我們想起《采薇》伯夷叔齊遭華山大王小窮奇搶劫，倉皇逃走之時，小窮奇們站在旁邊，「恭敬的垂下雙手，同聲問道：『您走了？您不喝茶了麼？』」。不同在於：後者伴隨著「恭敬的垂下雙手」的動作，彷彿經過了標準化的形體訓練，是搶劫的最後一個服務程序，馬虎不得；前者則「留聲機似的」，近乎無意識的反應，純粹是為了社交應酬。如果話只和表面的跡一樣，如果得道才是根本、得了道什麼都行，為什麼還要「留聲機似的」說這些無聊的廢話？因為得了道的聖人也要生存，也有肉體組織和現實生活的限制，所以送走了孔丘，「彷彿突然記起」的一件事情，是把孔丘送來的臘鵝給了學生庚桑楚。

在庚桑楚看來，老子今天「話說的很不少」，因為老子「今天好像很高興」。一高興，就把平時「呆木頭」的得道狀態給打破了。得道的聖人也不能不受主觀情緒的影響。

在二人見面的第二個場景中，孔子想通了道，作為老師的老子應該高興才是，但他「好像不大高興」，「話說的很少」，並且要離開圖書館遠走他鄉。原因不在於自己已不配做孔子的老師或者說孔子的學識思想超過了自己，而是由於「一山不容二虎」的世俗心理：「孔丘已經懂得了我的意思。他知道能夠明白他的底細的，只有我，一定放心不下。我不走，是不大方便的」；「他以後就不再來，也再不叫我先生，只叫我老頭子，背地裏還要玩花樣了呀。」難道老子想得過多、心理過於消極甚至陰暗嗎？不是的。想想逢蒙怎樣對待后羿、后羿如何提防小人，也就可以想像老子孔子的師生關係變局——老子看得明白，孔子是「上朝廷的」，一旦得勢，對待自己的手段怕比逢蒙更甚。「人可真是難得說明白呵。」

老子要遠走流沙。到了函谷關，為避免講學之苦，不走大道，卻「轉入

岔路，在城根下慢慢的繞著」，想從城牆爬出去，然而胯下的青牛卻沒法搬運，他又不能捨棄這個坐騎。即便得了道，精神思想是如何地脫離了軀殼、如何地超越了現實，然而現實總是會「提供」一些精神思想所難以解決的問題。他被當成爬城偷稅的私販子給逮住了，幸而關官（關尹喜）認識他，說：「我們要請先生到關上去住幾天，聽聽先生的教訓」：「老子還沒有回答，四個巡警就一擁上前，把他扛在牛背上，籤子手用籤子在牛屁股上刺了一下，牛把尾巴一卷，就放開腳步，一同向關口跑去了」。話說得很客氣，實質卻是強迫服從。所以，老子「早知道」接下來的講學是免不掉的，「就滿口答應」。

講學的時候，屋裏坐滿了鄭重其事前來聽講的人們，然而，聽到的卻是「道可道，非常道；名可名，非常名」一類叫他們不知所云、頭痛討厭、催人睡眠的話。老子似乎覺得了聽眾之苦，講得詳細了一點，不料這使時間加長，聽眾「倒格外的受苦」，但「為面子起見」，只好熬著。等老子講完，如遇大赦。又要求老子編講義，「他知道這是免不掉的，於是滿口答應」，但做起來心裏並不舒適：「他急於要出關，而出關，卻須把講義交卷」。原來，傳世經典《道德經》並非老子的精心撰構，而是為及早出關而「敷衍得過去」的產物。

關，自然指的是函谷關，但顯然還有另外的含意。老子想繞開這道關，然而事實上繞不開；不願意講學編講義，然而又知道這是免不掉的，滿口答應。看起來，老子諳熟人情、精通世故，然而他逆來順受、不斷滿足別人要求（這種方式的學名是「敷衍」）只是為了盡早出關、擺脫人與人之間理解與交流的難題——在函谷關，老子仍然遭遇了「人可真是難得說明白」的難關：

首先，來聽講的人本就沒有理解的意願與初衷，如書記先生是猜老子要講自己的戀愛故事才來聽的，「道可道，非常道」之類在他聽來只是胡說八道；

其次，語言媒介的混亂與陌生阻礙了人們理解與交流的興趣：老子「沒有牙齒，發音不清，打著陝西腔，夾上湖南音」，聽眾聽不懂，而他也聽不懂賬房與書記先生夾雜著南北方言的談吐；

再次，老子的思想話語被誤解誤用。關尹喜把老子的「無為而無不為」變換成「無愛而無不愛」來證明老子「壓根兒就沒有過戀愛」：「一有所愛，就不能無不愛，那裡還能戀愛，敢戀愛？」只有不和任何一個異性談戀愛，才能對任何一個異性都能愛。關尹喜說老子「心高於天」，其實是把老子塑

造成了心理變態的好色之徒。老子說「道常無為而無不為」〔註14〕，是一關於「道」的形而上命題，而關尹喜則篡改「為」為「愛」，用來推求考證作者的私生活，看上去機智有趣，實則是對老子思想的悖離與曲解。老子在現實生活中的「無為」不能用「無為而無不為」來進行解釋，如他沒有吃臘鵝，不能說「無吃而無不吃」（老子不吃這一隻臘鵝，從而對天下的臘鵝還有欲念、想吃能吃），實際上老子沒吃臘鵝只是因為自己沒了牙齒，咬嚼不動，才送給了庚桑楚。

最後，《道德經》的真價值被忽略和無視。在書記先生看來，寫有《道德經》的兩串木札恐怕「連五個餑餑的本錢也撈不回」（老子出關時，他們奉贈十五個餑餑，「並且聲明：這是因為他是老作家，所以非常優待，假如他年紀青，餑餑就只能有十個了」），折本得很；賬房先生認為這些木札的讀者只會是那些「交卸了的關官和還沒有做關官的隱士」（「無做官而無不做官」，這些人借老子「無為而無不為」自我安慰）；關尹喜則把它們隨便放在了「堆著充公的鹽，胡麻，布，大豆，餑餑等類的架子上」，老子對「道」的偉大思考便落得了這樣的下場。——老子應該早就預見到結果會是如此，所以開始的時候才在關前繞來繞去，想「悄悄的我走了，正如我悄悄的來」。話只是痕跡，而非留下痕跡的事物本身，然而為了尋得事物本身，卻須借助於它留下的痕跡；同樣，為了真正做到像一段呆木頭那樣沉默，他須付出說話的代價，儘管明知說的話又不能使人會意傾心。

因此，主張「無為」的老子並非如魯迅所說「一事不做」，至少他清醒地設定了一個人生目標與歸宿——走流沙。在關尹喜看來，老子走不到流沙，「外面不但沒有鹽，麵，連水也難得。肚子餓起來，我看是後來還要回到我們這裡來的」。這表明關尹喜根本不理解老子。正如伯夷叔齊不是餓死的而是被說死的，本文認為，老子即便餓死也不會回來的。

〔註14〕　參考以下兩種解釋：馮友蘭《中國哲學簡史》（涂又光譯，北京大學出版社，2013 年，第 100 頁）寫道：「《老子》中說：『道常無為而無不為。』（第三十七章）道是萬物之所以生者。道本身不是一物，所以它不能像萬物那樣『為』。可是萬物都生出來了。所以道無為而無不為。道，讓每物做它自己能做的事」。傅佩榮則解釋道：「道是無為的，因為它不存任何目的要完成，也沒有任何潛能要實現；道又是無不為的，因為任何事物或狀態，如果違背道的規律，就根本無法存在」（《傅佩榮譯解老子》，東方出版社，2012 年，第 77 頁）。

# 七

老子好像一段呆木頭，不愛說話，而《起死》中的莊子則口舌伶俐，連司命大神都說他「能說」。《起死》是《故事新編》第八篇，採用戲劇體形式，主要由莊子與漢子的對話構成。

莊子「黑瘦面皮，花白的絡腮鬍子，道冠，布袍，拿著馬鞭」，無論衣著還是面貌，和司命大神一模一樣，但他有起死的願望，卻沒有起死的能力，只得求助於司命大神。莊子自稱他起死的目的是「復他的形，還他的肉，給他活轉來，好回家鄉去」，司命大神笑道：「這也不是真心話，你是肚子還沒飽就找閒事做」，何以莊子說的不是真心話？原來莊子一看見骷髏，就生了疑問：「這是怎的？」，骷髏是如何「成了這樣的呢」？骷髏不能回答，莊子便要請司命大神「復他的形，生他的肉，和他談談閒天，再給他重回故鄉，骨肉團聚」，請大神的時候漏掉了「和他談談閒天」這句話，掩蓋其主要心思就是讓骷髏說話，以便他和骷髏談談閒天，顯顯自己的本事。

司命大神以「死生有命」拒絕復活骷髏，然而莊子說哪裏有什麼死生，「安知道這骷髏不是現在正活著，所謂活了轉來之後，倒是死掉了呢？」正是在這種死即活、活即死的哲學論調中，死去的漢子復活了，但復活後的遭遇將很快使他感受到活不如死，因為自己身上沒有衣服。

莊子開始和漢子談閒天，第一個問題就是「你是怎麼的？」意思是：你是怎麼死的，只剩了一個骷髏？漢子說「睡著了」，這是對過去存在狀態的一個簡單描述，但他接著反問：「你是怎麼的？」這表明復活了的漢子即刻擁有了某種獨立性與個體意識，瞬間發現自己的包裹與衣服不見了。爭論從此開始。莊子復活的是一個骷髏，但復活後的骷髏卻成為一個人；成為一個人，便意味著有自己的需要與欲望，這是莊子復活骷髏之前沒想到的。

莊子對漢子進行思想開導：「專管自己的衣服，真是一個澈底的利己主義者。你這『人』尚且沒有弄明白，那裡談得到你的衣服呢？」莊子忘了，他堅持追問漢子是「什麼時候的人」的時候，自己已是吃飽了飯喝飽了水、身上又穿著衣服的，而被思想啟蒙的漢子眼前最迫切的問題卻是身上沒衣服。莊子這樣講道理：「衣服是可有可無的，也許是有衣服對，也許是沒有衣服對」，並舉例證明：「鳥有羽，獸有毛，然而王瓜茄子赤條條」，結論便是：不能說沒有衣服對，也不能說有衣服對。莊子的錯誤在於他從一個純粹描述性的事實（漢子沒穿衣服）跳進評價性的範疇作價值判斷（穿衣服對不對）。漢子斥之

為「放你媽的屁」，動手撕扯莊子的衣服，莊子報警喚來巡士，自己逃之夭夭。漢子又與巡士糾纏，巡士說「沒有衣服就不能探親嗎？」漢子要求進局裏去，巡士卻說「這怎麼成。赤條條的，街上怎麼走」——那麼，你讓漢子怎麼去探親呢？漢子便借巡士的褲子，遭到後者拒絕，因為「借給了你，自己不成樣子了」。當問題與己無關的時候，巡士和莊子都說得振振有詞、冠冕堂皇；當問題關係到自身利益的時候，則成了一個冰冷而堅固的鐵屋子，在手的東西一刻也不放鬆，對別人說的自己並不奉行。

在喚來巡士之前，莊子再次請求司命大神，把漢子變回骷髏，然而「不知怎的，這回可不靈」，大神並沒有應聲出現。為什麼呢？莊子可以讓事情按他的意願開始（復活骷髏，跟他聊天），然而卻無法左右復活後的骷髏的意願與訴求（出現了截然不同的表達與認識），無法預料並控制事情的發展狀態與最終結局。事情一旦啟動，就有它自身存在的邏輯，絕不可能按照創始者的意志來進行，連女媧都不能完全掌控。上面說過，莊子和司命大神一模一樣，即便他就是司命大神，他也不能完全如意。不同的是，女媧進行的是宏大的補天事業，莊子做的不過是和復活的骷髏閒聊天。但，即便是閒聊，也聊得讓他哭笑不得、捉襟見肘、無計可施。因為漢子閒不起來，莊子給了他生命而有了生命的他卻不見了衣服和包裹，莊子的「能說」在他聽來只不過是「胡說」。

是莊子表達不清楚嗎？莊子其實說得很清楚：五百多年前，你獨自走到這個地方，被強盜從背後一棍打死了，衣服早就化去了，是我重又賦予了你生命，「你懂了沒有」？漢子一臉茫然，說「我一點也不懂」，只是問莊子要衣物。是漢子愚昧不明道理嗎？並不，他的要求是自然而正常的，揪住莊子不放也是可以理解的，因為他醒來第一眼發現的在場者就是莊子，能輕易放走嗎？漢子質問：「你把我弄得精赤條條的，活轉來又有什麼用？叫我怎麼去探親？」就人的本質來說，沒有衣服穿，人依舊是人；就現實中一個具體的人來說，衣服卻是必不可少的，不穿衣服就做不得人、見不得人，又如何走路探親？——巡士上場之初，抓的也是莊子，因為此情此景很容易讓第三者生發這樣的判斷：穿衣服的莊子搶了赤身裸體的漢子的衣服。

莊子本是做了好事、活人性命，然而漢子卻罵他「胡鬧」，莊子也罵漢子「胡塗」。「胡鬧」和「胡塗」在主體間交往交流的過程中是不可避免的。因為每一個人都是一個鐵屋子，總是受到身邊利益的羈絆與遮礙，眼光有限，

理性有限，表達有限，完全地洞開與徹底地相互理解是難以完成的。這表明啟蒙若只從思想上進行是很難奏效的。有論者把哲學家／漢子看作知識者／民眾的隱喻性表達，認為《起死》「既是魯迅對其一生從事啟蒙的思想追求的一種隱秘的自我反諷：對於復活的漢子來說，他所迫切需要的是衣服和食物，他根本無法也無心理解莊子所關注的那些思想；又是對所謂民眾的懷疑：那些在鐵屋中沉睡的將要死滅的人們，即使喚醒他們，又會怎樣呢？這是一個現代性的質疑」〔註15〕，如本文前述，我們要問的是：赤身裸體的漢子需要衣物不是完全合情合理的嗎？魯迅說過「我們目下的當務之急，是：一要生存，二要溫飽，三要發展」，漢子既有了生命，就要關注衣食住行等現實問題，他還沒有達到追求高妙思想與享受精神愉悅的境界。因此，啟蒙顛倒了過來，是漢子對莊子具有了某種啟蒙意義——有效的啟蒙不是從啟蒙者的大腦到被啟蒙者的大腦、從思想觀念到思想觀念，而是從最切身的利益關切開始。正如禹治水成功，讓百姓信服追從靠的不是大權在握和新觀念新思想，而是更好地滿足了百姓最基本的欲望（吃）。如果說《起死》是在批判什麼，那麼它批判的不是愚昧的民眾，而是對民眾民情隔膜無知的知識分子，漂亮宏大的思想話語之下是根深蒂固的自我中心主義。

可以說，魯迅的小說創作始於對文學啟蒙之用的懸置（無法確定啟蒙有用沒用），終於對思想啟蒙事業的強烈質疑甚至帶著難以消除的絕望色彩。《吶喊》時期曾認真聽將令，為孤獨的、不為人理解的烈士的墳頭放上一個花圈，《故事新編》則從《補天》開始就正面表現交流與理解的不可能性，至《起死》則是縈繞難去的絕望——「胡鬧」和「胡塗」，是內在於思想啟蒙事業的，因為啟蒙者與民眾皆帶著各自暗昧的鐵屋子，二者之間的溝通與交流無論如何都帶著自語、不解與誤解。

## 八

《故事新編》第七篇名《非攻》，本文把它放在最後來解讀。

雖然八篇的篇名皆是兩個字，皆可視為「動＋名」結構，但「非攻」與前面七篇的篇名——補天，奔月，理水，采薇，鑄劍，出關，起死——頗有不同。我們可以這樣理解：補（的是）天，奔（的是）月，理（的是）水，採（的

---

〔註15〕鄭家建的觀點，轉引自嚴家炎《複調小說：魯迅的突出貢獻》，《中國現代研究叢刊》2001 年第 3 期。

是）薇，鑄（的是）劍，出（的是）關，起（的是）死，當然，非（的是）攻，即反對楚國攻宋，但同時就做出了一個價值判斷，而前面七個篇名是不包含價值判斷意味的。一旦從開始就明確了價值判斷，誰是誰非，那麼敘事就無法油滑起來。不是沒有人與墨子唱反調，如儒者公孫高和墨子的學生曹公子，然而他們的出現卻是強化了墨子主張的正確性與行為的正義性。

禹和墨子被視為民族脊樑式的人物，但《理水》和《非攻》的敘事景觀是十分不同的。禹治水的經過是在治水成功之後由禹簡短說出的，大量篇幅寫文化山學者和水利大員們的種種言行，雖說與禹實幹苦幹的精神形成鮮明對比，但前者的大量繁衍反而顯得禹成了一個插曲與點綴。由此油滑不得不產生。《非攻》則正面描寫墨子「說停」楚國攻宋的完整過程，墨子的視角與價值觀念從一開始就主導著敘事行為，異議者公孫高與曹公子則成了插曲與點綴。

長期以來，在《故事新編》的解讀中流行一種「消解論」，因為論者在作品中發現了兩種「調子」：「在悲壯、崇高之中，還藏著嘲諷與荒誕，兩者相互補充又相互消解，內在的緊張中有一種說不出的悲涼。在小說結構上，常常發展到最後，會有一個突然的翻轉、顛覆，從而留下深長的思索與回味」，如在《非攻》篇末，墨子從楚國回到宋國，沒有被當作英雄迎接，而是接連被搜檢、被募捐，想到城門下避雨，又被士兵趕了出來，鼻子塞了十多天；據論者說：「這本是一切為民請命者的必然命運。而這狼狽不堪的墨子卻讓人哭笑不得，原有的崇高、聖潔感一點兒也沒有了」〔註16〕。

墨子原有崇高聖潔之感嗎？這得看是誰看。在公孫高看來，墨子及其門徒「像禽獸一樣」，公輸班寓的門丁看他「像一個乞丐」，只有公輸班和楚王知道他是「北方的聖賢」，能指望宋國的普通士兵和募捐救國隊待他如聖賢嗎？墨子本人不做這樣的夢，我們作為研究者又為什麼做？大隱隱於市，聖賢混跡於民眾，不必掛個胸牌或貼個標籤「我是聖賢」，但這無礙於聖賢自是聖賢，民眾只是民眾，聖賢若在意於民眾的眼光與價值觀念或以之為準繩，何來聖賢、何來民眾？墨子本以「義」為信仰，正如他對公輸班所說「一味的行義」，不以眾人言論與世俗關切為轉移，宋國人給他的那點狼狽早在他意料之中，他也坦然接受（否則他就不會把自己弄得像個乞丐），這如何算是「突然的翻轉、顛覆」？又如何能消解墨子本身的崇高？兩種或多種調子共生並

〔註16〕錢理群：《魯迅作品十五講》，北京大學出版社，2003年，第96頁。

在本是世事常態，為什麼我們的解讀偏偏喜歡讓消極的力量「消解」或「顛覆」積極的力量？本文明確反對這種「消解論」。與我對《鑄劍》「審頭」鬧劇的看法一致，它們恰恰反襯出了墨子的崇高！作者魯迅是有自己的價值判斷的，這與魯迅對思想啟蒙事業的質疑並無悖背。正如我對大學教育能否啟蒙改變學生的命運抱著深深的疑問，但我認為讀書學習是好的；啟蒙的成效令人懷疑，但埋頭做事是好的。

之所以把《非攻》放在最後來解讀，還是因為它的獨特性：終於有人通過「說」阻止了一件事情、做成了一件事情，說話得到了對方的理解——墨子「說停」了楚國攻宋。墨子為什麼能「說」事成功呢？

他的話不多，但能引人反思、切中要害，讓人自己發現自身言行之不義，不得不承認自身之錯誤。墨子見公輸班，說請他替自己去殺一個人，報酬是十塊錢，公輸班怒道：「我是義不殺人的！」，那麼，你造雲梯幫楚國攻宋會殺害多少人呢？公輸班自知無理，無言以對。說服楚王亦如此，使楚王自知犯了以富劫窮的偷摸病，攻宋是無理之舉。墨子的說話方式在《故事新編》中是獨特的，它讓人在對話中自知自省，從而產生了從內部打開鐵屋子窗戶的可能性。

更重要的，是墨子「說」以「做」為基礎，說得成功實乃做得成功。墨子形象的獨特性就是一面說一面做，可以做而不說，不能說而不做：

> 墨子說著，站了起來，匆匆的跑到廚下去了，一面說……
>
> 墨子一面說，一面又跑進廚房裏，叫道……
>
> 墨子讓耕柱子用水和著玉米粉，自己卻取火石和艾絨打了火，
> 點起枯枝來沸水，眼睛看火焰，慢慢的說道……
>
> 「總得二十來天罷，」墨子答著，只是走。

墨子給我們的印象是不停地走，不停地做事，忙碌而緊張。這在《故事新編》的人物群像中沒有第二個。並且，在說服公輸班和楚王之後，又「做」服了他們。攻防兩端，公輸班全失敗了，即便殺了眼前的墨子，也不能成功，因為墨子的徒弟們早就在宋國做好了準備。這就意味著，在去楚之前，墨子已經自己輕視了自己，正如黑色人自己憎惡了自己，他們捨得性命，才拚得了成功。

# 輯　三

# 為什麼說魯迅小說不同於問題小說？

　　楊義先生說：「魯迅的《狂人日記》曾被視為問題小說的先驅，冰心把這篇小說稱為她當時最喜歡的作品，因其尖刻地抨擊吃人的禮教，揭露著舊社會的黑暗與悲慘，而精神為之震動」〔註1〕。但在後來的文學史撰寫與敘述過程中，《狂人日記》從來不被視為問題小說，後者不可與魯迅小說同日而語。我們已經有太多的研究來回答「為什麼說魯迅小說不同於問題小說」這個問題。新近有學者闡釋魯迅小說敘事中的記憶詩學，認為這種記憶詩學「與以『啟蒙』『為人生』讓人感覺理念先行、主題先行的創作論有著距離。抑或也正因此，魯迅小說所以能遠遠地超逸出那些『問題小說』」〔註2〕。與此類似，已有的研究皆是站在魯迅的高度俯瞰著腳下的問題小說，提供著這樣或那樣的用理論概念包裹起來的答案，看上去有道理而欠缺客觀、實在、具體的文本基礎。本文則要正面比較分析《狂人日記》與《超人》《故鄉》與《湖畔兒語》的文本異同，在此過程中提供屬於自己的思考成果。

## 一、《狂人日記》與《超人》之比較

　　如果用一句話來概括，冰心《超人》和魯迅《狂人日記》都是敘述了一個不正常的人被治癒的故事。因而，兩個文本有著較強的可比較性。

　　細細看來，卻有諸多不同。《超人》何彬「是一個冷心腸的青年。從來沒有人看見他和人有什麼來往……不但和人沒有交際，凡帶一點生氣的東西，

---

〔註1〕楊義：《中國現代小說史》，人民文學出版社，1986年，第229～230頁。
〔註2〕劉長華：《記憶詩學與魯迅小說》，《魯迅研究月刊》，2014年第5期。

他都不愛」。何彬認為「世界是虛空的，人生是無意識的」，拒絕宇宙和人生，拒絕愛與憐憫。不過，這些念頭後來都被小孩子祿兒「救治」了過來，何彬寫信表達他的懺悔與感謝。

狂人的遭遇與超人正好相反。同他作對、要吃他的不僅是成年人，更包括小孩子：「那時候，他們還沒有出世，何以今天也睜著怪眼睛」。狂人一層層觀察、反思、勸轉下去，一切努力似乎皆白費，一切如舊似乎無可救藥，只得發出「救救孩子」的呼聲。超人被孩子的「天真」與「愛」拯救了，狂人則要救救或者還天真的孩子。

小孩子祿兒是「深夜的病人」，因摔壞了腿而發出淒慘的呻吟，使得何彬無法安睡，想起了「慈愛的母親，天上的繁星，院子裏的花」。後來，何彬更是做了一個夢，重新體驗了久違的母愛，「十幾年來隱藏起來的愛的神情，又呈露在何彬的臉上；十幾年來不見點滴的淚兒，也珍珠般散落下來」。狂人亦是一個「深夜的病人」，但這個病人卻是一個批判者：「晚上總是睡不著。凡事須得研究，才會明白」。那麼，狂人明白了什麼呢？

何彬在超人時期發現人是戴著假面具生活的。盧隱小說《或人的悲哀》中的亞俠也說：「人生哪裏有究竟！一切的事情，都不過像演戲一般，誰不是塗著粉墨，戴著假面具上場呢？」問題小說的重大發現便是人生的假面具，人們虛偽做作地生活著。狂人也發現了一副假面具，卻是歷史敘述的假面具：「仁義道德」是歷史敘述符號的能指，其所指卻是「吃人」的暴力。人生戴著假面具演戲，而歷史則用敘述的假面具掩蓋「人吃人」的心思與真相。看來，問題小說注重真實情感及其真誠表達，魯迅文本的力量則是理性批判與深刻反思。

兩個文本還都寫到了月光。「月光如水，從窗紗外瀉將進來。他想起了許多幼年的事情」，《超人》這樣寫月光，這是一種傳統文化醞釀的月光，是李白《靜夜思》種月光的延續，睹月而思故鄉念慈母。這樣的月光讓人沉浸往事、繼續做夢。《狂人日記》則這樣寫：

> 今天晚上，很好的月光。
>
> 我不見他，已是三十多年；今天見了，精神分外爽快。才知道以前的三十多年，全是發昏；然而須十分小心。不然，那趙家的狗，何以看我兩眼呢？

顯然，魯迅的世界誕生了新的月光。它雖然亦是指嚮往事，指向三十多

年不見的「他」，但卻是讓狂人認識到過去「全是發昏」。夢醒了。可否這樣理解，是「他」帶來了新的月光？不管怎樣，「他」就這樣偶然地、無徵兆地出現了，似乎是早已存在在那裡，這一點很像《聖經・創世紀》裏引誘始祖犯罪的蛇。「他」也是一個誘惑，先前沒有任何描述，之後又無任何交待，沒有任何一點確切的信息可以讓我們知道「他」是誰，來自何方、去向何處。僅僅是一個第三人稱。但「他」留下了「我」存在在這個世界上，走著艱難而痛苦的道路。我們完全有理由推測，「我」和「他」之間會進行這樣的對話：

> 假如一間鐵屋子，是絕無窗戶而萬難破毀的，裏面有許多熟睡的人們，不久都要悶死了，然而是從昏睡入死滅，並不感到就死的悲哀。現在你大嚷起來，驚起了較為清醒的幾個人，使這不幸的少數者來受無可挽救的臨終的苦楚，你倒以為對得起他們麼？

> 然而幾個人既然起來，你不能說決沒有毀壞這鐵屋的希望。

「然而須十分小心」，因為同樣成立的是，並不能說一定有毀壞這鐵屋子的希望。因為在這場真實發生過的對話中忽略了某些重要的問題，就是：用什麼樣的語言可以喚醒鐵屋子裏沉睡的人們？如何讓人們相信清醒者所說的話？清醒者發現了歷史敘述的假面具，然而這個假面俱如何去除卻是個難題。這些問題將在下面試著回答。這裡我們先看到，狂人的日記就是從這樣一個身份不明、狀態不清的「他」開始的。是這個「他」喚醒了狂人，造成了魯迅的文學世界從一開始就不透明、不清晰；於是，它也就無法清楚明白地結束。「他」並不是萬能的先知，帶來了所有問題的解決方案；相反，狂人見過「他」之後，就開始了與庸眾對立、尋找「真的人」的痛苦的經歷，如同亞當夏娃被上帝逐出伊甸園遭受無休止的懲罰。《超人》則起源明確、定性清楚：「何彬是一個冷心腸的青年」，後來「他想起了許多幼年的事情」，他的轉變來自於他的母親和祿兒，一切都是明白的、肯定的、沒有歧義的。因此，我們可以達成這樣一個結論：魯迅建構的文學世界是由一個不明的「他」導引著、盤踞著，而不是由判斷性的「是」控制著。魯迅的文本組織不同於問題小說的文本組織。

《狂人日記》被認為是魯迅小說的總綱。本文則認為，這個「他」，好似一條永遠無法彌補的裂縫，是魯迅文學世界多義而深刻的顯在標誌。因為這個「他」，魯迅文本世界的形式就不是一個圓滿的圈形，而是從一開始就帶著一個說不清楚的罅隙。我在晚清與五四時期發現了兩種小說話語，前者命名

為事學話語，其特徵之一是敘事不留罅隙，如林紓所說「文字留一罅隙，令人讀時弗爽……故必用補筆以醒讀者眼目，此亦文中應有之義法也」，因而，文本中一切都報帳似的報得很清楚〔註3〕。只開脈案、不開藥方的問題小說對此是一個突破，然而他們要麼流於感傷主義，要麼在抽象的愛與美裏得到慰藉。只有魯迅小說敞開的罅隙是給人以歷久而彌新的藝術回味的。

有意思的是，「他」在《故鄉》中具名閃現了一次，但接著便永遠地消失了。

## 二、《故鄉》與《湖畔兒語》之比較

問題小說的另一篇代表作是王統照的《湖畔兒語》，敘述了發生在「我家城裏那個向來很著名的湖上」的一個故事。敘述者「我」喜歡僻靜之處，一次偶然碰到了一個十一二歲釣魚的孩子，叫小順。五六歲時「我」常見他，那時的他「紅頰白手」、「玉雪可愛」，現在卻滿臉烏黑，身上散發出泥土和汗濕的氣味。「我」對此間變化充滿了「好奇心」，一步步地按照下列問題詢問著：「你的爸爸現在在哪裏？」——「你爸爸還給人家做活嗎？」「媽媽呢？」——「現在，家中還有誰？」——「哦！你家現在比從前窮了嗎？」——「現在的媽多少年紀？還好呵？」——「你媽還打你嗎？」——「那麼，她作甚麼活計呢？」——「天天晚上，在你家出入的是些甚麼樣的人？」這種「逼迫的問法」，以致於連提問者自己都覺得「太對不起這個小孩子了」。問答遊戲終於解開了小順前後變化之謎，「我」也把事情弄清楚了：小順的後媽晚上接客，他只得在這裡釣魚，既是弄吃的又是消磨時間。「我」的好奇心得到了滿足，小說的敘事也就接近尾聲了。

小順的人生變化類似於《故鄉》閏土的故事。但《故鄉》裏的敘述者「我」和《湖畔兒語》的「我」十分不同。首先就表現在《故鄉》「我」對別了二十餘年的故鄉人事並不好奇，相反，「我」卻成了故鄉人好奇的焦點，遭受豆腐西施的注視與敘述：

哈！這模樣了！鬍子這麼長了！

迅哥兒，你闊了，搬動又笨重，你還要什麼這些破爛木器，讓我拿去罷。我們小戶人家，用得著。

〔註3〕參考管冠生《小說的誕生——論晚清以來的小說知識話語》，《山東師範大學學報》，2008 年第 6 期。

阿呀呀，你放了道臺了，還說不闊？你現在有三房姨太太；出
門便是八抬的大轎，還說不闊？嚇，什麼都瞞不過我。

《湖畔兒語》「我」關心好奇的只是過去到現在這段時間小順家庭的外在
的變化，楊二嫂關心於「我」的也正是這種變化：鬍子長了，闊了，做道臺
了。「我」在母親提示下記得楊二嫂，也是因為她的現實用處，她是「開豆腐
店的」。這和因「閏土」的名字而想到神異的圖畫是截然不同的。對於閏土的
變化，《故鄉》敘述得很簡單：「多子，饑荒，苛稅，兵，匪，官，紳，都苦得
他像一個木偶人了」，因為《故鄉》「我」關心的不是這種「身苦」的變化，不
是在這種「身苦」中寄託問題小說常見的人道主義思想，而是感受一種巨大
的「心苦」。和《湖畔兒語》「我」充滿好奇心且步步盤問不同，《故鄉》「我」
見了中年閏土雖則很興奮，卻幾乎「說不出話」：

> 我這時很興奮，但不知道怎麼說才好，只是說：
>
> 「啊！閏土哥，──你來了？……」
>
> 我接著便有許多話，想要連珠一般湧出：角雞，跳魚兒，貝殼，
> 猹，……但又總覺得被什麼擋著似的，單在腦裏面迴旋，吐不出口
> 外去。
>
> 他站住了，臉上現出歡喜和淒涼的神情；動著嘴唇，卻沒有作
> 聲。他的態度終於恭敬起來了，分明的叫道：
>
> 「老爺！……」

我似乎打了一個寒噤；我就知道，我們之間已經隔了一層可悲的厚障壁
了。我也說不出話。「我似乎打了一個寒噤」，因為「我」突然在童年夥伴面前
成了「老爺」，成了吃人遊戲中的吃人者。「我」說不出話，因為「我」背負著
一個沉重的過去。這個過去之所以沉重不是因其墮落或罪惡，相反是因其美
好而誘惑，它是「一幅神異的圖畫」：

> 「還有閏土，他每到我家來時，總問起你，很想見你一回面。
> 我已經將你到家的大約日期通知他，他也許就要來了。」
>
> 這時候，我的腦裏忽然閃出一幅神異的圖畫來。深藍的天空中
> 掛著一輪金黃的圓月，下面是海邊的沙地，都種著一望無際的碧綠
> 的西瓜，其間有一個十一二歲的少年，項帶銀圈，手捏一柄鋼叉，
> 向一匹猹盡力的刺去，那猹卻將身一扭，反從他的胯下逃走了。

《狂人日記》那個不明的「他」在《故鄉》裏具名為「閏土」。單單因為

閏土這個名字，就讓「我」閃回到了一個神異的境界，使原本沒什麼好心緒的「我」重新有了期待，正如狂人之見了「他」而「精神分外爽快」一樣。狂人要用「真的人」取代吃人的人，《故鄉》「我」進一步將「真的人」具體化，用圖畫的形式表現了「真的人」及其相互之間關係的美好狀態。但是，待見到現實中的中年閏土之後，「那西瓜地上的銀項圈的小英雄的影像，我本來十分清楚，現在卻忽地模糊了」，並最終從這幅神異的圖畫中消失了：「我在朦朧中，眼前展開一片海邊碧綠的沙地來，上面深藍的天空中掛著一輪金黃的圓月。」這時，「閏土」已經徹底消失不見了，「他」重又變得不明起來，無法確指。「我」所能唯一確定的東西不是希望、不是路，僅僅是匿名走路這種行為。「他也許就要來了」，「我」與「他」的神會只能發生在「我」的心中——那幅神異圖畫「在腦裏面迴旋，吐不出口外去」。

《湖畔兒語》再次證明問題小說的創作是按照胡適的方法進行的。胡適說，文學創作的方法分三類：（1）是集收材料的方法；（2）是結構的方法，細分為剪裁和布局兩步，這兩步做好了，「始能把這材料用得最得當又最有效力」；（3）描寫的方法〔註4〕。按照這種創作方法所能做出來的最好的小說，無非是選材有社會意義，剪裁得當，布局合理，描寫形容恰當而有個性。但是，魯迅的《故鄉》迥異於這種創作方法，魯迅用自己的生命體驗和對先親後疏、先濃後淡的悲劇性境遇的思考「融化」了故事材料，「融化」的結晶就是深藏在敘事者「我」腦海裏的「他」。狂人在日記的末尾寫道：「有了四千年吃人履歷的我，當初雖然不知道，現在明白，難見真的人！」日記開始時那個叫狂人「精神分外爽快」的「他」就是一個「真的人」，但「他」一閃而過，只出現了這一次；《故鄉》講述的還是一個「難見真的人」的故事，那個神異的少年「他」在頭腦中閃現了一次，而在現實中再也見不到了。可以說，魯迅小說藝術的魅力和回味的空間由「他」建立而生長（由此可見，曾經加之於其上的階級話語是如何地歪曲了文本的本意）。

### 三、言說與理解之難

對歷史敘述的反思、對人類生存境遇的關注使得魯迅不得不面對言說與理解的困境。

---

〔註 4〕胡適：《建設的文學革命論》，收入《文學運動史料選》，上海教育出版社，1979年，第78～80頁。

《湖畔兒語》「我」與小順之間作了「詳細的問答」，「我」不斷地問，小順也「不斷地向我道」。超人與祿兒之間的交流也沒有任何問題，因為「世界上的母親和母親都是好朋友，世界上的兒子和兒子也都是好朋友」，他們之間的溝通理解可以用母愛的語言來進行。但是，狂人和《故鄉》「我」卻遇到了言說與理解的難題，這是為什麼呢？

一個原因在於「我」要建立一種新的生存遊戲及其遊戲規則、一套新的語言及其話語表達方式，卻如「他」一樣無法明確起來。狂人見了「他」精神就分外爽快，但卻無法讓大哥感受此種愉悅，只能這樣勸轉大哥：

> 我只有幾句話，可是說不出來。大哥，大約當初野蠻的人，都吃過一點人。後來因為心思不同，有的不吃人了，一味要好，便變了人，變了真的人。有的卻還吃，──也同蟲子一樣，有的變了魚鳥猴子，一直變到人。有的不要好，至今還是蟲子。這吃人的人比不吃人的人，何等慚愧。怕比蟲子的慚愧猴子，還差得很遠很遠。

狂人深深感覺到了既有語言之無用，他「說不出來」，待說了出來，意思卻相當模糊，只是把人分成了兩類：有的人吃人，有的人不吃人。至於，誰是吃人的人，誰是不吃人的人，如何區分，如何判斷，如何轉變，根本上還是「說不出來」。唯一可以明確的是「變」這個長期而艱巨的過程，也就是《故鄉》中匿名走路的行為。同樣，《故鄉》「我」使用的是「角雞，跳魚兒，貝殼，猹」和「閏土哥」等未被吃人遊戲污染的語言和形象，但這些已無法和中年閏土交流，後者視之為「不懂事」。「我」就只能為自己保留一種最原始的語言──一幅圖畫，在這幅圖畫裏，再也沒有為某個具體的人留下任何位置。

「當我沉默著的時候，我覺得充實；我將開口，同時感到空虛」，「說」出來是困難的，而要讓人們相信「我」所說的或許才是最困難的。這裡關涉到的不僅是能不能理解的問題，而且是願不願理解的問題。法國著名學者布爾迪厄頗受此苦惱，他說他「忘不了這個事實，即理解障礙，或許尤其是關係到社會事物的理解障礙，如維特根斯坦所見，與其說存在於理解力方面，不如說存在於意願方面。我時常感到奇怪，真正理解我很久以前說過的某些事怎麼會需要這麼長的時間──而且無疑還沒完──，而我完全知道我當時所說的是什麼」〔註5〕。願不願理解的問題關係到人們的既得利益。《狂人日記》

─────────────
〔註5〕布爾迪厄：《帕斯卡爾式的沉思》，劉暉譯，三聯書店，2009年，第10頁。

「我」勸轉大哥時，大哥「能」理解，這從大哥的反應可以看出：「當初，他還只是冷笑，隨後眼光便兇狠起來」；但大哥不「願」理解，他「忽然顯出凶相，高聲喝道，『都出去！瘋子有什麼好看！』」賦予「我」一個「瘋子」的名號，把「我」的話語的顛覆力量頓時化為烏有，大哥繼續佔有著他在吃人遊戲中作為吃人者的各種既得利益。

令人痛苦的是，這種伎倆在被吃者那裡也被嫺熟地運用著。《故鄉》楊二嫂沉浸在她對「我」的描述中，「道臺」之類是她準備好的一套攫取現實利益的象徵性名目；「我」說「我並沒有闊哩」，楊二嫂根本不相信，而且憤怒了。中年閏土稱「我」為「老爺」，亦有此打算——「迅哥兒」與「老爺」指稱同一個人，卻有不同的蘊涵。楊二嫂是明目張膽地搶（「順手將我母親的一副手套塞在褲腰裏」），閏土則是若無其事地偷（將十多個碗碟藏在灰堆裏），從失勢的「老爺」那裡偷拿東西比從「迅哥兒」兄弟那裡要心安理得，甚至還有一種牆倒眾人推的快感。魯迅文學世界裏的庸眾可以平庸，但並不傻，他們精於算計、巧於謀劃、善於用各種手段來達到自己的目的、滿足自己的欲望。喚醒鐵屋子裏熟睡的人們的語言本身及其運用無法逃避各種各樣的象徵性鬥爭與現實的利益算計。對此，「他」始料未及，「我」無法解決。

有話說不出，說出不被理解。言說與理解的難題隨「他」而來，扎根於魯迅的文學世界。但這個難題並非僅僅屬於魯迅，而是屬於哲學和哲學家。海德格爾認為：「被充實的語言既非邏輯學家建立的正確語言，也不是語言分析描述的那種日常語言，寧可說它是類似前蘇格拉底的關心基本問題的詩人和思想家的語言。這些人是海德格爾稱作 Sagen（告知）的這個語言範圍的見證，它高於 Sprechen——即日常語言和邏輯化語言中的『說話』。只有『告知』才適合於揭示和顯示的任務，而且正是對這個『告知』，我們必須加以傾聽（horchen）和注意（gehorchen）」〔註6〕。受海德格爾的啟發，借用他的術語，我們可以認為，狂人和故鄉「我」是在用詩意的語言（「真的人」和「一幅神異的圖畫」）告知我們詩意地棲居，不過，我們真的傾聽和注意了嗎？

所以，最終還是又回到《故鄉》「我」的思考：路，需要由人走出來，並堅持走下去。

---

〔註6〕保羅‧利科：《哲學主要趨向》，李幼蒸、徐奕春譯，商務印書館，2004年，第420頁。

## 結語

　　《超人》和《湖畔兒語》皆是「我」（何彬在給祿兒的信中稱「我」）遭遇了一個天真的孩子，或者被救治了，或者被感動了。魯迅《狂人日記》與《故鄉》中的「我」並不如此幸運，一個不明的、沒有具體的指稱的「他」與「我」同在。魯迅第一人稱「我」敘事糾結著第三人稱「他」的難題，是不同於問題小說重要表現與內在原因。

　　以上論述是我在給大一學生講課的基礎上形成的。對於本文提出的問題，我並不認為找到了最終的答案。法國學者韋爾南的話正好可以用在這裡作為本文的結束──「我不是要找答案，而是要思考」。

　　本文原刊《太原學院學報》2017 年第 1 期。除了將「摘要」等刪除、變更文獻引證方式外，未作改動。

# 魯迅要以「許繼慎事件」
# 寫長篇小說嗎？

　　《新光》創刊號（天津新光社編，1934 年 1 月 10 日）「文壇消息」有一則關於魯迅的簡短消息：「魯迅早擬用『許繼慎事件』作一長篇小說。許多青年，很希望他快寫出來。」

　　學術界有條通則：孤證不能成立。但若將之絕對化，則會陷入另一種主觀偏頗，從而失去很多有用的信息。舉例來說，《史記‧孔子世家》記載「防叔生伯夏，伯夏生叔梁紇」，清初崔述《洙泗考信錄》認為「此文又不見他經傳，亦未敢決其必然」，錢穆先生則認為：「此考孔子先世，伯夏其人無所表現，宜其不見於其他之經傳……全部《史記》中，不見其他古籍者多矣，若以崔氏此意繩之，則《史記》將成為不可讀……此其疑古太猛，有害於稽古求是者之心胸……如無反證，即屬單文獨出，亦不必即此生疑」〔註 1〕。在此，我跟隨錢先生觀點，認可《新光》記載的真實性，因為至少沒見到它的反證——即便它是捕風捉影虛造的，也不妨作為一個有趣的話題而展開討論（正如話題「假如魯迅還活著」一樣）。

　　眾所周知，魯迅確實想要寫一部描寫蘇區和紅軍的長篇小說。這與他在1932 年底與陳賡見面有關。據相關資料，當時「由馮雪峰陪著陳賡一起到魯

---

〔註 1〕 《讀崔述〈洙泗考信錄〉》，附錄於錢穆著《孔子傳》，三聯書店，2005 年版，第 129～130 頁。

迅家裏。他們整整談了一個下午」〔註2〕，接下來對這次談話內容的介紹中卻見不到許繼慎的名字。但從事情發生的時間順序以及陳賡本人的經歷來說，談到「許繼慎事件」是完全可能的：1931 年 10 月，陳賡來到鄂豫皖根據地，當年 11 月許繼慎被張國燾誣陷殺害。第二年十月，陳賡因戰鬥負傷來上海治療，期間曾向中央揭發張國燾的錯誤路線，並與魯迅相見。而目前所見的對這次談話內容的介紹不過是片言隻語，肯定遺漏了太多。

陳賡見魯迅之前曾請示了組織，「黨組織也很希望魯迅能把蘇區的鬥爭反映出來，以魯迅的才能、修養，一定可以寫得好的，在政治上會起很大的宣傳作用」〔註3〕，但魯迅有自知之明，他說：「因為我不在革命的漩渦中心，而且久不能到各處去考察，所以我大約仍然只能暴露舊社會的壞處」〔註4〕。

按《新光》所說，魯迅的這部長篇小說將以許繼慎為原型來展開，這倒是很契合魯迅的文學精神與藝術追求的。魯迅喜歡《鐵流》和《毀滅》，兩部小說寫的是「鐵的人物和血的戰鬥」，許繼慎不正是一位「鐵的人物」、一位悲劇英雄嗎？在精神氣質上頗似《吶喊》《彷徨》裏的「獨異個人」。陳賡對他的遭遇可能憤憤不平，而魯迅對此也可能最感興趣。

那麼，這篇小說為什麼沒有寫成呢？〔註5〕個人認為還是與許繼慎有關。當時他被定性為蘇區與紅軍的「叛徒」、「反革命」，直到 1945 年黨的七大，才平反昭雪，並被追認為革命烈士。魯迅可以對這個具有傳奇色彩的「叛徒」感興趣，但要落筆寫作卻會感到難以下手。他可以暴露舊社會的壞處，但要暴露蘇區內部的人事鬥爭以及思想觀念方面的分歧與對立，身邊的朋友瞿秋白、馮雪峰會怎麼看呢？瞿秋白曾就茅盾《子夜》寫什麼、如何寫提出了許多建議，以保證小說人物形象在意識形態上的正確性。如果要寫許繼慎，難

---

〔註2〕周曄：《伯父的最後歲月——魯迅在上海（1927～1936）》，福建教育出版社，2001 年，第 183 頁。

〔註3〕周曄：《伯父的最後歲月——魯迅在上海（1927～1936）》，第 182 頁。

〔註4〕《答國際文學社問》，《魯迅全集》（第 6 卷），人民文學出版社，2005 年版，第 19 頁。

〔註5〕周曄認為是魯迅「對紅軍還不熟悉，對紅軍的戰鬥的實際情況也還不熟悉」（《伯父的最後歲月》第 184 頁），這是一種普遍的看法。也有人從文體學考慮，認為「在魯迅創作的前期，暴露國民的病態人格使魯迅選擇了短篇小說而不是長篇小說，後期為了現實戰鬥的需要使魯迅選擇了短小、更直接的雜文」（余新明《魯迅為什麼不寫長篇小說？》，《文藝理論與批評》2008 年第 1 期）。

免會遭遇這樣的問題；加上其他種種現實的原因，不如擱筆。

　　拙作《魯迅研究資料四則及其考釋》投稿後，編輯李浩先生打來電話，建議刪除關於許繼慎的這則資料，改名為《魯迅研究資料三則及其考釋》，刊登於《上海魯迅研究》總第 87 輯，上海社會科學院出版社，2020 年。今收錄於此，或對魯迅研究不無補益。

# 狂人之「狂」：中國文學現代性的 一副面孔——《狂人日記》的一種解讀

　　年前，聽得一個消息，四叔有病先在中醫院救治後被送到了精神病院。四叔一直未婚，沒有子女，好酒懶作，默不言語，缺少穩定的經濟來源。我得到的只是別人的描述、分析與判斷，他們說四叔「瘋了」，而四叔徹底地銷聲匿跡了，他對自己的事情失去了解釋的權力。人們都明白（但人們也都不說），四叔「瘋了」的背後是其兄弟姐妹誰都不想承擔他住院的費用並付出照顧的時間。歷史敘述總是會落入正常者與勝利者的話語邏輯之中。

　　借助於這樣一個生活世界的契機，我意識到了《狂人日記》的奇特之處，即狂人竟然擁有在生活世界中不可能擁有的說話機會，當眾傳佈自己的怪異思想，竟然還有機會診斷他人與世界的問題，揭穿他成為「瘋子」的真相。那麼，是誰給了狂人原本在生活世界不可能有的言說機會與權力呢？

　　首先，是那個以文言符號象徵的生活世界，在狂人被治癒從而納入了生活世界的秩序之後，由生活世界（代理人是「大哥」）授權傳佈的；其次，便是那個異質的私人性文學世界，它盡情展示了狂人嶄新的語言符號（白話）與嶄新的價值觀念（「重新做人」）。這就是說，本文把《狂人日記》文言序視為生活世界的一閃現，而把日記正文視為另一個文學世界。《狂人日記》把兩者併合了起來，那麼，它是如何併合或者說它們之間存在一種什麼關係呢？

## 一、「狂」所關涉的兩個論題

　　我們曾一直認為狂人之「狂」是某種可見的非正常之物，言行舉止異乎

常人、悖於主流。這種對「狂」的實體化認知阻礙了我們更深地進入《狂人日記》的文本世界。本文則把「狂」作為一種結構關係來處理，作為中國文學的一種重要的現代性體驗來看待。這種現代性體驗指涉兩種文學關係：（一）生活世界與文學世界的斷裂——從屬關係，（二）文學敘事中反思與希望的緊張關係。

（一）相對於生活世界，文學世界應該被視為自足自律的，當它自居為生活世界的指導力量時，便誕生了一種文學意義上的「狂」，即把生活世界與文學世界原本斷裂、平行的關係調整為一種從屬——支配——治療的關係。《狂人日記》就是通過兩個世界既斷裂又從屬的結構關係把它們併合在一起的。

生活世界是以序之文言符號來象徵性顯現的。在此，狂人被治癒了，被重新納入了生活世界的價值秩序，生活世界得以以勝利者的姿態在先出現，這樣才放心地公布狂人發狂時的症狀表現。換言之，生活世界要求對文學世界的控制與支配權力，要求文學世界從屬於它。

於是，以白話文敘述的狂人日記才有了存在的可能與機會。但是，狂人日記卻完全成了失敗者狂人的表演，它沒有接續勝利者「吃人」的敘事邏輯而是揭破了這一邏輯並導向了「重新做人」的希望話語。這時，便出現了某種視覺上和精神上的逆轉：原本是生活世界同意且願意演出的狂人日記這齣戲，最終在演出之中背離了生活世界，遠離了生活世界的交流符號與價值觀念，以白話宣洩的敘事症狀張揚自我，成為一個自足自在的世界。即，被支配者向支配者索要支配性權力，白話要求文言從屬於它，文學世界要求生活世界從屬於它。原本打算進行的狂人症狀展示變成了狂人的施事話語，在別人把他製造成瘋子的同時狂人把自己打造成了真理的發現者與說教者。換言之，文言序自視為一種元語言，狂人日記是它所談論的對象語言，它認為對象語言「語頗錯雜無倫次，又多荒唐之言」；而狂人日記在自身淋漓盡致地展示中，卻把文言序作為一種被談論的對象語言，並為對象語言構造了「重新做人」的真理意義。

因此，《狂人日記》的命名者與控制者是狂人，他通過順從生活世界的秩序而使自己對生活世界的顛覆性看法流佈了出去。他以生活世界的一閃作為必須付出的代價作為展現另一個異質藝術世界的前奏。因此，文言序並不是通常所認為的為了介紹狂人的悲劇性命運，而是狂人設置的他對生活世界批

判與支配的開始。我們通常認為文言序是悲劇性的結局，因為我們同情狂人卻並沒有真正認識狂人之「狂」。

展示狂人病狀，文言序說得清楚，原是「以供醫家研究」。這個「醫家」雖非字面意義上的醫生，因為狂人的病狀從根本上無關乎病理學，而是關乎思想與意義；但是，一種治療的關係在生活世界與文學世界之間聯繫了起來。這就是我在別處達成的一個觀點：晚清以來的文學話語實質性地構成了一種醫學治療話語，「是把昏睡的『中國』編排為一個臨床醫學病例，一個迫切需要治療或復興的對象」〔註1〕。與上述文學世界對生活世界實現的關係逆轉一致，這種醫學治療話語對生活世界的初衷也是一種逆轉。

概括地說，「中國」在晚清時期呈現的是外科疾病症狀，如劉鶚《老殘遊記》第一回寫的，「渾身潰爛，每年總要潰幾個窟窿」。故而在文學敘事中多實施一種外科手術治療，常見一種「睹遊＋評論」（遊評）的故事模式：「將現在時勢局面人情風俗一切種種實在壞處一一演說出來，叫人家看得可恥可笑；又將我腦中見得到的道理，比現在時局高尚點子的，敷衍出來，叫人家看得可羨可慕；中間又要設出許多奇奇怪怪、變化出沒的局面叫人家看得可驚可喜」。遊評的敘事模式新舊雜糅（新且常為舊之變相）並未能在形式上確立文學治療話語。正是《狂人日記》第一次形式化地確立了文學世界對生活世界的治療關係：以文言與白話表面上的隔閡與斷裂為標誌，把生活世界置入了文學世界的有機構成之中，表現出後者對前者的控制與治療的權力。這是《狂人日記》誕生的重要意義：它並非文學治療的第一個話語實踐，但它是一次創始性的話語實踐。

（二）文學世界的這種支配性治療權力提供了狂人誕生的條件（如果沒有這個條件，狂人形象是不會產生的）。而文學敘事所表現出的反思與希望的緊張關係才是最根本的狂人之狂，是區別於「睹遊＋評論」故事模式的特質所在，是狂人存在的本體欲望。

作為文學治療話語創始性實踐的存在性標誌，狂人是反思中的人，是具備反思能力的人。反思首先使狂人看到了歷史敘事落入了勝利者的話語邏輯，這條邏輯狂人表述為「吃人」之惡。對此，他的治療實踐便是「勸轉吃人的人」，並希望一種「立刻改了」的戲劇性變化。結果卻是他本人落入了被吃的

---

〔註1〕管冠生：《「小說」的誕生──論晚清以來的小說知識話語》，《山東師範大學學報》，2008 年第 6 期。下文的「遊評」模式亦參考該文。

境地之中。這是狂人的第一層不幸,然而更大的不幸接踵而至,狂人終於認識到了他也犯了吃人之惡,是惡之同謀,「我未必無意之中,不吃了我妹子的幾片肉」,「現在明白,難見真的人!」可見,反思及其對症治療實踐是一把雙刃劍,它既能在邏輯與思想意義上破壞既存的社會制度、規則框架與統治性的意識形態,又能摧毀自我的連續性、一致性和完美性的神話,導致主體性的自我懷疑,結下深刻的自我焦慮:原來「我」也有了四千年的吃人履歷!反思與希望的緊張關係並非外在於某個具體事件,而是內在於無始無終的時間,因而治療的希望只能是提供「救救孩子」式的逃避自身治療與責任的希望。

如果我們認為「救救孩子」的吶喊是《狂人日記》蒼白匆促、並不成功的結尾,那麼這無關乎作品藝術上的失敗,而是:(1)撤除文學敘事反思與希望緊張關係的最後一個聊勝於無的希望;(2)只有具備回溯性的反思能力,才能前瞻性地看到變革的希望。可以說,反思有多深,希望就有多大。但,狂人反思的只是一個問題——「從來如此,便對麼?」,由此產生的希望僅僅是開啟某種新的價值判斷,而沒有反思另一個重要的問題——「為什麼」會從來如此。這就是說,狂人的反思其實並未全面與深入地展開,所以他的希望才急促蒼白地以「救救孩子」收場。

「只有在一種特定時間意識,即線性不可逆、無法阻止地流逝的歷史性時間意識的框架中,現代性這個概念才能被構想出來……儘管現代性的概念幾乎是自動地聯繫著世俗主義,其主要的構成因素卻只是對不可重複性時間的一種感覺」〔註2〕,綜合對文學意義上的狂人之狂的分析,我認為中國文學的現代性正是通過文學世界與生活世界的斷裂——從屬關係、文學治療的話語實踐、文學敘事中反思與希望的緊張關係而表現與建構的。也就是說,中國文學的現代性的時間意識建構並非來自對西方經驗的借鑒與移植,而是產生於它根植的問題情境之中,根植於晚清以來新的時空體驗之中。如果說西方文學現代性有五副面孔,那麼中國文學現代性的一副最鮮明的面孔便是狂人之「狂」,這是中國文學自身獲得的現代性體驗。

至此,《狂人日記》作為一次創始性的現代性體驗的雙重意義完全體現了出來:既在於它第一次從形式上確立了兩個世界的斷裂——從屬關係並主張

---

〔註 2〕馬泰・卡林內斯庫:《現代性的五副面孔》,顧愛彬、李瑞華譯,商務印書館,
    2004 年,第 18 頁。

文學世界的診斷、支配與治療的權力，又在於它第一次實踐了文學敘事反思與希望的緊張關係並使之達到了最大化：以一人之力反思四千年的文化傳統且希望「你們立刻改了」。

## 二、反思與希望的新的可能性

對於《狂人日記》確立的「狂」之現代性體驗，面對如此緊張的反思與希望的關係，我們不禁要問：反思與希望之間的關係有無其他的可能性？誰是可能的反思主體？反思能否以新的形式或者在一個新的方向上展開？關於上述問題，《狂人日記》其實隱含著某種解答。

反思與希望之間可以有新的關係，這需要某個可能的反思主體來建構。孩子和「大哥」、趙貴翁等人並非是可能的反思主體，因為他們要麼沒有過去要麼只沉溺於過去。如果我們同意文學世界對生活世界的支配──治療關係，那麼我們就應該認可狂人的朋友「余」是一個擁有反思能力並可以寄託希望的主體。「余」既是狂人日記的讀者，他覺得日記「語頗錯雜無倫次，又多荒唐之言」；又是一個作者、參與者和定稿者：讀者所看到的狂人日記是他「撮錄」原日記「間亦有略具聯絡者」而形成的。這就意味著，事實上是他賦予了狂人日記以某種連續性、因果性與整體性的表意效果。換言之，《狂人日記》是他和狂人合謀完成的作品，是他賦予了面世的日記以可理解性，因而狂人的思想就不再是胡言亂語。與狂人的回歸路徑相反，「余」是從生活世界伸入了文學世界，表明他也認同後者的交流符號與價值觀念。可以認為，「余」「就是一個尚沒有形成固定的社會立場而仍在感受和理解社會過程中形成自己的社會觀念的一個人，亦即我們前面所說的帶有童心傾向的人」〔註3〕，如是，「余」才是一個可能的反思主體。因而，狂人異質思想的傳染性並不在其發作表現之時，而是在其被認為是治癒無害從而放鬆警惕之時，此時反易被人瞭解與認識，從中產生改變生活世界的可能性。

最艱難、然而也是最合乎邏輯的，是要承認回歸生活世界後的狂人和「余」一樣會作出新的反思的可能性。「《兩地書》中有一段話：『這一類人物的命運，在現在──也許雖在將來──是要救群眾，而反被群眾所迫害，終於成了單身，憤激之餘，一轉而仇視一切，無論對誰都開槍，自己也歸於毀滅。』這實

──────────

〔註3〕王富仁：《中國文化的守夜人──魯迅》，人民文學出版社，2002 年，第 200頁。

際上是對這類『獨異個人』命運的概括」〔註4〕，把狂人回歸生活世界視為失敗，我在上面的分析中並不同意這種看法。因為回歸後的狂人可能產生了新的反思形式：反思不再是在民族歷史等宏大層面上進行，而是從「一件小事」開始：

> 我從鄉下跑到京城裏，一轉眼已經六年了。其間耳聞目睹的所謂國家大事，算起來也很不少；但在我心裏，都不留什麼痕跡，倘要我尋出這些事的影響來說，便只是增長了我的壞脾氣，——老實說，便是教我一天比一天的看不起人。

本文認為這個「我」與狂人的思想與經歷均能符合。「我從鄉下跑到京城裏，一轉眼已經六年了。其間耳聞目睹的所謂國家大事，算起來也很不少」與狂人「赴某地候補」、「我一天比一天看不起人」與狂人「難見真的人」都是前後呼應、思想上一脈相承的。也就是說，《一件小事》可以看作是《狂人日記》的續。這時的狂人已然由對「人不吃人」的可能世界的激情悄然滑落為「人不管人」的冷漠態度。有研究者認為，狂人的結局不外乎三個：「要麼有意、徹底地加入吃人的行列（與瘋狂時的『無意』更有過之而無不及），要麼因過於執著、清醒而再度陷入瘋狂（被吃），要麼因絕望而徹底走向死亡」〔註5〕。其實，還存在著本文論述的這種可能性，即狂人是被「治癒」了，但他換了一副看人的眼光：曾經勸人真心改了做一個「真的人」，失敗無望之後，對一切人事漠不關心、不抱任何救治改革之想。這正是《一件小事》中「我」開始的狀態。

但，無論是「人不吃人」還是「人不管人」，都是在人與人之間建構一種等價關係、等值邏輯。那麼，如何重新燃起狂人對可能事物的激情（希望）呢？狂人接受了一件小事的治療。這件小事從三個方面破除了「人不管人」冷冰冰的等價關係：（1）「我」與車夫之間的雇傭關係：「我」出錢雇你的車，你就不能「誤了我的路」；（2）「我」老女人之間的無利害關係：老女人沒有傷，又沒人看見，就彼此不相干，不要多事；（3）「我」與自我之間的自戀關係。「我」一天比一天的看不起人，意味著一天比一天地陷入自戀，意味著潔身自好。「我沒有思索的從外套袋裏抓出一大把銅元」，「沒有思索」表明了自戀已是根深蒂固。但是，金錢帶來的不是安慰，而是質疑：當車夫通過行動

〔註4〕李歐梵：《鐵屋中的吶喊》，尹慧瑉譯，河北教育出版社，2002年，第79頁。
〔註5〕王曉楓：《〈狂人日記〉三解》，《魯迅研究月刊》，2011年第3期。

破除「人不管人」的冷冰冰的等價關係時，「我還能裁判車夫麼？」這裡的反思引入了「誰做裁判」的重要問題，這個問題的提出標誌著反思達到了新的深度。對自身天然就是裁判的反思表明：啟蒙者只有從被啟蒙者那裡獲得救贖才能更好地完成所謂的啟蒙的任務，換言之，反思並非全然是否定性的工作，否則希望將無生根之地。

　　《一件小事》的「我」是游離於魯迅「獨異個人」譜系中的一個獨異分子，在近些年的研究中很少被關注（王富仁的《中國文化的守夜人──魯迅》和李歐梵的《鐵屋中的吶喊》均未著墨分析），這是因為他背離了「獨異個人」的悲劇性命運，從而為「獨異個人」帶來新的生存的可能性，一種新的反思形式的可能性。如果與《狂人日記》合讀，我們會尋繹出魯迅文學世界一條潛在的意義線索，而非僅僅強調魯迅「獨異」驚世的思想，同時又不落入往昔革命話語的套路。

## 三、「狂」之現代性體驗的變異與發展

　　論述至此，本文可告結束。但在結束之前，本文想簡要評述另一種文學治療的話語實踐，它通過選擇最簡單的方案而撤除了反思與希望之間的緊張關係，即取消反思主體與反思能力，保留並放大希望，直至把希望作為一種信仰。這指的是左翼的文學敘事與解放區的文學敘事。這種治療實踐突出表現為一種口腔治療的醫學實踐，即開口說話，釋放向上的能量與意志。從晚清起，在某種程度上，我們就可以觀察到文學世界似乎成為了記錄聲音的世界，誰的聲音愈響亮愈豪放，誰就似乎愈多地掌握了真理與權力，愈能擔負起喚醒鐵屋子裏昏睡者的任務。

　　說與聽的關係取代了看與被看的關係，教化與聆聽的和諧統一取代了反思與希望之間的緊張關係。「看客」變為了聽眾，一群陌生隔膜的人變成了與說話者同質的同胞或同志。反思主體與反思能力被口腔分析所取代。所謂分析，是一種二元對立非此即彼的思想操作與選擇方式。雖然簡單粗暴，卻有力，能碰撞出強烈的聲音。分析的結果往往是把自己帶到更革命、更純潔的一極，走上「正確光明的道路」。舉一個例子：胡也頻中篇小說《光明在我們的前面》的女主角白華在男主角劉希堅的引領下從安那其主義轉變到了共產主義，在抵制日貨的遊行中，白華問：「『你不覺得我轉變得太快了？』接著她熱情地，又帶著悔意地分析自己過去固執的原因，熱情，幼稚，強項，自己還以為那是美德，

現在簡直覺得有點無聊和可笑。對自己有很大的反感」〔註6〕分析正是自我的焚燒，它要把自己的過去和墮落統統燒個乾淨，它所要的就是「轉變得太快」。自我反思是唯一的、不可替代的，而分析則是可複製和可控制的。

這種可複製、可控制的自我分析正是文學敘事向生活世界的讀者發出的強烈信號。郭沫若就曾向《新兒女英雄傳》的讀者們呼籲：「讀者從這兒可以得到很大的鼓勵，來改造自己或推進自己。男的難道都不能做到牛大水那樣嗎？女的難道都不能做到楊小梅那樣嗎？」〔註7〕分析成為製造新人的新機制，成為塑造追求光明生活新英雄的文學敘事機制。憑藉對希望的信仰，口腔醫學的治療實踐似乎成功了。

於是，狂人之「狂」作為中國文學現代性的創始性體驗就發生了變異：文學世界對生活世界的支配——治療關係被後者對前者的模仿——複製關係取代了。文學敘事反思與希望的緊張關係只留下了希望廉價獲得的歡樂笑聲（或可稱之為一種有中國問題特色的「現實主義」？）。本文認為這種變異是狂人之狂合乎邏輯的一種發展，它在自身的問題語境中對此進行了可以理解的改造，因而，我們就不必費盡心思使用「反現代性的現代性」這樣既矛盾又高深的稱呼，它其實是中國文學現代性「狂」之結構關係的一種新的處理方式。本文的論述很明確：中國文學的現代性體驗有其自身的發展歷程與邏輯線索。

## 結語

本文借助於一個生活世界的契機、一種偶然得來的觀看方式，獲得了對《狂人日記》重新解讀的力量，開始了一次思想歷險。本文使自己的表述對立於某些俗成之見，比如認為《狂人日記》的意義在於發現了「吃人」的真理、喊出了「救救孩子」，或者在於啟蒙與被啟蒙的二元對立、在於「獨異個人」的悲劇命運；相反，本文把《狂人日記》的存在方式與存在意義重新置於中國文學現代性體驗的建構過程之中，通過自己的工作來重新審視、新組織、重新開放似乎已經定型了的《狂人日記》的文本世界，使之重新陌生化起來，踐行經典歷久彌新之真理。

---

〔註 6〕胡也頻：《光明在我們的前面》，見《胡也頻選集》，福建人民出版社，1981 年，第 885 頁。
〔註 7〕見郭沫若為《新兒女英雄傳》寫的序，人民文學出版社，1956 年，第 2 頁。

附記：

本文 2016 年投給某學院學報，後接到編輯部發來的專家審稿意見：「論文借助生活世界的具體事例看到文學世界所體現的歷史敘述的話語邏輯，把握住了《狂人日記》中作為被敘述者的狂人在文言世界和白話世界間的矛盾性存在，進而指出「狂」所關涉的兩個論題。論文切入角度很好，選題有一定新意，對《狂人日記》的研究有一定的學術價值，尤其是與《一件小事》的合讀指出了作品在啟蒙上的意義。論文整體思路清楚，文本細讀效果較好，體現出作者的學術視野較寬和思考的深刻」，同時指出了「不足之處」：「以日常生活敘述進入文學世界評論的方式值得商榷，或此處還需要略作提煉」。

我在發送修改稿的同時說了一下自己的意見：「拙作之能存在，全憑生活世界的一個契機得之，這點在開始和結束時說得很清楚。沒有這個生活契機，就沒有對《狂人日記》的重新解讀。專家對此有異議，大概是認為這樣切入問題不合學術論文寫作規範，然而規範不能是個緊箍咒，不能一切都按規範來，如是創新才可能發生。我覺得學術與生活並不分離，從生活問題切入學術問題也是有效的。」

大概是自己的意見頂撞了專家，此文遂不了了之，未見發表，沉埋了下來。這次重讀，覺得自己的意見仍然有效，對《狂人日記》的思考還有一定的新鮮感，故附錄之，以求教於方家。（2021 年 7 月）

# 魯迅評金聖歎之辯釋

　　魯迅對金聖歎的評論見於《談金聖歎》和《「論語一年」》兩篇文章中。本文感興趣於以下兩個主要觀點：（1）金聖歎「並非反抗的叛徒」；（2）金批《水滸》的價值並不高，甚至可謂「昏庸」無聊。這兩個觀點皆引發了學界的異議與挑戰。由於兩篇文章並非學術論文，魯迅給出判斷之時多未提供詳細的解釋與論據支持，本文的工作便是對此進行補充與強化。

## 一、金聖歎確非「反抗的叛徒」

　　關於第一個觀點，魯迅在《談金聖歎》中這樣說（引文一）：

> 他的「哭廟」，用近事來比例，和前年《新月》上的引據三民主義以自辯，並無不同，但不特撈不到教授而且至於殺頭，則是因為他早被官紳們認為壞貨了的緣故。就事論事，倒是冤枉的。〔註1〕

《「論語一年」》又這樣寫道（引文二）：

> 我不愛「幽默」，並且以為這是只有愛開圓桌會議的國民才鬧得出來的玩意兒，在中國，卻連意譯也辦不到。我們有唐伯虎，有徐文長；還有最有名的金聖歎，「殺頭，至痛也，而聖歎以無意得之，大奇！」雖然不知道這是真話，是笑話；是事實，還是謠言。但總之：一來，是聲明了聖歎並非反抗的叛徒；二來，是將屠戶的兇殘，使大家化為一笑，收場大吉。我們只有這樣的東西，和「幽默」是並無什麼瓜葛的。〔註2〕

---

〔註1〕魯迅：《談金聖歎》，《魯迅全集》（4），人民文學出版社，2005年，第542頁。
〔註2〕魯迅：《「論語一年」》，《魯迅全集》（4），人民文學出版社，2005年，第582頁。

不同意魯迅觀點而為金聖歎辯護的人，有的很勉強〔註3〕，有的頗精緻。引文一所說的「哭廟」，被區分為「前哭廟」和「後哭廟」，「金聖歎參與的是『後哭廟』，而『後哭廟』的直接目的是為了聲援被抓捕拘禁的『許令』諸生，伸張正義，以期得到公正的對待；因而既不是『倡亂』『謀反』，甚至主要不是為『抗糧』。那些關於金聖歎參與『哭廟』是『秀才造反』『反清』之類的說法，固然有誤；而那些關於金聖歎參與『哭廟』是為順治皇帝『哭臨』甚至『表忠』之類的說法，也是欠妥當的」〔註4〕。準此，金聖歎既非反清又非表忠，既非「反抗的叛徒」又非忠實的順民，但卻為「正義」發聲。應該說，這種為金聖歎辯護的方式是很精緻的。但問題是，在皇權專制政體下，「正義」能否自在自為、自主自由地漂浮於空氣中呢？

假如魯迅看到了這種區分與辯護，他會想起他所反對的「第三種人」。這種人既反對國民政府的官方文學，又反對左翼文學，聲稱「死抱住文學不肯放手」，在魯迅看來，這只不過是「心造的幻影」〔註5〕。在區分為「壓迫者和被壓迫者」的世界裏，並不存在超然的立場；同樣地，也不存在一隻虛幻的「正義」氣球能讓金聖歎死抱住不放（見本節最後一段解釋）。

對筆者而言，引文一的表述並無歧義，然而它竟引發了下面的解讀：「將被封建正統人士視為離經叛道之異己的悲情人物，用『被官紳們認為壞貨』的非學術字眼相描述，倒不是作者本人與封建官紳在政治、文藝思想上自覺保持一致，而實在是出於情感上對金聖歎為人的鄙夷和為文的輕視……『不

---

〔註3〕如編校《金聖歎全集》的周錫山認為魯迅「武斷」，他說：「金聖歎在清兵南下時，目睹和聽聞清兵的滔天罪惡，極度反感和痛恨，因此作品中有反清思想。十多年後，清朝的統治趨於穩定，江南士民只能接受現實。至於後來，順治讚美在前，金聖歎因評批《西廂記》和《水滸傳》而備受歧視和攻擊，而當今皇帝卻倍加讚譽，於是產生知音之感，這與『極是諂媚新朝』風馬牛無關」（見《〈為魯迅一辯〉的錯誤及其原因》，《文學報》2015年11月19日）。如此說來，金聖歎原先可視為「叛徒」，後來見反抗無望而「接受現實」，又因皇帝讚美而生知音之感，那麼，這就意味著金聖歎一步步被清朝統治套牢，確非真正的「反抗的叛徒」。

〔註4〕陳飛：《關於金聖歎與「哭廟案」的兩點辨正》，《華南師範大學學報》2018年第6期。

〔註5〕魯迅：《論「第三種人」》，《魯迅全集》（4），人民文學出版社2005年，第452頁。在《又論「第三種人」》一文中，魯迅又寫道：「所謂『第三種人』，原意只是說：站在甲乙對立或相鬥之外的人。但在實際上，是不能有的……即使好像不偏不倚罷，其實是總有些偏向的」。

特撈不到教授而且至於殺頭」，將原本是反對貪官污吏、反映民眾呼聲的正義之舉，變成一齣維護朝廷和官紳利益，借哭廟以求榮，因投機而被殺的鬧劇。讀此一文，金聖歎為人為文的誠實、才華橫溢的精彩，頓時化為負案累累、昏庸愚昧、機關算盡、反誤性命的鬧劇」〔註6〕。這真叫人匪夷所思了。

　　如果這種解讀是正確的，那麼，引文一最後一句話該如何理解呢？魯迅說誰、什麼事是冤枉的呢？顯然，魯迅是說金聖歎因哭廟而被殺是冤枉的。《新月》作家標榜自由、人權、三權分立，看似代表了自由主義的立場，實際還得借官方意識形態說話，和金聖歎一樣，都不是「反抗的叛徒」，所以魯迅把二者並置比較，但所得結果大不相同：《新月》作家名利雙收，而金聖歎掉了腦袋，因其恃才傲物，平日言行早為當權者不滿，故借哭廟殺之。引文一何曾把它變成了一齣「鬧劇」？「壞貨」確非學術字眼，但這是擬想的官紳對金聖歎的評價（恐怕官紳們還有更惡毒的字眼），何以能引出「作者本人與封建官紳在政治、文藝思想上自覺保持一致」的想法（儘管把這想法否定了）？——這才是「情感上」的先入為主而造成了誤讀。

　　引文二更容易叫人抓住把柄，即所引金聖歎的話來自不可靠的《柳南隨筆》，陸林認為，「真實文字應該是《哭廟記略》《辛丑紀聞》所載：『殺頭至痛也，籍沒至慘也，而聖歎以無意得之，不亦異乎？若朝廷有赦令，或可相見，不然死矣！』」——那麼，我們承認魯迅引文錯了，然而金聖歎「並非反抗的叛徒」這個看法卻又一次得到確證：死到臨頭還幻想著朝廷的赦令！

　　其實，無論哪個版本的家書都寫得不痛不癢；和「屠戶的兇殘」比起來，無論是「大奇」的驚歎，還是「不亦異乎？」的反問，都讓人覺得雲淡風輕、軟弱無力。在最慘痛的事實面前只有一個反問、一個幻想，看不到他的控訴、

〔註6〕陸林：《魯迅、周作人論金聖歎》，《文史哲》2013 年第 1 期。該文還有一個「重要發現」：「所謂『引據三民主義以自辯』的近事，歷版《魯迅全集》均無注釋。其實，事主乃現代人權領袖羅隆基」。但，1933 年魯迅在《言論自由的界限》中明確寫道：「三年前的新月社諸君子，不幸和焦大有了相類的境遇。他們引經據典，對於黨國有了一點微詞，雖然引的大抵是英國的經典，但何嘗有絲毫不利於黨國的惡意……不料『荃不察余之中情兮』來了一嘴的馬糞：國報同聲致討，連《新月》雜誌也遭殃。但新月社究竟是文人學士的團體，這時就來了一大堆引據三民主義，辨明心跡的『離騷經』。現在好了，吐出馬糞，換塞甜頭，有的顧問，有的教授，有的秘書，有的大學院長，言論自由，《新月》也滿是所謂『為文藝的文藝』了」。看來，不是《魯迅全集》沒注釋，而是陸林沒前後仔細查考。

他的心志、他的力量，這比夏完淳《獄中上母書》以及《遺夫人書》差得遠了。

引文二說幽默是「只有愛開圓桌會議的國民才鬧得出來的玩意兒」，意即「幽默」實現的一個前提是人人平等，只有政治上平等的人們才有資格來一兩句幽默玩笑。否則，在人為刀俎、我為魚肉的結構性非正義之下，「我」幽默、「我」閒適、「我」灑脫就等於是閉上了眼睛求死得快活。

以上辨析表明，魯迅讓人佩服的地方在於：魯迅固然沒有掌握全部材料，甚至擇選材料上還有可商榷之處，但其識見、透過表象抓住問題實質的能力卻是一流的。情況往往是：我們比魯迅掌握了更多的史料，卻是越來越確證了魯迅判斷的正確性與深刻性。

在此辨析的最後，本文要提供一個合理的推測：家書中「無意」二字表明金聖歎絕非「反抗的叛徒」，即便他是在為「正義」發聲，他也心存僥倖（「正義」感並非憑空發動的），而這份僥倖心理源自皇權的讚美與鼓動。順治十七年，皇帝稱之為「古文高手」，他「感而泣下，因向北叩首」，可惜轉過年來，順治就死了，因地方吏治腐敗，民眾借哭喪聚集。死者的讚美支配著金聖歎的心理，使他產生了美好的想像，以為地方執政者不會對他怎麼樣，他反而會對後者產生某種效果，結果「無意」得到了殺頭與籍沒。

## 二、金聖歎「亂改」《水滸》之例釋

《談金聖歎》還談到了對金批《水滸》的看法：「亂改《西廂》字句的案子且不說罷，單是截去《水滸》的後小半……也就昏庸得可以」，接下來魯迅對此談論頗多，無須本文多言。本文要下力氣解釋的是這一判斷：「經他一批，原作的誠實之處，往往化為笑談，布局行文，也都被硬拖到八股的做法上」。金批《水滸》分為兩部分：金聖歎刪改的和金聖歎評點的。前者頗得學界讚美。先看他刪改的一個著名段落（括號內是金聖歎對原文修改後的話）：

> 〔閻婆惜〕正在樓上自言自語，只聽得樓下呀地門響。婆子（床上）問道：「是誰？」宋江（門前）道：「是我。」婆子（床上）道：「我說早哩，押司卻不信，要去。原來早了又回來，且再和姐姐睡一睡，到天明去。」宋江（這邊）也不回話，一徑奔（已）上樓來。
> 那婆娘聽得是宋江回來（那婆娘聽得是宋江了）。

金聖歎本人特意加批：「不更從宋江走來，卻竟從婆娘邊聽去。神妙之

筆！」；陳洪先生說：「按原文，敘事人全知全能，敘事焦點時而落在樓上，時而移向樓下。而金聖歎則把焦點固定在閻婆惜處。這樣，樓下的情景只可聽到，無法看到，於是閻婆惜先朦朧聽到門聲響動、床上語聲，而後漸辨出是宋江來。由於強調聽覺，故敘事只寫聲音發出的大致方位，而不寫是誰在講話」〔註7〕；楊義先生認為，「原文在貫徹限知視角時，未免有些界限模糊，從樓上的閻婆惜跳到樓上床上的婆子，又跳到推門上樓的宋江，視線相當紊亂。經過金聖歎的修改整理，視角就固定在樓上閻婆惜的聽覺上，由她的耳朵去辨認『床上』『門前』的方位以及那裡的問答嘈叨」，這是限知視角的一次自覺運用〔註8〕。由此來看，《水滸》似乎被金聖歎越改越好了。果真如此嗎？

金聖歎為了「不更從宋江走來」，改掉「奔」字，但宋江噔噔噔跑上樓，即便「視角就固定在樓上閻婆惜的聽覺上」，也能聽到宋江的腳步聲，何必多此一舉？況且，只有這個「奔」字才能表現出宋江慌慌急急的心情。這一改，完全是失敗。原文本就是全知敘事，就故事傳達而言，敘述並不紊亂，十分條理自然，可謂「誠實」。況且，人的聽覺沒有蝙蝠回聲定位的能力，二樓的能聽出一樓說話是從「床上」或「門前」發出的，實在有些神奇；宋江需要閻婆惜通過聲音「漸辨出」，這就更神奇了。進一步想，事情急切，宋江推開門後，不會那麼老實地在「門前」停留一會，專為回答「是我」，他恐怕連門都不關，直接（「一徑」）跑上二樓去了。

金聖歎另一處改動被楊義先生稱為「更嚴密」。那是十字坡武松遭孫二娘下蒙汗藥一節（括號內是金聖歎對原文的修改）：

> 武松也把眼來虛閉緊了（也雙眼緊閉），撲地仰倒在凳邊。那婦人（此三字改為「只聽得」）笑道：「著了！由你奸似鬼，吃了老娘的洗腳水。」便叫：「小二，小三，快出來！」只見裏面跳出（此六字改為「只聽得飛奔出」）兩個蠢漢來，先（此字改為「聽他」）把兩個公人扛了進去。這婦人後來，桌上提了武松的（此三字改為「那」）包裹並公人的纏袋，（想是）捏一捏看（刪去「看」字），約莫裏面是些金銀。那婦人歡喜（此五字改為「只聽得她大笑」）道：「今日得這三頭行貨，倒有好兩日饅頭賣。又得這若干東西。」

〔註7〕陳洪：《中國小說理論史》，天津教育出版社，2005年，第184頁。
〔註8〕楊義：《中國敘事學》，人民出版社，1997年，第216～217頁。

（聽得）把包裹纏袋提了入去了，卻（此字改為「隨聽他」）出來，看這兩個漢子扛抬武松……那婦人（此三字改為「聽他」）一頭說，一面先（此三字改為「一頭想是」）脫去了綠紗衫兒，解下了紅絹裙子，赤膊著便來把武松輕輕提將起來。

　　陳洪先生認為第一處改動很關鍵，「依前者，似乎是武松眯縫著眼，故店中一切變故皆收眼底，未免近於兒戲。而『虛閉』且『緊』，也有些費解。細玩上下文，作者又並不強調武松是否看到店中情景，下面的『只見裏邊』云云，是說書體的習用語，全知的敘述人以之導引讀者的視線而已。金聖歎改作『雙眼緊閉』，一則避免上述費解、兒戲之弊，二則為自己提供了探索新的敘事觀點的機會」〔註9〕；楊義先生認為金聖歎的改動「專門突出武松的聽覺，難以聽到的行為就增加『想是』二字，用猜想來補充聽覺之不及。於是這段敘事不僅把視角限知化了，而且把限知的視角嚴格地限制在聽覺的範圍，使之嚴密化了」〔註10〕

　　在本文看來，金聖歎又一次出力不討好。（1）「虛閉緊」非「虛閉／緊」，而是「虛／閉緊」，意即假裝閉緊眼（或者說武松閉緊眼睛的狀態是假的），並不令人費解；（2）限知視角與全知視角並無優劣之分，中國傳統小說整體上是全知視角敘事，並不妨礙四大名著的誕生與存在；即便要把某個段落改成限知敘事，為什麼非要選擇有侷限的聽覺呢？為了能讓武松的聽覺發揮作用，把原文的「跳出」改成「飛奔出」，殊不知這一改頓失趣味──「跳出」表明兩個夥計早在裏面準備好了，專等孫二娘得手下命令，「飛奔出」則把兩個夥計變成了無頭腦的豬；（3）若說用猜想補充聽覺，為什麼猜想得那麼對？猜想得那麼多？猜想得那麼細？──「脫去了綠紗衫兒，解下了紅絹裙子，赤膊著」，人為刀俎我為魚肉的時候，還想著女殺手寬衣解帶嗎？難道武松好色？那當初又何必叫潘金蓮失望呢？有意思的是，「當書中寫到孫二娘『脫去了綠紗衫兒，解下了紅絹裙子，赤膊著』時，金聖歎批道：『必須赤膊方使下文盡興。』當書中寫到『武松就勢抱住那婦人』時，金聖歎批道：『妙人，生平未經之事。』當書中寫到武松將孫二娘『當胸前摟住』時，金聖歎批道：『前者嫂嫂（指潘金蓮）日夜望之』，對此石麟先生批金聖歎「陷入油滑的泥潭」，可是後來又說「最妙的是第二十六回，寫武松在十字坡酒店假裝被蒙

〔註9〕陳洪：《中國小說理論史》，天津教育出版社，2005年，第182頁。
〔註10〕楊義：《中國敘事學》，人民出版社，1997年，第218頁。

汗藥麻翻，緊閉雙眼，只憑耳朵觀察敵情」〔註11〕，難道未察覺到自身前後矛盾嗎？

　　原文只是要老老實實地講好一個場景一個故事，金聖歎卻非要從某個人物的聽覺對它進行改造，勇氣雖可嘉，卻往往弄巧成拙。魯迅所說「原作的誠實之處，往往化為笑談」是對的。再補充一例：金聖歎還有一個自我得意的改動，那是武松與宋江初會：「宋江道：『小可便是宋江。』那漢定睛看了看，納頭便拜，說道：『我不是夢裏麼？與兄長相見！』」金聖歎改為「我不信今日早與兄長相見！」並批道：「古有相見何晚之語。說得口順，已成爛套。耐庵忽翻作不信相見恁早。真是驚出淚來之語。俗本改作『我不是夢裏麼？』真乃換金得矢也」。可是，（1）此前武松說過「人無千日好」，此後說過「送君千里終須一別」，皆是爛套話，怎麼不改成「驚出淚來之語」？你是文人，武松是粗人，這一改正漏了自己的馬腳；（2）原文兩句，前面六個字，後面五個字，一問一歎，足以表現武松的驚訝與喜悅之情；金文一句，十一個字，驚訝之時少見說這樣文縐縐的長句子（這樣的長句子不適合於表達驚訝與喜悅之情）。

## 三、金聖歎評點太「做」之例釋

　　「布局行文，也都被硬拖到八股的做法上」，意即金聖歎對伏線之類的挖掘太「做」：「太著力，就要『做』，太『做』，便不但『生澀』，有時簡直是『格格不吐』了」〔註12〕。本文認為，《讀第五才子書法》有精彩可觀之處，但字裏行間的夾批多半無趣、無味、無聊，因「做」得太過，過求文心，不關心某個人物、場景或情節自身的美感與價值，把它們工具化、目的化，即不是為了自身而存在，而是為了將來要發生的事情或出現的人物而存在。這樣一來，《水滸》幾乎沒了生活、沒了人生、沒了人性、沒了故事。

　　以第九回為例。（1）李小二夫妻見了林沖，「歡喜道：『我夫妻二人正沒個親眷』，金聖歎批道：「如此等語，總為後文地。非寫李小二夫妻情分也」，確實，後文有陸虞候與管營差撥在李小二店中密議害林沖，但李小二夫妻若無情分哪會去在意偷聽並告訴林沖？金聖歎眼觀此處，尋思彼處，全然忘了

〔註11〕分別見石麟《中國古代小說評點派研究》，中國社會科學出版社，2011年，第24、218頁。
〔註12〕魯迅：《做文章》，《魯迅全集》（5），人民文學出版社2005年，第556頁。

此處人物的心理動機與情緒欲望，忽略了人情物理與生活邏輯。（2）林沖到草料場二里外店中喝酒，金聖歎以為這是要待雪壓屋塌。回來見草屋真地塌了，金聖歎批曰「奇文」，不知奇在何處？那草屋本來「四下裏崩壞了，又被朔風吹撼搖振得動」，有此鋪墊，它在這場大風雪中塌掉實屬正常。林沖去喝酒不過是為滿足當時最基本的生理需要（取暖與充饑）。（3）林沖「望那廟裏來，入得廟門，再把門掩上。旁邊只有一塊大石頭，掇將過來，靠了門」，金聖歎批道：「非為防失脫，亦非為遮風水，全為少頃陸謙、差撥、富安一段也」。那「一段」說：「林沖便拿槍，卻待開門來救火，只聽得前面有人說將話來。林沖就伏在廟聽時，是三個人腳步聲，且奔廟裏來。用手推門，卻被林沖靠住了，推也推不開」，這與大石頭有何關係？正常的解釋是：當時用石頭靠住門就是為了防風雪防失脫——在此情境下，只要是個智商正常的成年人，誰能不如此想如此做呢？

才子金聖歎著眼於小說做法，而偉大的小說卻著眼於人物自己的活法。像《水滸傳》這樣的名著，它的藝術魅力來自人物自身充分地性格化、故事本身充分地人性化；而金聖歎夾批的一大特色卻是「為欲寫 A，卻先寫 B」的功利主義思維方式，一葉障目，妄求新語，頗多令人費解之處。

金聖歎如此硬做妄求而自我得意的時候，離文本（語境）、離生活、離人生就越來越遠了。換言之，「為欲寫 A，卻先寫 B」把生活的多姿多彩、人生的偶然無常、人性的複雜多變都給抹殺了。再看兩例：（1）第二十二回寫武松走上景陽岡來，「路見一個敗落的山神廟」，金聖歎批道「奇文。不因此廟，幾令榜文無可貼處」，難道這個廟的存在就是為了貼榜文嗎？草料場附近的山神廟香火旺盛，這個為什麼敗落了呢？它的敗落表明了虎的禍害，貼榜文只是附加用途。（2）比較有名的是那朵石榴花，出現在第十四回：「吳用看時，但見阮小五斜帶著一頂破頭巾，鬢邊插著朵石榴花」，金聖歎批道：「恐人忘了蔡太師生辰日，故閒中記出三個字來」。首先，第二十六回寫孫二娘「鬢邊插著些野花」，看來古時男女鬢邊插花是一種常見裝飾，阮小五插花本是「誠實」地活著；其次，這是小五的個性裝扮，區別於小二、小七；再次，如果說石榴花是為劫生辰綱而存在，那麼「荷花紅照水」是不是也如此？在「三隻船撐到水亭下荷花蕩中」這句話下，金聖歎果然批道：「非寫石碣村景，正記太師生辰，皆草蛇灰線之法也」。如是，阮小二「赤著雙腳」、阮小七戴著「遮日黑箬笠」也都能表示五月天氣，也都是為了太師生辰而存在嗎？

　　閱讀金批《水滸》，一個最大感受是金聖歎乃一情緒化的點評者，容易自以為是、恃才任性，以致自我遮蔽，甚至無理取鬧。如第三十五回回評寫道：「若寫宋江則不然：驟讀之而全好，再讀之而好劣相半，又再讀之而好不勝劣，又卒讀之而全劣無好矣」，他就這樣一步一步地被自己的成見與偏見套牢，罔顧文本，罔顧人性（哪有「全好」？哪有「全劣」？）。花榮要為宋江開枷，「宋江道：『賢弟是什麼話！此是國家法度，如何敢擅動！』」金聖歎批道：「宋江假。於知己兄弟面前偏說此話，於李家莊、穆家莊偏又不然。寫盡宋江醜態」；後來宋江三人被李立麻翻，李俊趕來認出，李立「連忙調了解藥，便和那大漢（指李俊——引者注）去作房裏，先開了枷」，金聖歎批道：「前花榮要開，宋江不肯；此李立私開，宋江不問，皆作者筆法嚴冷處。或解云：此處宋江未醒，安得責其不問？不知我不責其作房開時，我正責其出門帶時」。這指的是數日後與李俊相別時，「宋江再帶上行枷」，金聖歎批道：「朝廷法度擅動，宋江不問，何也？」此乃欲加之罪何患無辭！〔註13〕宋江上路時，老父叮囑莫上梁山入夥，正因為花榮等是「知己兄弟」，所以才要拿「國家法度」的大牌子推脫（只有這個牌子才能斬釘截鐵地推脫），一旦開了枷，他還能從梁山上下來嗎？與李俊等人初見，若嚷著國家法度、非上枷不可，豈不矯情做作？又何以結交朋友？再者，若崇敬的「哥哥」在自己家裏非要帶著枷吃住，李俊臉上怎能過得去？本來從人性立場很容易解釋的事情，金聖歎卻為先入之見所累，強作解人，一再深挖「筆墨之外」的「褒貶」，自詡為「善讀書人」，不知其得意處誠如魯迅所言要麼「化為笑談」，要麼「簡直是『格格不吐』」了。

## 餘論

　　最後，簡單談談魯迅與金聖歎文學批評之不同。首先，魯迅認為，「批評必須壞處說壞，好處說好」，不能「不是舉之上天，就是按之入地」〔註14〕。前者是有理有據地公正批評，後者則是情緒化地批評，金聖歎處處找宋江的

〔註13〕陳洪先生也不認同金聖歎那樣厭惡宋江，認為「金聖歎所講不盡屬實：《水滸》作者的本意本非『痛恨宋江』，『奸詐』只是某些情節中這個形象的客觀含義」，「如《水滸傳》第三十五回、三十六回宋江對行枷的矛盾態度」（《中國小說理論史》第173頁）。由此來看，陳洪先生在這個問題上未能真正設身處地地為宋江考慮。
〔註14〕魯迅：《我怎麼做起小說來》，《魯迅全集》（4），人民文學出版社，2005年，第528頁。

莕就是一個例子（莕可以找，但不能太「做」）。又如，金聖歎說：「獨有《水滸傳》，只是看不厭，無非為他把一百八個人都寫出來」，「《水滸傳》寫一百八個人性格，真是一百八樣」，顯然誇大其詞；魯迅則在《〈毀滅〉後記》中說：「以《水滸》的那麼繁重，也不能將一百零八條好漢寫盡」。於是，後來的學者只好這樣為金聖歎辯護：「《水滸傳》並未達到一百八人或三十六人全部『個性化』的水平，金聖歎的評價有過譽之嫌。但從理論上講，金聖歎的思路無疑是正確的〔註15〕。

其次，魯迅不像金聖歎那樣挖空心思評點，評論作家作品時亦不做長篇大論，而是三言兩語一針見血。在 1934 年的《看書瑣記（一）》中說「《水滸》和《紅樓夢》的有些地方，是能使讀者由說話看出人來的」。「由說話看出人來」這評價很高，表示把人物寫活了；前綴「有些地方」，正與「不能將一百零八條好漢寫盡」吻合。

再次，金聖歎除了尋求伏線，動輒就說「妙絕」、「奇絕」、「怪絕」這樣的廢話，如第九回「那雪正下得緊」，金聖歎批曰「寫雪妙絕」，魯迅則說：「在江浙，倘要說出『大雪紛飛』的意思來，是並不用『大雪一片一片紛紛的下著』，大抵用『凶』，『猛』或『厲害』，來形容這下雪的樣子。倘要『對證古本』，則《水滸傳》裏的一句『那雪正下得緊』，就是接近現代的大眾語的說法，比『大雪紛飛』多兩個字，但那『神韻』卻好得遠了」〔註16〕。魯迅的解釋比他好。

因此，那些認為魯迅「『布局行文，也都被硬拖到八股的做法上』，實不過拾了胡適輩『八股選家的流毒』之牙慧」的說法是不公正的，這只能說魯迅與胡適「英雄所見略同」，因為魯迅本人自有犀利的藝術眼光與高超的判斷表達能力。

*2019 年 9 月參加在新泰舉辦的「魯迅與中國古代文化」學術研討會，提交論文《為魯迅評金聖歎辯護》。迄今未見結集出版。修改後收錄於此。雖與魯迅小說細讀無直接關係，但也可以從中看到文本細讀工作的普遍欠缺，不只存在於現代文學研究之中，而且存在於古代文學研究之中。為了貶低魯迅、抬高金聖歎，竟對文本熟視無睹甚至加以曲解誤讀，這不又是一個值得認真反思的教訓嗎？——2021 年 7 月。*

---

〔註15〕石麟：《中國古代小說評點派研究》，中國社會科學出版社，2011 年，第 41 頁。
〔註16〕魯迅：《「大雪紛飛」》，《魯迅全集》（5），人民文學出版社，2005 年，第 581 ～582 頁。

# 後　記

　　魯迅小說細讀的文章主要發表在《上海魯迅研究》《太原學院學報》和《紹興魯迅研究》三份刊物，所以，首先要感謝上海的李浩、喬麗華、施曉燕，太原的姚曉黎、何瑞芳、王麗平、岳林海、張智娟，紹興的顧紅亞諸位老師，他們的信任與鼓勵讓我的工作動力持續飽滿並保持著良好的智力狀態。

　　有些也發表在《東嶽論叢》和《魯迅研究月刊》，這要特別感謝曹振華老師的賞識知遇、魏老師的推薦和姜異新老師的支持！

　　感謝楊嘉樂先生的信任，使得自己和花木蘭的合作再次成為現實，有機會修改完善自己的觀點與主張，我感到了更上一層樓的喜悅（當然，這並不表示目前的解釋就是最完美的，實際上，我感覺還有擴展提升的空間）。

　　在成書過程中，又對魯迅《端午節》《弟兄》《孤獨者》《長明燈》等小說產生了解讀的衝動，本想寫成以充實本書內容，然而，從解讀的衝動到論文的完成需要至少一兩年的時間，快不得，急不得，只得作罷，留待後續慢慢做成。

　　又煩請魏老師寫序，而魏老師終於破例寫了序，心裏感激！想想自己只是一味索取受惠而從無什麼像樣的回饋，頗感慚愧！惟願魏老師身體康健，與宿老師生活安好、家庭和美！

　　願上面一個個溫暖的名字都度過充實幸福的一生！

管冠生

2022 年 1 月